兰州大学"双一流"建设资金人文社科类图书出版经费资助
甘肃省社科规划项目"城市的文化记忆与文学书写——以兰州为例"（13YD079）结项成果

城市的
文化记忆与文学书写

——以兰州为例

郭茂全
·著·

中国社会科学出版社

图书在版编目（CIP）数据

城市的文化记忆与文学书写：以兰州为例/郭茂全著.
—北京：中国社会科学出版社，2019.2
ISBN 978－7－5203－3036－7

Ⅰ.①城… Ⅱ.①郭… Ⅲ.①中国文学—文学研究
②城市文化—研究—兰州　Ⅳ.①I206②G127.421

中国版本图书馆 CIP 数据核字（2018）第 193059 号

出 版 人	赵剑英
责任编辑	郭晓鸿
特约编辑	王　潇
责任校对	李　莉
责任印制	戴　宽

出　　版	中国社会科学出版社
社　　址	北京鼓楼西大街甲 158 号
邮　　编	100720
网　　址	http://www.csspw.cn
发 行 部	010－84083685
门 市 部	010－84029450
经　　销	新华书店及其他书店
印　　刷	北京明恒达印务有限公司
装　　订	廊坊市广阳区广增装订厂
版　　次	2019 年 2 月第 1 版
印　　次	2019 年 2 月第 1 次印刷
开　　本	710×1000　1/16
印　　张	21.25
插　　页	2
字　　数	283 千字
定　　价	88.00 元

凡购买中国社会科学出版社图书，如有质量问题请与本社营销中心联系调换
电话：010－84083683
版权所有　侵权必究

序

　　一个城市的文化记忆，是由多种途径和方式来塑造的。或者物质的，精神的，制度的，器物的，风俗的……或者建筑的，服饰的，文字的，口传的，展演的……不同的方式展现其不同的层面。而文学的书写，是多种方式中的一种。那么，文学书写的城市文化记忆有什么特点呢？这是青年学者郭茂全博士的专著《城市的文化记忆与文学书写——以兰州为例》所要告诉我们的。

　　城市文学书写是最富有思维发散性和灵动性而又最不易被"抹除"的一种城市文化记忆。就以今天的兰州城来说，连一点儿古城墙都看不见了，现代化的过程将古代城市历史文化的形象扫荡殆尽，几乎找不到一点儿印迹，这是千年古城的悲哀，也是文化的悲哀。好在我们还有文学。《城市的文化记忆与文学书写——以兰州为例》的贡献之一，是将有关书写兰州的文学作品做了系统的梳理和解读，尤其是对当代作品的分类整理分析，具有第一手史料的价值，因为人们容易忽略的往往是眼前的事物和身边的史料。著作涉猎了众多的诗人、作家、散文家及其作品，第一次系统地展示了关于兰州城的文学书写阵容，在此基础上，茂全以古今诗歌、现代小说和散文为对象，探讨这些文学书写如何塑造了一个立体的兰州城市形象，成为一种特殊的文化记忆。作者通过研究文学作品告诉我们，兰州城市文化形象在小说、散文、诗词等文学体裁中有着多样化、个性化的审美表现。

城市的文化记忆与文学书写

"兰州城市形象经历了边关城池、藩王都城、陇上乐土、现代都市的审美形象的嬗变。"唐宋金元时期诗词中的边关城池形象，明代古体诗词中显现的藩王之都，清代本土诗人笔下的"陇上乐土"，都成为后世人们的集体记忆。这彰显了文学不可替代的文化记忆的特色。

《城市的文化记忆与文学书写——以兰州为例》还告诉我们，文学中的城市文化记忆，是城里人的"乡愁"。它有作者对这个城市的观察和情感寄托，有讲述者的思想、姿态和角度。文学的文化记忆是个人经验性的，也是想象性的和体验性的。于是，"城市文化的文学书写"在研究者眼里就有了学理的意义："作家对城市的态度是怎样的？城市文化如何影响作家的生活体验与审美体验？城市文化如何影响作家的文学想象与文学叙事？作家的城市审美想象与作家的城市文化记忆关系如何？作家如何利用城市空间形象传达历史文化内涵与现实生存意义？城市文化与文学活动的动态依存关系能否激发及如何激发全新的文学话语范型？"这些问题，也正是本书研究的重点，通过文学现象的分析，揭示由文学作品表达的对于城市文化精神的凝聚和提升。

一城市有一城市的传统，一城市也有一城市的品位，《城市的文化记忆与文学书写——以兰州为例》所要达到的深度，是挖掘兰州城市形象在文学中的"定格""活态"以及"复活"的文学路径与表现特色，这形成本书的另一个特点：尽可能地使文学作品成为一种"存在场域"，在诗歌中寻觅和凸显各种相关的意象、意境，在小说中发现典型人物和城市环境，在散文中发现城市情绪和诗情画意，由此体味城市文化的传统和品格、底蕴和趣味。从这个角度来说，这是对当代兰州城市文学书写的一次集中审美欣赏，也是城市书写专题的阶段性成果评价，对于城市文化形象的塑造和城市文学的书写都具有启示意义。

中国的城市在日新月异地发展变化，许多值得珍藏和定格的文化记忆随着城市化进程正在淡化和消失，唯有文学书写不受制约，为我们保留永

恒的记忆。对这种书写的探索和鼓励，是文学批评者和研究者责无旁贷的义务，郭茂全及其《城市的文化记忆与文学书写——以兰州为例》为此做出了自己的努力，也成为一部有特色的理论专著，它的学术性与范式创新性值得充分肯定，也值得读者品读和欣赏。

我们期待茂全在城市文学书写研究方面有新的收获！

程金城

2018年1月5日

目　录

绪　论 …………………………………………………………… 1

　一　城市文化与文学活动关系研究的现状 …………………… 1

　二　城市文化空间：文学活动的存在场域 …………………… 5

　三　文学活动：城市文化建构的艺术途径 …………………… 8

　四　兰州的城市文化记忆与文学书写之间关系研究的意义 ……… 12

　五　兰州城市文化记忆在不同文学体裁中呈现的美学特色 ……… 14

第一章　古体诗词中的兰州城市文化记忆 ……………………… 34

　一　城市文化记忆与古代诗词创作 …………………………… 34

　二　兰州的城市文化记忆与古体诗词创作 …………………… 38

　三　古体诗词中兰州城市文化记忆的历时性审视 ……………… 39

· 1 ·

城市的文化记忆与文学书写

四 古体诗词中兰州城市文化记忆的共时性审视 …………… 47

五 古体诗词呈现兰州城市文化的审美特色 ………………… 54

六 古体诗词中兰州形象对兰州城市文化建构的意义 ……… 59

结 语 ……………………………………………………………… 62

第二章 散文中的兰州城市文化记忆 ………………………… 63

一 古代、近代散文中的兰州城市形象 ……………………… 64

二 当代散文世界中的兰州城市文化记忆 …………………… 76

三 兰州城市文化记忆的现代散文书写的历时性差异 ……… 94

四 兰州城市文化记忆散文书写的主体差异 ………………… 106

五 散文审美创造中的话语差异 ……………………………… 131

六 散文话语建构兰州文化记忆的写作困境与经验借鉴 …… 136

结 语 …………………………………………………………… 143

第三章 现当代小说中的兰州城市文化记忆 ………………… 145

一 小说创作与城市文化空间 ………………………………… 146

二 当代小说中的兰州城市文化记忆 ………………………… 152

三 小说中的兰州市民形象谱系 ……………………………… 176

四 小说呈现城市文化记忆的情节模式 ……………………… 213

五 城市文化记忆小说表达的审美差异 ……………………… 221

目 录

  六 兰州城市文化记忆的小说书写中存在的

    问题与经验借鉴…………………………………………… 228

 结　语……………………………………………………………… 238

第四章　现当代诗歌中的兰州城市文化记忆…………………… 240
 一 城市文化与诗歌创作的互生共荣……………………………… 240

 二 兰州城市历史文化记忆的诗歌表现…………………………… 243

 三 城市日常市井生活的诗歌呈现………………………………… 256

 四 诗歌呈现兰州日常市井生活的艺术视角……………………… 265

 五 城市情思抒发者的文化身份、审美视角与创作个性………… 276

 六 兰州城市文化记忆诗歌表现的成就与局限…………………… 297

 七 兰州城市文化记忆诗歌书写的经验借鉴与突围路径………… 301

 结　语……………………………………………………………… 308

余　论……………………………………………………………… 310

参考文献…………………………………………………………… 320

后　记……………………………………………………………… 330

绪　　论

自人类建立城市以来，人与城的关系一直是人们关注的重要话题，城市文化与文学活动之间的关系成为人们思考的问题之一。人们进城、居城、出城的生存体验，成为城市文学表现的重要母题。城市文化中的政治生活、经济生产、文化仪轨、心理规范、艺术活动等不断地影响着文学活动。在文学活动中，创作主体的成长、文学体裁的革新、创作思潮的涌现、创作流派的生成、消费群体的变化，皆与城市文化的发展紧密相连。

一　城市文化与文学活动关系研究的现状

什么是城市文化？这是城市文化研究首先要明确的问题。李燕凌等认为："城市文化指城市在其发展过程中长期积淀的，既具有区别于其他城市的自身独有个性特征，又属于城市市民共同意志表现的物质、制度和精神文化总和所形成的整体。"[①] 任志远认为："城市文化是指以城市空间为载体、特质和表现形式的，展示人与人类理想追求及其各种实践活动的文化

[①] 李燕凌、陈冬林：《市政学导引与案例》，中国人民大学出版社2006年版，第154页。

类型，它是人类文化的高级表达和集中体现。"① 陈宇飞指出："城市文化由人的观念意识而来，进而变成城市的物质形态、组织形式和精神气质，反过来，人们会在对城市文化的浸润中、接受中，感受生活的意义，形成看待精神世界与物态环境的方法、观念，并演化成社会行为和生活方式。"② 可以说，城市文化就是在城市空间中人们生产方式、生活方式及其产品的总和。

作为现代人重要的生活空间之一，城市文化为人们提供了独特的生活经验与审美体验。伴随着文学地理学、文学空间理论、景观美学等研究的兴起，城市文化空间研究已成为一个新的学术生长点，文学世界中城市空间形象的建构已成为21世纪文学研究的热点之一。亨利·列斐伏尔的《空间的生产》、加斯东·巴什拉的《空间的诗学》、迈克·克朗的《文化地理学》、爱德华·苏贾的《后现代地理学：重申批判社会理论中的空间》《第三空间——去往洛杉矶和其他真实和想象地方的旅程》、刘易斯·芒福德的《城市文化》、爱德华·克鲁帕特的《城市人：环境及其影响》、罗伯特·阿尔特的《想象的城市：都市体验与小说语言》、阿德里安·富兰克林的《城市生活》、马克·戈特迪纳的《城市空间的社会生产》等系列论著为文学的空间研究提供了全新的理论基础与学术视域。

文学中的空间研究，主要是对城市空间与文学关系的研究。国内有关城市文化与文学关系及城市文学研究的代表性研究者有吴福辉、赵园、蒋述卓、李今、李俊国、方志远、葛永海、张英进、景秀明、谢纳、焦雨虹、吴治平等。吴福辉《都市漩流中的海派小说》出于对海派文化"正名"的目的，梳理了海派文化的历史变迁，剖析了海派的文化心理与行为方式，从都市风景、世纪之病、灵魂告白、大众文化等角度解读海派作家的创作特质，阐述上海消费文化、商业文明对海派作家及其创作的影响。该论著

---

① 任志远：《解读城市文化》，中国电力出版社2015年版，第25页。
② 陈宇飞：《文化城市图景：当代城市化进程中的文化问题研究》，文化艺术出版社2012年版，第11页。

绪 论

是20世纪中国文学与区域文化关系研究的重要成果。赵园《北京：城与人》从城市文化与文学表现之间的关系出发，分析了北京与写北京者、北京城与京味小说及其人物、北京文化与现代作家之间的有机联系。张英进《中国现代文学与电影中的城市：空间、时间与性别构形》以经典作家的小说、话剧、诗歌等文本为分析对象，以社会学研究中的城市心态与都市体验为理论基础，勾勒出现代文学中城市形象的空间构形、时间构形及性别构形，探索了现代文学与电影中想象城市的审美范型。李今《海派小说与现代都市文化》承续吴福辉的海派文学研究思路，评述了上海都市现代化发展过程中的建筑空间与空间想象，剖析了上海都市精神中"唯美"与"颓废"的文化氛围对小说中男性与女性人物形象塑造的影响，评述了小说对城市日常市井生活表现的美学意义，探究了电影等新媒介对现代小说叙述的重要影响。吴治平《空间理论与文学再现》论述了西美尔、列斐伏尔、本雅明、福柯、卡斯特尔、索亚等人的空间理论，结合中国现代文学作品中的"天安门广场""上海""异托邦"等空间形象，分析了文学话语对空间的建构形式。蒋述卓等人著述的《城市的想象与呈现：城市文学的文化审视》以城市小说作为研究文本，以城市文化的嬗变作为研究的理论框架，较为系统地阐述了城市化进程对文学创作的影响，探讨了城市审美风尚与审美意识对文学作品及影视艺术的影响。谢纳《空间生产与文化表征——空间转向视阈中的文学研究》以空间生产论为理论基础，以当代西方空间理论为学术资源，以中国现代小说为具体的分析对象，运用跨学科的文化研究方法，通过文学与空间的互动阐释，揭示空间生产与文学表征之间的内在关联，试图阐明现代性空间组合的文化政治内涵与社会历史意义。

景秀明《江南城市：文化记忆与审美想象——中国现代散文中的江南城市意象》以20世纪中国散文作家对江南城市的文化记忆与文学想象为研究对象，探讨了20世纪中国散文中的上海、南京、杭州、苏州、扬州等江南城市形象建构及其背后的文化意识与审美观念，揭示了散文作家与江南城市之间复杂的精神关联。葛永海《古代小说与城市文化研究》探讨城市文化与古代小说的互动及其内在关系，重点论述了唐代至晚清的小说文本中呈现的长安、洛阳、开封、杭州、南京、北京、苏州、扬州、上海等城市的城市文化及其文化精神。该论著将历时性与共时性视域相结合，开辟了古代文学与社会文化关系研究的新领域。张鸿声《城市现代性的另一种表达——中国当代城市文学研究（1949—1976）》从"文学中的城市"这一概念切入，对学界长期忽视的20世纪50—70年代中国城市题材文学进行了系统的考察，论著在阐述工业化、公共性等城市生活特征的基础上，分析了近、现代口岸城市的现代性如何消除、社会主义特征如何在城市中确立等命题。杜素娟《市民之路：文学中的中国城市伦理》关注城市文学中的伦理表述，将城市作为道德主体，将城市伦理的发展分为古代时期、近代时期、民国时期、新中国成立后十七年阶段、"文化大革命"后二十年、21世纪六个阶段，从社会史与文学叙事的角度揭示中国城市生存的基本伦理诉求与独特结构，该论著是反思文学中城市伦理的重要研究成果。

除专著成果外，一些论文也在探讨城市与文学的关系。陈燕妮《城市与文学——以唐代洛阳建筑景观与唐诗关系为中心》、王柳芳《城市与文学——以两汉魏晋南北朝为考察对象》、孙爱霞《城市发展与文学关系概论——古代天津与文学》、尹莹《抗战时期文学中的重庆书写》、于蕾《后殖民视野下文学文本中的上海形象》、马卫华《被压抑的城市灵魂——20世纪50—70年代城市文学论》、叶立新《20世纪90年代以来城市文学的发展》、蒋述卓《城市文学：21世纪城市文学空间的新展望》等论文，对城市形象与文学表征以及一定时期内城市文学的发展进行了论述。在上述论著与论文中，论者重点研究的城市是北京、南京、上海、重庆等现代大城市或古代大都邑，研究的重点是城市文化空间与文学活动之间的关系，并从各个角度探讨和分析文学中的城市伦理、城市审美风尚、城市市民形象等。已有学术成果为本书提供了重要理论支撑与学术参照。

二 城市文化空间：文学活动的存在场域

就城市文化空间对文学活动的影响来说，研究者常常会思考诸如此类问题：人们如何解读城市文化？面对城市时，作家对城市的态度是怎样的？城市文化如何影响作家的生活体验与审美体验？城市文化如何影响作家的文学想象与文学叙事？作家的城市审美想象与作家的城市文化记忆关系如何？作家如何利用城市空间形象传达历史文化内涵与现实生存意义？城市文化与文学活动的动态依存关系能否激发及如何激发全新的文学话语范型？对上述问题的回应，使人们对城市文化与文学活动之间关系的研究不断走向深入。

城市文化是城市人生产方式和生活方式的总称，它是一个与乡村文化并置的概念。"城市文化是人类文化极其重要的组成部分，主要是由城市要素空间布局形态、视角景观、色彩组合、形象、标志和历史文化遗产的保护与利用、人居环境建设、文化事业设施建设等构成的文化形式和内容。"[1]就城市文化的形成来说，既是内生的，也是外生的；就其实践层面来说，城市文化既是时间的，又是空间的。城市作为现代人主要的生存空间，也是文学活动的存在场域。人类创造了城市文化，人们在城市生活中的现实体验、档案文献、图像记录、文学想象甚至物质遗存物就构成了城市的文化记忆，并影响着后世对城市的认知方式与情感态度。城市理论研究者路易·沃斯在《作为一种生活方式的都市主义》中说："城市日益成为现代人的栖息地和加工厂，是发动并控制经济、政治和文化生活的中心。它将世

---

[1] 任志远：《解读城市文化》，中国电力出版社2015年版，第25页。

城市的文化记忆与文学书写

界上最遥远的社群纳入其运行轨道,将不同地区、民族和活动编织在一起,构成一个庞大的世界。"① 庞大的城市文化系统不仅影响着现代人的生活方式,还影响着作为城市文化子系统的城市文学活动。

　　文字的产生、城市的建立,是人类进入文明时代的标志,城市成为孕育城市文学的肥沃土壤。历史上的各个城市都是某一区域内政治、经济、文化的中心,许多文化人为了追求自己的政治理想,凭借自己的文学才华而聚集于城市。他们依附于国家政治权力,成为朝廷的文化精英,参与并维系着统治者的文化建设。古代的都城以其经济与政治力量成为许多文学家聚集的场所,现代大都市同样以其先进的印刷技术、多元的传播媒介与众多的市民读者成为文学活动的中心。"进入近代以后,随着世界城市化进程的不断扩展,小说不仅和都市结下了不解之缘,而成为都市文化的一种主要形式,都市也成为小说的主要场所,一般作为人物活动的舞台,固定的背景存在着。"② 纵观中国现代文学史,中国的现代城市化进程必然影响着中国现代文学的发生、发展。21 世纪以来中国城市化的快速发展,无疑为当下的城市小说提供了全新的发展契机。

　　城市文化培育了具有城市文化精神的审美创造者,孕育了"城市漫游者""城市栖居者""城市批判者""城市游离者"等多种文化身份的作家。尽管一些现代作家在"进城"之后依然自称为"乡下人",但是,"乡下人"的身份认同依然是"城里人"的认识预设,因为"自我"与"他者"是相依相生的,"乡下人"这一观念本身就与"城里人"观念互为镜像而存在。"命名"即"划界",任何言说都是差异性的言说,没有一个作家会在封闭的乡村文化环境中自称为"乡下人"。在"乡下人"类型作家的创作中,城乡冲突情节的二维设置、城乡伦理善恶的两极对照、新奇诱惑的城

---

① 汪民安、陈永国、马海良主编:《城市文化读本》,北京大学出版社 2008 年版,第 142 页。
② 李今:《海派小说与现代都市文化》,安徽教育出版社 2000 年版,第 40 页。

绪 论

市生活与古朴宁静的乡村生活的二元对比,就成为作家在言说城市时固定的审美范式。

美国当代文学批评家哈罗德·布鲁姆在《布鲁姆文学地图译丛》"总序"中说:"事实上,城市是文学的主题,更是文学必不可少的元素。"① 城市文化成为现代作家审美观照的重要内容。"在这个'城市—乡村'视角中,城市就是现代性本身。这样一个新的城市生活,它就不仅仅是社会学和人文科学的对象了,它理所当然地还是文学和艺术中绵延不绝的主题。"② 城市文学完全不同于那种以乡土为创作题材或以农民作为描写对象的乡土文学。阳光温煦的田野、宁静自然的村庄、善良淳朴的乡亲都是乡土文学表现的主要内容;现代化的工厂车间、商品丰富的购物中心、繁忙便捷的交通系统、高校集中的教育环境、宽阔舒适的广场公园便是城市文学表现的主要对象。"城市文学将目光投向当下中国急剧变化的城市生活。城市的每一个新动向,从物质景观的变化到精神世界的潮流涌动,都将得到精确的刻画。文学是时代的风雨表,城市文学更是现代化的敏感神经。"③ 可以说,城中的人与物、城里的人与人、城市生命个体复杂的心理世界与外部世界,皆会展现在文学话语中;城市生存中的孤独感、陌生感、焦虑感等现代生存感受,不断地渗入文学的思想内核。

文学体裁是文学作品的话语呈现形式,城市文化的演变影响着文学作品的体裁创新。丰富的城市生活给小说创作提供了繁多的题材类型,也拓展了文学话语表现的广度与思想开掘的深度。城市的空间场所、技术载体、信息媒体、符号生产,为文化体裁的创制与完善提供了可能。中国古代唐传奇的产生就与唐代城市经济的发展与繁荣密不可分。伴随城市文化的发展,唐传奇在故事情节演绎、城市人物形貌摹写等方面比

---

① 祖巴:《纽约文学地图》,薛玉凤、康天峰译,上海交通大学出版社2011年版,第5页。
② 汪民安、陈永国、马海良主编:《城市文化读本·前言》,北京大学出版社2008年版,第6页。
③ 赵学勇:《近年来甘肃城市小说的发展现状》,《小说评论》2010年第3期。

魏晋笔记小说更为详尽曲折。同样，元杂剧的兴起就与元大都城市文化的繁荣相关。城市化与工业化、技术化是紧密相关的，城市文化空间生产了新的表现技法。电影艺术的产生就是城市科技发展的产物之一，视听艺术、媒介技术就影响了城市文学的表现手法。新感觉派小说家笔下的上海想象和张爱玲笔下的上海想象皆与现代电影艺术的发展紧密关联，21世纪兴起的网络技术、通信技术影响着手机文学、网络文学及其对都市文化的表现。

城市文化空间培育了新型现代读者。伴随着城市文明的发展，读者的数量与身份也在发生变化。生活于城市的在校大学生、高校教师以及各类职场中的文学爱好者等成为文学阅读的主体。再者，城市文化中的报刊业不仅为作家提供了发表作品的空间，还改变了读者接受文学作品的方式；在媒体化、数字化、信息化的城市生活中，读者对文学的接受与消费也发生了巨大变化。城市中琳琅满目的图书超市、藏书丰富的城市图书馆、城市街道旁随处可见的报刊亭，都为读者的文学阅读提供了极大的便利。在各种交流与互动中体验"悦读"的城市图书馆越来越受到城市读者的欢迎。社会文化影响着文学活动，城市文化中的物质交换、能量流通及信息传递影响了文学活动的发展。在影响方式上，城市文化对文学活动的影响既有宏观的又有微观的，既有整体的又有个体的。可以说，现代城市文化塑造了现代的文学接受者。

三　文学活动：城市文化建构的艺术途径

文学话语中的城市形象是城市生活史、精神史的诗意展现。"城市文化是复杂的，多种多样的，但是抓住城市形象并分析它的横向（地域）和纵向（历史和时代）的变与不变，就能理清城市文化的主脉。"① 就文学活动对城市文化的影响来说，研究者常会思考以下问题：文学中的城市形象如何影响了读者对城市概念的生成？作家的城市文化观念在建构城市文化形象中有何价值？文学中的城市主题能否赋予和如何赋予一座城市以新的文化内涵和历史意义？文学为什么表现城市？如何表现城市？这些问题是人们思考文学活动与城市文化间关系的主要维度。

城市文化的建构是一个"系统工程"，其中既包括城市行政机构的管理、经济生产的配置，又包括城市规划建设、市民的日常生活及艺术活动。"城市记忆载体可以说物质或非物质，并且往往与不同的城市制度及文化价值、观念相关联，包括语言、文字、物质文化、活动（仪式、日常生活）等。"② 文学创作、音乐舞蹈表演、戏剧演出、影视演播、艺术展览等艺术活动是城市文化体现的主要形式，也是建构城市文化的重要途径。"我们所看到的城市图像，以流行文化的面目出现，涵盖了电影、杂志、报纸，以及文学、艺术和地图等所有形式。"③ 作为组成城市文化的重要途径之一，文学活动在城市文化建构方面具有特殊的功能。如果把城市文化当作一幅巨大的"编织物"，那么，文学家就是城市文化的语词"编织者"。

文学作品是城市文化记忆建构的有机组成，一定历史时期的文学作品反映了一个城市的历史风貌和社会现实，并传承了这个城市的历史文化记忆。在一定意义上，文学发展史就是城市文化形象的变迁史。城市因文学作品而更具历史性与文化性，城市文学因城市文化得以发展和繁荣。"都市小说既是都市化进程的文化表征，同时其自身特殊的审美方式也折射、构

---

① 沈福煦：《城市文化论纲》，上海锦绣文章出版社2012年版，第82页。
② 朱蓉、吴尧：《城市·记忆·形态：心理学与社会学视维中的历史文化保护与发展》，东南大学出版社2013年版，第32页。
③ [澳]德彼拉·史蒂文森：《城市与城市文化》，李东航译，北京大学出版社2015年版，第12页。

城市的文化记忆与文学书写

建了人类的生存方式和价值观念。"① 小说与剧本中的城市形象成为城市空间生产的重要产品。中国现代小说与剧本中的"北京胡同""上海弄堂"分别呈现了北京、上海的世俗文化。夏衍《上海屋檐下》中旧上海的"大杂院"、老舍《四世同堂》中沦陷的北平城"小羊圈胡同"等，都以文学想象形式表现着一个城市的文化形象。尽管不同文学体裁在表现城市文化时呈现出迥异的风格，但在确证城市文化身份的功能上是相同的，城市文学文本常成为读者了解城市文化记忆的文学"活化石"与情感"博物馆"。

文学作品是城市现代文化记忆建构的有机组成部分，文学建构是一种想象性的建构。"文学中的城市既是想象构建的结果又是客观现实中存在的城市原形的反映。"② 尽管文学活动建构城市文化的方式是"想象性"与"客观性"的结合，但其塑造城市文学形象与城市文化景观的功能不容忽视。芒福德、克朗等城市文化理论家都非常重视文学对城市文化的"塑形功能"。"尽管如此，有一点是很清楚的，即文学作品不能视为地理景观的简单描述，许多时候是文学作品帮助塑造了这些景观。"③ 文学作品描写了具体生动的城市图景，叙述了曲折动人的城市故事，反映了纷繁复杂的城市生活，建构了诗意审美的城市景观。"'想象'城市的过程始终伴随着建构的过程，想象的过程就是建构的过程。创作主体在城市想象中，构造了主体所需要的城市（包括城市的人群、街道和建筑）。"④ 雨果《巴黎圣母院》、狄更斯《雾都孤儿》、卡尔维诺《看不见的城市》、帕慕克《伊斯坦布尔：一座城市的文化记忆》、曹禺《北京人》、夏衍《上海屋檐下》、周而复《上海的早晨》、林语堂《京华烟云》、林海音《城南旧事》、贾平凹《废都》、王安忆《长恨歌》、金宇澄《繁花》等文学作品无不是对其笔下

---

① 焦雨虹：《消费文化与都市表达——当代都市小说研究》，学林出版社2010年版，第1页。
② 程梅：《欧洲城市文化与文学·前言》，南开大学出版社2013年版。
③ ［英］迈克·克朗：《文化地理学》，杨淑华、宋慧敏译，南京大学出版社2003年版，第55页。
④ 曾一果：《中国新时期小说的"城市想象"》，北京大学出版社2014年版，第60页。

城市的"文学命名"与"审美建构"。

　　作家在建构城市形象时常常采取审美的选择和过滤,城市形象的创造是其艺术化的"映像重塑"和"文化解读"。"在路过而不进城的人眼里,城市是一种模样;在困守于城里而不出来的人眼里,她又是另一种模样;人们初次抵达的时候,城市是一种模样,而永远离别的时候,她又是另一种模样。"① 城市文化形象的文学建构,需要热爱城市文化的众多作家全力参与,作家与城市的"精神交流"和"心灵对话"是其理解城市的主要通道。"一个人与城市交往越活跃,就越了解城市。"② 因作家创作个性的差异,文学作品中的城市形象极富个性化色彩。城市文学不是对城市生活表层的简单概括与粗浅描摹,而是对城市生活底蕴的深入挖掘与细腻呈现。优秀的作家能表现城市的性格灵魂,而普通的作家仅能呈现城市表面的文化景观。文学在建构城市文化时,不同的历史语境会生产出不同的城市景观,文学作品如何建构则是研究者关注的重点。"因此,远不能把文学作品当成简单描绘城市的文本、一种数据源,我们必须要注重文学作品里的城市是如何以不同的方式建构起来的。"③ 中外现代作家笔下的城市景观迥然不同,有些作品被认为是"溢美"的城市乌托邦,有些作品被认为是"抹灰"的城市病理图,两者皆为作家与城市进行交往对话后的情感积淀与理性思考后的产物。

　　文学中的城市,并不完全来自经验叙述。在很大程度上,它是一个被赋予意义的城市,也即"文本城市"。它表现为一种现代性意义的建构与现代性修辞策略,并体现为一种国家形象与民族身份的建构,是文学创作者"想象的共同体"。在城市与文学的关系中,文学作品是"文本",城市也是

---

① [意]伊塔洛·卡尔维诺:《看不见的城市》,译林出版社2006年版,第126页。
② [美]刘易斯·芒福德:《城市文化》,宋俊岭、李翔宁、周鸣浩译,中国建筑工业出版社2009年版,第84页。
③ [英]迈克·克朗:《文化地理学》,杨淑华、宋慧敏译,南京大学出版社2003年版,第69页。

一个被编织的"文本",两者互为镜像,是互文性关系。"城市不单是一个拥有街道、建筑等物理意义的空间和社会性呈现,也是一种文学或文化上的结构体。它存在于文本本身的创作、阅读过程与解析之中。"① 城市文化与文学活动是一种互为镜像的存在。城市在文学话语中发现自身的成长历史,文学也在城市变化中获得了自身存在的理由。"文学地理学应该被认为是文学与地理的融合,而不是一面单独的透镜或镜子折射或反映的外部世界。同样,文学作品不只是简单地对地理景观进行深情的描写,也提供了认识世界的不同方法,揭示了一个包含地理意义、地理经历和地理知识的广阔领域。"② 城市文学揭示了独特的城市地理空间形象与城市历史发展镜像,文学作品提供了一种认识城市的方式。城市如何为人所认知?人们用什么方式建立起城市意象,这些意象有什么作用?城市文化记忆与文学呈现的关系探究有何价值?城市文化记忆在各类文学作品中是如何审美建构的?影响城市文化形象的个性化建构同哪些内外的因素相关?诸如此类的问题,都是研究者关注的重点。

四　兰州的城市文化记忆与文学书写
　　之间关系研究的意义

　　文化是一种依靠记忆和象征符号体系而维系的社会共同经验,城市文化亦然。城市文化记忆既是城市文化的建构方式,也是城市文化的存在样

---

①　张鸿声:《城市现代性的另一种表达——中国当代城市文学研究(1949—1976)》,北京大学出版社 2014 年版,第 4—5 页。
②　[英] 迈克·克朗:《文化地理学》,杨淑华、宋慧敏译,南京大学出版社 2003 年版,第 72 页。

绪 论

态。文学活动通过文学叙事来建构城市的文化记忆，并推动了人们对城市文化经验的形成与巩固。

兰州是黄河唯一穿城而过的省会城市，是黄河文化、丝绸之路文化、中原文化与西域文化的重要交汇地。兰州的城市发展已有两千多年的历史。除了对部分歌咏兰州的诗词与散文的整理外，目前还没有论者发表有关兰州城市文化记忆与文学呈现之间关系的专题性论文。一些文化研究者主要关注的是兰州城市形象中的地理特征、历史地位、政治政策、经济状况、民俗文化，而对文学话语中兰州城市形象的研究较少，忽视了兰州的文学形象建构在城市文化建设中的重要作用。一些研究者仅仅从文学文本出发，论述作品中的人物性格、情节结构、思想内蕴及其话语特色，未能对"城市文化"这个独特的"城市文本"与"文学文本"之间的互动关系做进一步探究。本书对兰州城市文化记忆与文学表现关系的考察，具有一定的学术意义与现实意义。

其一，本书首次探讨了兰州城市文化记忆与文学呈现之间的关系。笔者以兰州为个案，以城市形象的文学建构为研究向度，从共时与历时的维度梳理兰州城市文化与文学表现之间的密切关联，对当下文学的城市空间形象与文学书写的研究具有重要参照价值。该研究结论是中国西部城市形象与文学的关系研究成果的重要补充，对书写东部较发达城市的文学创作亦具有借鉴意义。其二，本书是当代城市文学研究的有益补充。城市的历史形象不仅保留在正史文献与地方文献中，还留存在文学话语世界中。文学作品中的兰州城市文化是多元的，而兰州城市形象在文学中的"定格"与"活着"及"复活"必然会丰富兰州城市的文化记忆。文学中的兰州形象，使兰州的城市文化积淀更具深广度。其三，本书对"美丽兰州"的形象建构具有重要的作用。文学中的"兰州形象"应当是甘肃文学创作研究重视的问题之一，它是兰州形象对外宣传的必要补充。本书的结论为兰州文化建设的规划者、实施者、评估者提供了除市政建设、经济建设等"硬指标"之外的评估城市文化软实力的"新指标",即文学中的城市形象指标。其四,本书有利于提高本土作家书写兰州的文化自信与文学自觉。除了牛肉面、黄河铁桥、黄河母亲雕像、《大梦敦煌》舞剧、《读者》杂志等兰州形象建构的"品牌符号"外,除了主流媒体的新闻报道与兰州城市发展的规划蓝图等兰州形象建构的"官方通道"外,文学话语中的兰州形象建构将为"美丽兰州"的文化建设增添更多的美学意蕴。

五　兰州城市文化记忆在不同文学体裁中呈现的美学特色

城市研究学者奈格尔·J. 斯里夫特说:"对城市的书写欲求往往会涉及对思辨时机和情景的作用及痛楚的捕捉,因此写作便成为更为宽泛的事情,具有了戏剧性和述行性。显然,可以通过多种方式书写城市,譬如诗歌、小说、戏剧、情景和背景。"① 在文学话语实践中,作家对城市文化记忆的表达变成了一种"话语修辞"。因体裁的风格有差异,作家在运用不同体裁书写城市文化时会显现出不同的审美特色。从现有作品观之,小说、散文、诗歌中的兰州形象各具审美特色。

(一) 小说中的兰州城市文化记忆

小说是表现城市生活最为常见的文学体裁。"长久以来,城市多是小说故事的发生地。因而,小说可能包含了对城市更深刻的理解。我们不能仅把它当作描述城市生活的资料而忽略它的启发性,城市不仅是故

---

① 汪民安、陈永国、马海良主编:《城市文化读本》,北京大学出版社2008年版,第201页。

绪 论

事发生的场地,对城市地理景观的描述同样表达了对社会和生活的认识。"①甘肃表现城市生活的长篇小说作家有何岳、李文华、贾继宏、王家达、李西岐、史生荣、徐兆寿、马燕山、张存学、尔雅、任向春、雅兰、弋舟、叶舟、苗馨月、杨华团、王文思、张瑜琳、赵剑云等,不同作家的"小说想象"构成不同的兰州城市文化记忆,也"表达了对社会和生活认识"。

何岳的长篇小说《老巷》是一部较早表现兰州市井生活的作品。该作品通过古城一条最古老的老巷——状元巷的变迁,描写了兰州市井民众柴米油盐、生老病死的凡俗生活,展现了西北黄河边上一座历史悠久的古城在 20 世纪 80 年代中期经历的巨变,表现了当代中国西部城市的生活场景与精神潜流。在《老巷》中,现代日常生活场景、民间历史故事、地域民俗风物等共同构成了一幅西北古城的风情画卷。李西岐的长篇小说《金城关》展现了丰富多彩的兰州城市文化景观,其中的历史文化、家居文化、饮食文化、节庆习俗、城市民谣、方言俚语组成了兰州市井生活的浮世绘。

叶舟的中篇小说《羊群入城》是一篇表现"农民进城"的小说。在《羊群入城》中,小羊倌平娃赶着一群羊进入兰州城,并要将羊群送到买家指定的地方却遇到了阻拦。该小说中的人物只有乡村牧羊人平娃和城市广场保安周世平。平娃的羊群要经过广场,而保安不让,两相对峙。在对峙中,通过双方的争执以及平娃与老板的对话,活灵活现地将两个底层人物的人生经历和心灵世界显现了出来,反映了现实的严酷和社会的不公。该小说融入了叶舟对世事的感叹和世道的体察及生命的感悟。雅兰的"红色三部曲"《红嫁衣》《红磨坊》《红盖头》分别以进入城市的知识女性林梦

---

① [英]迈克·克朗:《文化地理学》,杨淑华、宋慧敏译,南京大学出版社 2003 年版,第 63 页。

宇、罗蒙蒙、周雪琪为主人公,展现了乡村女性进入城市后的命运,其笔下的女性人物常常是情感理想的纯洁与情欲生活的堕落、自我人格的寻求独立与现实生存的依附、自强自尊与自卑自贱等复杂性格的"混合体"。雅兰笔下的女性系列形象多为一群在城市生活中生存无保障、情感无托付、理想无着落的漂泊者,"进城"中的情感创伤成为这一类小说的主要情感内核。

兰州人的爱情故事是城市文化记忆的重要内容之一。在兰州的城市情感书写方面,马燕山的长篇小说《天堂向东,兰州向西》《兰州盛开的玩笑》是此类作品的代表,两部小说主要反映了21世纪以来兰州的城市文化景观与兰州人的情感生活。作品以兰州为人物活动的空间,以新闻记者的视角来体察兰州城市的社会生活。小说以报社新闻部主任马踏的爱情故事为主线,汇聚城市中各类人物悲欢离合的命运遭际,表现了作家对兰州城市生活的热爱和赞美。张存学的长篇小说《我不放过你》以兰州为背景,兰州市区的中学校园、大学校园、家庭居所、街道酒吧、饭馆店铺等组成人物的活动空间。在形而上的层面,《我不放过你》是一篇关于"尽头"与"深渊"的寓言化小说。张瑜琳《网事倾城》以西部城市为背景,叙述知识女性苏莹莹的城市情感生活。该小说在道德理想的审视中,对纸醉金迷、灯红酒绿的城市生活进行了理性反思与伦理评判。徐兆寿《幻爱》叙述了杨树在现实婚姻中受挫后在虚拟世界寻求真爱而最终幻灭的过程,旨在表现信息时代里城市男女的情感危机。向春《身体补丁》以女性视角与漫画笔法,追问人性与道德的迷失。杨华团的长篇小说《都市男人》书写了生活在都市边缘的三个中年男人的爱恨情仇,小说通过描摹纷纭琐碎的现实生活,呈现了城市饮食男女灵魂深处的焦虑、无奈和挣扎,表现了作家对城市边缘生存者的人文关怀。

城市知识分子的命运蜕变与精神求索是作家书写城市时必然思考的问题,王家达、弋舟等小说家对此均有所思考。王家达《所谓作家》中的

绪 论

"古城市"是兰州市的隐喻，作品中的城市物质文化景观与精神风貌，折射出改革开放不久的兰州的城市文化记忆。弋舟对当代人的城市生活体验倾注了较多笔力，《蝌蚪》《战事》《跛足之年》等小说皆以"兰城"为主要城市空间场域，以城市生活空间中的大学生、底层民众、知识分子为重点刻画对象，以先锋实验性的叙述方式呈现了现代城市人的生存窘境与精神困惑，建构了一个形态多样、意蕴丰厚的"兰城世界"。在书写兰州的小说中，兰州城市的街道、广场、公园、社区、商店等组成了城市形象的物质文化形态。作为城市文化的体验者和表现者，作家或进入私人空间，或步入公共空间，或穿行于商业空间，或游荡于政治空间，从而建构了一个多维的"兰城"文化景观。

大学校园是城市文化中的主要空间形象之一，大学生活常常是作家触摸城市文化脉息的重要区域。校园题材小说是揭示城市文化的重要板块。小说家徐兆寿是校园青春成长故事的书写者，其《非常日记》《非常情爱》《生于1980》《幻爱》《生死相许》等"非常"系列长篇小说以高校师生情感生活的解剖作为重点，将人物或显或隐的心理世界大胆地呈现出来。尔雅的长篇小说《蝶乱》叙述受乡村文化哺育的青年在城市大学校园寻找自我的故事，在诱惑与堕落中走向成熟则是小说传达的成长体验与生命感悟。史生荣《所谓教授》《所谓大学》《大学潜规则》等反映高校校园生活的长篇小说有意避开惯常写作中对高校校园生活圣洁美好方面的表现，着力表现其腐败、堕落的一面，其小说是对传统高校校园生活"美"形象书写的颠覆和解构。弋舟小说《年轻人》所表现的大学生并非躲在象牙塔中心无旁骛、埋头苦读的大学生，而是喷发着青春激情、行走于校园边缘的"另类"大学生。王文思在大学生堕落的故事情节中展开了以校园为中心的城市社会生活，从而揭露社会现实中的"病痛"，其长篇小说《迷爱》描写了刘莹、童谣、谭斐、聘旎、唐潇、南娅等六位花季少女在陇原大学三年的生活。在该小说中，六位女大学生虽有不同的家庭背景、生活经历、未来理想与个性性格,但都有一个受人歧视的"自费生"身份,她们因此成为大学校园的"边缘人"。迫于外部的各种压力及其自身的原因,童谣等逐步走向堕落。赵剑云的长篇小说《阳光飘香》对大学生生活的描述,让人们闻到了生活中缕缕飘香的"阳光",听到了"天使"的声声祈祷,作品充满了青春理想的气息。剡卉《我是你遗弃的天使》是一部校园言情小说,也是校园生活"美丽的痕迹"。小说塑造了A市贵族学校紫云中学的高中生湮雨汐、白谷遥、冰寒、紫菡、玫琳娜、林小天、何韵基、杜威等形象,小说还叙述了陈安、麻雀、筱薇、申嘉楠等大学生群像。从整体来看,除王文思等作家之外,女性作家笔下的校园一般是美好纯真的空间,男性作家笔下的大学校园则是欲望蜕变的场所。

  小说家对城市景观的展示是独特而多元的。无论世俗生活还是校园情感,小说已成为建构兰州文化形象的主要方式。学者赵园指出:"城等待着无穷多样的诠释,没有终极的'解'。任何诠释都不是最后的、绝对权威的。现有的诠释者中或有其最为中意的,但仍在等待。它不会向任何人整个地交出自己,它等待着他们各自对于它的发现。他们相互寻找,找到了又有所失落;是这样亲密又非无间的城与人,这样富于幽默感的对峙与和解。人与城年复一年地对话,不断有新的陌生的对话者加入。城本身也随时改变、修饰着自己的形象,于是而有无穷丰富不能说尽的城与人。"① 小说对兰州城市文化的言说也是"不能说尽的"。通过文学创作而体现出来的人与城的诗意的审美关系,必然会塑造一个城市的文化形象与精神品格。小说阐释着城市中的城与人,也丰富着城市文化的厚度与城市人精神生活的深度。小说中的"兰州形象"成了"文化兰州"系统工程中有益的组成部分。

---

① 赵园:《北京:城与人》,北京大学出版社2002年版,第12页。

绪 论

（二） 散文中的兰州城市文化记忆

情思真切感人、结构自由灵活、话语摇曳多姿的散文作品，以其独特的审美特质表现着现代城市的外在形貌与内在精神。"现代散文作家用自己的心智，对江南城市展开文化观照与审美体验。现代散文家在对江南城市的解读中表达了自己的思考，江南的城市形象也因作家的解读而得以流传。"① 同样，一些作家将自己对兰州城市文化的感官记忆与审美阐释物化为一篇篇情文并茂的散文作品。茅盾、余秋雨、雷达、尔雅、海杰、程兆生、王君、马琦明、习习、马步升、王新军、杨献平、阳飐、叶舟、杨光祖、许锋、才旺瑙乳、赵武明、李满强、聂中民、魏著鑫等散文家皆对兰州的城市文化情有独钟，以个性化的散文话语建构了兰州的城市文化记忆。

中国现、当代的一些著名作家对兰州有着独特的审美体验，建构了名家笔下的兰州城市形象。张恨水曾在20世纪30年代游历中国西北并创作了兰州题材的散文，认为兰州是"西北的上海"。兰州在20世纪三四十年代曾是抗战的"大后方"城市，也是苏联援华战略物资的重要集散地和西北国际交通线的桥头堡。茅盾在20世纪30年代创作的散文《兰州杂碎》从"旅客"的视角呈现了抗日战争时期的兰州形象。受新文化活动洗礼的"九叶"诗人陈敬容曾在20世纪40年代生活于兰州，兰州的高原气候、物价飞涨、文坛寂寞、民风保守等使她倍感沉闷，成为诗人的"创伤性记忆"，并影响了她对兰州城市形象的文学建构。陈敬容《畜类的沉默》中的兰州城是一个"沉默""荒凉""凄凉"的城市。新闻记者笔下的兰州形象有写实的因素，亦有想象的元素。天津《大公报》记者范长江在1935年9月至1937年1月期间，先后"五进五出"兰州，其《中国的西北角》展示了与

---

① 景秀明：《江南城市：文化记忆与审美想象——中国现代散文中的江南城市意象》，中国社会科学出版社2009年版，第1页。

· 19 ·

城市的文化记忆与文学书写

众不同的兰州形象。范长江在其新闻报道中留下了有关在严冬中想象兰州黄河岸边"田园优美,果树成林"的美好记忆。批评家、散文家雷达结合个人的成长经历与大学生活来呈现兰州的城市文化记忆,其《皋兰夜语》就是表现兰州城市文化精神的经典散文代表作。在《皋兰夜语》中,雷达叙述了他在少年、青年、中年时对兰州的认识,遥想兰州从远古到汉唐乃至近代的历史变化,叙述兰州历史人物的独特性格及其命运传奇,挖掘受到多元因素影响的兰州城市文化精神。余秋雨《皋兰山月》是散文家与皋兰山月的心灵对话,也是作家与自我的精神独白。在广阔的历史背景中,余秋雨试图以此来探寻历史渐行渐远的足迹。除"月下兰州"的朦胧之美外,余秋雨散文还留存着"舌尖上的兰州"的美好记忆。在《读城记之兰州》中,余秋雨就书写了"兰州牛肉面"的"浓厚"和"白兰瓜"的"清甜"。

散文家努力建构着兰州作为历史文化名城的城市形象。程兆生的散文集《兰州杂碎》从地质史、生物史、地理史、文化史等视域来言说兰州的历史文化景观,曾作为恐龙王国的兰州、黄河兰州段的发育与兰州地貌的形成、兰州的气候与地震、石器与彩陶及青铜器、长城与关隘的遗址、兰州的藩王及其更替、日军对兰州的空袭与兰州战役、兰州的书院和贡院及学校教育、报刊业与媒体发展、交通邮电事业、太平鼓和兰州鼓子及刻葫芦等民间艺术、寺观庙堂建筑以及兰州的历史名人,组成兰州文化的"杂碎记忆"。

革命历史是一个城市历史记忆的内容之一,兰州是一个有"革命"色彩的城市。抗日战争时期,日军为了切断国际运输线,对兰州实施了数十次轰炸。王柏华《抗日战争中的兰州大空战》主要介绍1937年11月至1939年12月侵华日军对兰州的轰炸以及中国空军对日军的反击。作品呈现了充满爱国热情又饱受战争疮痍的兰州城市形象,控诉了日本侵略者的罪行。革命回忆录中的兰州形象是革命的"战场"与反动派的"堡垒"。国共

绪 论

决战时期，兰州是国民党在西北的政治军事中心。在刘立波的纪实散文《血拼兰州》中，兰州是"兰州战役"的发生之地，兰州战役是"西北解放战争史上规模最大、战斗最激烈的一次决战，也是一次大规模的城市攻坚战"。袁俊宏《决战兰州》从军队部署、敌我力量、决战过程、激烈程度、伤亡情况、战略意义等方面详细介绍了著名的"兰州战役"。在这些革命题材散文中，兰州是作为"革命战役的战场"与"反动军阀的堡垒"来叙述的。汪小平《白塔巍巍，历史悠悠》、郝炜《兰州：一座茶风涤尘的古城》、马刚《水烟里飘出的繁华》、吴晓《黄河大水车》、李世嵘《盐场堡往事》、阿帅《兰州离"历史文化名城"只有一步之遥》等作品从不同维度挖掘兰州的历史文化意蕴。系列散文既有对古城兰州的温暖追忆，又有对如何建设"历史文化名城"的深深"焦虑"。

  兰州籍作家通过散文表达了对兰州的热爱之情。兰州题材散文既传达出对远逝的兰州历史的忧伤，又充溢着对当下兰州城市生活的热望。王君《纵横兰州》采用了"词典体"形式来建构自己的兰州城市形象，作家在漫谈兰州历史、絮语兰州风物时传递着一种温暖的城市情感。城市生活既有传奇浪漫的一面，又有日常凡俗的一面。普通市民的生活是兰州题材散文关注的内容之一。在《临河之城》中，习习以一个土生土长兰州人的视角和舒缓温馨的笔调回忆丝路古道的沧桑、父辈生活的往事等，"父母亲情""乡恋情结"是习习兰州题材散文的主导情感。在《一座临河而居的城市》中，王琰絮叨着兰州滨河路上的风景、舅舅家临河的住房等，其《五泉菜市场》描写热闹的菜市场，评说各种蔬菜的形色味，漫谈鸡、鸽子、鱼的形态，惊叹市场上拔毛机的"残酷"，评说发廊中头发鲜艳的女孩子，散文话语之中充满了人间烟火的气息。王钟逵《黄河的味道》叙写兰州生活中世俗化、平民化的"味道"与"乐趣"。作家对兰州黄河边公园里的唱花儿、吼秦腔、跳舞、打牌、喝啤酒、喝盖碗茶、吃小吃等各种"坛场"都进行了详细的叙述。魏著鑫《住在金城》以新闻记者的视角与图文相配的

· 21 ·

形式呈现了兰州的城市居住生态景观,作品中既介绍兰州的居住环境、建筑理念、房地产企业等,又介绍兰州城市文化景观。《住在金城》传达了作者对兰州城居生活的深切关爱和对兰州未来居住空间的美好展望。

兰州题材散文对现代知识分子与现代城市之间情感关系的思考较多。在《孤独地走过兰州的街道》中,杨光祖不仅描绘了兰州的城市形象,还叙述其在城市的"幸福""满足"与"孤独""辛酸"的生活经历。在长篇散文《借我春秋五十年:一座城市的文化记忆》中,岳逢春叙述了自己从一个戏剧演员到文化管理干部的人生历程,作品展现了半个多世纪以来兰州城市文化的巨大变化。在《借我春秋五十年:一座城市的文化记忆》中,不仅留存着作家的少年生活记忆、家族故事、"文化大革命"运动、样板戏演出、高考经历、西部大开发等事件,还展现了兰州安宁区沙井驿、龙尾山下保健院、兰州市职工子弟小学、国营工厂、城隍庙、兰州剧院、兰州车站、黄河风情线等兰州的空间场所。《借我春秋五十年:一座城市的文化记忆》是表现兰州城市发展的代表性散文作品。才旺瑙乳《从城市回到植物》以冬去春来的时令变化起笔,叙写"我"的城市生活体验,列举留长发者、穿奇装异服者、狂欢不眠者、失意流浪者等"另类"城市人的生存样态。《从城市回到植物》是作家人城共居、心物对话的诗性传达。城市酒吧是了解城市文化的重要空间,也是世俗生活展演的重要场所。"酒吧"与"酒"是作家的兰州城市文化记忆的组成元素,兰州在一些散文中被"命名"为"酒城"。王琰《甘南路上的一家酒吧》状写甘南路上的歌声、酒气以及品酒、醉酒的人们。海杰《把兰州喝醉》、刚杰·索木东《兰州,远离的兄弟》,皆描绘了兰州城市文化中的酒吧空间形象。

城市文化空间由公共生活空间与个体生存空间共同组成。散文家从城市公共管理事务的视角理解和诠释城市,传达了对城市发展过程中公共利益的思想诉求。马琦明的散文集《兰州笔记——城市建设与发展》从政府管理者的角度,以图文并茂的方式,对兰州城市生存、可持续发展的重大

绪 论

理论问题和实际问题进行了探讨,展现了兰州作为现代城市的巨大魅力。《兰州笔记——城市建设与发展》既涉及理念、艺术、教育、生态、人文、个性等城市发展中的文化问题,还涉及定位、规划、设计、建设、环境等效益问题。聂中民《城之西,河之北》表现了对古老神秘、物产丰富、魅力四射的安宁区生活的喜爱。聂中民内心深处最难割舍的就是兰州城西、黄河以北的安宁新城。21世纪以来,兰州新区建设成为广大散文家关注的新话题,也成为作家畅想兰州新形象的触发点。许锋、马步升、岳逢春等散文家对兰州新区的建设充满了憧憬。许锋曾亲身参与兰州新区的建设,感受到秦王川大地古今巨变,后来创作了有关兰州新区的长篇散文《湖水从何而来》。该作品细致生动地描绘了兰州新区的建设,尤其对兰州新区湖水环绕、青草如茵、绿树成林的生态美景予以了详细的描述。马步升《兰州的新翅膀》历览秦、隋、宋、明、清、民国、新中国的兰州历史沿革,评述兰州作为西北军事要冲、区域政治文化中心、现代城市等历史地位,介绍兰州新区的规划面积、经济地位与未来前景,认为兰州新区将成为西北地区重要的经济增长极、国家重要的产业基地、向西开放的重要战略平台、承接产业转移示范区。岳逢春《盛世华章》叙写兰州的历史变革与发展蓝图,畅想"盛世华章"的兰州新区的建设与发展,认为兰州将成为国家向西开放的新门户与规划建设的全国性交通枢纽,也会成为中国西部与国内中原地区以及欧亚大陆国际交流的重要窗口。

无论城市文化的规划者、建设者,还是城市文化的体验者、表现者,他们都是推动城市文化建设与发展的重要力量。散文家在城与人的诗性对话中,不断挖掘着兰州的独特精神品性。从本土作家的创作实际来看,"我的兰州""家在兰州"标志着作家与城市零距离的接触、敞胸怀的接纳与真性情的表达。散文中的情感旅程是作家生命体与城市生命体之间的心灵对话,他们在认同中批评,又在批评中认同。叶舟《半个兰州》状写兰州的地理形貌,着力表现兰州金城关一带以穆斯林为主的居民的生活样态,着意描写"一只船"街巷中僧侣漫行的宗教氛围。可以说,叶舟在"生活的感念"中建构了一个"沧桑""神秘"与"幸福"的兰州城市形象。叶舟《何谓边地生活——以兰州为例》书写兰州市民生活的另一面,呈现了兰州市民"散淡"与"不紧不慢"的性情。与叶舟的散文不同,尔雅《象形的兰州》揭示的是兰州城市生活的内敛、保守、神秘、缓慢、悠闲的精神特质,表现的是兰州人奔放、坚毅、智慧、偏狭、固执的性格特点。兰州本土散文家品味着兰州的城市精神,非兰州籍散文家亦在与自己出生城市的对比中呈现了兰州城市的文化记忆,作品中渗透着鲜明的"他者"意识。李满强《都市里的村庄》传达的是"城市暂居者"缅怀乡村、寻找家园的情感指向。李满强《都市里的村庄》写兰州的城中村"龚家湾",作品不但折射了城市的变化,而且折射着作家浓浓的乡村情结。散文作家对兰州城市文化记忆的想象逻辑不仅受到创作主体、时代氛围、社会思潮的影响,还与兰州城市文化本身的丰富复杂、多维多面有关。一个人的成长亦是一座城市的成长,土生土长作家的童年记忆与城市生活是紧密联系在一起的。在习习、岳逢春、李世嵘等的兰州城市书写中,都有其童年的记忆,作品都传达着"兰州即故乡"的深厚情愫。

(三)古体诗歌中的兰州城市文化记忆

古体诗词是中国文学的主要文体样式之一。从古至今,吟咏兰州城市文化的古体诗词不断涌现,构成了古体诗词中的兰州文化记忆。《兰州古今诗词选》《兰州诗话》《金城漫话》《甘肃历代诗词选注》《陇右近代诗钞》《历代咏陇诗选》《兰州历史文化·文学文献》《兰州南北两山绿化之歌》《兰州文史资料选集》《重修皋兰县志》《兰州风物集》《中国城市大典·兰州卷》《兰州市志·地方文献志》等诗词选集与地方志中都收录了大量吟咏兰州的诗词作品。

从历时性的角度来看,古体诗词中的兰州城市形象经历了边关城池、

藩王都城、陇上乐土、现代都市的审美形象的嬗变。险要的边关城池是古代诗词书写中兰州城市形象的主要内涵,具体表征于唐、宋、金、元时期吟咏兰州的诗词之中。南朝宋时诗人吴迈远《棹歌行》是较早写兰州城的诗作。《金城北楼》为唐代诗人高适随哥舒翰远赴河西、途经兰州时所作,山川之美、时局之险、匹夫之责、人生之思皆充溢于诗中。兰州在诗中不仅具有"北楼西望满晴空,积水连山胜画中"的江山如画之美,具有"湍上急流声若箭,城头残月势如弓"的边塞关隘之险,更有"为问边庭更何事,至今羌笛怨无穷"的从军之苦与战事之紧。岑参《题金城临河驿楼》乃诗人远赴北庭途经兰州所作,诗中"古戍依重险,高楼见五凉。山根盘驿道,河水浸城墙"等句表现金城驿楼的高峻与险要,也说明了兰州军事位置的重要。金代邓千江《望海潮·献张六太尉》通过恢宏壮阔的意境对兰州城进行了较为详细的描绘,是古代吟咏兰州诗词中的代表作。整体观之,唐宋诗词中的"边城兰州"观念随着文化的传承而成为后人想象兰州的"集体记忆"。

明代是兰州城市形象变化的重要时期,兰州城市形象在明代古体诗词中主要显现为繁荣昌盛的藩王之都。明肃靖王朱真淤的诗作对兰州的寺庙、道观、园囿等城市景观进行了诗意的展示,其《华林寺》三首对恢宏壮丽的华林寺作了多角度的描绘,《金天观》则展示了山楼依叠峦、道观傍清流、松鹤唳庭院、雨鸠啼林间的兰州金天观美景。明代诗人对兰州的华林寺、金天观、五泉寺、白塔寺等寺院建筑有较多描写,这不仅说明了明代兰州宗教文化的繁盛,还表明了明代藩王对宗教文化的重视。清代诗词中的兰州是城池坚固、山水相绕、物产丰饶、安居乐业的陇上乐土,所建构的城市形象中少了唐宋边塞诗词中的战鼓频催与羌笛诉怨,多了民情风俗的故土深情和家园温馨。江得符、秦维岳、马世焘等清代兰州籍诗人对兰州的泉水、瓜果、桃花、柳枝、灯火等感情深笃,他们的诗词大多抒发了诗人们对陇上乐土兰州城的热爱之情。江得符《我忆兰州好》、马世焘《兰州竹枝词》称赞物产民风，表达赤子之情。这些歌咏兰州的诗词宛如兰州的民俗风情录，处处散发着世俗之气与风情之美。与前代诗词相比，清代诗词中的兰州形象较少天下兴亡百姓皆苦的悲怆之叹，而多表达市民居此乐土的亲近之感。从作品创作主体的身份来看，本土诗词作者较多，"陇上乐土"的兰州城市文化记忆在一定程度上说就是诗人审美理想的符号化产物。

近现代以来，吟咏兰州的古体诗词创作日渐增多，诗词中的兰州则呈现出驳杂的文化景观。受国势动荡、政治纷争、民族救亡、社会变革的影响，兰州题材的诗词书写逐渐显出宏大抒情的特点。诗人在托物言志之外，常常将城市的命运与国家的命运联系在一起，诗词中所蕴含的时代精神与政治色彩大大增强。杨巨川《光复纪念会竹枝词》表现了松柏灯笼装点街道、旌旗飘扬、市民游行等兰州市民纪念辛亥革命周年的盛景。张建《小庙滩醮会竹枝词》之一叙述民国时期的货币贬值、物价飞涨的景象。王烜《冬月十六、七、八三日，敌机连炸兰垣，灾情惨重，记之》、王干一《敌机空袭文庙》等诗作描绘兰州受到日军轰炸时的悲惨场景。值得注意的是，吟咏兰州的诗词在特殊时代语境中必然会涂染上革命的色彩。王定国《忆兰州》回忆抗日战争中在兰州八路军办事处工作的情景，师纶《回忆兰州解放战役》展现当年解放兰州的革命历史记忆。新中国成立后，吟咏兰州的诗词多表现在民族独立、国家发展、社会建设背景下的兰州城市新气象。沈钧儒《参加兰州国庆大会》、王烜《朝鲜访华团来兰，为写两律以当欢迎》、陈毅《游兰州五泉》、董必武《游兰州五泉山》、钟敬文《兰州》、胡绳《兰州二首》、霍松林《重游兰州》等诗词描写兰州四十多年来的变化，诸多诗词共同建构了一个自然山川美好、思想观念开放、文化交流广泛的兰州城市形象。新时期以来，王沂暖、王秉均、尹贤等诗词家们不仅感受到国家政治上大地春回，还感受到兰州经济文化的欣欣向荣。王沂暖《行香子·从兰州写起》赞美一代代在兰州生活的英雄儿女与传奇人生，王秉均《鹧鸪天·咏兰州》描绘了作为繁荣工业新城与欧亚经济交流枢纽的兰州城市形象,尹贤《兰州今昔》比较了从昔日征戍干戈、巷外卧牛羊、坊肆凋敝、民生艰苦到工厂矗立、生产繁忙、商业发达、民族团结的兰州形象的巨大变化。这些诗作多采用今昔对比的方式,以宏大的意象、鲜明的情感、直接的抒情表现兰州城市的今昔巨变。一些描摹兰州山水风景的诗词作品,也常常散发出鲜明的时代气息。

受审美主体身份的影响,尽管有部分吟咏兰州的诗词模仿"竹枝词"等民间词曲的风格,然而大多数诗词传达了浓郁的文人气息与士大夫趣味,诗风多典雅蕴藉。从整体创作来说,虽有"竹枝词"等富于民间情韵的诗词创作,但更多的诗词表现的是文人情趣。诗词中不乏游览山水时的诗意感触,也不乏文友诗侣交往的记录与酬韵唱和。山水之乐、田园之乐是其诗词要表达的主要内容,生命感叹、朋友情谊是其表达的主要情感。一些吟咏五泉山、兴隆山、栖云山的诗词则充满了游赏山水的趣味与纵情自然的愉悦,也表现出无意富贵功名的超脱思想,诗人常常期冀能够通过自然山水书写来忘却世务尘嚣的烦忧。吴镇《后五泉》、彭泽《满江红·九日游西园》、刘尔炘《五泉山雅集偶成》、邓隆《雁滩》等诗词状其饮酒后的醉态,形其游玩时的欢颜,言其纵意山林的闲适,同游之喜、宴饮之乐、庆贺之欢皆入于诗中,从一个侧面反映了清代兰州知识分子独特的精神世界。

古体诗词风格的差异与时代创作语境、创作主体的个性特征密不可分。吟咏兰州的古体诗词尽管有相似的表现对象,但因审美创造者的差异而表现出迥然不同的艺术风格。诗词创造者的文化身份或为皇室成员,或为道士僧人,或为文人墨客,或为官吏村氓等,身份不同;创作主体或因政治理想、学识才气、抱负观念、审美趣味等方面的差异,其表现兰州的诗词也具有不同的审美品性。有的诗作豪迈悲壮,慷慨苍凉;有的缠绵婉转,嫣然娟丽;有的诗作清新明快,天然质朴。城市是一个繁复多样的文本,诗人将自己在特定时空下的城市体验记录下来,成为对城市文化的诗性表现。从整体来看，众多吟咏兰州的诗词作品从不同侧面构成了兰州城市的文学记忆。这些留存于古体诗词中兰州记忆，传承着兰州城市的文化基因与精神脉息，对建构兰州城市文化具有积极的意义。

（四）现代诗歌中的兰州城市文化记忆

"城市诗"是一种现代诗歌的题材类型，凡以城市景观、城市生活、城市市民为题材的诗歌都是城市诗。"城市诗"并非简单地"在城市"写的诗，应当是"为城市"而写的诗。兰州城市文化记忆的诗歌表现者多半是陇籍诗人，只有较少一部分是其他省籍的诗人。兰州题材现代诗歌的代表作有高平《兰州的南北两山》《飞的姿态》、梁积林《兰州三首》、阿信《兰州》、古马《兰州诗章》、牛庆国《在兰州》、李满强《有关兰州的记忆》、沙戈《火车逆着黄河开》、才旺瑙乳《雪花飘临》、汪玉良《欢歌唱响，魅力兰州》、高凯《新区俯瞰》、雪潇《兰州》、阳飏《兰州：史与事》、人邻《西北诗篇》、孙立本《金城山水印》、娜夜《这个城市》《飞雪下的教堂》《站牌下》、马萧萧《兰州阳光》《兰州，黄河唯一穿城而过的省会》《兰州花朵》《兰州早餐》等。

历史文化是诗歌对城市文化记忆的必然表现领域。阿信《兰州》共十四节，其中第一至九节回忆兰州的历史，第十至十四节表现自己在兰州的见闻和对兰州形象的回忆。诗人用蒙太奇技法呈现了兰州的历史沿革。河苇鸿《兰州：黄河东去》吸收传统历史叙事诗的表现手法，概括地叙述汉武帝下令筑城、霍去病以马鞭击出五泉、隋代建金城郡、唐僧师徒在西津渡口过河西去等历史事件。在对历史的"重构"中，河苇鸿的诗作曲折地表现了"我"在时间之河中的"渡客"身份与"十年一觉兰州梦"的沉思。郝炜《兰州镇远浮桥遗迹有感》抒发了诗人由明洪武年间铸造的镇远浮桥的遗迹而引发的感触。在对明朝"南下的锦衣卫""忠贞臣子的投湖""起义的农夫""帝王的寿辰和驾崩"等历史事件的片断化描述之中，诗人

慨叹时间的无情与政治的动荡。在《兰州：史与事》中，诗人阳飏以独特的意象表现了兰州"史"上的"事"，在彩陶碎片、古迹遗址、历史故实等意象中追溯了兰州的历史文化。阳飏《兰州简史之九》以"乾隆二十九年""民国三十二年""民国三十四年"等历时性时间标记入笔，叙写了兰州陕甘总督移驻兰州、黄河暴涨、大旱、卖水车穿巷吆喝、山字石天主教堂唱赞美诗、羊皮筏子运送货物、兰州末代秀才走在学院街上等历史情景，展现了古代兰州的政治、经济、文化生活的诸多历史面影。阳飏《兰州明肃王府史略》《兰州五泉山》《兰州白云观》《兰州金天观》《兰州辕门》《兰州书院》《兰州史前彩陶》《与河为邻》《轶史一则》皆以表现兰州的历史文化为重点。在《如果必须点灯》中，诗人何岗以"古代边城"来给兰州"定位"，诗作写了兰州作为"边城"的秋色，还写了"古城"兰州的"哀伤的时光"。此外，雪潇《榆中》《甘草店》、赵永林《兰州 在历史的眼里》等诗作对兰州城市的历史文化进行了个性化的展现。

兰州是唯一一座黄河穿城而过的城市，皋兰山与白塔山伫立在城市南北，从而形成独特的"双峰并峙"的峡谷地域景观。"黄河意象"因此成为兰州城市文化表现中的核心意象。诗人对黄河意象的表现或承续民族建构话语，或发自个人体验话语。有的诗作是对个人生命体验的沉思，有的诗作是对时代与民族精神的吟唱。古马《古渡落日》中的黄河是"天堂和地狱之间的桌布"，雪潇《兰州》中的黄河"河流如弦"，牛庆国《黄河断片》中的黄河"老态龙钟""蹒跚着远去"，人邻《西北诗篇 河边一瞬》中的黄河"阴郁、颓废"；徐学《去看黄河》中的黄河"温柔地流淌着"，李满强《车过黄河》中的黄河深藏着家庭苦难与对生命苦痛的关注。众多诗人笔下的黄河意象，构成了多层次的"黄河意象群"，传达了诗人独特的"黄河情结"。雪潇、人邻等诗人常以"凝视""沉思"为诗歌情感的内在组织形式，其黄河题材的诗作常常是主体与黄河之间的生命对话。有的诗人对黄河的表现采用直抒胸臆的方式。惠永臣《兰州，我心中的爱》、赵永林《黄河岸边的诗意》、李活《黄河经流我们的城市和村庄》等诗歌对黄河的表现采用了歌唱、呼唤、倾诉的方式，诗人多抒发对黄河母亲的感恩、赞美之情。当代生态意识影响着诗人的兰州题材诗歌创作，黄河水受到污染等河流生态危机亦受到有自觉生态意识的诗人的关注。刘文杰《黄河，一条无辜的河》批判现代文明对母亲河的践踏，殷切地希望黄河母亲能够重归绿色的生命。"羊皮筏子"与黄河是一种共生共存的生命关系，诗歌中的"羊皮筏子"是兰州黄河的生命符号。各具特色的羊皮筏子组成了一个羊皮筏子意象谱系。"筏子"意象因浸染着中国传统文化中的悲剧意识而常常具有某种沉重感与悲剧感，"羊皮筏子"意象更能体现西部人的精神特点与人生命运，这类诗作多表现生命如浮萍、人生如舟楫的哲性思考，如刘宏远《羊皮筏子》、李老乡《羊皮筏子》、牛庆国《黄河断片》、高凯《羊皮筏子》等诗作。黄河意象与羊皮筏子意象既是兰州的城市文化符号，也是兰州题材诗歌的主要意象。

宗教文化是兰州城市文化的有机组成部分，也是诗人表现兰州城市文化时重点关注的内容之一。无论对佛教的寺院还是对伊斯兰教的清真寺，当代诗歌中都有所表现。古马《兰州诗章 十一月的法雨寺》、惠永臣《兰州，我心中的爱 白塔》、付邦《兰州的色彩 五泉片景：佛堂一角》都对兰州的佛教文化深有感悟。诗人们常常在对宗教性的建筑描述中阐释着生命的哲思与宗教的哲理，以寻求人性与佛性的互补互融。古马的诗对兰州清真寺的表现较多，诗作处处充满了神圣、虔敬的宗教情感与宗教精神，诗人借此来寻找个体生命的精神泅渡。古马《兰州诗章 写于清真寺旁的诗篇》之三描写回族乡亲念经、宰羊、领受圣餐与互道祝福；《兰州诗章 写于清真寺旁的诗篇》之四描述了"深夜念经的回回／一顶跪着的白帽子／就像一片安眠药／在黑暗里缓缓溶解"的宗教仪式。念经、葬礼等伊斯兰教的各种宗教仪式在其诗中具有了深刻的思想意蕴。

城市日常生活充满诗意，诗人在兰州日常生活中发掘着诗意之美。阳飚尝试着兰州城市题材,常将笔触深入兰州的大街小巷,并对城市文化生活进行日常化的富有现场感的表现。"城市的样子""夜行火车""火警""停水停电""电线杆广告变迁史""分房""堵车""一列火车只拉一个人"等城市日常生活体验成为其诗歌表现的重要内容。兰州因河而生,傍山依河而建,临河品茶、沿河散步、河畔相约、河边唱花儿、河边送别等河畔生活便成为兰州市民生活不可或缺的内容。王琰《临河而居》描写兰州的市井生活与情感波澜:"旧楼旧家院/羊肉锅沸腾/母亲把萝卜切成花形/炖出家的味道";"一条浩荡的黄河水/满面严肃,裹紧心事/匆匆而去"。王琰诗中的黄河散发着"居家"的"味道"与"心事",诗作无意于追求宏旨深意,而充盈着生活气息。古马《临河品茶得句》、李满强《一群人在黄河上喝茶》等诗作皆表现了临河生活中的所见所思。在城市意象的选取上,"街景"常常是诗人们表现兰州城市文化的审美视角。牛庆国《在兰州》组诗以即景式、色块状、断章体的形式来完成了对兰州城市的素描。初冬晨光中的五泉山、卡车里的树苗、公园里的苹果树、大街上的苹果摊、博物馆的石锄、黄河上的落日与羊皮筏子等组成了牛庆国"街景诗"的意象系列。与牛庆国的诗不同,沙戈《我看见满满一车太阳花》《清晨读一首诗》等诗作注重表现城市生活的异己性和隔膜性。

城市生活培植着诗人们的情感世界。抒情主体与城市空间的情感关系有时是和谐亲近的,有时是隔膜的、异己性的。傅苏《兰州,兰州 1997年的站台》回忆了20世纪30年代诗人在兰州的生活经历,诗作的情感是忧伤而又温暖的,诗作无疑是一次诗人在审美空间的"故地重游"。城市中的大学生活经历都成为诗歌回忆的内容之一。有些诗人对兰州文化记忆的表现一般与他们在兰州高校的求学经历相关联,如阿信之于西北师范大学,庄苓之于兰州商学院。城市校园题材诗作在内容组织上常将昔日的大学生活、往日的城市体验与当下的诗意想象相交相融。庄苓《兰州笔记》记录了青春人生穿行城市时各种生存经验与审美体验,漂泊之伤与流浪之痛交织，进城的自尊与居城的自卑混在一起，诗歌的情感迷茫忧郁，诗歌话语感伤唯美。一些诗作表现城市的"文明病"，徐学《兰州有什么好的》从远处审视兰州的城市生活，采用了一种反弹琵琶的"另类"向度，认为"黄河把兰州一分为二"，"这日复一日的重复你厌倦透了"，"高高的楼房一座挨着一座，攒动的人头一个紧挨着一个"，"朋友们相聚大口大口喝酒"，因此"兰州有什么好的"，抒情主体对兰州的"隔膜感"较深，其对城市的批判较强。

  城市的最新变化和发展是诗人关注的内容之一。兰州新区是第五个国家级新区。兰州新区的建设不仅受到散文家的关注，还受到叶延滨、高平、高凯、汪玉良等现代诗人的关注。这些诗人运用浪漫主义的手法，以充沛的激情，宏大的意象，排比的句式，描绘了"兰州新区"的美好蓝图与建设成就，表达了作为"兰州人"建设新兰州的巨大热情，传达出诗人对未来兰州的美好期盼。高平《飞的姿态——致兰州新区》表达了建设兰州新区梦想实现的喜悦心情。叶延滨《奇迹之歌——写给兰州新区》用"我单纯而兴奋的诗句"来描写兰州新区。在叶延滨的诗中，诗人以铜奔马踏着飞燕化作凤凰凌空展翅而舞而歌来写新区的巨变，以秦王川像个小伙子穿上第五个国家级新区的崭新工作服、工作证上印着金色的国徽描写兰州新区的风姿，赞美处处充满了"奇迹"与"绿色的希望"的兰州新区。在高凯《新区俯瞰》、汪玉良《欢歌唱响，魅力兰州》等诗作中，读者不难发现颂歌体诗歌话语与"百城赋"话语表达方式对他们诗歌创作的影响。

  从现有的作品来看，甘肃城市题材文学作品亦呈现出自身的一些特点。在内容方面，大学校园、官场生态与市民生活是其表现的主要领域；在表现手法方面，现实主义的创作手法占主导地位，张存学、弋舟等作家借鉴和吸收了现代主义的表现手法。在传达城市个性方面，习习、王琰、杨光祖的散文，何岳、李西岐、马燕山、弋舟、张存学的小说，阳飏、人邻、牛庆国的诗歌等，都重视刻镂了兰州独特的地域文化与城市精神，兰州城市和文化个性得以在文学镜像中生动显现。"当我们言及'城市个性'这一表述时，明显带着很强的人格化色彩，主要是强调不同城市之间应像不同的人一般具备自身的特征，即在自然条件、历史文化、市民精神等方面有别于其他城市的，并能为人所感知的客观存在的差异性。"[①] 不同体裁的文学作品从不同的侧面显现了兰州城市文化的个性特征与兰州人的性格特征，共同建构了文学话语世界中的"兰州镜像"。

---

① 陈李波:《城市美学四题》，中国电力出版社2009年版，第146页。

第一章　古体诗词中的兰州城市文化记忆

随着城市化进程的不断加快，城市已成为人们重要的生存场所。城市虽然发端于乡村，但在其发展过程中，城市逐渐脱离乡村母体，具有了独立的发展规律，也形成了不同于乡村的文化形态。城市文化由城市的物质文化、制度文化与精神文化等构成，其显性特征是人口密集、工业发达、高楼林立、商品丰富、交通便利。城市文化空间既是人们生存的时空，又是人们认识的对象。作为人们认识和体验的对象，历史与现实的城市生活成为城市文化记忆的重要组成部分。

一　城市文化记忆与古代诗词创作

城市是一定区域内政治、经济、文化的中心，它为本地区文学的发展提供了诸多必不可少的物质基础与精神动力。城市孕育了城市文学，不仅培养了新的文学接受者，培育了新的文学创作者，还促生了新的文学样式。中国古代城邑文化就影响了唐代传奇和宋元话本，现代城市生活影响了中国现当代文学的发展，这些例证都充分说明了城市文化对文学创作的重要影响。

城市既是文学创作、文学传播、文学接受的场所，又是文学表现的对象。自秦汉以来，中国文学对城市的审美观照绵延不绝，无论繁荣富丽之盛都、朝代更替之废都，还是国家倾覆之亡，在历代的文学作品中皆有表现。"都邑赋的问世在中国古代城市文学史上具有里程碑意义，它标志着城市文学创作已具有自身独立的价值。从宏观角度审视，都邑赋作者感受着时代跳动的脉搏，从美都邑与哀荒城两个方面展开了创新性的艺术表现。"①屈原《哀郢》、扬雄《蜀都赋》、班固《两都赋》、张衡《两京赋》《南都赋》、徐干《齐都赋》、左思《三都赋》、鲍照《芜城赋》等都是中国古代城邑赋中的代表作。城市文学蕴含着丰富的城市文化信息，文学作品中的城市形象亦成为城市文化建构的重要组成部分。中国当代的都市散文、都市小说、都市诗歌皆从不同审美维度呈现着现代都市的多样文化景观，文学作品中的城市形象因此成为城市文化记忆的重要内容。

中国诗词的产生与古代城市文化有着紧密的关联。城市给予了诗歌创作全新的视野、题材、意象及境界。城市不仅是诗歌表现的重要对象，还是诗歌传播的重要场所。在中外诗歌史上，都有一些诗派与某些城市有关，譬如中国古代的"永嘉诗派""桐城诗派"以及美国现代主义诗歌流派"纽约诗派"等。诗词的兴盛常常与城市文化的繁荣相依相生，如唐诗创作兴盛之于唐代长安、宋词创作的繁荣之于宋代的汴梁和临安。

古代文人常常怀帝乡之梦，将帝辇之下的京都作为实现自己政治理想与实现自我价值的最佳场所，而将离开京都当作遭受贬谪的人生挫折。古代文人每当面临理想幻灭、仕途穷困之日，或者个性自由受扼之时，便将城邑当作罪恶之地与逃离之所，将乡村作为避祸全身或适意生存的场所，并在放浪自然山水和纵情田园生活中寻求精神的自由与人格的完整。

历代王朝都城的兴废与政权更替紧密关联，都城空间的文学想象成为

---

① 周晓琳、刘玉平：《中国古代城市文学史》，人民出版社2013年版，第47页。

古代知识分子表现政治情怀、民族精神以及生命理想的载体。都城中的街衢府衙、阁楼宫宇、园林苑囿、客栈旅馆、达官贵人、商贾游侠、骚客词人、舞姬歌女等城市意象,皆承载着丰富的社会政治文化内涵与多样的宇宙人生感悟。左思《咏史》之四中云:"济济京城内,赫赫王侯居。冠盖荫四术,朱轮竟长衢。朝集金张馆,暮宿许史庐。南邻击钟磬,北里吹笙竽。寂寂扬子宅,门无卿相舆。寥寥空宇中,所讲在玄虚。"该诗作展示了京城生活的豪华富丽,批判了王侯贵族奢侈腐朽的生活,抒发了诗人志不得伸的抑郁之情。曹植《名都篇》表现了都邑奢华繁丽的生活。嵇康《酒会诗》以"玄池戏鲂鲤,轻丸毙翔禽"表现城邑生活中"游猎"的血腥暴力。沈约《解佩过朝市》以"观斗兽于虎圈,望窈窕于披香"写城邑苑囿的奇特景观。杜甫《自京赴奉先县咏怀五百字》以"彤庭所分帛,本自寒女出。鞭挞其夫家,聚敛贡城阙"揭露城邑的贫富不均与阶级对立。"都城"或"都邑"在以上诗歌中成为权力、奢华、功名的表征,潜藏着激烈的阶级矛盾与冲突。

都邑空间的"常"与"变""在"与"无""盛"与"衰"等不断诱发着古代诗人对时间、历史、生命的省思。"较之前一时期的同类作品,都市诗歌在唐代的发展主要体现在以下方面:成为诗人艺术表现对象的城市数量明显增加,除京城之外,越来越多的南方城市进入城市画廊,文学版图进一步扩大。"[①] 唐代诗人卢照邻对长安城多种文化景观的描绘,标志着都邑诗歌表现范围的极大拓展,其《行路难》以长安城北"枯木横槎卧古田"的破败景象对比昔日车马如流、游人如织的繁盛景象,抒发了"人生贵贱无终始,倏忽须臾难久恃"的生命感叹。唐代元稹在《连昌宫词》中借"宫边老翁"之口,描述唐明皇与杨贵妃在连昌宫中"楼上楼前尽珠翠,炫转荧煌照天地""飞上九天歌一声,二十五郎吹管逐"的歌舞生活,叙述

---

① 周晓琳、刘玉平:《中国古代城市文学史》,人民出版社2013年版,第124页。

在安史之乱后元昌宫"庄园烧尽有枯井,行宫门闭树宛然"的物质巨变与"庙谟颠倒四海摇,五十年来作疮痏"的政治命运,表达诗人"太平谁致乱者谁"的历史诘问,以此评述安史之乱前后唐代朝政安定与动乱的内外因由。宫廷生活是都城生活表现的重要内容之一,宫廷题材诗歌虽然在内容上多歌功颂德之作,但从另一个角度也可以发现宫廷生活的诸多侧面。

"多方面的原因造就了宋词兴盛的局面,其中非常重要的一点便是城市的繁荣以及由此而产生的城市文化娱乐业的发展,取代坊市而出现的街市,将城市变成了繁荣的大众生活与娱乐场所,造就了市民文化与通俗文学勃兴的局面。"[①] 宋代以来的文学之美,在一定范围内体现于对都市新貌的诗词表现上。"宋代都市,造就了皇宫之雅正、士人之雅韵和大众文化之俗趣,但各类的雅与各类的俗又有着非常丰富的互动。宋代的都市美学,正是在雅俗的互动中产生出来,兴盛出来。"[②] 刘方在《都市日常生活的诗化与宋代城市诗歌的转型——邵雍城市诗歌书写的文学史意义》中指出,宋代诗人邵雍的城市诗歌从积极、肯定和赞赏的眼光去书写城市,赞美城市,从而建构一种全新的城市意象、城市景观与城市精神。[③] 宋代诗人宋祁《汴堤闲望》对"虹度长桥箭激流,夹堤春树翠阴稠"城邑景观的描述中,就寄寓着"谁知昼夜滔滔意,不是沉舟即载舟"的兴亡之叹。柳永《望海潮》是表现宋代都市美的代表作,词作展现了繁华豪奢的临安(杭州)都邑文化景观:"东南形胜,三吴都会,钱塘自古繁华。烟柳画桥,风帘翠幕,参差十万人家。云树绕堤沙,怒涛卷霜雪,天堑无涯。市列珠玑,户盈罗绮,竞豪奢。 重湖叠巘清嘉,有三秋桂子,十里荷花。羌管弄晴,菱歌泛夜,嬉嬉钓叟莲娃。千骑拥高牙,乘醉听箫鼓,吟赏烟霞。异日图将好景,

---

① 周晓琳、刘玉平:《中国古代城市文学史》,人民出版社 2013 年版,第 218 页。
② 《中国美学史》编写组:《中国美学史》,高等教育出版社 2015 年版,第 256 页。
③ 刘方:《都市日常生活的诗化与宋代城市诗歌的转型——邵雍城市诗歌书写的文学史意义》,《浙江社会科学》2010 年第 7 期。

归去凤池夸。"另外，古代的宫体诗就其思想与艺术价值来说多遭人诟病，但从反映都城中宫廷生活风貌等文化思想方面颇有价值，想象性地建构了历代王朝的"前廷"与"后宫"世界。

二 兰州的城市文化记忆与古体诗词创作

兰州古称"金城"，是一座具有悠久历史的城市。汉武帝元狩二年（前121）设置金城县。汉昭帝始元六年（前81）设置金城郡。十六国时，西秦国将都城先后设在今兰州的菀川、西固两地。隋文帝开皇元年（581）设兰州总管府，遂有"兰州"之名。自汉代至宋代，兰州凭借其沟通西域、屏障中原、襟连千里的地理形势成为丝绸之路上的一座文化重镇。明建文元年（1399）肃王从张掖移节兰州，兰州遂成为藩都。清康熙五年（1666）陕甘分治后，兰州成为省会城市，成为甘肃省政治、经济、文化、教育的中心。

兰州处于带状峡谷盆地之中，其南北高山耸峙，黄河穿城而过，以其独特的地理位置成为中国西北的交通枢纽、军事要冲和商埠重镇，后来成了国内重要的工业城市。兰州是东西文化交流的桥梁，也是多元民族文化的交汇点。历代文学家以饱满的情感、诗性的话语描绘了兰州的自然景观与人文景观，创作出丰富多彩的文学作品，组成了兰州城市文化记忆的文学卷轴。

古体诗词是中国文学的主要文体样式之一。从古至今，吟咏兰州城市文化的古体诗词不断涌现。《兰州古今诗词选》《兰州诗话》《金城漫话》《甘肃历代诗词选注》《陇右近代诗钞》《历代咏陇诗选》《兰州历史文化·文学文献》《兰州南北两山绿化之歌》《兰州文史资料选集》《重修皋兰县志》《兰州风物集》《中国城市大典·兰州卷》《兰州市志·地方文献志》等诗词选集与地方志中都收录了大量吟咏兰州的诗词作品。卢金洲选注的《兰州古今诗词选》是收集吟咏兰州诗词作品较多的一部诗词选集。[①]众多古体诗词涉及兰州城市的地理、历史、政治、经济、文化等方面，呈现出独特的兰州城市文化形象。

三　古体诗词中兰州城市文化记忆的历时性审视

城市是一个复杂的、具有多面性的社会集合体，既是空间性的又是时间性的，既有外在的分区结构又有内在的地位功能，既是物质存在又是精神存在。城市的国家政治功能与地理特点是其文化形象的重要内涵，从历时性的角度来看，古体诗词中的兰州经历了边关城池、藩王都城、陇上乐土、现代都市等城市审美形态的嬗变。

险要的边关城池是古代诗词书写中兰州城市形象的主要内涵，具体表征于唐宋金元时期吟咏兰州的诗词之中。南朝宋时诗人吴迈远《棹歌行》是较早书写兰州城的诗作。该诗作通过高峻的岷山、清寒的燕水、郁积的瘴气、"孤剑出皋兰"的旅程等意象，营构了一种沉郁悲壮的意境，从一个侧面显现了作为边关城池的兰州的偏远荒落。唐代边塞诗中的兰州形象是西北军事要塞的文化形象。高适《金城北楼》为诗人随哥舒翰赴河西时途经兰州所作，山川之美、时局之险、匹夫之责、人生之思皆充溢于诗作之中。兰州在其诗中不仅具有"北楼西望满晴空，积水连山胜画中"的江山

---

① 卢金洲选注：《兰州古今诗词选》，兰州大学出版社1991年版，本章中未标注的古体诗词皆选自本诗词选。

如画之美,具有"湍上急流声若箭,城头残月势如弓"的边塞关隘之险,还有"为问边庭更何事,至今羌笛怨无穷"的从军之苦与战事之紧。岑参《题金城临河驿楼》乃诗人远赴北庭途经兰州时所作。"古戍依重险,高楼见五凉。山根盘驿道,河水浸城墙"等诗句表现金城驿楼的高峻与险要,也表明兰州军事位置的重要。谢无逸的诗作《送董元达之金城》言:"读书不作儒生酸,跃马西入金城关。"[1] "金城关"成为唐代"宁为百夫长,胜作一书生"的男儿们的豪迈选择。作为各诸侯国行政权力更迭管辖与军事武力争夺的城池,兰州曾在不同的历史时期属唐、吐蕃、西夏、宋等朝廷管辖,宋代诗人王珪《次韵和元厚之平羌》以"诏收新土凤林东,四百余年陷犬戎。葱岭自横秦塞上,金城还落汉图中"的诗句来叙述宋神宗时李宪打败西夏军队并收复兰州之事。金代邓千江的词深得豪放词派之风骨,其《望海潮·献张六太尉》对兰州城进行了一番恢宏壮阔的描绘,是吟咏兰州诗词中的代表作。词的上阕为:"云雷天堑,金汤地险,名藩自古皋兰。营屯绣错,山形米聚,襟喉百二秦关。鏖战血犹殷。见阵云冷落,时有雕盘。静塞楼头,晓月依旧玉弓弯。"上阕主要状写兰州城的地势险要、城池坚固与鏖战频繁,下阕主要想象战事平息、将士还家、国家安宁、祭奠英灵的情景。唐宋诗词中的"边城兰州"观念成为后人想象兰州城市文化的"集体记忆"。明代黄谏《从军行三首》《军中五更转》《金城关》皆表现兰州边塞城池的特点,其中《从军行三首》之二最具代表性:"万里塞边城,年年拥重兵。秋风鸣铁骑,落日照旄旌。"[2] 清代宋琬《寄兰州司马赵紫垣》中"故人燕市别,万里赴边州"的"边州"记忆,李逊学《兰州书怀》中"乱山突兀控孤城,何处高楼短笛声"[3],崇保《拂云楼》中云

---

[1] 兰州市地方志编纂委员会、兰州市地方文献志编纂委员会编:《兰州市志·地方文献志》,兰州大学出版社2011年版,第880页。
[2] 同上书,第884页。
[3] 同上书,第902页。

"沃野于今多战垒,良谟自古重边防!黄河九曲通佳气,白塔千寻镇朔方"的"边防"与"朔方"想象,张澎《闲游黄河岸》中"一片孤城枕石关,河流飞入短云间"的"孤城"感知,俞明震《月夜登兰州城楼望黄河隔岸诸山》中"斟酌古今情,几人临绝塞"的"绝塞"体认,谭嗣同《和景秋坪侍郎甘肃总督署拂云楼诗》中"金城置郡几星霜,汉代穷兵拓战场。岂料一时雄武略,遂令千载重边防"的"边防"理解,罗家伦《凭城阙而望黄河,喜皋兰之饶月色》中"皋兰山色郁嵯峨,霜压边城夜气多。翻似有情人不寐,月华含晕伴黄河"的"边城"记忆,等等。这些诗词无不是对唐宋诗词中兰州"边城记忆"的呼应与再现。

明代是兰州城市形象变化的一个重要时期,兰州城市形象在明代古体诗词中主要显现为繁荣昌盛的藩王之都。明建文元年,肃王府由张掖迁至兰州,历代肃王便在此修建城郭,修葺寺庙道观,修筑苑囿,兰州遂成为一座山水与城池相依、寺庙与道观并存、政治与经济共兴的藩王之城。明肃靖王朱真淤博识好文,所写诗作对兰州的寺庙、道观、园囿等城市景观进行了诗意的展示,其诗《华林寺》三首对恢宏壮丽的华林寺做了多角度的描绘:"篱落连绵秋色里,园林高下夕阳间。雨余船系临沙柳,风顺钟闻隔岸山。""边关迢递对危栏,沙鸟栖禽任往还。古渡驿楼迎送里,淡烟茅店画楼间。"诗人通过借景抒情表现了"盛游到此暂开颜"的愉悦心境和"四序递催人易老,朱颜不觉换苍颜"的生命喟叹。朱真淤的诗《金天观》展示了山楼依叠峦、道观傍清流、松鹤唳庭院、雨鸠啼林间的兰州金天观美景。明代诗词家对兰州的华林寺、金天观、五泉寺、白塔寺等兰州的寺院建筑有较多描写,这表明明代兰州的宗教文化之繁盛,也说明明代藩王对宗教文化的重视。此外,黄谏《五泉山》状描五泉山"水绕禅林左右连,萧萧古木带寒烟。共夸城外新兰若,自是人间小洞天"的宗教文化气息,陈质《步韵五泉山》表现"梵宫高耸与云连,昼静夜焚宝鼎烟。入钵龙收檐外雨,听经鹤隐洞中天"的五泉寺禅境,李文《白塔寺》描绘"钟声闻紫塞，塔影浸黄河""白塔连云起，黄河带雨流"的白塔寺景色，段坚《五泉寺》表现了"又向城南觅故踪，嵯峨宫殿耸晴空。水流东涧来西涧，坐倚南峰对北峰。千尺松杉欺晚雪，一番桃李媚春风。逢僧借问登高处，笑指云山有路通"的禅理佛光。滕佐《华林寺》、张谅《华林寺》皆言华林寺钟声幽幽、绿水潺潺、香风习习，宛如蓬莱仙境。在诗人笔下，明代的兰州不仅有浓郁的宗教文化氛围，还有清明的政治环境。彭泽《满江红·送兰州卫刘经历被诬罪归二阙》中云："赞政兰州，真个是：冰清玉洁。六七年：吏畏廉明，民怀恩德。"词作叙写友人在治理兰州城市的功绩，对友人的不幸遭遇表达了深切的同情，诗作中不难发现当时兰州政通人和、百姓安乐的城市政治生活风貌。兰州籍的明代诗人段坚《南村十一首》《南村东园九首》《和闲窝八首》等诗作仿拟陶渊明田园诗歌的创作手法，其间所表现的美好田园景观从侧面印证了这一时期兰州的历史风貌。

　　清代诗词中的兰州是城池坚固、山水相绕、物产丰饶、安居乐业的陇上乐土，其中少了几分边塞诗词中的战鼓频催与羌笛诉怨，多了几丝民情风俗的故土深情和家园温馨。清代的一些诗词沿袭了边关城市的审美范型。张澎《金城关》云："依岩百尺峙雄关，西域咽喉在此间。白马涛声喧日夜，青鸾幢影出冈峦。"宋琬《寄兰州司马赵紫垣》云："城郭皋兰北，衙斋面翠微。雪中千帐住，树里五泉飞。"两诗皆对兰州城市的依山临水、密树多泉的地理特征与地势险要、重兵把守的政治军事特点给予了形象的展示。杨应琚《望海潮》的上阕写兰州的边关特征："百二秦关，三河五郡，金城历代岩疆。一时都会，往来冠盖，游览此地为常。五代散花场，剩危楼杰阁，金碧雕戕。长岭犹龙，黄河如带抱城厢。"下阕写兰州作为生活家园的景物特征："斜阳极目苍茫，有飞泉五道，千树青阳。南阡西陌，桃红梨白，春来仕女如狂。一径马蹄忙，曾记当元夕，来宿山房。城市万家，烟火独对月光凉。"该词是对兰州城市戍守之地与栖居之所双重特征的呈现。相比之下，江得符、秦维岳、马世焘等兰州籍诗人对兰州的泉水、瓜果、桃花、柳枝、灯火等地方风物情深意笃，其诗词都抒发了对兰州这块陇上乐土的热爱之情。江得符《我忆兰州好》共有十二首之多。"诗人流寓华阴十载，关山千里，怀念故乡，于是写就组诗，倾注深厚的感情，排遣无尽的乡愁。诗人用洗练的诗句，写意的手法，概括了兰州上下千余年的历史，举凡兰州民俗、风物、名胜、古迹、人物，无不涉及，容量丰赡，史料珍贵，直可视为一部文情并茂的微型兰州史志。"[①]"我忆兰州好，当春果足夸。灯繁三市火，彩散一城花。碧树催歌板，香尘逐锦车。青青芳草路，到处酒帘斜。"字里行间流露着诗人对故乡的赞美。无论"当春果足夸""熏风入夏时"春夏之果瓜飘香、暖风醉人，还是"秋天景最多""三冬乐事齐"的景色宜人、乐事赏心；无论登楼望远、桥上观河，还是五泉听瀑、寺观感怀；无论思古风叹兴亡，还是称物产赞民风，字里行间皆表现出诗人的赤子之情与乡土之恋。马世焘《兰州竹枝词》其一写元宵节的盛况："金钱再买乐如何，路转星桥灯火多。看是人间春不夜，满城都唱太平歌。"其五写农家生活："南山惯种夏时禾，北山秋成大有歌。东西柳沟三十里，家家门外绿杨多。"其九写回族妇女省亲："瘦驴小小驾圈车，载得邻妻去母家。最是妇人多古道，至今障面用乌纱。"这些歌咏兰州的诗词就是兰州的民俗风情录，散发着世俗之气与风情之美。秦维岳《红泥泉》云："兰郡多泉水，兹泉味莫加。调羹宜作醋，消暑可烹茶。谷口鸟无数，岩前人几家。我将买闲地，夹路种桃花。"诗中描绘的兰州生活场景宛若世外桃源一般。除了浪漫的想象，在兰州题材的古体诗词中，诗人们对现实中的世事艰危与民生哀苦也有所表现，张国香《白骨冢》、刘尔炘《忧旱》等诗作就展现了"连年遇旱荒，死亡复累累""白骨枕藉满蓬蒿，昔日村落今荒郊"的兰州城郊民众的生活惨状。尽管如此，与前代的诗词相比，清代诗词中的兰州形象则较少对百姓苦难生活的

[①] 邓明：《兰州史话》，甘肃文化出版社2007年版，第76—77页。

悲怆之叹，撒播其中的更多是市民居此乐土的适意、亲近之感。这种现象的产生与这一时期创作群体中本土诗人数量的增多是紧密关联的。"陇上乐土"的兰州城市文化记忆，在一定程度上说就是诗人们审美理想的符号化产物。

近代以来，吟咏兰州的古体诗词创作大大增多，诗词中的兰州文化记忆呈现出一种较为驳杂的景观。受国势动荡、政治纷争、民族救亡、社会变革的影响，兰州题材的诗词书写逐渐形成了宏大抒情的艺术特点。诗人常将个人的命运与城市的命运、国家的命运维系在一起，其诗词的时代精神与政治色彩亦大大增强。杨巨川《光复纪念会竹枝词》（八首）表现兰州举行辛亥革命周年纪念会时，松柏灯笼装点街道、旌旗飘扬、市民游行庆贺的盛况。郭冷厂《兰州物价腾贵感而有作》、张建《小庙滩醮会竹枝词》之一等诗作叙述民国时期的货币贬值、物价飞涨的景象。续范亭《黄河桥口占》中以"八年战乱民心丧，四省沦亡国势蹙。山河破碎家安在？我问将年羞不羞"表现了国运的衰败与民生的艰难，表达了诗人的忧国忧民之情。王烜《冬月十六、七、八三日，敌机连炸兰垣，灾情惨重，记之》、王干一《敌机空袭文庙》则表现兰州受到日军轰炸时的悲惨场面。

抗日战争期间，著名教育家罗家伦于1943年6月至1944年2月率领"西北建设考察团"到西北考察，后著有旧体诗集《西北行吟》（商务印书馆1946年版）。该诗集中的部分诗作表现了罗家伦的兰州城市文化记忆。"一年四度过兰州，历尽春寒阅尽秋"记录了他多次经过兰州的人生体验（罗家伦《三飞迪化四度兰州》）。"燕子矶边五月榴，那如红叶带霜稠。若聚名城品秋色，八分浓艳在兰州。"（罗家伦《重庆抵兰州见红叶缤纷最饶秋意》）南京五月石榴花的热烈与兰州秋日红叶的浓艳将记忆之景与眼前之景联系在一起，兰州的秋色给诗人留下深刻的印象。"浩荡黄河泛雪青，夕阳想在背山明。梨林红叶凋零遍，剩有寒山识故人。"（罗家伦《薄暮沿河下兰州途中》）浩荡的黄河、起伏的山峦、西沉的斜阳、满地的红叶构成一幅兰州黄河落日图画。"山挟水东流，寒林集冻鸠。冰拥皮筏子，载雪下兰州。"（罗家伦《享堂赴兰州道中即景》）黄河上的羊皮筏子给罗家伦留下深刻的记忆。罗家伦在西北考察期间游览了兰州近郊的兴隆山，并留有诗作两首。"泉绕石根道，日移杉影幽。角声红叶裹，人感万山秋。"（罗家伦《深秋重游兴隆山，时值成陵小祭闻吹角》）；"谷风来涧底，红叶扑楼头。太白泉边醉，马衔山外秋。"（《饮太白泉边望马衔山积雪》）红叶满山、清泉绕石的深秋兴隆景色呈现于眼前。[①]

王定国《忆兰州》回忆抗日战争中自己在兰州八路军办事处工作的情景，师纶《回忆兰州解放战役》展现解放兰州的革命历史场景。黄国华《兰州杂诗》（三十首）反映出新中国成立前夕兰州的民情风习，写了兰州的地理气候、历史遗迹、街道建筑、物产风俗与兰州人的交通工具、饮食服饰、文化心理等。"金城郭外小西湖，杨柳亭台似画图。最是三月风景好，莺花烂漫水平铺。"[②]"一卧家园岁月更，十年不到古金城。电灯明亮街道阔，此是兰州官样评。""羊皮木筏载西瓜，停泊河干月欲斜。舟子移瓜真妙绝，相将惟用指三叉。"[③] 新中国成立后，在民族独立、国家发展、社会建设背景下，吟咏兰州的诗词多表现兰州城市发展的新气象。沈钧儒《参加兰州国庆大会》中以"皋兰山下黄河边，旗帜缤纷鼓喧天"描写兰州儿女欢庆新中国成立一周年时的盛况，王烜《朝鲜访华团来兰，为写两律以当欢迎》叙写朝鲜代表团来兰州进行文化交流的情景。社会的巨变激发了诗人词人的思想情感。陈毅《游兰州五泉》表现"甘肃绿化积极甚，植树担水上皋兰"的建设热情和"黄土高原山无树，兰州却有钻天杨"的建设成果。董必武《游兰州五泉山》以"近市尘嚣远，多龛香火悭。溪流随

[①] 张向东：《抗战期间罗家伦笔下的"边城"兰州》，《中国社会科学报》2016 年 11 月 24 日第 12 版。

[②] 兰州市地方志编纂委员会、兰州市地方文献志编纂委员会编：《兰州市志·地方文献志》，兰州大学出版社 2011 年版，第 1000 页。

[③] 同上书，第 1002 页。

小径，岭色压雄关"来刻画五泉山的宁静之美。钟敬文《兰州》系列诗词不仅表现"东走黄河涌雁滩，天南突兀峙皋兰。五泉兼有天人胜，古柳飞檐共壮观"的兰州壮丽风景，还表现二十年后兰州纵横驰道、嵯峨巨构的变化。胡绳《兰州二首》不仅描绘兰州"黄河九曲接天浪，草长莺飞绿满洲""雨后金城景最清，高杨垂柳倍生情"的优美景色，还表现"二十三年真巨变，虹桥云阁看兰州"的历史巨变。霍松林《重游兰州》以"虹桥压浪黄河静，绿树连云白塔高。丝路缤纷花雨密，交流文化起新潮"来描写兰州四十多年来的变化，展现了一个山川美好、观念开放、交流广泛的兰州形象。新时期以来，王沂暖、王秉均、尹贤等诗词家不仅深切地感受到国家在政治上大地春回，还全方位感受到兰州经济文化的迅速发展。王沂暖《行香子·从兰州写起》云："东西一水，南北群山，更镶嵌，翠玉蓝天。红楼列肆，碧树成园，喜步绮岸，仰白塔，听流泉。　迎宾丝路，送客阳关，汉唐事，万万千千。风沙大漠，黄土高原，看夺春色，织锦缎，换人间。"诗人忆往昔峥嵘岁月，观今日崭新面貌，以此寄兴对新生活的赞美之情。王沂暖《念奴娇·兰州》描绘"兰香蕙美，抱名城，万古山光旖旎""而今岁月峥嵘，舆图换稿，景色添新丽"的兰州城市风景，赞美世世代代在此生活的英雄儿女及其传奇人生。王秉均《鹧鸪天·咏兰州》云："滚滚黄河浪作堆，兰山苍莽白山巍。地当欧亚交通道，势控西南障北陲。

人百万，厂纷披，炉烟万丈五云低。卅年巨变迷家巷，工业新城时代儿。"词作描绘了兰州城作为繁荣工业新城与欧亚经济交流枢纽的美好形象。尹贤《兰州今昔》形象地展现出从多征戍干戈、巷外卧牛羊、坊肆多凋敝、民生常艰苦的兰州到"炼油真矗铁塔，输电散银花。路畅东西旅，店增滇闽茶。同胞大团结，宾至若归家"的兰州的巨大变化，诗作情感饱满，诗中意象对比鲜明。诗人多采用今昔对比的方式，以宏大的意象、鲜明的情感、直接的抒情表现兰州城的巨变。

四 古体诗词中兰州城市文化记忆的共时性审视

"自然山水环境是城市及城市文化之母,每一座城市都诞生于大自然山水环境之中,受到大自然山水环境的启发,从中获得智慧,获得资源,获得人们聚居并不断改善生存和生活内容的条件,同时产生人们对于城市发展的价值取向、审美观念乃至哲学思维。"① 兰州的地形是两山夹一河的带状峡谷盆地。历代诗人们登山则情满于山,观河则意溢于河,将兰州自然景观与人文景观熔铸成优美的诗词篇章,展现了兰州山水相拥、风景宜人、文化多元、民族杂居、习俗独特的城市形象。

"远古农业文明在人地之间建立的密切联系,形成了中国人的自然生命观。就其与美的关联来看,自然的生命本性也就是美的本性,自然孕育的草木与花朵,以感性形式表征着土地和自然的生命之美。"② "五泉飞瀑""兰山烟雨""白塔层峦""河楼远眺""古刹晨钟""虹桥春涨""梨苑花光""莲池夜月",为古时的"兰州八景"。明朱真淤的诗《梨苑花光》《古刹晨钟》《河楼远眺》《莲池夜月》皆状写兰州城之美景。明代诗人丁晋的《皋兰山色》《梨苑花光》《莲池夜月》《春日上五泉》等表现兰州的山色、花光、夜月、晴云、风雪。《莲池夜月》以"水面香来风细细,波心影动月迟迟。联拳宿鹭藏青盖,袅娜垂杨映绿漪"描绘五泉山下莲池香风细细、月影迟迟、杨柳袅袅、莲叶青青的优美景色。③ 清代诗人曾凤翔《金邑八

---

① 任志远:《解读城市文化》,中国电力出版社2015年版,第101页。
② 《中国美学史》编写组编:《中国美学史》,高等教育出版社2015年版,第44页。
③ 兰州市地方志编纂委员会、兰州市地方文献志编纂委员会编:《兰州市志·地方文献志》,兰州大学出版社2011年版,第881页。

景》、何海楼《自题兰州八景》等诗词曾描摹过"兰州八景"。巫揆《金城十咏》、刘元机《金城十咏》等诗作皆承续"八景"写作之风。黄河两岸的五泉山、皋兰山、白塔山成为诗人吟咏兰州的审美聚焦点。在古体诗词中，吟咏林泉清幽、楼阁错落的五泉山者颇多。在《清明次日登五泉寺清晖阁远眺孵夕归》中，诗人张澍以"兰峰高处放吟眸，寒侧风轻野色浮。白雪消残河涘外，绿烟飞上柳梢头"描写了五泉山清明时节的景色。

李文在《游五泉》中以"四面峰峦紫翠连，白云深处有人烟。落花泛泛流双涧，古塔巍巍出半天"描绘了五泉山的优美景致。段坚在《读书五泉小圃》中以"风清云净雨初晴，南亩东阡策杖行。幽鸟似知行乐意，绿杨烟外两三声"描写春天五泉山的清幽景色。郝璧《饮酒五泉寺大雨》"六月不知天外暑，山头飞雨片云催"、吴镇《李汇川雨中邀饮五泉》"游人莫恨苍苔滑，妙领山光是雨天"、张澍《寒玉山房即事》"落花不入游人梦，卧看皋兰雨后山"等诗句皆描写雨季时节五泉山、皋兰山的秀美景色。程天锡《立秋后十二日午，雨过骤凉》描写了兰州"烟晴开晚霁，秋色满皋兰"的绚烂秋景。罗家伦《重抵兰州见红叶缤纷最饶秋意》赞美兰州秋色之美："燕子矶边五月榴，那如红叶带霜稠。若聚名城品秋色，八分秾艳在兰州。"王光晟《冰桥行》描绘黄河兰州段冬季从朔风凛冽、冰封河面到春天到来、岸冰消融的壮丽景象。罗家伦《亨堂赴兰州途中即景》写"山挟水东流，寒林集冻鸠。冰拥皮筏子，载雪下兰州"的兰州黄河雪景。王干一《兰州晚步》以"红轮低映滔滔水，始信长河落日圆"写夕阳中的兰州景色。吴镇《月夜望皋兰山色如画》中的"星河一雁影飘飘，四顾无人影寂寥。可惜深山好明月，空留木客弄寒宵"[1]、孙艺秋《兰山夜色》中的"飞檐缀月似玉钩，一色蓝天入画楼。万斛明珠浮夜海，华灯百里认兰州"、

---

[1] 兰州市地方志编纂委员会、兰州市地方文献志编纂委员会编：《兰州市志·地方文献志》，兰州大学出版社2011年版，第914页。

李瑞严《夏夜登兰山公园三台阁》中的"万家灯火星满川,疑是银河落皋兰"等诗句皆写夜色中的兰州美景。裴慎《五泉漱玉》、吴丈蜀《五泉山揽胜》、张曼西《登兰州三台阁远眺》、朱真淤《夜雨岩》、牛运震《后五泉》、邓隆《后五泉》等描写五泉、后五泉的美好景致。此外,楹联是呈现兰州城市文化的重要载体。"刘尔炘巧用白话文为五泉山建筑物撰书一百三十多副楹联,用苍劲浑厚的隶书题写,阐扬深邃的儒家思想,构成五泉山颇具特色的人文景观。"[1] 从春夏到秋冬,从晨午到昏夕,从月夜到雨天,从山前到山后,兰州风景的魅力各不相同,诗人皆能从中发现不同时节的兰州蕴藏的诗情画意。

历代诗人们一方面表现山水相依、寺塔相连的自然人文风景,一方面在追求凝神禅思、澄怀静观、天运独化的精神境界。园林景观将自然美与人工美融于一体,是城市景观中的重要组成部分。古体诗词对兰州城市中的凝熙园(节园)、若己有园(憩园)、西园、淀园等园林景观予以形象具体的描摹。朱识鈜《初夏莲池》"野岸垂杨犹落絮,池塘蝌蚪半成蛙"状写凝熙园中初夏荷塘的美好景致。景廉《若己有园诗》描绘若己有园中"树荫蓊郁护长廊,绕砌新蔬绿几行"的蔬香馆、"池塘东畔起层楼,楼影参差沁碧流"的夕佳楼、"冉冉香云四壁遮,春风拂槛月轮斜"的天香亭、"曲槛回阑宛转通,万松深处敞帘栊"的四照厅以及"水光潋滟月光寒"的月波亭,楼亭各异,厅馆不同。谭嗣同《憩园雨五律》描绘"憩园三月雨,四壁长苔衣。积水循玷上,低云入户飞"的憩园之景,诗人在写景的同时还表现了"淅沥彻今夕,哀弦谁独谈。响泉当石咽,暗雨逼灯寒"孤哀之感。秦望澜《淀园杂咏》描写雨中与月夜的淀园景色。"园林是自然,又是居所,又纳入了自然。园林之创造,既是一种艺术形态的创造,又是一种

---

[1] 邓明:《兰州史话》,甘肃文化出版社2007年版,第47页。

观念形态的创造。"① 园林景观与山水景观构成了兰州的生态文化记忆。王沂暖《满江红·兰山公园》《忆江南·兰州南湖公园》赞美城市公园之景，抒发诗人喜悦之情。山水之乐是古今文人们的普遍追求，古体诗词中的山水书写常涉及兰州城周边的兴隆山、栖云山、天都山、马衔山、摩云岭等山峦。秦致通《兴隆山》写高阁依山、细路萦回、曲涧碧流、红叶夹山的兴隆山秋景，李致通《兴隆山抒怀》表现诗人的隐逸避世之志、淡漠富贵功名之意与栖居云山深处之念。一些诗词皆状写兴隆山的自然风光之美和抒发诗人的人生理想。彭泽《游兴隆山》描绘"泉分涧户倾灵液，桥直禅关卧彩霞"的兴隆山景色；吴镇《再题栖云山》表现"劳劳何处息尘氛？老遇名山意便欣"的山水之乐；刘宪《摩云岭》表现"九月秋初到，千山雪已深"的气候奇观；唐龙《摩云岭》表现"摩云难度马，积石可浮舟"的地理奇观。诗人们行吟山泽，并在游览之后以诗词吟咏古今，寄意山水，因此，山水诗的创作常常成为诗人稀释内心苦闷与烦忧的最好方式。

城市景观不仅是城市有形有色的物质财富，还是城市的精神财富。每个城市都有其代表性的建筑，有的甚至成了一个城市的标志性符号。"城市的标志性景观和主要景观往往给人们一种识别性很强的特别印象，这就体现了该城市的个性特点和标志性的形象，成为该城市的象征。"② 独特的城市景观代表了该城市的地理环境、历史文化与民众信仰。兰州的各种寺庙建筑成了古体诗人屡屡关注与频繁表现的对象，其诗作因之散发着一种浓厚的宗教文化精神。这一点与中国古代诗词中对寺庙禅院进行表现的文学传统是一脉相承的。兰州的五泉寺、白塔寺、华林寺、庄严寺、木塔寺、金山寺、金天观等常常成为诗人游览与歌咏的对象。光霁道人《金天观》以"露鸣莎鸡鹤，月照石坛松。一曲幽兰操，数声清夜钟"给我们展示了

---

① 《中国美学史》编写组编：《中国美学史》，高等教育出版社 2015 年版，第 181 页。
② 任志远：《解读城市文化》，中国电力出版社 2015 年版，第 130 页。

清幽静寂的金天观景象，而李文《金天观》以"溪含双流水，桃开一片霞。午香烧柏子，春酿贮松花"描绘了绚烂艳丽的金天观春景。明人曹珍、王执礼、周海、张谅、刘漳皆有同为《华林寺》题的诗作传世。吴镇《五泉燃灯寺》云："三醉燃灯寺，悠然五日间。到山山不见，山外见他山。"谭嗣同《兰州庄严寺》云："访僧入古寺，一径苍苔深。寒磬秋花落，承尘破纸吟。潭光澂夕照，松翠下庭阴。不尽古时意，萧萧雅满林。"吴可读《古刹晨钟》呈现了一幅鸡声渐远、残月斜照、塔铃续响、角鼓时鸣、曙色微明的古刹晨钟图。兰州的镇远浮桥和后来在此基础上修建的黄河铁桥是兰州城市文化的标志性建筑之一，诗人或状其奇，或表其态，或言其用，不一而足。在《甘肃竹枝词》中，诗人叶礼以"天下黄河一道桥，排空船势扼中腰。千寻铁链悬高岸，更系编茅缆几条"表现镇远浮桥的与众不同。在《咏浮桥》中，诗人巫揆以"天下浮桥原第一，桃花谁虑涨春波"描绘黄河浮桥；在《第一桥》中，诗人宋伯鲁以"铁锁钩连密，方舟并作桥"描绘黄河浮桥的多样风姿。慕寿祺《雪后望冰桥》《过兰州浮桥》、冯国瑞《铁桥晚眺》状写"黄河第一桥"。兰州城市一些建筑大多成为历史的废墟或遗迹，如古城兰州的望河楼、拂云楼、玉垒关、金城关、凤林关、武侯祠、二郎神庙等。读者从中不难发现昔日兰州城市中关隘祠庙建筑一张张生动的绘影。朱识铉《望河楼》以"寥寥寒天迥，人家落木间。河流斜抱郭，驿道险临关。曲岸侵平野，深岚失远山。津楼凭槛立，伫看远人还"写黄河边望河楼之景色。一些诗词歌咏兰州黄河母亲、羊皮筏搏浪等城市雕塑。

古体诗词对兰州独特的物产与习俗有所表现，其中蕴含着浓郁的田园意识与深厚的家园情结。明肃昭王朱缙炯《观船磨》写"用尽人间巧"的黄河边的船磨，吴镇《水车园》写"水鸟在沙洲"的水车园景观。江得符《我忆兰州好》中充溢着诗人浓浓的乡土情愫，繁华的城市、丰富的瓜果、动听的山歌等"印象兰州"都表征于其中。叶礼《甘肃竹枝词》有百首之多，从各个侧面描绘了兰州的城市文化景观。"背枕河流面对山，金汤巩固翠微间。尚书台是前王府，四面城墙三面关"写兰州的地理形胜，"城南山上大开筵，盛会龙华浴佛天。卧佛燃灯千佛阁，轻歌妙舞酒如船"写兰州的佛寺庙会。其他一些诗词则着力于描写兰州的泉水楼台、瓜果水烟、千寻铁桥、旋转水车、水渠塘堰以及祈雨仪式等。兰州回族诗人马世焘著有《枳香山房诗草》，其《兰州竹枝词》（十首）分别写兰州的元宵节、春景、浮桥、五泉山、农作物、凤林关、淳化碑帖、瓜果、回族妇女服饰、重阳节登高等节庆习俗，诗作宛如兰州的民间风俗画卷。第一首写兰州闹元宵的情景；第二首写兰州黄河镇远浮桥；第三首写春天瓜果城桃花梨花次第盛开的景象；第四首描绘了避暑胜地五泉山烟水苍茫、楼台掩映的美景；第五首描述兰州南山种夏收作物、北山种秋收作物、家家喜植杨柳的农作物种植的特点；第六首写兰州古代的金城关、凤林关与玉垒关三大关隘；第七首写明代肃王府淳化阁帖，第八首写十里店、安宁堡一带的瓜果产地的胜景；第九首写妇女乘车回娘家的习俗；第十首写兰州重阳节登高的习俗。[①] 秦维岳晚年隐居兰州的后五泉听雨山房，其诗集便称为《听雨山房诗钞》，其中共收诗293首。"他更多的诗则吟咏兰州的山水人物，名胜古迹，风物民俗，给我们提供了形象的清代中叶兰州地区的自然与社会风貌。"[②] 清代临洮籍诗人魏椿寓居兰州五十多年，其《兰泉杂吟》收记1篇、诗97首、词15首。"历叙寓兰州的所见、所闻、所感，举凡山川、风物、人文无不形之于笔，发之于诗，以抒发对第二故乡——兰州的热爱之情。"[③] 魏椿《五泉竹枝词》（六首）描写在光绪年间五泉山四月初八的浴佛节上女子戴花出游、儿童蹦跳嬉戏、车马往来如飞、人们拜佛求子、戏楼笙簧齐鸣的民间风俗画面。张建《小庙滩醮会竹枝词》之一描绘兰州的酒肆茶楼饭

[①] 邓明：《兰州史话》，甘肃文化出版社2007年版，第87页。
[②] 同上书，第79页。
[③] 同上书，第114—115页。

馆景象。杨巨川《五泉庙会》（三首）描绘五泉山茶园戏园相连、女子身穿时髦服装的情景。一些诗作还展现兰州的街市状况。杨巨川《街市泥泞戏作》描绘了"尺许沙泥上脚梁，行来恍到豆瓜场。辕驹局促蹄均没，鞍马腾骧口尽张"的兰州早期集市景象；王烜《兰州竹枝词》中以"好雨新开十日晴，家家换着布衫轻。牡丹花朵萝卜把，四月兰州晓市声"描绘兰州春日晓市的场景。高一涵对兰州传统乡居生活情有独钟，其《兰州盛夏》（五律二首）呈现了兰州夏天的"骄阳少郁蒸"的"高爽"气候与"蚊弱何须帐""敲棋瓜代酒"等生活习俗；其《兰州初春》描绘"十里平畴翻麦浪，满庭梨树吐琼花。乡人别有幽闲趣，醒傍门前种醉瓜"的农家生活；《兰州绝句》表现兰州新年社火表演、满街卖海鲜与冬果梨的情景。谢宠《车把式》中"侧坐车辕不甩鞭，花儿漫过铁桥前"唱花儿的车把式、陈炳奎《金城竹枝词》中沿街叫卖的兰州"挑水夫"、赵绍康《兰州牛肉面》中的"牛肉面"、宋寿海《兰州杂咏》中的黄河水车等，都是富有兰州地方特色的人文风景。诗人们关注着兰州翻天覆地的变化。裴慎《我爱兰州好》以铺陈的手法，列述固若金汤、历史古老、路通四方、楼接东岗、厂连西固、瓜园众多、菊花艳美、羊肉泡馍香、鸭梨煮水甜、冬天无酷寒等诸多"兰州好"的理由。袁第锐《忆江南·咏兰州》赞美五泉山、雁滩、兴隆山的优美风景；邬惕吾《忆江南·兰州好》赞美兰州"昔日无风三尺土，而今万里碧云天"的城市道路、"栈道飞虹临上界，三台垂翼舞蛮腰"的兰山公园、"万木笼罩遮玉路，长天连水剪鳞波"的滨河路以及"四面川流人似海，一坛春色百花妍"的盘旋路。卢金洲《兰州阳台盆花》写"兰州民众喜盆栽，小院千红万紫开"的生活习俗，王烜《桃符叹》《咏软儿梨》《浆水面》、郑文《兰州杂咏》、汪行健《蝶恋花·丁卯元宵观赏西固灯会》、甄载明《安宁桃花会》、邓明《兰州郊区种菜塑料棚》、成倬《水车谣》等诗作皆充满了浓郁的兰州市井生活气息。

五 古体诗词呈现兰州城市文化的审美特色

因受句数、字数、押韵等方面的限制和要求，古体诗词一般具有语言凝练、结构跳跃、节奏优美的审美特征。受古体诗词审美范型的影响，吟咏兰州城市的古体诗词在审美风格上表现出一定的相似性。就其表现的思想情感来说，吟咏兰州城市的古体诗词表现了怀古幽思、报国理想、兴亡惋叹、隐逸情怀、思乡怀亲、安居愿望等，这些情感无不与中国传统文化的精神血脉相通相连。

城市历史一直受到诗人的关注。历史人物、历史事件以及古渡、驿楼、茅店、佛寺、故园等均反映了时代的变迁，登山临水、怀古思幽是许多诗人、词人的集体无意识。诗词中不仅有历史沧桑、岁月难留的生命感叹，还有英雄易老、命途多舛的人生感怀。诗词中对兰州的历史遗迹常有表现。朱缙炯《候马亭》、刘漳《武侯祠》、吴镇《候马亭歌》、李景豫《候马亭》等皆叩问历史苍茫、慨叹朝代兴亡、抒写人生易老，是兰州怀古题材诗词中的代表作。巫揆在《凝熙园怀古》中遥想明代肃王在兰州的命运，叹惋一代王侯、数处府第在农民起义的震天金鼓中灰飞烟灭，只留下空荡荡的花园。该诗作抒发了诗人"可怜帝子今何在？只恐重来也枉然"的历史喟叹。邓隆《西固城怀古》以"西固城边水一湾，荒烟蔓草野花闲。前朝繁盛今何在？相对惟余露骨山"的诗句来慨叹世事流转与岁月沧桑。王永清《兰州览古》以"控制甘凉此咽喉，西来形胜览兰州。千重树暗浮云锁，万点烟横落照收。紫塞尚余秦汉迹，黄河不洗古今愁。惊心累代经营事，欲把兴亡数到头"抒发"兴亡"之叹与"古今"之愁。袁定邦《兰山怀古》《四墩坪春眺》《玉垒关》等皆怀古思幽之作，诗人对曾经的"汉家营"

"四墩坪""玉垒关"等兰州的历史遗迹喟叹不已,也展现了兰州作为"古雄关"的历史与地理特征。送别诗是吟咏兰州诗词中的一个常见题材,这类诗词多表现以兰州为活动空间的朋友相聚或朋友离别。古城兰州因之成了欢聚之地,也成了离散之所,送别诗字里行间流淌着诗人们太多的人生悲欢喜忧。宋琬《寄兰州司马赵紫垣》中云:"驿使来西极,梅花寄陇邮。"吴镇《送别》云:"一曲阳关千里恨,碧桃花下送人归。"王权《金城遇云章》曰:"远道风尘看渐逼,他时漂泊恐无边。浮踪乍聚兼悲喜。短烛寒更共被眠。"这些诗作表达人生如转蓬浮萍漂泊无定的悲伤与别后十年再相逢的喜悦。

在对城市的情感判断上,诗人大多表现了对城市的赞美与热爱。与中国现代诗歌对殖民化语境中的城市文明批判不同,吟咏兰州的古体诗词中的城市书写虽然涉及战争、饥荒等民族灾难与个人身世遭际,但大多数诗作表现城市之美而非城市之丑。众所周知,城市美迥然不同于乡村古典美,城市美体现着人工美、复合美、功能美、空间美、风情美等现代美质。城市之美是城市本身固有的审美特征,大多数诗词作品赞美兰州城市悠久的历史、繁荣的经济、深厚的文化、秀丽的风景。汪行健《凤凰台上忆吹箫·再咏兰州》:"万木生云,千峤沐雨,参差无数层楼。更岭分南北,一水东流。十里滨河大道,车毂击、光景无俦。田塍熟,琳琅市肆,物阜人稠。"张思温《兰州棹歌》之一云:"柳丝花影燕莺娇,十里长堤未觉遥。车队如龙明月夜,电灯照耀十三桥。"李国瑜《满庭芳·登兰州五泉山抒怀》表现"金城名胜,形胜古皋兰"的兰州地理形胜,表现"春来遍,绿杨影里,看塞上江南"的兰州历史巨变。这些诗词都是对兰州城市的真诚赞美与热情歌颂。在美学格调上,吟咏兰州城市的诗词风格带有浓郁的古典美学特色,诗人的审美立场建基于传统农业文化背景上,在透视城市文化中传达出一种古典化的审美追求。

受审美主体身份的影响,尽管有部分吟咏兰州的诗词模仿"竹枝词"

等民间词曲的风格，然而大多数诗词旨在表现文人的生活，体现出浓郁的文人气息与士大夫情趣，其诗词风格大多典雅蕴藉、含蓄悠远。诗词中不乏对山水游览的感触记录与文人交往的唱和酬韵，山水之乐与田园之乐是其表达的主要内容，生命感叹、朋友情谊是其表达的主要情感。诗人、词人在吟咏五泉山、兴隆山、栖云山等自然风景中皆自觉地传达着纵意山水的趣味与纵情田园的愉悦，表达了无意功名富贵的出世与超脱的思想。段坚在《南村十一首》序言中说："移南村在彼，杖策往来，水光山色之间，颇有真趣，且酬昔志，遂各成诗数律，录寄相知，教而和之。"① 段坚表现了士人阶层对"村居生活"中"闲适""真趣"的追求。吴镇《后五泉》不仅写"秋草滋秀色，松老含青绿。淙淙乱石中，飞泉时断续"的自然山林景色，还表现"良朋举瑶觞，雅爱各相属"的野外宴饮场景。彭泽《满江红·九日游西园》赞赏满山红叶、园中菊花绽放的秋日西园之景，抒发了诗人内心的愉悦之情。该词的下阕以"将九日，黄花节。着野服，延佳客。忽水满方塘，小筵初设。随意杯盘花间酒，满畦佳菊黄兼白。算今生、寿享百年，兹难得"写宴饮之欢。刘尔炘《五泉山雅集偶成》等诗作表现"绿荫深处且衔杯，又向人间醉一回""鸟唤提壶花劝酒，赏心乐事与人同"的文人情趣。邓隆《雁滩》以"滩声连夜雨，风景似江乡。红叶孤舟渡，白云五柳庄。波平鱼自在，天迥雁回翔。欲觅伊人宅，蒹葭水一方"的"伊人原型"。此类诗词常写其醉态，形其欢颜，言其闲适，同游之喜、宴饮之乐、庆贺之欢皆入于诗作之中，反映出古代兰州文人独特的性灵世界。

就其诗词的表达方式与语言运用而言，诗人常将写景、叙事、抒情熔为一炉，以凝练简洁的诗性话语表现眼中之景与胸中之情。他们非常重视

---

① 兰州市地方志编纂委员会、兰州市地方文献志编纂委员会编：《兰州市志·地方文献志》，兰州大学出版社 2011 年版，第 885 页。

谋篇布局与遣词造句,遵循古体诗词的艺术传统。与其说所选题材影响了诗人的创作,还不如说诗歌话语传统制约了他们的创作风格。在吟咏兰州的诗词中,读者不难发现诗人对古人诗词意象的借鉴与话语的化用。在文化渊源上,诗作或承继边塞诗的豪迈苍凉,或延续田园诗的宁静恬适,或承袭怀古诗的深沉悲郁,或沿袭乡愁诗的缠绵幽婉。谭嗣同、罗家伦的诗词皆受边塞诗豪放慷慨之气的浸染。谭嗣同《和景秋坪侍郎甘肃总督署拂云楼诗》表现"作赋豪情脱帻投,不关王粲感登楼。烟消大漠群山出,河入长天落日浮。白塔无俦飞鸟回,苍梧有泪断碑愁。惊心梁苑风流尽,欲把兴亡数到头"的兴亡感叹与时空哲思,罗家伦《浣溪沙·兰州》表现"落日平沙没汉营,黄河依旧绕金城。春风杨柳玉关情。　西北高楼歌舞夜,梨花满地月空明。管弦一片带边声"的古今沧桑。因吸收民间文化资源与正统文化资源的不同,不同诗词的创作风格亦有差异。仿"竹枝词"者语言通俗晓畅,摹田园诗者清新素朴,效边塞诗者铿锵顿挫,情调不同,风格各异。

　　古体诗词风格与诗人所处时代、诗人主体的个性特征密不可分。吟咏兰州的古体诗词虽然有着相似的表现对象,但因审美创造者个性差异,其笔下的意象谱系与意境空间迥然不同。诗词创作者或为皇室成员,或为道士僧人,或为文人墨客,或为官吏村氓等,审美主体或因学识才气、抱负观念、审美趣味等方面的差异,其诗作则呈现出鲜明的个性差异。历代诗词对兰州城市形象的表现毫不雷同,有的诗作豪迈悲壮、慷慨苍凉,有的缠绵婉转、娟秀清丽,有的清闲明快。譬如,粗通一点文墨的清初将领王进宝《咏五泉睡佛》中的诗句"你到睡的好!一睡何时了?众人像你睡,江山谁来保"就充满口语色彩与诙谐趣味。清代诗人崔旸曾在甘肃宦游,其《游木塔寺赠耀光上人》《游白塔寺》《甲寅仲秋又登五泉山》《三角城早发》皆为获罪流放、羁旅行役之作,诗作具有孤寂清寒的特点。明代诗人潘若水在《金城关》中慨叹:"回首白云家万里,不知何处是长安。"① 忧谗畏讥的愤懑与离家去国的惆怅充溢于诗词之中。清代山东籍诗人牛运震曾寓居金城，诗作多表现知音稀少、故乡邈远的生命感叹，其《金城客寓》中表达的情感堪称该类词作中的代表："漂泊复此地，荒园霜月居。客中儿女大，谪后故人疏。老病难禁酒，穷愁强著书。皋兰春欲至，去往定何知。"② 林则徐被流放至伊犁时旅次兰州，时有八日，并留有诗作《程玉樵方伯德润饯予于兰州藩廨之若己有园，次韵奉谢》（二首）、《留别海帆》等，这些诗作皆表现羁臣之悲、故人之情、报国之志，其诗风表现出一种慷慨悲凉的风致。左宗棠《昔岁》描述兰州节园、槎亭、澄清阁之景色时，他不自觉地流露了"走笔题一系，乡心慰寂寞"的怀乡之情。谭嗣同《别兰州》为游历兰州之作，抒发了"壮士事戎马，封侯入汉关"的伟大政治抱负。在《五泉山晚眺》中，诗人张和以"缥缈楼台壮大观，雄心忽忽引无端。筹边事业思充国，入望风沙接贺兰"来抒发自己的政治抱负。可以说，政治型诗人在吟咏兰州时多借兰州民情风物或历史典故来传达自己的政治理想。

兰州是中国西部重要的交通要道，连接西域与中亚及欧洲。诗人有的是羁旅者、客居者，有的是定居者、栖居者，他们对兰州形象的文学建构各有不同。在兰州的诗人词人常居其地，身在其境，便与这座城市耳鬓厮磨、肌肤相亲，情感笃厚。出生于兰州者，离兰之时念亲恋乡，一往而情深，故其诗作充满了乡土情愫，彭泽、段坚、吴镇、马世焘、秦维岳等本土诗人的作品皆有此特点。其他作品多为个人身世之叹，亦不会关注兰州多样的独特的城市文化。当然也有一些行旅诗人将兰州当成"故乡"而情意缱绻。王永清《忆兰州家人》表现"灯下数归期"的盼望与"情亲意却迟"的深情。周应沣《金城关》："金城临野渡，落日望乡关。山色古今外，

---

① 兰州市地方志编纂委员会、兰州市地方文献志编纂委员会编：《兰州市志·地方文献志》，兰州大学出版社 2011 年版，第 883 页。
② 同上书，第 907 页。

河声天地间。思亲游子泪，对酒故人颜。沙鸟一双去，归飞意自闲。"兰州虽是一些诗人的行旅之地，但有时也会给他们留下温暖的记忆。任其昌《过东冈坡》："长河如送我，渺渺共东行。巨石故相激，洪波却自生。风鸣秋在树，人语暮归城。夹路黄尘积，斜阳更晚晴。"这首诗呈现了诗人在暮色中离开兰州的温暖记忆。成紫帆《题金城揽胜图》："二十年前感旧游，夜深有梦到兰州。五泉顶上重题句，借问山灵许我不？"这首诗表现了诗人对兰州的梦萦魂牵。另外，钟敬文《兰州》《登白塔山》皆是诗人与兰州相遇之后怀想兰州的诗作。

六 古体诗词中兰州形象对兰州城市文化建构的意义

与一个诗人的全部创作成果相比，吟咏兰州的诗词在其作品集中所占的比重不是很多，而且，有关兰州题材的诗歌创作中常常具有偶然性和机缘性，诗人的创作动机多为酬唱之需或应景之求，并不具有持续性与集束性。与城市多元而丰富的文化景观相比，诗人对城市的表现也仅仅限于某些侧面，还常常带有某种印象式、碎片化的特征。一些诗词虽与兰州城市文化相关，但有些诗人所表现的并非兰州城市的"综合体"，更多是人事、人情或风景、风情，读者从其诗作中仅能发现城市生活的一个细小甚至微小的一个侧面，从中窥探到的城市文化信息是碎片化的。尤为重要的是，诗作的文人情调较浓而市民意识较弱。不可否认的是，众多吟咏兰州的诗词为读者建构出了一个独特的兰州城市形象，其文化建构意义是不可忽视的。

因受各种因素的影响，古体诗词对某些兰州城市文化的关注不够，如城市中的爱情生活与工业生产，其中的原因不仅在于诗人受到农耕文化与古典审美理想的影响，还在于大多数诗人认为工业题材缺少诗情画意。爱情类诗词的缺少则与诗词作者本身的情感体验相关，因为古体诗词多表现一个人成年时的城市记忆，而并非青春期的城市记忆。就诗词创作主体的年龄而论，创作者一般为中年人，也许超过了书写恋爱情感的"蜜月期"。

从城市社会学的角度来说，古体诗词从一个侧面反映了兰州的社会民情风俗。市民生活的呈现成为其重要的内容之一。《五泉竹枝词》《金城竹枝词》就是代表性的例子。这些诗词中表现在五泉山浴佛节时民众的拜佛活动、用尽人间巧的"船磨"、挑水沿街道叫卖的"水夫"、坐在车辕漫花儿的"车把式"、黄河边的"捕鱼郎"与"淘金夫"等都是独特的兰州民俗。"城市文化是城市文明的外化，而城市形象又是城市文化的更具体的表现。这里有城市轮廓线、天际线，有街道、里弄和广场，又有'软'的城市形象，如市民的衣食住行之类，以及工业、手工业、商业等等。"[①] 可以说，城市是一个繁复多样的文本，将自己在一个特定时空下的城市体验记录下来，就是对城市文化的诗性表现。从整体创作来看，吟咏兰州的诗词作品从不同侧面构成了兰州城市的文学记忆，它们留存着兰州城市的文化基因与精神脉息，对建构当下的兰州城市文化具有积极的意义。

法国记忆理论家莫里斯·哈布瓦赫认为，个人的回忆不只是一种个体行为，还是一种集体现象。哈布瓦赫说："我们的回忆总是集体性的，并经由他人重新从我们的记忆中唤醒，即便它涉及的是我们独自经历的事件和独自所见的事物。"[②] 从城市历史文化的角度来说，古体诗词从一个侧面展现了兰州城市的发展历史，记录了兰州城市文化的各种历史记忆，其中既有自然灾害带来的苦难记忆，又有国内战争、日本侵略战争带来的灾难记忆，这些诗作就形成了一个城市的"集体记忆"。兰州作为历史文化名城具

---

① 沈福煦：《城市文化论纲》，上海锦绣文章出版社 2012 年版，第 82 页。
② 冯亚琳、[德] 阿斯特莉特·埃尔：《文化记忆理论读本》，北京大学出版社 2012 年版，第 47—48 页。

有其独特的形象特征与精神内核。"所谓历史文化名城,它具有城市的一般属性,但又有它的文化个性。所以,研究历史文化名城的特色,不能单研究城市的外貌、建筑物的特征、色彩或一些文物古迹,这些仅是外部的视觉感受,只是其中的一个方面,更重要的是要去研究城市的精神和物质感受,要深入城市发展形成的因素中去认识它。"① 古体诗词中的兰州城市形象,构成兰州的历史文化记忆。此外,古体诗词中的兰州山水景观和园林景观,呈现了昔日兰州的生态环境记忆。

城市文化记忆的载体很多,文学、广播、电影、电视、网络、博物馆等皆是城市的"文化记忆档案"。不同文本间的互文性关联从不同角度丰富了一座城市的文化内涵。从城市文学发展的整体格局来说,古体诗词中的兰州形象与其他城市在古体诗词中的呈现在艺术传达上具有相通性。众多研究者关注小说、电影等叙事性艺术作品中对城市的表现,却忽略了诗歌、散文对城市的表现。不同的城市有着不同的审美风格,同为西部城市,兰州不同于西安、成都、乌鲁木齐等城市,也不同于中部或东部的城市,古体诗词中的兰州形象是当代城市的诗词表现中的有机组成部分。

城市生存空间对文学具有独特的意义。人们一方面因城市文明病而诅咒城市,另一方面因现代化的生活需求而依恋城市。"这种意义首先表现在,城市生活方式的异质性、多样性、开放性为文学提供了巨大的意义表现空间,使文学具有了无限可能性。""其次,城市交往生活方式的开放性所形成的诸多后果对文学具有重大的影响。"② 从城市文学的发展与现代城市人文精神的建构来说,城市与人的经验交流既改变着城市文化,又改变着包含在城市文化内部的城市文学。古体诗词中的城市书写,为当代城市文化建设提供了某种新的思想资源。城市文学是城市形象的一张重要名片,

---

① 沈福煦:《城市文化论纲》,上海锦绣文章出版社2012年版,第139页。
② 蒋述卓、王斌、张康庄、黄鸾:《城市的想象与呈现:城市文学的文化审视》,中国社会科学出版社2003年版,第139页。

它不断激发着作家们书写城市文化、建构城市人文精神的自觉性。波德莱尔诗歌与西美尔散文中的巴黎、奥尔罕·帕慕克笔下的伊斯坦布尔、老舍笔下的北京、张爱玲笔下的上海等,都是可供诗人借鉴的重要文学资源。

结 语

城市化是人类社会发展的必然趋势。在现代城市的快速发展中,我们在建设健康的生态城市,也要防止各种城市"文明病"。文化乃城市之灵魂,每一个城市应当有自身的品位与精神,无论大中城市的改造还是新兴城市的建设,都需要做好城市的文化建设。"兰州在城市建设和发展中,将紧紧围绕建设我国西部区域性现代化中心城市这一定位,按照'跳出老区建新区,建设新区带老区'的思路和'拉开框架,扩展规模,提升功能,完善形象'的目标,加快建立以城市发展战略为导向、新城区建设为核心、近期建设规划为重点、重点地段城市设计为基础的城市规划体系,努力把兰州建成'黄河之都'、'山水名城'和现代'丝路重镇'。"[1] 这是新一代兰州城市建设者的绿色宣言与建设蓝图。文学对城市文化的诗意表现具有为城市铸魂的精神建构功能,繁荣的文学活动是一个城市的文化传承创新能力的有力支撑。面对"他者"对兰州的偏见与误读,诗词作者更应当增强对兰州进行书写的文化自觉与文学自觉,积极参与到当代城市文化书写的潮流中来。

---

[1] 钱文昌主编:《中国城市大典·兰州卷》,华艺出版社2009年版,第22页。

第二章　散文中的兰州城市文化记忆

　　文学是文化记忆的重要媒介。作为文学体裁之一，散文是城市文化记忆得以表现的重要媒介，散文以其情思真切感人、结构自由灵活、话语摇曳多姿的审美特质表现了城市的外在物质形貌与内在精神性格。散文家将个人对城市文化的独特感悟物化为一篇篇情文并茂的散文佳作。意大利作家伊塔洛·卡尔维诺，土耳其作家奥尔罕·帕慕克，德国作家萨宾娜·薛尔，中国作家张爱玲、丰子恺、林耀德、陈建功、苏童、贾平凹、余秋雨、麦家、王旭烽、王小柔等都创作了诸多城市题材的散文作品。

　　目前，城市文化与文学书写之间的关系已受到众多研究者的关注。张英进《中国现代文学与电影中的城市：空间、时间与性别构形》、吴治平《空间理论与文学再现》、景秀明《江南城市：文化记忆与审美想象——中国现代散文中的江南城市意象》等专著成果就是对文艺表现城市文化的梳理。就散文话语的表达与城市形象的建构之间关系的研究来说，景秀明的专著《江南城市：文化记忆与审美想象——中国现代散文中的江南城市意象》论述较为详尽，该论著以"上海：魔幻之都""南京：烟雨秦淮""杭州：西湖寻梦""苏州：园林依旧""绍兴：山阴道上""扬州：巷城明月"为题，对中国现代散文话语中的六个江南城市形象进行了全面深入的剖析。"现代散文作家用自己的心智，对江南城市展开文化观照与审美体验。现代散文作家在对江南城市的解读中表达了自己的思考,江南的城市形象也因作家的解读而得以流传。"① "他山之石,可以攻玉。"作家们对兰州城市文化的文学言说值得当代研究者关注。

一　古代、近代散文中的兰州城市形象

　　古代散文中表现兰州城市文化记忆的作品不太多。邓明在《兰州市志·地方文献志》"序言"中说:"由于受经济条件的制约,兰州地方文献绝大多数未曾刊印,而以稿本、钞本流传,再加上兵燹、动乱的毁坏,传世的少之又少。"② 现存有关兰州城市的古代散文主要是明清以来的作品,明清以前的作品零星地保留在一些历史散文之中。明清的兰州题材散文主要是修桥记、修关隘记、庙宇修造碑记、城市重修碑记、关隘修造记、水利设施修建记以及士人游记等,叙兰州山川险要、显政治业绩、状风物独特成为这类散文的主要内容。

　　古代散文在书写兰州城市文化时多着意于兰州的"山""水""桥梁""寺庙"等。朱楧《金天观记铭》、徐兰《河桥记》、段承叙《对山亭记》、陈如稷《重修兰州城隍庙记》等,建构了一个山川毓秀奇峻、形势险要、人文昌盛的古代兰州城市形象,是当代人了解古代兰州城市景观的重要参照。明代肃庄王朱楧《金天观记铭》中云:"岁己卯仲夏,余自甘州以及兰邑,仰观俯察于城之西南,山环三面,有仙人舞袖之形。河距北流,如九

---

　　① 景秀明:《江南城市:文化记忆与审美想象——中国现代散文中的江南城市意象》,中国社会科学出版社 2009 年版,第 1—2 页。
　　② 兰州市地方志编纂委员会、兰州市地方文献志编纂委员会编:《兰州市志·地方文献志》,兰州大学出版社 2011 年版,第 2 页。

第二章 散文中的兰州城市文化记忆

曲之势。玉案之峰在前,左右交加于剑水,龙翔虎伏,掩映其墟。欲作仙林,金以为可。"①从中可以看到昔日兰州金天观的壮美与道教文化之兴盛。徐兰《河桥记》历叙黄河兰州段修造桥梁之历史,从明代赵祥"造浮桥以济师,师还遂撤弗用"到邓愈造镇远桥及杨廉置金城关桥等,皆有交代。黄谏《金城关记》以"河之北有关,凡甘、肃官员之朝会,陕右民庶之转输,腹里军士之轮班操备皆逾于是"来叙述兰州地理位置的重要。②五泉山不仅是诗人吟咏之所,也是散文家抒志之地。彭泽《游五泉记》以"维时风日清和,花柳芳润,水声鸟语,山光草色,争奇竞秀,盈绚视听。车盖后先,童冠骈集,觞咏交作,宾主欢洽,悠然沂上、洛中之盛,兰亭禊事之风"描绘了游览五泉山时看到的美景。③彭泽《兰州溥惠渠记》叙述兴修水利之事。李进在《改造河桥记》中以"金城为西北之喉襟,河桥为金城之天险。虽云弹丸黑子之地,然卫外安内实赖此为固焉"描绘兰州在政治、军事、地理上的重要性,唤醒了兰州历史发展中"造桥的记忆"。④明代有关兰州城市文化记忆的其他散文作品还有李进《文庙祭器碑》、陈祥《兰州卫重疏水利记》、吴谦《武安王庙记》、张栋《金城关楼记》、段承叙《对山亭记》、陈如稷《副宪张公重修西津桥记》《重修兰州城隍庙记》等。总体看来,现存的明代表现兰州的散文大多为应制之作,创作者多为藩王、都尉、知府等官府要员,所记所叙者多为有关兰州的城市交通、文化、经济建设等方面的"大事"。

清代表现兰州城市文化的散文沿袭了明代散文体制方面的一些特点,文类多为碑记、楼记等,内容多写实,结构多严谨,语言多典雅。时任甘肃巡抚刘于义的《河桥记》记载了兰州"造桥"的发展历程:"余既有事

---

① 兰州市地方志编纂委员会、兰州市地方文献志编纂委员会编:《兰州市志·地方文献志》,兰州大学出版社2011年版,第492页。
② 同上书,第495—496页。
③ 同上书,第509页。
④ 同上书,第519页。

斯役,且所见又加确核,遂奏明圣天子,将两岸马头各减退三丈五尺,仍照洪武原制,用二十四舟,铁索两条各增五十丈,仍各一百二十丈,系于铁柱,以复宋卫二公之旧。"①那彦成《重修兰州城碑记》不仅以"兰州为陕甘督臣驻节之所,面山为城,倚河为津,形势最要"来叙述兰州之地形,还交代了重修兰州城的经过,以"余故曰是役也,工举而民悦,城成而岁熟"赞此工程之重要,并交代了写作之缘由。兰州的五泉书院、皋兰书院等书院的修建亦有散文记之。秦维岳《重修兰州府五泉书院碑记》中云:"且夫化民成俗,必由于学,陇右风俗,愿朴多士,咸知砥砺。司士者有以抚恤而教诲之,则人文自能蔚起。"②徐敬《新创皋兰书院碑记》说明创办书院对兰州文化建设的重要意义,从此类作品中可以看到当时兰州书院的建设情况。

清代诗人魏椿为其诗词集《兰泉杂咏》所作"小序"《兰州记》是全方位呈现兰州文化的代表性散文。"若夫地居省会,邑属皋兰。秀毓马衔,灵钟龙尾。洵三秦之巨镇,实八郡之上游。"③第一段写兰州位置的险要;第二段写兰州的城堡、名胜与古迹、传送杨柳曲的楼阁、与桃花相映的黄河浪花、烟云缭绕的木塔寺、松柏葱茏的金天寺、高连碧岫的掬月泉、层峦起伏的白塔山、花香四溢的梨苑等;第三段以"桑麻万顷,韭稻千畦""架压葡萄,似水晶而皆黑;枝垂果枣,如玛瑙而俱红"等写兰州物产的丰饶;第四段以"士珍翰墨,儒宝经书""既多诗礼之家,不乏簪缨世胄"等写兰州人文的兴盛;第五段以"四季常游玉塞,半生久寓金城。学中把酒于汇园,时寻芳于花圃"写作者半生寓居兰州的情况。"魏椿仅用472字,铺张扬厉,一气呵成,囊括了兰州的地理位置、风土物

---

① 兰州市地方志编纂委员会、兰州市地方文献志编纂委员会编:《兰州市志·地方文献志》,兰州大学出版社2011年版,第546页。
② 同上书,第565页。
③ 邓明:《兰州史话》,甘肃文化出版社2007年版,第115—118页。

产、人物轶事，等于一篇浓缩的兰州志。"① 魏椿《兰州记》以华丽的辞藻、恰切的典故、丰富的想象、细腻的描摹、优美的声律抒发了诗人对兰州的热爱之情。

牛运震《游五泉记》是兰州游记中的上乘之作。该游记以时空结合为架构，叙述作者与好友一起游览五泉山的经历，作品夹叙夹描，语言简洁，描绘传神，情韵毕现。作品先以"盖兰城一胜地"来概述"五泉"的特点，然后以"饭后""骑出皋兰门""少转，得平台""转西，偏坐来山阁""饭毕，游东山头""从人告日暮，乃下山归""深黑，抵城门"等顺序逐一描述五泉山的景致。行旅休止之间，眼眸俯仰之际，田畴、林木、晴空、泉水尽在语段之中，寺院、楼台、木桥、妇女浣衣、六月六妇女"就龙口洗发，持勺饮泉水"、农人暮归等地域风俗尽在笔下。牛运震对五泉山景色之描摹有"特写"之景，也有"草描"之物。"城郭峻列，烟火万家，了了可辨，黄河东折，光明窈窕"为半山腰"回瞰"兰州时所见之景；"沿溪有古柳十余株，皆合抱，瘿大如瓮，树枝稀疏，浅黄如染"为"近观"五泉山树木时所见之象；"乱峰辣峙，遥天空碧，青岚错插"为"北望"城北诸峰时所见。顾盼俯仰之间，五泉景色呈现其间。牛运震非常重视散文的"起收"照应与"虚实"相生。该散文在开始描写途中所见的"森洁如画，空明一色"的新营山景色，为第二段状写五泉山的景色埋下伏笔，做了铺垫；散文的结尾又以友人介绍而作者未能亲至的后五泉美景煞尾。"林壑尤奇，泉石幽异，往往绝人世想"的后五泉景色让读者翩翩联想，给人一种余音绕梁、意犹未尽的审美体验。

姚粲《重修城隍庙记》、牛运震《创建关帝庙碑》《平番县孔子庙碑》、彭成章《重修兴远寺碑记》、杨遇春《拂云楼记》、曹炯《重修三台阁碑记》、左宗棠《忠义祠记》《兰州节署园池记》、升允《创建兰州黄河铁桥

---

① 邓明：《兰州史话》，甘肃文化出版社2007年版，第118—119页。

碑记》等是有关兰州的庙记、碑记类散文,黄英《兰州黄河铁桥赋》、张炳焱《镇远桥赋》等是有关兰州"桥梁记忆"的散文,皆从不同角度呈现并建构了兰州的历史文化记忆。

"旅行"是人类的重要活动。旅行空间、旅行实践及想象地理,在兰州城市文化记忆的书写中具有重要的意义。"旅"就意味着非本土本乡,"旅"的过程就是与"他者"和"异文化"接触与碰撞;而"行"则与"出""到"关联。自古以来,中国历史上就有"去"西域或西部边地的文化书写,至20世纪早期,支援西部建设、开发大西北等中的"旅行"更将"行"的含义与国家民族的建构联系在一起。西部旅行体验及其文学审美想象,是国家民族话语建构的有机组成部分。

在建构兰州形象谱系中,历代旅行记或考察记中的兰州具有极其重要的作用。一些清代作家途经兰州的"西行"游记或日记中留存着兰州的城市文化记忆,如洪亮吉《伊犁日记》、祁韵士《万里行程记》、方士淦《东归日记》、林则徐《荷戈纪程》、董醇《度陇记》、冯焌光《西行日记》等,这些作品从不同侧面呈现了兰州的城市文化。"十五里空心墩,五里兰州省城。地产烟叶,沿途多水车风轮。城南皋兰山下有五泉,中泉漾定,东西四泉,俱悬崖瀑布,故又名皋兰山为五泉山。进东关为省垣,外城周十四里,内城仅七里,市集远逊西安。"① "于巨浪骇波中特起长桥,盖奇观也。两岸山势高耸,北岸山麓有金山寺,楼阁层叠,直抵山巅。傍岸西行,见扁舟出没中洪,游行自在。此处多以牛皮缝纫为舟,遇风不覆。一路多桃园,绿荫邃密。"② 这是冯焌光视野中的兰州城市形象。

西北游行游记、考察笔记、考古日记中的兰州形象是独特的。张恨水、茅盾、陈敬容、老舍笔下的"民国时期"的兰州记忆是独特的,"西北的上

---

① 兰州市地方志编纂委员会、兰州市地方文献志编纂委员会编:《兰州市志·地方文献志》,兰州大学出版社2011年版,第637页。
② 同上书,第639页。

海""简陋的招待所""凄凉的大后方"等形象体认是其对兰州的感知。林鹏侠曾在1932年考察西北,为"南方女子独身远来考察者",后著《西北行》,其作品中对兰州,"回教徒"马仁山、福陇医院院长高金城、民政厅翁木圣、乡民郑少峰等的言行品德给她留下了深刻的印象。作家探寻妇女解放之路,钦佩于"回教精神",焦虑于"回汉纠纷",展望于"开发西北"。张恨水于1934年游历西北,考察陕西、甘肃,时任北平北华美术专门学校校长。张恨水《西游小记》以"兰州东郊""到了兰州""中山市场""民众图书馆""黄河铁桥""五泉山""旅客起居备考""气候可爱"等为主题描述了兰州的城市形象。该散文为《旅行杂志》的约稿,也是一篇较早宣介兰州旅游的散文。张恨水认为兰州为"西北的上海",是"中华民国地图"的"十字中心点"。"兰州虽是边省的省治,可是指古时而言。现在我们把中华全国地图打开来一看,在正中的地方,画一个十字,那么,我们就可以在十字中心点附近,发现兰州这个地名。所以到兰州来,名义上是繁华边界,实际上是到了中国的中央。这里在西方人看来,也是西北的上海,西向新疆、青海以及西藏北部,都是由这里运了货物去,北向宁夏、蒙古,也有买卖,所以在商业上,兰州是很有地位的。"[1] 兰州作为中国地图几何中心的"中央位置"与交通枢纽作用,给张恨水留下了深刻的印象。"兰州东郊"一节重点介绍东岗坡、兰州机场、兰州大营的城堡、兰州城门等,"到了兰州"一节介绍兰州在全国商业上的地位以及店铺、货物、柜台陈列、旅馆、街道、照明等"街市"的情况。"黄河铁桥"一节介绍"千古黄河第一桥"的历史。"五泉山"一节,介绍了当年的情景:"山在兰州南关外约五里路,山势是很挺拔的,虽然山上还缺少着石头,然而满山满谷都盖有草木,远远的望去,一片青葱的颜色,在西北这地方,有

---

[1] 兰州市地方志编纂委员会、兰州市地方文献志编纂委员会编:《兰州市志·地方文献志》,兰州大学出版社2011年版,第751页。

这样的青山可看，那是很可以让人满意的了。"① 其他各节介绍兰州的庄严寺、大佛寺、碧血碑等古迹，还介绍"牛皮筏子""骡车""汽车""飞机""人力车夫"等当时兰州的"交通事件"。为了使旅游者更多地了解兰州，张恨水对"旅客起居备考"有着详尽的叙述，历述在兰州乘车的车费、旅馆的被褥与房价、西北人朴实干脆的性格、酒馆饭馆里的菜肴、澡堂的简陋与价格以及皮货与瓜果的特产。张恨水"西游小记"中的"兰州印象"保留了20世纪30年代初期的"他者"眼里的兰州文化。

抗日战争中的兰州，是散文家书写兰州历史的一个重要组成部分。抗日战争爆发后，兰州成为"大后方"城市，也是苏联援华战略物资的重要集散地和西北国际交通线的桥头堡。茅盾的散文《兰州杂碎》从"旅客"的视角呈现了抗日战争时期的兰州形象。茅盾受当时担任新疆督办公署和省政府高级顾问兼新疆学院院长、著名爱国民主人士杜重远之邀赴新疆任教，同行的家人有夫人、女儿、儿子，一家人登上欧亚航空公司直飞兰州的班机。"南方人一到兰州，这才觉得生活的味儿大不相同。"②"兰州城不大，城内防空洞不多，城垣下则所在有之。""城外群山环绕，但皆童山。"③一家人乘坐航空公司送旅客进城的大轿车，穿着毛衣毛裤与呢大衣的茅盾，一下飞机就感受到西北的彻骨寒风。经过一个多小时的颠簸才到由中国旅行社办的"漂亮""辉煌"的兰州招待所。招待所有在上海受过训练的南方籍茶房，服务员给他们送来了清净的洗脸水和浑黄的饮用水。茅盾感到很奇怪，后来才知道，清澈而苦涩的是井水，浑浊却在沉淀后饮用的是黄河水，是五角钱一担雇人从黄河里挑来的。因当时兰州还没有去新疆的定期航班，只能等不定期的运输抗战物资的苏联便机。寓居兰州四十多天后，

---

① 兰州市地方志编纂委员会、兰州市地方文献志编纂委员会编：《兰州市志·地方文献志》，兰州大学出版社2011年版，第754页。
② 茅盾：《茅盾全集》第12卷，黄山书社2012年版，第26页。
③ 同上书，第28页。

第二章 散文中的兰州城市文化记忆

茅盾才飞赴新疆。在寓居兰州期间，茅盾对兰州有了一些了解。在茅盾的笔下，黄河兰州段的半边在腊月里是冻结的，人、牲畜、车子在覆盖着薄雪的冰上走，另外半边黄河则是滔滔滚滚的急流。作家站在铁桥上遥望上游的冰河，感受了黄河的"奇伟"；冬天在兰州可以吃到青海湟水的鱼，兰州的"醉瓜"、苹果、沙果、梨子都很好，是"有发展果园的前途的"；兰州的街道"浮土寸许厚""软如地毡"，俨然一座"土城"。茅盾对兰州印象最深刻的莫过于日军对兰州轰炸的情景和当时兰州的货物短缺及城里发国难财的"洋货铺子"。

现代著名"九叶"派诗人陈敬容曾在20世纪40年代生活于兰州，并主持《甘肃民国日报·生路》文艺副刊的编辑工作。陈敬容当时已身为人妇，且育有两个儿女。繁重的家庭生活使陈敬容备受束缚，又因兰州的高原气候、物价飞涨、文坛寂寞、民风保守，使这位受新文化活动洗礼的作家倍感沉闷。陈敬容当时是与诗人沙蕾相恋后从成都来到兰州的，两人一起生活了五年之久。由于两人在经济、感情等方面出现了危机，陈敬容最终"逃离"兰州。陈敬容对兰州的记忆并不美好，在《畜类的沉默》中，陈敬容认为兰州是一个"沉默""黄土飞扬""卑微""凄凉"的城市，让人丧失了"任何温暖的记忆和希望"。"我们走在一条黄土飞扬的路上，一边是连亘的黄色的土墙，一边是奔流不息的黄色的河水。长夏的余热在秋日的中午仍然蒸腾着。我低头漫步，疲倦用缄默隔离了我和我的同伴。""在一个荒凉的院落前，我看见三匹瘦弱的驴子并排立着，面对着墙壁，在它们身边，放着刚卸下的负荷物。它们是那么卑微地沉默着，再没有谁来给以小小的安慰。它们，即使喘息也像是无声的。""这就是你们，一切畜类的沉默呵，在你们的心之深处流动着一些什么呢？被称为人的我们，从未知道过，也从未希望知道。"[①] 在《街》中，陈敬容追忆了乐山、北京、

---

① 陈敬容：《陈敬容选集》，四川人民出版社1983年版，第233页。

天津、青岛、汉口、济南、西安等城市,也回顾了她在兰州凄凉、孤独的生活体验。"兰州,尘土封闭的店铺,两旁有高坡的窄的街巷,沙土铺塞着。有铁轮的骡车蹒跚地在砂土中碾过,里面坐着的大都是穿红着绿,头发梳得乌亮,戴着耳环同手镯的西北妇女,到亲戚家串门去的,车夫的绳鞭在风中噼啪地挥得极响。反穿羊皮衣的男人,满脸胡须的回教徒,偶然也有几个戴着黑色盖头的回教中年妇女……在街上疏疏落落地走着。""刮风了,沙土向人面上扑来,眼睛睁不开了。过一会风停了,天空还是满蔽着黄沙。"① "五年以来,窄窄的街巷大半变成了长直的大马路了,低低的平房也变成了高高的楼房了,铁轮大车不再在城中通行了。行人中也一天比一天更多了西服绅士和华装妇女,但变不了的是那任何地方也没有的凄凉。当你一个人踽踽地在黄昏里行走,仿佛你的生命中永远只能有黄昏。尤其是当西北风呼啸的时候,当沙土向你脸上扑来的时候,你便丧失了任何温暖的记忆和希望。"② 此外,陈敬容的散文《牺牲节》以儿童与成人的双重视角描写了兰州回族过古尔邦节时做礼拜、宰牲、邻居间送祝福礼物的场景,也表现了回族儿童爱护生灵的童稚纯真之心与女性慈悲之怀。③ 陈敬容在兰州的情感挫折与艰苦生活给她造成"创伤性记忆",影响了她对兰州城市的形象建构。作为大后方的兰州承载和容纳了陈敬容生命中无法忘却的爱情之累与婚姻之痛。五年时间,陈敬容仅留下有关兰州的两篇散文。在一定程度上,兰州成为陈敬容的伤心之城,乃至于在后来的作品中不愿多提。兰州就以"伤心之城"方式进入了这位中国现代诗人的生命记忆与散文表达,真让读者唶叹不已。

除了作家眼里的兰州形象外,记者新闻报道中的兰州形象也值得关注。香港《申报》记者陈庚雅曾在1934年赴西北考察,后著有《西北视

---

① 陈敬容:《陈敬容选集》,四川人民出版社1983年版,第286页。
② 同上书,第287页。
③ 同上书,第266页。

察记》。"十五里抵兰州,时已入夜,电灯火光,交灿如昼。黄河流声甚大,反觉人间默不一语。城门已闭,宿金城关,是日计行程一百四十里。翌日入城,卜居中华旅馆。"① "兰州南依皋兰,北控黄河,远观山环水抱,殊具紧严之象;近察高关奔流,又极雄壮之势,气候温和,尤多林泉美景。昨承友人郭世芬、杜玉田诸君,导游五泉山、小西湖、北塔、金山寺、庄严寺等。殿阁飞云,松柏交翠,到处表现兰市不仅为西陲重镇,抑且为西北一有名胜。惟旧历五月,所谓城隍圣诞,各善社争相念经献戏,至达十余日之久。"② 陈庚雅了解到当时兰州的夜景、民政、交通、特产、胜景、教育、新闻、水利、烟草、金融、风俗等。天津《大公报》记者范长江眼里的兰州形象则是另外一种景观。范长江在1935年9月至1937年1月的17个月间,先后"五进五出"兰州,在新闻报道中留下了有关兰州的文化记忆。"过铁桥顺黄河西行十余里,皆在肥沃的冲积河岸平原中,田园优美,果树成林。惜在严冬,草木正枯缩凋零,如遇春末夏初过此,红绿争妍,必能给旅行者以兴奋印象也……"铁桥曾是红色的,后为躲避日军轰炸而涂为灰色。"西北各省的交通,兰州是一个总枢纽地方。""田园优美"与"总枢纽"是范长江对兰州的形象与功能上的主要理解。抗日战争时期,侵华日军当年为了切断国际运输线,对兰州进行了数十次轰炸。王柏华《抗日战争中的兰州大空战》介绍了从1937年11月至1939年12月侵华日军对兰州的轰炸以及中国空军对日军的反击,控诉了日本侵略者在兰州犯下的罪行,赞扬中国空军的爱国主义精神与苏联志愿队的国际主义精神。抗日战争时期的兰州城既充溢了爱国的热情,又布满了战争的疮痍。

著名作家老舍曾在1939年10月赴新疆途中经停兰州,短暂停留四天,在此期间,通过参加各种活动,老舍对兰州当时的抗日文化活动有了一定

---

① 兰州市地方志编纂委员会、兰州市地方文献志编纂委员会编:《兰州市志·地方文献志》,兰州大学出版社2011年版,第731页。
② 同上书,第740页。

的了解。在对友人谈起兰州时说:"兰州文艺界无何建树,颇须打气加油。""相信西北是大有可为的,必须——而且必能够——开发的地带。"可以说,当时的兰州是作为抗日战争大后方、作为抗日战争力量积聚地的形象来加以表现的。老舍在兰州还应邀以《两年来抗战中的文艺运动》为题作了讲演。老舍希望把分散力量团结起来,用笔来发动民众、捍卫祖国、粉碎寇敌、争取胜利,激励文艺工作者和文艺青年大胆创作,认为壁报、鼓词、故事都能为战壕中的抗日志士增添力量。

抗日战争时期散文中的兰州形象是"军事交通中心"与"建国之根据地"的形象。萨空了在1939年经兰州赴新疆观光,著有《由香港到新疆》。萨空了在"兰市杂掇"等篇章中介绍了兰州。"城虽不大,但除了西安,在西北它应算是第二个大城。城墙是砖造的,还有点北平城墙的样子,人力车、轿车,也是北平的味道。""这黄河上的主要的交通工具是羊皮筏。"[①]"这里有很好的羊肉、黄河鲤鱼。水果极多,特产有著名的醉瓜和西瓜。""物价在皋兰,我们在的时期已逐步上升。"[②] 李孤帆在1939年曾在甘肃、青海工作,著有《西行杂记》。"我们出了飞机,向机场的四周一望,只见一片黄土,满目荒凉。"[③] 这是李孤帆初至兰州的印象。与"乌烟瘴气"的重庆的天气相比,"兰州的天气真是太好了,天天的极好的太阳""唯一的缺点,就是灰土太大""兰州的物价向来已较东南各省为高""贫富悬殊",但"兰州的民风真是淳朴透顶"[④]。李烛尘游五泉山、乘坐羊皮筏、凭吊节园、观赏桃林、游小西湖也成为他的兰州记忆。李烛尘在1942年率领西北实业考察团考察甘肃、青海、新疆,著有《西北历程》,其中对兰州有所记述。"黄河两岸略有平原,而一片青绿,尤快人心,田园家宅中亦不少树

[①] 兰州市地方志编纂委员会、兰州市地方文献志编纂委员会编:《兰州市志·地方文献志》,兰州大学出版社2011年版,第812页。

[②] 同上书,第813页。

[③] 同上书,第818页。

[④] 同上书,第819—820页。

木，城堞宛然，街道界画明显。"① 这是李烛尘在飞机上看到的兰州景观。"瓜果菜蔬，则又特别硕大而叶美。"② 这是李烛尘对兰州瓜果的印象。游览了五泉山、白塔山等，"泉水之源甚多，其数或不止五""兰州城位于黄河南岸，城垣方形，北城半壁，紧傍黄河"。这是其对"兰州形胜"与地理的印象。李烛尘在兰州期间还看到"天下第一桥""皮筏"，还考察了兰州的"化学工业""产盐情形""矿产分布""水泥情形""省营工厂""甘肃教育馆""水利与植林"等。其在"甘肃各种事业前途之展望"中认为兰州"煤铁既不丰，其他矿产亦有限，以眼前已知者为凭，于重工业前途，尚待研究"，还认为"喊开发西北"，不如"救济西北"③。从中不难发现兰州当时的经济发展状况。蒋经国在1942年考察西北，后著有《伟大的西北》，其中对"我们西北抗战后方的军事交通中心""地形的雄壮与伟大"的兰州多有记述。④ 蒋经国在兰州第一次看到了黄河上特殊的交通工具羊皮筏子，了解到甘肃省政府所在地就是明朝肃王的王府，并游览了兴隆山和五泉山，观看了兴隆山祭祀成吉思汗的活动。另外，夏鼐在《敦煌考古漫记》中记叙了他在1944年所见的兰州形象。"兰州城内经过现代化后，马路颇为宽大。""出西门，经黄河铁桥。河水已解冻，有几个皮筏子顺流而下。黄河岸侧几个水车伸张着巨大的轮子，因为河水尚浅，静止不动地矗立着。"⑤ "兰州城内的古迹，现今存留的并不很多。"⑥ 旅行者或考察者或考古者眼里的兰州形象建构有其客观性的一面，也有其主观性的一面，是叙述者与被叙述者相互对话与交流的结果。

---

① 兰州市地方志编纂委员会、兰州市地方文献志编纂委员会编：《兰州市志·地方文献志》，兰州大学出版社2011年版，第834页。
② 同上书，第835页。
③ 同上书，第854页。
④ 同上书，第857页。
⑤ 同上书，第860页。
⑥ 同上书，第861页。

二 当代散文世界中的兰州城市文化记忆

现代散文家对兰州的城市文化情有独钟,他们以个性化的散文话语呈现了兰州城市文化形象。王君《纵横兰州》、岳逢春《借我春秋五十年:一座城市的文化记忆》、尔雅《一个人的城市》、马琦明《兰州笔记——城市建设与发展》、汪小平主编的《美丽兰州》(散文卷)等,都是表现兰州城市文化记忆的重要散文集。茅盾《兰州杂碎》、余秋雨《读城记之兰州》《皋兰山月》、雷达《皋兰夜语》、海杰《把兰州喝醉》、习习《临河之城》、马步升《兰州的新翅膀》、王新军《兰州的雨》、杨献平《兰州纪事》、阳飚《兰州文物》、叶舟《何谓边地生活》、聂中民《城之西,河之北》、杨光祖《孤独地走过兰州的街道》、许锋《湖水从何而来》、赵武明《行走在山河相依的城市》、才旺瑙乳《从城市回到植物》、李满强《都市里的村庄》等作品对兰州城市的文化形象进行了个性化的表现,共同建构了散文世界中的兰州形象谱系。

现代散文作家对兰州城市书写的动机既来自写作对象本身所具有的文化魅力,又来自创作主体的审美需要。兰州在自然环境、经济状况、文化传统等方面大大不同于沿海城市,兰州以其独特的魅力呼唤着她的言说者与解释者。就创作主体的需要来说,每一个对现代生活充满期冀的作家都在寻找属于自己的城市景观。作家通过散文传达自己的城市体验,因此,散文书写既是作家感知城市与理解城市的过程,又是作家与城市进行诗性对话的过程。

（一）兰州城市文化记忆中的山河景观

美国城市文化理论家刘易斯·芒福德指出，作为"地理现象"的城市，河流、气候、土地都是城市"区域个性"的表现。以此而论，城市的山河景观就是一个城市的个性表现之一。"把城市视为区域个性的表达。即使在其发展的高级阶段，城市与其他事物一起，仍是一种地表形态。城市是由木头、石头、泥土、沥青和玻璃所共同组成的，其形态是受地形条件和土地特性制约的；此外，城市基址的特殊要求会因防御、工业和交通的需要而改变。"① 一个城市因其依傍的山峦、河流、湖泊而被命名为"山城""水城""山水之城""海滨之城"等。与城有关的山峦、河流、湖泊成了作家书写城市时重要的自然地理参照。环山带水的兰州城处于黄河谷地，黄河自西向东穿过城区。穿城而过的黄河与矗立两岸的山峦组成一个山水相映、动静结合的生态画卷，兰州因之被称为"黄河之都""山水之城"。

山河景观组成了"城市文本"的重要内容，也构成城市话语表现的基本语汇。"城市就是一个审美文本，一个巨大的审美体，散文作家徜徉其中，物我相忘，获得审美的发现与心的愉悦。散文作家是城市审美发现者与欣赏者。"② 兰州城南面的皋兰山、五泉山与北面的白塔山、徐家山等，是散文家关注的山岳峰峦。余秋雨《皋兰山月》、雷达《皋兰夜语》、范宇《皋兰山月》都描写了皋兰山、五泉山的别致风景。"久居兰州的人都知道，深夜出门，不用抬头，即能感到，或身后，或眼前，定有一庞然大物在夜色中谛视着你，那就是皋兰山了；也不必引颈四顾，定能听到一种哈气似

---

① ［美］刘易斯·芒福德：《城市文化》，宋俊岭、李翔宁、周鸣浩译，中国建筑工业出版社2009年版，第399页。
② 景秀明：《江南城市：文化记忆与审美想象——中国现代散文中的江南城市意象》，中国社会科学出版社2009年版，第5页。

的嘀嗒声在空气中鼓荡，那就是黄河的涛声了。"① 由环拱着兰州的山与穿城而过的河所组成的山水文化记忆是雷达、十年砍柴等散文家记忆中的兰州形象。

雷达的《皋兰夜语》是一篇表现兰州城市精神的散文代表作。该作品曾收录于 2006 年由山东文艺出版社出版的《雷达自选集：散文卷》，并成为 2014 年由上海东方出版中心出版的散文集《皋兰夜语》的书名，从中可见雷达对《皋兰夜语》的看重与偏爱。雷达以其个人的成长经历、大学生活与历史文化修养来言说兰州的城市文化。在《皋兰夜语》中，雷达叙述了他在少年、青年、中年时期对兰州的认识，遥想着兰州的远古至汉唐乃至近代的历史变化，叙述兰州历史人物的独特性格与传奇命运，挖掘出受到地理、历史、民族、文化等多元因素影响下的兰州城市文化精神。在雷达笔下，兰州是神秘、封闭、沉滞、梦幻、缓慢的，又是非凡、雄浑、放肆、惨烈、速变的，理解了兰州，也就进入了大西北的"堂奥"。"我早就觉得，兰州含有某种说不清的神秘和幽邃，暗藏着许多西部的历史文化秘密，凡只到过西安没到过兰州的人，绝对不能算到了大西北；只有到了兰州，而且流连黄河滩，驻足皋兰山者，才有可能摸索到进入大西北堂奥的门径。"② "兰州这地方确乎有种非凡气象，黄河穿城而过，环城则是山的波涛，好似一座天然的古堡，外面的东西不易进来，里面的东西也难出去，铁桶也似的封闭。要是在西安，你会感到关中大平原的坦荡与敞开，身在兰州，你就没法不体验一种与世隔绝的疏离感、禁锢感，连走路的步子都会放慢。"③ "所以，兰州是封闭的、沉滞的，但又是雄浑的、放肆的。"④ 充满"矛盾"的兰州的"城市性格"，也体现在雷达对兰州山峦与河流的景

---

① 雷达：《雷达自选集：散文卷》，山东文艺出版社 2006 年版，第 8 页。
② 同上书，第 9 页。
③ 同上。
④ 同上书，第 10 页。

物描绘之中。在雷达的散文中，秋夜里皋兰山山顶星光与雾霭中兰山公园里的楼阁的梦幻感，黄河初春"开河"时惊雷奔电般的壮阔气势，高山、长河、古城共同激荡着文人的诗性情感与政治抱负。远古的彩陶文化、昔日的边塞军事重镇、历代政权的更替兴亡、多元民族文化的融合冲突等，不能不让人感受到历史的沧桑。当读者阅读《皋兰夜语》时，辽远厚重的历史苍茫感和现实人生的时光流逝感如黄河之水不停地拍打着读者的心灵堤岸。在《皋兰夜语》中，城市的历史变迁与人事的沧桑蹉跎交织在一起，境界开阔处显得豪气沛然，情感微妙处又显得细腻深沉。

余秋雨《皋兰山月》是作家与皋兰山月的一次心灵对话，也是作家的一次精神独白。作家在广阔的历史背景中，试图探寻兰州渐行渐远的历史足音。《皋兰山月》从夜晚误将皋兰山的灯光当作星光写起，第二天醒来才发现是"堵着天"的皋兰山，从而萌发了登皋兰山观月的念想。在月夜登山时，他领略到了皋兰山月坦荡、素净之美，宛如进入静谧缥缈之幻境。"浩浩大大一座山，没有转弯抹角的石头，没有拂拂垂坡的繁草，没有山溪，总之没有遮遮掩掩的地方，只是一味坦荡。坦荡的暗银色，锡箔色，了无边际，除此之外再没有别的色相。走在这样的山路上，浑身起一种羽化的空了也不在意路边还有些什么，呆呆地走。只要路还在，就会飘飘忽忽、无休无止地走下去。脚下不慢，但很轻，怕踩坏了这一片素净。"（余秋雨《皋兰山月》）"这里阒无一人，眼下只是绵绵的山，趁着月色，直铺天边。天边并不能看真，看远去，发觉头已抬高，看到了天上。这些山，凝固了千百万年，连成一气，却又滚滚滔滔，波涌浪叠。一个波浪就这么大，我立即被比得琐小不堪。也听出声响来了，找不到象声词能够描述。响亮到了宁静，隐隐然充斥天宇，能够把一个人的双耳和全部身心吞没得干干净净。"作家对因月而登山，言山又及月，两者紧密结合。"月亮轻轻一颦，躲进一团云，然后又飘然西去。她运行不息，变得明彻而洒脱，用一阵无声凉风，意识我踏上回程。""离开人世间高墙的重重卫护，蒸发掉种种温腻的滋润。赤条条地，与荒漠的群山对峙，向它们逼索一个古老人种苦涩的灵魂和行程。"（余秋雨《皋兰山月》）望月怀远道，登山思幽古。这是许多散文家情感表达的内在心理结构。余秋雨在月色中进入对皋兰山"远年履历"的沉思怀想之中，从霍去病的鏖战到张骞、玄奘的途经此地，从林则徐远眺虎门烟火、左宗棠的西征与植柳及路基下埋着的白骨，最后以山巅之至极的宁静烘托历史之思。余秋雨将个人的行旅与历史人物的生命旅程的思考融汇在一起，《皋兰山月》在结构上有收有放，从登山至回程，从月初上到夜半，时空与行程相融，浑然天成而韵味悠长。

　　雷达和余秋雨的散文同属于"文化大散文"。相较而言，雷达的兰州题材散文具有一种雄浑坦荡之风，而余秋雨的同题材散文显现出一种幽远深沉之调；雷达写兰州的散文显得慷慨沉雄，而余秋雨的兰州题材的散文显得静谧空灵。从心路历程来说，曾生活在大西北的雷达在走向更为广阔的大都市时更容易感受兰州的生活如"古堡"一样的"封闭""沉滞"与"缓慢"，而生活在高楼林立的大上海的余秋雨更容易感受到大西北的"坦荡""静谧"与"悠远"。

　　兰州城的伊斯兰教建筑是散文家聚集点之一，也是兰州宗教文化符号之一。散文家张承志曾在 2011 年参观了兰州城灵明堂午朝门、礼拜大殿、讲经堂、东西四合院、三华门、诵经厅、灵明道祖八卦亭等。张承志的散文始终充溢着伊斯兰教信仰的光芒，其散文《背影》叙述于兰州参加追悼牺牲在清朝统治阶级屠刀下亡人的集会活动。"我睁大眼睛辩认着他们那些黑黝黝的背影。"[①]"我凝视着那两万背影我明白了：人民要坚持着心中沉重的感情直至彼世。"[②] 作家凝视着陇东河西、从新疆青海奔涌汇集于此的两

[①] 张承志：《大西北》，中国青年出版社 2007 年版，第 21 页。
[②] 同上书，第 22 页。

万民众的背影，从而明白了民众对心中沉重感情的持守与悼念。借此，张承志发现了西北民众隐忍又执着的内心精神与显现于外的"伟大的背影"。甘肃作家叶舟与张承志交往甚多，其作品多有着宗教文化气息。叶舟的散文中对兰州城市的宗教文化有所表现。叶舟在"生活的感念"中书写着兰州的"沧桑""神秘"与"幸福"。在《半个兰州》中，叶舟如此描述兰州："像摊开的巨幅书页一般，兰州一路洋洋洒洒地建筑在两岸的滩涂上。兰州是一个小小的盆地，其地形为两山夹一河、黄河匍匐其间，狭长的地带随着河水蔓延成东西近百公里的城市走势，而南北两山的最短距离则仅几公里。"这些话语简洁地概括出兰州的地理形貌特征。"金城关一带以穆斯林为主的兰州土著居民为多。站在南岸，远远望去，在一面缓缓耸起的山坡上，是黄泥色的土屋，低矮陈旧，散发出沧桑之感。我总爱在黄昏时分来到河边，那时，巨大的落日垂临水面，将闪烁的黄金碎银撒满河道，山体通亮。河风吹拂，一日的功课行将结束，而对生活的感念才刚刚开始。"叶舟在《半个兰州》中说，"在早些年一只船那条模糊的街道尽头，居住着一位来自甘南著名经学院拉卜楞寺的活佛。每当夜幕四合，我总能看到一堆又一堆红铜般燃烧而过的红衣喇嘛前去觐见活佛。他们摇着骨头朵拉转经筒，手捻佛珠，口诵六字真言，像最后一批圣徒安详消失，他们让我感到一种难言的幸福和神秘。"对兰州城市中宗教文化氛围的关注弥漫在许多兰州题材的散文作品之中。可以说，无论在黄河之畔，还是在街道的腠理，都可以发现兰州城市文化中宗教文化的元素。

与个别散文家对奥深的西部宗教文化的表现不同，大多数作家常常投身于同西部自然万物的心灵对话。青年作家范宇痴迷于"皋兰山月"的质朴与迷幻，创作了一篇与余秋雨散文同题的作品，该作品在结构上与余秋雨的作品有相似之处，但更多一种苍凉忧伤之美。范宇在《兰州：远在泛黄的纸上》中说："我想，那夜皋兰山的月光应该是最苍凉也是最皎洁的，只因一个叫霍去病的人落了几滴说不清楚的泪。"① 范宇寻绎着皋兰山名称的历史由来，远望皋兰山的明月，感受其温婉高洁、朦胧迷幻之美，联想到古代战场上月色中将士的尸首与伤口，将霍去病的流泪、张骞的驻足、玄奘的西行等故事融化于对皋兰山的描述中，将历史的遥想与现实的感悟撒播于皋兰山迷幻月光的描绘之中，流淌着一丝一缕"美丽的忧伤"。范宇写的是超越"纸上记忆"的兰州印象，他专注于书写审美体验中兰州的山光月色。五泉山、白塔山、南山成为众多散文家描写兰州之山的首要选择。"五泉山、白塔山是兰州的历史文化名山，它们的身上记载着兰州的世事沧桑，承载着兰州的文化历史。"② "五泉山、白塔山，它们是兰州的山，人民的山，永远忠诚地环护着城市，拥抱着城市，高高地耸立在人们的心间。"③ 散文家抒发了对兰州山水的赞美和对山水相依之城的热爱之情。张海明在《兰州》中认为："兰州南北被群山环抱，城区居于不规则的长廊之中。群山巍峨，连绵不断，绿树护裹，使怀抱之中的兰州处于静谧、祥和之境。山中有城，城外有山，这是大自然和人类活动的最佳布局和组合。"④ 赵武明在《行走在山河相依的城市》中诉说："兰州就是一座个性十足的城市，山有山的伟岸如父亲坚实的脊梁，河有河的温柔似母亲宽阔的胸怀，一切都在流淌，行走的脚步却从不停下。"⑤ 读者能够在字里行间感受到散文家对"山水之城"兰州的热爱之情。

兰州题材散文传达出对远逝的兰州历史的感伤，也洋溢着对当下兰州城市生活的热望。王君等作家就表现了他们对兰州山水的热爱、赞美、感恩之情。"兰州作为唯一黄河穿城而过的省会城市，黄河兰州段是一件天然

---

① 汪小平编：《美丽兰州》（散文卷），甘肃民族出版社2013年版，第19页。
② 王君：《纵横兰州》，甘肃人民美术出版社2011年版，第7页。
③ 同上书，第9页。
④ 汪小平编：《美丽兰州》（报告文学卷），甘肃民族出版社2013年版，第153页。
⑤ 同上书，第146页。

的艺术品，以其独特的魅力、秀丽的姿采，成为兰州的象征和骄傲。"① 王君《兰州的水》《兰州的河》运用激情豪迈的话语描绘黄河的激荡澎湃与宽厚仁慈的品德，热情地赞美黄河母亲。"兰州的水，是黄河水。黄河之水天上来，地下来，深山大峡里来，从唐古拉山，从雪域高原，从嵯峨崎岖的千山叠嶂中一路奔腾而来。她以远古的激情和冲动，一路咆哮呼号，一路摧枯拉朽，奔涌前进，激荡澎湃，就这样激情万丈地来到兰州，走过兰州，流在兰州，用她仁慈的乳汁滋养着古今兰州，成为兰州世世代代的母亲河，宽厚地养育着兰州万物，并使之物华天宝，人杰地灵。"②"让我们的黄河母亲永远年轻，永远奔流，永远激情澎湃，浩浩荡荡，赐福于我们的兰州。"③"没有黄河，就没有兰州。黄河诞生了兰州，黄河养育了兰州，黄河发展了兰州，黄河恩泽代代兰州，于今亘古。"④"没有哪个像兰州人这样每天都能幸福地眺望黄河，观赏黄河，触摸黄河，感受黄河。""兰州人爱黄河，黄河茁壮着兰州人的骨头，澎湃着兰州人的热血，滋养着兰州人丰富感情，塑造着兰州人热烈豪放的性格，多姿多彩的个性，勇往直前的精神。"⑤ 在《纵横兰州》中，"兰州的河"就是母亲河黄河的赞歌。王新瑛在《穿过黄河风情线的情思》中认为："兰州是黄河文化元素最为集中的城市，黄河的宽厚与博大胸怀深深熔铸在城市的性格之中。"⑥ 张海明在《兰州》中说："兰州因黄河而富丽，黄河因兰州而俊秀。黄河以其母性的温柔点缀着、滋养着这块土地，使其增添更多的神秘、安详和活泼。"⑦ 在波涛般涌动的散文话语中，张海明描绘四季黄河畔的美好景色，表达了对黄河的敬畏之意

---

① 马琦明：《兰州笔记——城市建设与发展》，甘肃人民美术出版社2010年版，第63页。
② 王君：《纵横兰州》，甘肃人民美术出版社2011年版，第10页。
③ 同上书，第12页。
④ 同上书，第86页。
⑤ 同上书，第87页。
⑥ 汪小平编：《美丽兰州》（散文卷），甘肃民族出版社2013年版，第107页。
⑦ 同上书，第152—153页。

与感激之情,抒发了对山水城市兰州的无尽热爱。"山水城市以人的健康生活为出发点,以自然环境的有效保护、城市特色的有机创造为原则,以人类的可持续发展为目标。"[①] 天蓝、水清、地绿的山水生态城市,是兰州城市建设的理想。在当代生态文明建设中,一些作家在散文中希望人们能够饮水思源,懂得反思自己的自私、贪婪、奢侈和罪过,感恩黄河母亲,树立水资源与环境保护的观念,这些富有生态意蕴的作品对重塑黄河生态形象有着积极的意义。

(二)兰州城市文化记忆中的个性化城市形象建构

雷达、余秋雨等作家以知识分子的视界挖掘着兰州的城市文化内蕴,马琦明等作家则以城市行政管理者的角度思考着兰州的城市形象建设,从而构成政府建设蓝图中的兰州形象。马琦明曾任兰州市副市长,担任过《兰州市志》主编,对兰州的城市文化有比较全面深入的了解,其散文集《兰州笔记——城市建设与发展》从政府管理者的角度,对支撑兰州城市生存、可持续发展的重大理论问题和实际问题进行了探讨,以图文并茂的方式展现了兰州作为现代城市的巨大魅力,完成了兰州形象塑造中独特的"这一个"。《兰州笔记——城市建设与发展》既涉及理念、艺术、教育、生态、人文、个性等城市发展中的文化问题,还涉及科学、定位、规划、设计、建设、环境等效益问题。马琦明说:"城市文化形象是城市形象的重要组成部分,是社会进步程度的标志,更是市民精神文明程度的展示。没有城市文化上的进步,就不可能实现城市的现代化。努力塑造城市文化形象,对优化投资环境,扩大对外开放,改善市民生活质量,提高城市整体功能,加快城市发展具有十分重要的意义和作用。"[②] "文化是城市的灵魂,兰州用

[①] 高福民、花建编:《文化城市:基本理念与评估指标体系研究》,商务印书馆2012年版,第42页。

[②] 马琦明:《兰州笔记——城市建设与发展》,甘肃人民美术出版社2010年版,第32页。

自己的文化主题不断丰富城市的内涵，让人们在这个城市和谐地、诗意地生活。"这些是马琦明城市文化建设的理念。"城市发展要以人为中心，以人的基本需要为出发点，自觉将人文关怀思想和精神文化内涵融入城市规划、建设和管理之中。"①《兰州笔记——城市建设与发展》不仅阐释作家对兰州城市建设中的文化理念，还介绍实施这些理念而举办的"百里黄河风情线""金城关文化风情区"等建设项目和"丝绸之路节""兰交会""万众颂兰州征歌"等文化活动，并且收录了许多呈现"美丽兰州"的彩色图片，如"晚霞中的黄河风情""金城关夜景""兰州金城关文化风情区""兰州黄河外滩夜景""兰州北山绿化""远眺兰州""兰州七里河滨河路""兰州中央广场——张掖路""兰州黄河亲水平台""兰州七里河百合公园""兰州龙源""兰州小西湖立交桥"等具有标识性的兰州景观摄影照片，以此来呈现兰州的"如画之美"。马琦明说："收入这本书的文章和图片，就是从1992年举办首届中国丝绸之路节起，我对城市建设和发展方方面面的认识与实践积累，也是向历史真实地汇报自己的思想和留下时间的印记。同时，也表达我对这座城市的一种情怀和希望，并以此和读者共勉。"②马琦明对兰州城市文化建设的思考已达二十多年，持续关注一个城市的发展除其具有的政府人员身份的原因之外，还有他对这座城市的热爱。无论"笔记"，还是"图片"，都是兰州的"城市志"与作家的"心灵志"。

与马琦明对兰州形象的"公共政策"的话语建构与具体实施不同，王君《纵横兰州》采用了"词典体"的形式来建构兰州的城市形象，作家在漫谈兰州历史、絮语兰州风物中传递出一种温暖亲和的现代城市情感。《纵横兰州》分为三卷，每卷又分为二十多个"词条"，分别介绍兰州的"名""山""水""土""民""王""人""客""佛""寺""观"

---

① 马琦明：《兰州笔记——城市建设与发展》，甘肃人民美术出版社2010年版，第35页。
② 同上书，第6页。

"亩""庵""钟""街""会馆""河""桥""驿""滩""堡""阁""碑""石""窑""陵""筏""面""雕塑""戏"等等。《纵横兰州》以风物之"点"链接成城市形象之"面",以"话说兰州"建构了一个历史变迁与现实脉动相互并生的兰州城市形象。王君在《兰州的城》中说:"对于城的认识,往往出于我们现在所感受的经验,那就是当代的城市生活。密集的人群,繁荣的工商,便捷的交通,完善的设施,发达的城市功能,各种各样非农人口的非农谋生方式,等等。"① 在《纵横兰州》中,作家的介绍性、说明性、描述性话语较多。作品具有词典体、书斋式的话语特点,兰州城市文化知识中既有作家个人在城市生活中的观察与体悟,又有对历史文化文献的查阅与搜集。张克复先生在王君的《纵横兰州》"序言"中评述该作品的思想特色:"王君这部《纵横兰州》,以其深厚的情感,优美的笔触,深刻的思想内涵,揭示了兰州丰富的人文历史风貌,展现了乡土人情、地理风物景观。其视野开阔,纵横捭阖,将一个古今兰州呈现在人们面前,可读性强,知识面广,具有亲和力和穿透力。"② 与雷达等人对兰州形象的描绘相比,王君虽以个人视角表现兰州的城市文化,但对兰州历史的复述与景物的勾描较多,对城市生存精神品质的独特发现较少,有时还不自觉地陷入一些故事的表面叙述中,未能对故事背后的文化意味进行深入开掘,影响了她散文的思想深度,求"全"而忘"深"是该散文集的主要局限。此外,赵清华《老兰州交通记趣》、彭维堂《往返于兰州城郊的脚户》等表现了兰州传统的生产生活方式,呈现出兰州的传统生活状态。

　　城市建筑是城市文化形象的主要内容。大街小巷是城市文化的掌纹,传递出城市发展的各种脉息。"建筑在环境转变的过程中扮演着一个特殊的

---

① 王君:《纵横兰州》,甘肃人民美术出版社2011年版,第120页。
② 同上书,第3页。

角色。这并不仅仅因为建筑建立了如此大部分的人类日常生活环境,而且因为建筑反映和聚集了如此广泛多样的社会事实:自然环境的特征和资源,工业艺术、经验主义传统和已应用的实验知识的状态,社会组织和协作的过程,以及整个社会的信仰和世界观。"① 街道是城市空间形象的重要形式,也是作家在散文中表现较多的城市景观,从狭窄的街巷到繁荣的商业文化大街,从独特的名称到古今的变迁,都是作家关注的对象。"地名是长期集体传承的产物,它不仅只是区分物质空间与环境的标志,而且也表达了某种含义和象征意义,反映城市与社会生活方式的起源与发展状况。"② 散文作品中留存着城市街道空间的文化记忆。王君在《兰州的街》中写道:"街是城市的生命,街是城市历史文化的根,任何城市都来源于一条街,都初始于一条街。一个城市的生命力是否旺盛,往往取决于各条街道的兴旺与否。"③ 由于城市建设的拓展,传统的街道逐渐被拆除,因此,专门写兰州街道的散文作品并不太多。这方面迥然不同于表现北京胡同或上海弄堂文化的散文那样丰富多彩、深入详尽。

城市里的公园和花园是城市文化记忆的重要符码。刘易斯·芒福德说:"从卫生学的观点出发,公园和花园对于那些少数的幸运者而言并不是什么奢侈品,如果想让城市成为人类的一个永久聚居地,它们是必不可少的。"④ 兰州的黄河风情线是马琦明、王君、张海明、王新瑛等散文作者重点描绘的内容。"百里黄河风情线给了兰州人一副博大的情怀,已成为兰州最聚人气的休闲空间长廊。周末闲暇、节日游玩、夜晚赏景、健身锻炼,兰州人

---

① [美] 刘易斯·芒福德:《城市文化》,宋俊龄、李翔宁、周鸣浩译,中国建筑工业出版社 2009 年版,第 437—438 页。
② 朱蓉、吴尧:《城市·记忆·形态:心理学与社会学视维中的历史文化保护与发展》,东南大学出版社 2013 年版,第 129 页。
③ 王君:《纵横兰州》,甘肃人民美术出版社 2011 年版,第 69 页。
④ [美] 刘易斯·芒福德:《城市文化》,宋俊龄、李翔宁、周鸣浩译,中国建筑工业出版社 2009 年版,第 457 页。

都往河边走去，去寻觅着知音、享受自然，去为心灵松绑。"①马琦明的兰州城市文化书写充满理想色彩和浪漫情调。王君在《兰州的带》中对兰州"滨河彩带"的苑园、苗圃、草坪、树木、河滩、场馆、游艇、人流等都进行了浓墨重彩的描绘，不时"惊叹"于兰州的巨大变化，赞美兰州人的勤劳。"那彩带苑园，那苗圃林带，那花坛绿地，那草坪场馆，沿河拖曳，你牵着我，我拉着你，形成画屏画廊，绿色长龙长廊，构成黄河的秀美之廊、文化之廊，流溢在兰州的四面八方，浸润着大街小巷，绿了街道，火了都市。河面游艇乘风破浪，河畔杨柳依依，亭台鳞次栉比，都市恢宏壮丽，车如游鱼，人皆少年，充满活力与希冀。"②"黄河兰州两岸南北滨河路是最美的风景带。滨河路蜿蜒黄河之滨，路宽草绿花茂树壮，依岸顺路建有许多景点，北滨河路从东往西有徐家山公园、白塔山公园、兰州碑林、音乐喷泉、龙园、寓言故事园、生命之源、湿地公园，南滨河路自东往西有度假村、南湖公园、市民广场、水车园、黄河母亲、西湖公园、西天取经、西部欢乐园，加上一座又一座宏伟壮观的大桥，一路情趣横生的绿化美化，真是景景相连，目不暇接。"③兰州的"风情线"是兰州文化景观展览的"电影胶片"。在王新瑛《穿过黄河风情线的情思》中，兰州更像一座桥城，各种横跨黄河两岸的桥是连缀今天与未来的一道道美丽风景，这里还有黄河母亲像、黄河源主题公园、龙源等，散文详尽地描绘了兰州南北滨河路上的美丽风景。

  散文家不仅描绘兰州的自然人文风景，也试图建构兰州的城市文化样态与内在精神。兰州是中原文化与西域文化的交汇之地，是东西方政治、经济、文化的整合之所，也是多民族聚居、交往和相处的移民城市，各种文化在这里融合、沉淀和留存。就文化形态而言，兰州城市文化具有多元

---

① 马琦明：《兰州笔记——城市建设与发展》，甘肃人民美术出版社2010年版，第1页。
② 王君：《纵横兰州》，甘肃人民美术出版社2011年版，第172页。
③ 汪小平编：《美丽兰州》（报告文学卷），甘肃民族出版社2013年版，第155页。

性特征。马琦明说:"兰州这座山水之城蕴涵的博大精深的黄河文化,与包容一切、凝聚智慧、天人合一的胸怀与和谐,是魅力独具的。"①雷达在散文中试图破解兰州地域文化的精神密码。他在《皋兰夜语》中说:"我觉得,兰州城的性格,就像它那典型的大陆性气候一样,晨与昏,夜与昼,骄阳与大雪,旋风与暴雨,反差十分强烈;又像皋兰山与黄河的对峙一样,干旱与滋润,安静与狂躁,父亲与母亲,对比极其分明。这里既有最坚韧、最具叛逆性、最撼天动地的精神,也有最保守、最愚昧、最狡诈、最麻木、最凶残的表现。"②"近代以来到建国之前,兰州似经历了从陕甘传统向青甘传统的倒退,直到新中国成立后,这一倒退的态势才被遏制了。但这种封闭性,作为一种惰性的地域文化心态,一旦成形,要改造就恐非一夕之功。"③兰州在其笔下是历史感与时代感的融合。"四十六年前,马家军企图凭借天险负隅顽抗,终究不敌,兰州遂告解放。现在,古龙要彻底翻身了,古城要跨进现代化的门槛了,人们干脆在皋兰山顶建起公园,这太有挑战性和想象力了。一条龙紧锁兰州的历史结束了,人们已掐住了龙头,真正的驯化自然的时代开始了。"④雷达《皋兰夜语》中关注着兰州的未来发展。尔雅在散文《象形的兰州》中对兰州保守又神秘的一面亦有所发现。"当然,很难用一两个词语来概括兰州。牛肉面的兰州也许只是某种肤浅的表象。兰州作为有丰富意蕴的地理空间与文化空间,远比牛肉面、羊肉和《读者》的简单相加要丰富得多。在某种意义上而言,这座城市整体上显得内敛和保守,甚至是神秘的。"⑤ 自然山水影响着人文精神。"一座地处河谷、被连绵不断的荒凉山峰包围的城市,不缺少水源,可以野性、娇艳和奇异,但必定缺乏恢宏的气度。它的大部分居民都来自高原河谷,一方面

---

① 马琦明:《兰州笔记——城市建设与发展》,甘肃人民美术出版社2010年版,第8页。
② 雷达:《雷达自选集:散文卷》,山东文艺出版社2006年版,第13页。
③ 同上书,第16页。
④ 同上书,第16—17页。
⑤ 汪小平编:《美丽兰州》(散文卷),甘肃民族出版社2013年版,第72页。

使得他们粗砺、奔放、坚毅和智慧，另一方面则显得偏狭、固执。对于大部分兰州人而言，兰州是一个适合生活、可以寻梦的地方，它温和，饮食丰美，城市的节奏整体上是缓慢悠闲的。"[①] 作家尔雅在高校工作，其散文中对兰州城市精神的体味与传达不免浸染了高校知识分子的见地，对兰州居民奔放又固执的矛盾性情的评述是深刻的，作品从一个侧面透射出"我"作为"兰州人"闲适自足的心态。无论本土作家还是其他作家，他们都能觉察到因历史、地理等原因而造成兰州文化的丰富多样性与矛盾统一性。

一些作家的兰州记忆仅仅是"城市风物"记忆，作品主要是对一个城市的物象、物态、物味的记忆，常以风物之"点"构城市之"维"。"在金城关下，黄河缓逝，水波不兴，偶尔还可以看到抱着牛皮口袋泅渡的人和一架架羊皮筏子行于水面。筏客子将羊皮完整地剥落下来，缚住四脚，用嘴将其吹得滚圆油光，再用牛皮绳扎紧。四至七个或更多的羊皮气囊被横木搭扣在一起，就成了一架羊皮筏子。它轻巧快速易操作，犹如穿行于空气之中，远远地望去，像一群羊跑在发黄的水面上。"这是描绘"兰州人"的生活精神特征。余秋雨除了《皋兰山月》中月光下的兰州记忆之外，其《读城记之兰州》书写了兰州的"牛肉面"之"浓厚"和"白兰瓜"之"清甜"，兰州给作家余秋雨留下了"舌尖上记忆"。"因此，这座黄河上游边的狭长古城，留给我两种风韵：浓厚与清甜。"尽管《读城记之兰州》试图寻找兰州独特的文化风貌及其与中华民族精神的渊源关系，这一点虽在文章的末尾有所提及，但未能对静水深流般的兰州文化进行更为深入的开掘。余秋雨在《读城记之兰州》中说："这便是兰州，对立的风味和谐着，给西北高原带来平抚，给长途旅人带来慰藉。中华民族能在那么遥远的地方挖出一口生命之泉喷涌的深井，可见体力毕竟还算旺盛的。有一个兰州

---

① 汪小平编：《美丽兰州》（散文卷），甘肃民族出版社2013年版，第74页。

在那里驻节,我们在穿越千年无奈的高原时也会浮起一丝自豪。"相比而言,余秋雨对兰州的理解并不深,其思想所及之处,不如雷达深远。"余秋雨的《上海人》是从历史文化心理角度对'中国一个非常特殊的群落'上海人的文化解读,主要对上海人的文化心理品性进行理性分析的评判,对如何重塑新上海人提出自己的思考与期待。"① 余秋雨对上海的体味远远超过他对兰州的理解。与余秋雨写上海的作品相比,其写兰州城的散文难免掺杂着较多"他者"意识。

(三) 兰州文化记忆中的市民精神

人建造了城市,创造了特有的城市文化,而城市文化孕育了特有的市民精神。在《兰州笔记——城市建设与发展》中,马琦明说:"市民是城市一切活动的主体,城市的行为识别主要通过市民城市理念的行为展示,市民素质和行为最直接地反映一个城市的文化形象与文明风尚。"② 在《读城记之兰州》中,余秋雨如此评说兰州人:"瓜果的清香也在兰州民风中回荡。与想象中的西北神貌略有差异,这儿的风气颇为疏朗和开放。衣着入时,店货新潮,街道大方,书画劲丽,歌舞鼎盛,观众看戏的兴趣也洒脱的正常。"这就是作家对兰州人的"集体形象"记忆,而作为"个体"的兰州人给他留下深刻印象是《读城记之兰州》中所写的兰州牛肉面馆里豪侠仗义的"马师傅"。余秋雨虽然对性情各异的兰州人着墨不多,但读者亦能从中窥视到兰州人性情的丝丝缕缕。

无论现在还是过去,兰州都是一个多民族聚居、多元文化共存的城市。移民城市、边地城市是许多作家对兰州的想象性"定位",豪迈、宽容、固执是作家对兰州人的想象性"定性"。王君在《兰州的民》中追根

---

① 景秀明:《江南城市:文化记忆与审美想象——中国现代散文中的江南城市意象》,中国社会科学出版社2009年版,第48页。

② 马琦明:《兰州笔记——城市建设与发展》,甘肃人民美术出版社2010年版,第40页。

溯源探究戎族、羌族、氐族等兰州的先民，后经民族融合，仍然可以感受到历代兰州人特有的豪迈和宽容以及内在的质朴与善良。王君以历史上的兰州人为例来说明兰州人的性格与胸怀。"段坚、彭泽、邹应龙、吴可读、刘尔炘，他们都是兰州人，其共同特点是正直无畏，光明磊落，壮怀激烈，热爱乡土。"[1] 王君在《兰州的人》中："喝黄河水，吃牛肉面长大的兰州人，或官或民或商或农或工或兵，对于兰州都有丰富的感情。"[2] "兰州是兰州人生存发展的地方，辛勤地工作，宽容地待人，是兰州人的鲜明特色。"[3] "兰州海纳百川，一律把他们视为故人同乡，平等对待。人心换人心，喝了兰州黄河水，吃了兰州大饼、牛肉面的外地人很快就自称了兰州人，成了兰州人。"[4] 字里行间都是对"兰州人"的"厚描"与"细说"。

城市精神是一座城市文化的真正内核。尔雅《象形的兰州》表现在"象"兰州城市文化之"形"，实际上作家在"传"城市文化之"神"。作家在貌似散漫的笔调中，将兰州地理特征、生活节奏、生态环境、人口构成、民众性情、方言言语、城市风物、街道风情及未来发展娓娓道来。"作为城市，兰州实在是很中庸"；与其他城市相比，"兰州可能更粗糙、拥挤和凌乱""道路非常狭窄"，曾经的大型化工厂使空气中充满烟尘，还有各种"花边新闻"让兰州"蒙尘"。"不过近几年这种状况得到了很大的改善，南北山上的树木逐渐茂密，城市里建设了许多绿化带，空气逐渐干净起来。"[5] 对于要将兰州打造成文化名城的倡议，作家尔雅并不完全同意，他认为"兰州几乎是无根的"，但无根并不意味着苍白，反而更多是率性与豪放。兰州的原住民在城市化过程中被同化，但有一些人依然坚守着方言。

---

[1] 王君：《纵横兰州》，甘肃人民美术出版社 2011 年版，第 28 页。
[2] 同上书，第 25 页。
[3] 同上书，第 25—26 页。
[4] 同上书，第 26 页。
[5] 汪小平编：《美丽兰州》（散文卷），甘肃民族出版社 2013 年版，第 71—72 页。

第二章 散文中的兰州城市文化记忆

"所有的城市都有本土方言,所有的城市土著都以自己的语言为荣。由于文化、历史、地理意义上的优势,某些城市的方言被更多的本土以外的人们所接受和模仿。"尔雅认为,兰州方言听起来是"尖锐、急促、缺乏乐感、佶屈聱牙、含混不清"的。① 出生之地并非兰州的尔雅对兰州方言也许有一些拒斥心理。在叶舟的散文中,兰州具有"边地"特征,"兰州人"便是"边民"性情。兰州市民有着散淡的性子,有时有暴戾的一面。叶舟在《何谓边地生活——以兰州为例》中认为:"兰州市民的生活是散淡的,在写字楼与机关之外,在模特大赛和人体摄影展之外,在苏宁电器进驻和舌头乐队的摇滚演出外,是兰州人温吞水一样的不紧不慢。"② 习习在《讲述:她们》中,重在讲述"十四个女子的平凡故事",其中也描述了城市普通工人的生活,如"城市穿行者"公交车司机方月梅等。"我想,我得好好完成这篇文字,从早到晚已脱离不开对身边这个城市的一些旧时光的忆念。"③ 习习笔下的公交车司机方月梅的生活史,无疑是兰州城市交通发展的一个缩影。

城市文化的魅力之一在于城与人和谐关系的建立。城市生活是要让居之者忘老,寓之者忘归,游之者忘倦。兰州市安宁区作为兰州市的一个区,因其坐落有许多高校而被市民称为兰州的文化区。无论长居者还是客居者,对安宁区都充满了别样的感情。聂中民《城之西,河之北》表现了对古老神秘、物产丰富、魅力四射的安宁区生活的喜爱,在栖居金城的时光中,作家内心深处最难割舍的要说兰州城西、黄河以北的安宁新城。当然,有的人可能适应兰州的生活节奏,有的可能觉得不适应,因之选择了"逃离"。尔雅在《象形的兰州》中说:"要想得到更

---

① 汪小平编:《美丽兰州》(散文卷),甘肃民族出版社2013年版,第73页。
② 同上书,第115页。
③ 习习:《讲述:她们》,敦煌文艺出版社2008年版,第97页。

自由的生活，唯一的方式是逃离。许多有才华的人都离开了兰州。"① 尔雅呼唤一种文化气息与艺术氛围深厚的兰州城市形象，并对兰州城市与文化人的紧张关系进行了反思，而这一点与杨光祖对兰州的城市感知有相似之处。

三 兰州城市文化记忆的现代散文书写的历时性差异

（一）散文中的兰州历史文化记忆

城市的存在既有地理空间的维度，又有历史时间的维度。"城市的文化积淀是塑造城市个性的灵魂所在，是一座城市所蕴含的最重要文化环境。事实上，一座城市的个性之美更多是在历史文化的语境中逐渐形成的，历史文化是最能体现出城市个性的元素之一。"② 兰州历史悠久，自汉昭帝始元六年（前81）设金城郡至今，已有两千多年的历史。"金城"之名的来源有"筑城时挖出过金子说""金城汤池说""五行之金属西方说"等。雷达、余秋雨、王蓬等作家在书写兰州历史的散文中对其不同时期的历史文化有较多表现。

陕西散文家王蓬著有长篇散文《从长安到罗马：汉唐丝绸之路全程探行纪实》（上、下），其中《丝路重镇兰州》就写了兰州的五泉山、白塔山、

---

① 汪小平编：《美丽兰州》（散文卷），甘肃民族出版社2013年版，第74页。
② 陈李波：《城市美学四题》，中国电力出版社2009年版，第148页。

黄河铁桥、庄严寺、肃王府等历史文化遗迹。"兰州的历史文化积淀十分深厚。"① "我觉得,最让兰州受益的除了黄河,还有丝绸之路的千年文化积淀。"② 作为讲述兰州历史文化著作《金城漫话》的"升级版",程兆生的散文集《兰州杂碎》中既有对兰州城市历史的梳理,还有对兰州各种风物的讲述。《兰州杂碎》从地质史、生物史、地理史、文化史等多重视角介绍了兰州。在作品中,恐龙的王国、黄河兰州段的发育、兰州地貌的形成、兰州的气候与地震、石器与彩陶及青铜器、长城与关隘的遗址、建都的王朝及其更替、日军空袭兰州与兰州战役、书院和贡院及学校教育、报刊业与媒体发展、交通邮电的发展、太平鼓和兰州鼓子及刻葫芦等民间艺术、寺观庙堂等建筑、兰州的历史名人等,共同组成兰州城市形象的"杂碎记忆"。

博物馆是城市文化建设的有机组成部分,它常常保存着各种类型的城市历史文化,成为市民了解城市历史的重要文化空间。"每座城市都将拥有保存其城市历史的博物馆;在大型城市集合体内部的每一个社区都将拥有它特定的自然历史和人类文化博物馆,以紧凑和连贯统一的形式描述现实环境,从极其遥远的星座到极小的原生质颗粒或能量粒子、场地、劳动及在所有生态关联中的人们。"③ 博物馆选择性地保存着人类的文化记忆,博物馆中的"历史传承物"无不进入当代人的生活之中。"在避免把我们的活动局限于过去的方式,与别的时代和其他模式的生活形成意义隽远的交流。"④ 作为人类文明的组成部分,历史文物不仅体现着时代的精神,还蕴含着深厚的文化内涵。阳飏以系列散文创作揭起了兰州城历史文化的面纱,

---

① 王蓬:《从长安到罗马:汉唐丝绸之路全程探行纪实》,太白文艺出版社 2011 年版,第 124 页。
② 同上书,第 127 页。
③ [美] 刘易斯·芒福德:《城市文化》,宋俊岭、李翔宁、周鸣浩译,中国建筑工业出版社 2009 年版,第 478 页。
④ 同上书,第 477 页。

对那些以物质形式留存下来的"文物兰州"进行了精细的描摹。墨迹纸、铜车马、西夏"首领"铜印、彩绘马等历史文物，成为阳飏描摹兰州的主要文化符码。阳飏《兰州文物》记载了东汉铜车马、唐代的彩绘马等兰州文物的发现过程与文化记忆，体现着作家的"博物馆情结"与"古典情怀"。散文写作是作家对早已远逝的城市历史风景的"拥抱"，也是作家与历史人物跨越时空的生命对话。阳飏在《兰州文物》中认为，文物最能代表一个国家或地区的历史和曾经的文明。《兰州文物》以博物学的眼光，对兰州出土的墨迹纸、铜车马、彩绘马、老子骑牛铜像、罗汉头、西夏"首领"铜印等文物进行了个性化的解读，其中既有对文物的历史回溯，又有对自己成长经历、兴趣爱好及游历见闻的自由叙述。王君散文集《纵横兰州》虽以地理名称为聚合点来"纵横"地介绍兰州，在对兰州地理空间的具体解说中，作家重视每一城市景观的历史源流，如她对五泉山的"五泉"来历的历史故事的叙述、对白塔山的"白塔"来历的叙述，诸如对佛寺、庙观、台阁、关驿等的介绍之中，莫不追溯其历史。

　　散文家在对兰州历史文化的言说中，怀着将兰州建设成历史文化名城的内在动机。历史文化名城表现在以下方面："一是文物古迹的特色，一般表现在它所代表的历史文化内容和形式上。""二是自然环境的特色，一般表现在名城的山、水、林木等的特色上。""三是城市格局的特色。""四是主要建筑和绿化空间的特色。""五是建筑风格和城市风貌的特色。""六是名城的物质和精神方面的特点。"[①] 汪小平、吴晓、郝炜、马刚、聂中民、李世嵘等散文作家对兰州的历史文化充满热情。汪小平《白塔巍巍，历史悠悠》重点围绕白塔山来评说兰州的历史文化，既写远眺白塔山周围之景色，又写近观之景，重点写白塔，也叙述王保保城、金城关等遗迹之历史，将历史故事叙述与现实状况介绍相结合，行文之中趣味甚浓。郝炜《兰州：

[①] 沈福煦：《城市文化论纲》，上海锦绣文章出版社2012年版，第140—141页。

一座茶风涤尘的古城》主要介绍兰州在清代作为茶马互市交易场所的重要历史地位，打捞历史深处兰州"茶文化"的记忆碎片。青城古镇是古丝绸之路上最重要的水旱码头和商贸中心。一座古镇紧系着一座城市的历史与文明，见证了城市的悠悠往事。马刚《水烟里飘出的繁华》踏访具有千年古韵的兰州青城古镇，重话历史，回望历史，憧憬未来。吴晓《黄河大水车》叙述段续发明水车的过程，塑造了黄河水车之父段续的形象。作者详细叙述段续在少年时拼鲁班锁中显现出的聪明，写其为官云南、河南时的品德与政绩，叙其告老还乡后借鉴南方筒车原理，并于1556年成功创制了第一架水车造福桑梓的故事。聂中民《城之西，河之北》介绍兰州安宁区的历史，从出土文物看到古代驿站与边防重镇，叙述汉代天马来安宁的传说、唐代种植桃树并培育作为贡品的桃子、明代修筑城堡、清代安宁桃子跻身于皇家御品之列。在回溯历史的同时，作家叙写其登仁寿山之情趣、观安宁风光之感受，以品人文遗韵之体验。李世嵘《盐场堡往事》中叙述祖先在二百多年前迁居至盐场堡，介绍盐场堡作为西北边防要塞的建筑布局、民情风俗、名人逸士、田园景色以及当代变化等。值得注意的是，这些散文中的历史知识多采撷于地方志中有关兰州历史的记载，系列作品具有某种"兰州史话"的特点，在一定程度上限制了艺术家富于个性的自由想象。

兰州是一个有着革命文化传统的城市。革命回忆录中的兰州形象主要是战场形象与国民党反动派的堡垒。兰州曾是国民党在西北的政治军事中心。为确保青海、宁夏、甘肃并钳制人民解放军经秦岭到四川，国民党当局制订了兰州决战计划。在彭德怀副总司令的指挥下，中国人民解放军发动了兰州战役。在兰州战役中，人民解放军伤亡九千多人。"兰州战役，是西北解放战争史上规模最大、战斗最激烈的一次决战，也是一次大规模的城市攻坚战。敌人工事之坚固，敌人之凶悍顽强，地形之有利于敌，都是前所未有的。我军集中兵力之多，火器之强，战斗之激烈程度及付出代价之惨重，也是前所未有的。"① 刘立波的革命回忆录《血拼兰州》对兰州战役各个方面的情况与过程予以了详细的叙述。作品叙述在国内大势已定之时，中央军委组建了由彭德怀任司令员的第一野战军，在扶眉战役后将青、宁二马分割钳制，三路大军于1949年8月19日对兰州形成合围之势，初攻受挫，后对马家山、皋兰山、沈家岭发动总攻，8月26日，兰州宣告解放，人民群众走上街头，欢庆胜利。《血拼兰州》是有关兰州战役的"战事档案"，也是兰州革命记忆的话语建构。除了介绍人民解放军外，《血拼兰州》还对军阀马步芳通过血腥手段发家并建立残暴的军事统治，如马步芳在兰州战役前在兰州制造"沙沟惨案"进行血腥统治进行了全面的叙述，同时对中共皋榆工委为兰州战役做准备进行了书写。《血拼兰州》介绍兰州的人口与经济情况是这样的："那时的兰州，只有19万人，饭馆也少得可怜，而且都很小。"② "地瘠人贫"就是对当时兰州经济状况的概括。王君《兰州的岭》也描述了兰州战役，简明扼要地从战争史的角度叙述当时的战争形势、军事布置、战略决策、战斗过程以及兰州解放。"兰州解放了，我们胜利了，鲜艳的红旗飘扬在兰州上空，十万兰州民众涌向大街小巷，欢呼胜利，庆祝解放。"③ 袁俊宏《决战兰州》叙述中国人民解放军解放兰州的战役，从军队部署、敌我力量、决战过程、激烈程度、伤亡情况、战略意义等方面详细介绍了这一解放西北过程中的伟大战役。这些革命战争题材的散文都是将兰州作为"革命战役的战场"与"反动军阀的堡垒"来叙述。值得关注的是，"国统区"的兰州记忆大半是"缺席"与"失忆"的。

城市文化研究者本·哈莫说："作为身体的城市，其超然的视角、地下空间的隐喻性宛如今天的残骸持续存留。在这个意义上，所有的城市都被

---

① 刘立波：《血拼兰州》，长城出版社2011年版，第262页。
② 同上书，第267页。
③ 王君：《纵横兰州》，甘肃人民美术出版社2011年版，第162页。

萦绕着，它们是过去生活、过去城市的灵魂的积淀。"① 作家对城市历史文化的书写，是对城市灵魂的重铸。当然，对兰州历史文化的散文书写之中也存在值得反思的方面。许多作家在书写城市时，都会一次次背负起沉重的历史包袱。然而，作家一旦进入城市的历史，便常常会忘记延续到当代的城市生活。这种创作思维实际上是一种"向后看"的创作思维模式，这种模式不仅存在于兰州题材的历史散文之中，也存在于对其他城市历史文化的书写之中。模式的深层文化机制是传统的现代与传统二元对立的观念，作家没有认识到"现代"依然是"传统"的"历史传承物"。总而言之，作为"身体"的"城市"，作家应聆听其历史的呼吸与余响，更应当触摸其现实的体温与肌质。

（二）散文中的现当代文化记忆

历史与现实，共同组成一个城市的生命线。新中国成立后，兰州迎来了新的发展机遇，一些散文作品常通过个人命运或家族历史来表现兰州的城市文化建设。

著名作家叶圣陶曾在 1953 年考察西北，著有《小记十篇》。其散文《坐羊皮筏子到雁滩》中留存着 20 世纪 50 年代兰州羊皮筏子与雁滩的记忆。叶圣陶不仅详细介绍羊皮筏子的材质、结构、形态、功用，还叙述了坐羊皮筏子的过程，兰州雁滩的景色让作家"精神上洗一回澡"。"我们跨上去，有些晃荡，可是不比西湖里的小划子晃荡得厉害。""羊皮筏的底跟面一般大小，就是在水势大风浪猛的时候，也不过跟着波浪上落而已，无论如何打不翻。"② 叶圣陶在雁滩看到农场种植的苹果以及优良果树品种的推广，认为是宜植宜居宜游的"雁滩"。"这里是苹果树，那里是梨树、桃

---

① 汪民安、陈永国、马海良主编：《城市文化读本》，北京大学出版社 2008 年版，第 79 页。
② 兰州市地方志编纂委员会、兰州市地方文献志编纂委员会编：《兰州市志·地方文献志》，兰州大学出版社 2011 年版，第 864 页。

树。白杨的苗木密密地插在那里,只看见平行的直干子。"① "这雁滩是兰州人游息的地方,尤其是夏天。""兰州的夏天本来不怎么热,这雁滩尤其凉爽。在这凉爽的境界里,看那庄严静穆的山峦、浩荡渺茫的黄河,看那山光水色随着朝晚阴晴而变化,简直是精神上洗一回澡,洗得更见清新,更见深湛。"② 作家在描绘兰州的城市文化时,不时与自己的生活经历相比照,如兰州的苹果与苏州的苹果相比,想象中的羊皮筏子与亲眼所见筏子相比,在四川游览时坐小划子与坐羊皮筏相比,兰州的绿瓢甜瓜、哈密瓜与苏州的"苹果瓜"对比。两种记忆相互参差,更加突出了兰州城市文化的特色。与张恨水、茅盾在抗日战争爆发前后对兰州的"想象"相比,叶圣陶的兰州想象染上了诗意化、浪漫化的色彩,这与其所处的时代语境有关联。

　　甘肃作家岳逢春对兰州城市文化发展怀有一腔深情,他在《借我春秋五十年:一座城市的文化记忆·跋》中说:"在这部文稿的写作过程中,我不断地回想自己这几乎一生的经历,我越来越觉得自己确实与兰州文学艺术事业的发展结下了不解之缘,我经历了1970年之后至今兰州文化事业发展的全过程,在不同的层面上参与了兰州市举办的几乎全部的重要文化活动的创意策划、组织实施、协调落实工作,零距离地见证并亲历了这将近40年兰州文化的发展历史,并且收集保存了大量的原始资料。我这部书稿,就是在这些原始资料的基础上写成的。"③ 岳逢春在其著作的"后记"中说:"谨以此书所表达的深情献给我生活着工作着成长着的这座美丽的城市——我的兰州。感谢命运,让我亲身经历并几乎是零距离地见证了这座城市几乎五十年的文化发展历程。"④

　　长篇散文《借我春秋五十年:一座城市的文化记忆》叙述了岳逢春从

---

① 兰州市地方志编纂委员会、兰州市地方文献志编纂委员会编:《兰州市志·地方文献志》,兰州大学出版社2011年版,第866页。
② 同上书,第867页。
③ 岳逢春:《借我春秋五十年:一座城市的文化记忆》,敦煌文艺出版社2009年版,第532页。
④ 同上书,第537页。

一个戏剧舞台演员到文化管理干部的人生历程，展现了半个多世纪兰州的文化变迁。该书上半部分是"生活笔记"，而后半部分主要是"工作笔记"，具有"历史档案"与"经验总结"的价值。《借我春秋五十年：一座城市的文化记忆》中既有历时性的童年少年记忆、家族记忆与父母遭遇、"文化大革命"记忆、样板戏记忆、参加高考记忆、西部大开发记忆等，还有兰州市城西的安宁区沙井驿、龙尾山下保健院、兰州市职工子弟小学、国营工厂、城隍庙、兰州剧院、兰州车站、黄河风情线等空间场所的变化，展现了"我"的成长经历与兰州城市文化的发展变化。"龙尾山下保健院里的儿童时代充满了童年应有的一切，在学习文化知识的同时，我们的身心在游戏中也得到了充分健康的发展。"[1] "经过了'文化大革命'的年代，有谁的生活是平平安安度过的呢，我们所受到的精神刺激永远都不会忘记。"[2] "这一辈子，我就和剧院结下了不解之缘，住在剧院里开始了演员的生活。"[3] 可以说，作家将童年、少年、青年生活记忆与兰州城市文化详细地结合在一起，是其城市文化记忆书写的特点之一。《借我春秋五十年：一座城市的文化记忆》是家族史，也是城市史，是现代革命史，也是城市建设史。该长篇散文把个人成长的照片穿插其中，图文并茂、叙抒结合，展现了一个人与一座城相依相生的文化关联。

岳逢春对兰州的空间形象感知与其父母的工作及个人的生活经历相关联，沙井驿砖厂、厂职工子弟学校、市妇幼保健院、费家营兰新仪表厂、兰州西站、红古洞子村"五七干校"、南关十字副食商场等都是作家对兰州城市的空间形象记忆。当时的兰州沙井驿繁华热闹，街道两侧店铺林立，周围还有一段城墙和依靠城墙筑成的土围子，周边一带生长着枣树，属于

---

[1] 岳逢春：《借我春秋五十年：一座城市的文化记忆》，敦煌文艺出版社2009年版，第77页。
[2] 同上书，第172页。
[3] 同上书，第125页。

"郊区"，直至在保健院安家落户时才成为"城里人"。当时南关十字副食商场是兰州最大的一家副食品商场，作者家里只有两间20多平方米的破旧平房。岳逢春还介绍了工人文化宫、城隍庙舞台、兰州剧院等。岳逢春给读者呈现了20世纪50—70年代的兰州安宁区与城关区的文化记忆。1970年的兰州火车站是这样的："当时的兰州火车站破破烂烂像个工地，候车室是个用竹竿和席子搭起的棚子。"① 当时的兰州剧院是这样的："排练厅坐落在兰州剧院北侧，这是一个有六七百个平方米的独立建筑物。说它是礼堂，却没有舞台。说它是厂房，却看不见机器设备，还铺着木头地板，就是那么一间空荡荡的大房子。"② 1979年秋天的兰州留下"土城"形象的文化记忆："那时候的兰州城，仍然是灰头土脸与不像一个大城市。""萧瑟的秋风刮起阵阵黄沙，落叶满地，破塑料袋子纸片满天飞扬。仰头看看老天爷，好像也不死不活阴沉沉地毫无生气。"③ "早在20世纪五六十年代，地处祖国西部的兰州就已经被称为'新兴工业城市'，然而，那个年代的兰州城其实只是一座由无数的土坯房垒起来的'土城'。""在我的记忆里，这座城市开始大规模地铺设沥青和水泥路面是八十年代以后的事情。"④ "无风三尺土，下雨满街泥"的"土城"兰州经过六十多年的建设，在20世纪90年代时已成了一座繁荣的大城市。"每当夜幕降临，兰州一百多家舞厅里至少有一万多人在翩翩起舞。这就是说，平均每100个兰州市民中，就有一个人的晚间娱乐活动是在舞厅里度过的。""而1984年，兰州全城找不出一家像样的舞厅。当1986年全市文化工作会议决定开放营业性舞厅时，最好的舞厅也不过是利用大餐厅挂几串彩色的灯泡，拉几条彩色的纸条而烘托气氛的联欢会场。"⑤ 岳逢春散文中的"家居""车站""剧场""舞厅""街道"

---

① 岳逢春：《借我春秋五十年：一座城市的文化记忆》，敦煌文艺出版社2009年版，第155页。
② 同上书，第212页。
③ 同上书，第257页。
④ 同上书，第288页。
⑤ 同上书，第331页。

等城市空间形象从不同侧面展现了五十年来兰州城市文化形象的"华丽转身"。

"在城市发展过程中，文化节庆、演艺、活动是文化整体运行节奏中的重要节点，也是承载文化讯息最丰富的形态。"① 戏剧艺术创作作为一个大的文化事件，在一定时期内曾是衡量一个地区文化工作水平的一把重要标尺。岳逢春作为兰州戏曲史上的见证者之一，他在《借我春秋五十年：一座城市的文化记忆》中就介绍剧团的演出与改制、电影院的放映与剧团人员的分流、下海以及一些艺术家与剧团演员的人生命运情况，还有样板戏学习班、青年京剧班、剧团等的命运。《借我春秋五十年：一座城市的文化记忆》以"我"五十多年来的兰州生活经历来窥视兰州的城市面貌的变化，尤其是文化领域的发展。20世纪50年代到2009年发生在兰州的重要事件都有所反映：1956年的部队转业、20世纪60年代的饥荒、红卫兵大串连；20世纪70年代学习、排练和演出《红灯记》《智取威虎山》《平原作战》《磐石湾》《铁流战士》《南天柱》等各种样板戏，20世纪80年代读夜大学到市文化局艺术科当干事，在市文化局当社会文化科科长，陪歌唱家蒋大为在安宁桃花会的文艺演出；1990年调到兰州市委宣传部文教处、赴北京汇报演出《热血》、参与组织"龙年兰州文化艺术节"、越剧团座谈会、赴福州进行音乐演出与广州考察、管理兰州舞厅音乐茶座等文化市场、组织兰州的"扫黄打非"、策划组织兰州太平鼓进北京参加亚运会、参与筹办首届中国丝绸之路节与第四届中国艺术节、组织文艺团体赴京演出、庆祝香港回归大型晚会、主持召开兰州市文艺座谈会、庆祝兰州解放五十周年活动、组织世纪之星歌手大赛、迎接21世纪的兰山钟声活动、操办春节社火进城、参加中华鼓王大赛、奥运火炬传递庆典仪式、作为嘉宾参加中央电

---

① 陈宇飞：《文化城市图景：当代城市化进程中的文化问题研究》，文化艺术出版社2012年版，第238页。

视台第29届夏季奥运会北京演播室现场直播的解说等,一系列事件的参与或经历就组成作家30多年的文化管理干部生涯。"而这些文稿作为领导同志的讲话指示文件印发,不但记录了时代的发展变迁,而且在一定程度上推动了兰州文化事业前进的脚步。"① 无论个体之命还是时势之运,兰州成全了岳逢春的人生梦想,《借我春秋五十年:一座城市的文化记忆》成为作家人生梦想实现的记录。

散文作家对兰州城市文化记忆的想象逻辑不仅受到创作主体、时代氛围、社会思潮的影响,还与兰州城市文化本身的复杂性有关。一些作家关注到了兰州现代化都市、历史文化名城、生态城市的建设,希冀兰州的山水更美丽、路桥更宽广、文化更深厚、城市更繁荣。张海明在《兰州》中说:"兰州作为西北区域性现代化大都市,正向世界展示着自己的魅力。从'城'的角度看,基础设施越来越完善,开发建设越来越红火,高楼大厦巍然屹立,宽阔马路四通八达,绿化美化多彩纷呈,八方客商游人汇聚,一派繁荣之势;从'市'的角度看,兰州汇聚石油化工、机械制造、商贸流通、餐饮娱乐之大全,从东岗东部批发市场、兰新市场、建材批发市场、西北商城、永新市场、鱼池口市场到东岗路古玩一条街、东方红广场商圈、西关商圈、南关商圈,向西还有义乌商贸城、西部批发市场、西北陶瓷市场、西固石化基地,还有雁滩的建材家具市场、日杂市场,加上形形色色的餐饮酒店宾馆,你在兰州几乎什么都可以买到手,什么都可以吃到嘴,兰州真是一座巨大的全功能的大市场。"② 阿帅《兰州离"历史文化名城"只有一步之遥》对兰州成为"国家历史文化名城"的目标充满期待,焦虑于兰州古建筑等文物的破坏、传统格局与历史风貌的逐渐消逝,从而使人们丧失了对城市历史的记忆。因此,他认为保护文化遗产与打造历史文化

---

① 岳逢春:《借我春秋五十年:一座城市的文化记忆》,敦煌文艺出版社2009年版,第299页。
② 汪小平编:《美丽兰州》(报告文学卷),甘肃民族出版社2013年版,第156页。

街区成为建设历史文化名城的必然选择。

21世纪以来,兰州新区建设成为广大散文家关注的新话题,也是畅想兰州新形象的触发点。许锋、马步升、岳逢春等作家对兰州新区的美好未来充满了憧憬。许锋曾亲身参与兰州新区的建设,感受到秦王川大地的古今巨变,创作了散文《湖水从何而来》。《湖水从何而来》细致生动地描绘了兰州新区的建设,对兰州新区湖水环绕、青草如茵、绿树成林的生态美景进行了详细的描述。他将兰州新区比为"浑身充满力气的耕者""学识渊博的智者""运筹帷幄的战者",真诚地表达出对兰州新区的热爱之情。马步升在《兰州的新翅膀》中,从秦、隋、宋、明、清再到新中国成立初,历览兰州的历史沿革,评述其作为西北军事要冲、区域政治文化中心、现代城市等的历史地位。"兰州成为历代中原王朝西部最为强劲的一只翅膀。"① 马步升不但介绍兰州新区的规划面积、经济地位与未来前景,而且认为兰州新区将成为西北地区重要的经济增长极、国家重要的产业基地、向西开放的重要战略平台、承接产业转移示范区。"这是一个国家层面的重要战略布局,大战略,大布局,大视野,大手笔。"② "是的,兰州从来都是国家视野中的兰州,兰州新区也是国家发展战略下的兰州。'两带一轴'将兰州新旧城区联为一体,兰州新区像兰州新生出的翅膀,鼓荡而出的劲风,为整个大西北带来了空前的活力。"③ 岳逢春的《盛世华章》写兰州的历史变革,"描绘最新最美的发展蓝图",畅想"盛世华章"兰州新区的建设与发展,将兰州建成国家向西开放的新门户,建成全国性的交通枢纽,使兰州新区成为中国西部与国内中原地区以及欧亚大陆国际交流的重要窗口。

---

① 汪小平编:《美丽兰州》(散文卷),甘肃民族出版社2013年版,第49页。
② 同上书,第50页。
③ 同上书,第51页。

四 兰州城市文化记忆散文书写的主体差异

因个人在城市的生活经历与体验方式不同,作家对城市的情感态度、聚集视点各不相同。"城市体验的核心即为忧虑与欢愉这两种相互冲突的情绪。因此,对于各种各样'真实的'和'想象的'城市,会同时存在诅咒、忍受、操控、赞颂等态度。"① 景秀明在《江南城市:文化记忆与审美想象——中国现代散文中的江南城市意象》中将现代散文作家与江南城市的态度分为"体验型""赞颂型""批判型""建构型"四种类型。② 散文作家在文化修养、审美理想、文学兴趣等方面的差异,决定了他们在审视城市生活时不同的审美选择与城市形象书写的差异:有些作家是土生土长的"城里人",有些作家是从乡村移居到城市的"寓居者";有的作家偏重于对城市历史文化的解读,有的作家偏重于对现代城市生活的表现。"不同年龄的人怀着不同重量的心情,用不同的眼光打量着老兰城的样子。"③ 散文家或体验,或赞颂,或批判,或建构,其笔下的兰州城市文化形象因之成为具有独特文化意义的"这一个"。

(一) 城居生活与寓居生活的不同体味

1. 城居者的生存体验

一个人的成长与一座城市的发展是息息相关的,如同炊烟、麦田、老

---

① [澳]德彼拉·史蒂文森:《城市与城市文化》,李东航译,北京大学出版社2015年版,第177页。
② 景秀明:《江南城市:文化记忆与审美想象——中国现代散文中的江南城市意象》,中国社会科学出版社2009年版,第5页。
③ 习习:《流徙》,甘肃文化出版社2014年版,第64页。

屋等乡村风物进入乡土散文作家的文学记忆一样，街角小店、马车、电车、菜摊等城市风物同样进入作家的记忆，具有同样真实的"感情意义"。"但现在有趣的是，我们现在有着足够关于城市童年的故事和回忆，能够好好地感知同样的模式。"[1] 在城市中长大的作家的童年记忆里，充满了他们难以忘怀的城市生活体验。"由于记忆的空间特性，我们可以通过'复活'具体的空间而把往事激活并唤醒。这是人们精神生活中非常普遍的经验。"[2] 习习、岳逢春、李世嵘等人的兰州城市书写中就渗透着他们的童年生活记忆。在《盐场堡往事》中，李世嵘说："基于我从小对中国绘画的爱好，我把对故乡的回忆，描绘在纸上。是缘于发自内心深处对于生我养我的这片土地最纯真的感情。""我出生于盐场堡，至今朝朝暮暮已走过人生的六十个春秋。最近，通过对儿时的回忆，不断想象、提炼、取舍，以及我自己对故乡情深的感受，并把它倾注于笔端，挥洒在纸上。"[3] 岳逢春1954年出生于北京，三岁以前在晋西北度过，1956年随从部队转业的父亲支援西北建设来兰州，在兰州度过了他的童年时光，兰州成为他的第一个人生驿站。正是作为"兰州人"的生活经历，岳逢春才能在《借我春秋五十年：一座城市的文化记忆》中担当起兰州文化"记录者"的文学责任。

习习将兰州城市中的情与爱、生与死、悲与喜展现出来，其柔软温暖的文字承载着诸多世事的艰难与沉重，其简洁白描的话语中藏着丰富而浓厚的情思。在《临河之城》中，习习以一个土生土长的兰州人的视角，以舒缓而温情的笔调回忆丝路古道的沧桑、父辈的往事，其中凝聚着作家对兰州的"城市故乡情"。南北两山夹河而立的兰州城曾经给"我"情感上的"逼仄胸闷"与"悲伤"之感，而伴随着年岁的增长，作家"对黄河真切地

---

[1] ［英］雷蒙·威廉斯：《乡村与城市》，韩子满、刘戈、徐珊珊译，商务印书馆2013年版，第402页。
[2] 龙迪勇：《空间叙事研究》，生活·读书·新知三联书店2014年版，第350页。
[3] 汪小平编：《美丽兰州》（报告文学卷），甘肃民族出版社2013年版，第13页。

爱了起来""想那逼仄的两山实为稳妥内心的佳处"。兰州的地形造就了"我"的父母"南山北山门当户对"的爱情与婚姻。作家谈兰州的古驿、铁桥、黄河水、皋兰山以及兰州城市的得名。心安处即家园，思念处即归程。在娓娓而谈的絮语中，习习以女性的娴静与柔婉完成了她对具有浓郁"乡土性"的兰州城市文化精神的温情叙述。习习的散文中也有对城市生活之痛的表现。其《王家坪四号楼四单元》写作家在高中时期的家庭住址，作家以此为空间轴心，将家庭生活、身世遭际、邻里长短等生活片断连在一起，如母亲离家出走后而多年无音讯、弟弟坐了牢、父亲离开了王家坪等。在散文中，处于城市边缘的"王家坪"背靠烈士陵园和火葬场，幽暗、恐怖、肮脏、暴力充斥的"王家坪"生活成为她的城居生活体验的浓缩。在这一独特的城市空间里，姐姐有不幸婚姻，二丫被甩出车门而死，小琴被陌生人吓得精神失常，小琴的妹妹傻儿患有癫痫，豆子姨家里总有一股湿潮的味道；漂亮的上海人沙阿姨怀了葡萄胎，丈夫后来喝药而死；小惠妈一天神经兮兮的，女儿小惠的手被车床轧断等。可以说"王家坪"像"魔窟"与"梦魇"，生活在其中的人不断挣扎又无法逃离。

巴什拉说："我们必须更进一步地考察往日的家宅如何呈现在梦想的几何学中，我们将要在梦想中、从那些家宅中重新找回往日的内心空间。"[①]习习的散文《穿梭》以少年的视角来叙写"梁家庄""十里店""柏树巷""华林坪""木器厂"的"家宅"生活，是对弥足珍贵的情感和物象的"朝花夕拾"，是在城市建设中作家对消逝的村庄吟唱的"挽歌"，也是"在梦想中、从那些家宅中重新找回往日的内心空间"；最后，内心空间的"温柔质料"通过"家宅"重新找回它的形式。"梁家庄"四合院里人们的生活在城市建设中最终消失。"四合院"的生活是触摸城市生活最细腻又最敏感的一根神经末梢。"围墙外的高楼汹涌而来时，高楼脚下的梁家庄局促不安。"

---

① [法]加斯东·巴什拉：《空间的诗学》，张逸婧译，上海译文出版社2009年版，第59页。

习习的"十里店"同样是城市变化的"缩微胶片"。"我只能隐约感受十里店最近的这三十多年的变化,与别的地方相比,这里显得如此苍老,那个水站还在,一截橡皮水管里正淌着清水。收购站是没有了,代替它的是挤挤挨挨的平房。""还有柏树巷,我记忆中那个干巴巴土苍苍交错密布的大巷小巷,它藏在时间的皱折里,影影绰绰。""柏树巷过去简陋的小院里都盖上了小楼。巷口的街市,已经成了全市最大的小商品批发市场,各种名称的批发大楼多得叫人分不清名字。"[①] 习习的《木器厂》是叙述兰州"故事"的代表性散文。习习常以空间符号的变化来表现时代的变化。"那时候,城市里遍布很多工厂:塑料厂、纸箱厂、五金加工厂、针织厂、棉纺厂、毛纺厂、通用机器厂、玻璃厂、木器厂……每个工厂总是很大,长长的围墙围裹着的任何一个工厂都让我们百般好奇。"[②] "马路上开始盖起鳞次栉比的楼房,高大的楼房把我们畅阔的木器厂家属院压迫得局促逼仄。"[③] 物非人亦非的岁月沧桑感缓缓流淌在习习的散文之中,如同巴斯东所说的"家宅"的情感潜流。

才旺瑙乳的散文《从城市回到植物》是作家人城共居、心物对话的诗性传达。作品以冬去春来的时令变化起笔,叙写了"我"的城市生活方式,列举城市中留长发者、穿奇装异服者、狂欢不眠者、失意流浪者,评述现代城市生活方式与价值追求的多样化。《从城市回到植物》重点叙述城市冬天植物的生存,叙述对一盆曾被忽视的君子兰的养护及内心的感动。作家表面上在写植物,实际上在写自己独特的生命感悟。"整个冬天,这些沉默的植物都在忍受我书房里弥漫的烟草味、体味、酒精和彻夜不眠的叙谈以及阅读。""一盆君子兰郁郁葱葱,它的花骨朵正在灿灿阳光映照下奋力绽放,似乎期待着要向我这位唯一的观众展示它的美和蕴蓄已久的内心。我

---

① 习习:《穿梭》,《飞天》2004年第6期。
② 习习:《流徙》,甘肃文化出版社2014年版,第102页。
③ 同上书,第110页。

有些感动了,这是一些孤独的植物,是被我忽略的一个寂寞世界。"① 渴望阳光温暖与空气清新的"君子兰"是作家自我人格的写照与象征。对大学校园生活的回忆是兰州文化记忆的组成部分。刚杰·索木东《兰州,远离的兄弟》叙述自己十七年"杂乱而真实"的兰州生活,追忆张海龙、柴旺梅朵、子恢、何建华等朋友的离与别、生与死、挣扎与奋斗,一个人常因怀念朋友,便常常怀想朋友曾经生活的城市。"我们经常用土豆或者羊肉,填充饥饿的肠胃。我们用音乐和文学,肆意拼写着年轻的欢笑和眼泪。"② "也许,诚如所有离开了的兄弟们的感叹,兰州,这座不太细腻的城市里,被粗犷和豪爽浇灌着的人们之间真实而直接的情谊,才是他们离开时的最后眷恋。"③ 兰州在其笔下成了一座充满兄弟情谊的西部城市。

　　城市是现代人生存的家园,具有城市生活经验的作家在想象城市文化时与来自乡村的作家截然不同,表现出自觉的城市意识。"事实上,我们是生活在整座城市之中,生活在这座能称得上市民家园的城市之中,因此市民对于家的情感当中,尽管有着无奈与忍受,但是更多的是市民真挚的情感投入——尽管也包含着痛苦的哀伤,但更多的是幸福的喜悦在我们心头荡漾。"④ 王君在《纵横兰州》中坦言自己的城居体验:"家在兰州眼里是兰州的山,兰州的水,兰州的天空和乡土。人对乡土的情感往往是与日俱增,从陌生到熟悉,从熟悉到相知,循序渐进,逐日加深。"⑤ 她对兰州的情感颇具代表性。散文家怀着对城市养育的感恩之情来书写城市的过去、现在与未来,散文或充满对悠久历史文化的追忆,或充满对幸福现实生活的体味,或充满对未来建设愿景的期盼。

---

① 才旺瑙乳的博客《从城市回到植物》,http://blog.sina.com.cn/s/blog 4bc90905010073b.html。
② 汪小平编:《美丽兰州》(散文卷),甘肃民族出版社2013年版,第27页。
③ 同上书,第29页。
④ 陈李波:《城市美学四题》,中国电力出版社2009年版,第104页。
⑤ 王君:《纵横兰州》,甘肃人民美术出版社2011年版,第247页。

2. 进城者的心路旅程

格奥尔塔·西美尔说："城市要求人们作为敏锐的生物应当具有多种多样的不同意识，而乡村生活并没有如此的要求。在乡村，生活的节奏与感性的精神形象更缓慢、更惯常地、更平坦地流溢而出。"① 现代城市给人们提供了别样的生活方式。土生土长的城市籍作家与移居城市的农裔作家在表现城市时呈现出不同的情感体验。一方面，城市是乡村人常常向往的理想所在；另一方面，乡村又成为入城的"乡下人"频频回首的眷顾场所。有的作家表现的是逐渐融入城市的情感经历，有的作家表现的是无法融入城市的心路旅程。

当代知识分子大多都经历过从乡村生活到城居生活的转变。"乡土心态朝城市心态的历史嬗变自然是一个漫长的过程，并不是每个作家的创作心态都转变到城市上来，在高度城市化的社会里，还会有很多人对乡土世界进行一种浪漫化、理想化的审美想象。"② 乡土作家吮吸着乡村的乳汁长大，他们的血液中流淌着乡村文化的血液，因此，以记忆中的乡村生活与现实体验中的城市生活的对比常常成为这类作家创作散文作品的潜在情感架构，以乡村的情感结构观照城市生活的点点滴滴。评论家施战军说："身体漂在城市里，心神仍在乡愁中，'城里的乡心'便是那时以及以后不断反复出现的文学想象的母题之一，也是现代文学对人文价值留守和挖掘的一种意向所在。"③ 马步升以"黄河"边的思考来建构其对兰州城市的文化记忆，其《黄河纪事》回忆作家在黄河之畔的生活记录与徒步漫行时的生命沉思，其中叙述了"我""逃出"黄土高原腹地的小镇到移居黄河边的安宁区的经历，作品记录了"我"作为"兰州的不速之客"和"黄河的闯入者"在

---

① 汪民安、陈永国、马海良主编：《城市文化读本》，北京大学出版社2008年版，第132—133页。

② 曾一果：《中国新时期小说的"城市想象"》，北京大学出版社2014年版，第82页。

③ 施战军：《"进城"：文学视角的挪移和城市主体的强化》，《活文学之魅》，吉林出版集团有限责任公司2009年版，第243页。

"进城"中的心理创伤与心路历程。马步升以"全家住在两间阴暗污秽的过渡房里"描摹他初到兰州的生存状况,"我希望这条被称为母亲河的河真的能够担当起母亲的责任,伸出她温暖的手,给飘零者以生活下去的动力。"①作家或坐河边看黄河的风景,或向黄河上游漫行,思索往昔。"生命不能老处在过去的阴影中,和对现实的不安中,得安宁时且安宁,安宁一天,就得一天安宁。我心安宁,天下安宁。"②"在现代社会里,人都变成了无根的漂萍,家充其量只是一间随城区改造而不断挪移的水泥房,嘴上说着以四海为家的大话,内心永远藏着从何处来到何处去的忧伤和彷徨。"③"我爱上了这四季四色的河。他乡的人爱上了他乡的河,于是,他乡也升华为故乡。"④ 少年生活与成年体验、高原小镇故乡与黄河之畔兰州、黄河与马莲河、闲事与乱心、平静与失衡等物象及情感缠绕在马步升的散文之中。马步升的《黄河纪事》等兰州题材散文记录了"我"与黄河心灵对话时的感悟,传达着一个人被省会城市接纳又接纳城市的情感历程。"城市犹如梦境,可以想象和梦见,但是看不见。"⑤ 张海明在散文《兰州》里同样表现了"我"逐渐融入城市的精神旅程。作品叙述自己从小时候听到兰州,参加工作后渴望走进兰州,并在各种机会中了解兰州的点点滴滴,直到完全投入兰州的怀抱,他在兰州生活、工作五年时间后对兰州的认识是——"兰州是梦幻般的美丽和迷人"。

美国城市文学研究者路易·沃斯说:"城市随时间发展,不是瞬间创造的产物。可以断定,城市对生活模式的影响并不能彻底抹去以前居主导地位的人类交往模式。因此,我们的社会生活不同程度地带有早期民俗社会的烙印。那时,农庄、庄园和村庄是典型的定居模式。城市人口绝大部分

---

① 汪小平编:《美丽兰州》(散文卷),甘肃民族出版社2013年版,第54页。
② 同上书,第55页。
③ 同上书,第58页。
④ 同上书,第59页。
⑤ 薛林荣:《处事记》,新疆美术摄影出版社2013年版,第6页。

来自早期生存模式尚存的农村。这种情况强化了民众社会的历史影响。城市人与乡村人之间并不存在骤然、断裂式的变化。可以把城市和乡村看作人类可选择的定居方式的两极。"①受到深厚农村乡土文化的影响，许多农裔散文家在进入城市之后，常无意于表现城市生活中现代时尚的一面，却偏好于城市里的具有传统邻里关系的"村庄"民俗社会，试图以此作为排遣在城市中生存不适的药剂。可以说，城市里的"乡居情结"不仅表现为生活在城市的人常常回想起曾经的乡村生活记忆，还表现为对"城中村"生活的细致描写。在散文言说中，作家的情感指针常摇摆于城市与乡村之间，他们在观看城市风物时常常不由自主地联想到乡村生活，本来应当"在场"的城市形象因此日益变得"模糊"乃至"缺席"。因此，作品中常笼罩着一种浓郁的田园生活气息。李新立《都市点滴》中的"乡土情结"最具代表性。抒情主体"我"看到城市广场上的鸽子，便不由得想到故乡的野鸽子；看到城市的一些小巷与旧楼，总会想起在乡村生活的母亲；进城之时，"我"也会寻找乡村的传统饮食"浆水长面"以满足自己的"胃口"。

　　李满强《都市里的村庄》传达的是"城市暂居者"缅怀乡村、寻找家园的情感趋向。"我在省城没有亲戚，更别说亲人。"② 在《都市里的村庄》中，兰州城里的"龚家湾"既是"城中村"的代表，又是作家"乡村情结"的寄托。"这是一个都市里的村庄。在这座几百万人口的西北城市里，它是渺小而不起眼的。"③"但我知道，在每一扇厚重的木门背后，人们都过着和平安详的生活。"④ 作家具体则谈龚姓居民、各种行业与口音、充实而快乐的居住者与行路者，回忆一个经营书报摊的善良女人，叙述学校宿舍

---

① 汪民安、陈永国、马海良主编：《城市文化读本》，北京大学出版社2008年版，第143页。
② 汪小平编：《美丽兰州》（散文卷），甘肃民族出版社2013年版，第43页。
③ 同上书，第36页。
④ 同上书，第38页。

旁边住户的吵架，眷恋于黄昏中的温馨时刻，渴望城市喧嚣之后在宁静中体味生命，体味与城市的"匆匆过客"与"精神孤儿"的体味。"龚家湾对我的意义在于：她使一个初入城市的人，完成了对城市由感性到理性的转变，她慷慨地收留了一个精神孤儿3年的流浪青春。"① 应该说，李满强作为来自农村的大学生的城市写作不仅有乡愁气息，还有一种青春期特有的感伤色彩。李满强非兰州本地人，他的家是距离兰州几百公里的静宁县城。在20世纪90年代中期，兰州对他而言，是家里老人们口中的兰州挑担卖水、日军飞机轰炸兰州、黄河上羊皮筏子飘荡等一些故事的零星印象。长大后的李满强对兰州的印象亦是碎片化的，在《都市里的村庄》中，"我"经常在周末到处游荡，想对兰州有更多了解，但直到后来离开，"我"都对兰州知之甚少。毕业之后，李满强虽经常出差或者从外地回来的时候，会在兰州逗留，但兰州仅仅是一个中转站。"我"对兰州印象最深的是"诗歌兰州"的记忆。来自乡村的城市写作者多数举着乡村生活的思想盾牌进入城市，并以此来抵御城市文化对其固有文化的侵蚀。值得反思的是，青春的视域、乡村的体验，有时会成为其全面捕捉和深入理解"城中村"的文化"障碍"。

迈克·克朗说："在乡村，人们熟悉彼此的工作、经历和性格，世界也相对来说也成了一个可以预知的世界，而陌生人为这样的生活秩序带来了问题，人们对他们一无所知，也无从评判他们的行为。在现代城市里，人们彼此陌生化的现象说明了城市生活已不再受社区支配，城市因此变成了一个陌生人的世界。"② 人与人之间的陌生关系带来的孤独是现代人共同的生存体验。评论家洪治纲说："成为在现代的人，在某种意义上说，也就成

---

① 汪小平编：《美丽兰州》（散文卷），甘肃民族出版社2013年版，第38页。
② ［英］迈克·克朗：《文化地理学》，杨淑华、宋慧敏译，南京大学出版社2003年版，第68页。

了一个孤独的人。"① 当然，从城市文化与乡村文化的差异来说，乡村因作为"他者"的"城市"才成为乡村，城市也因作为"他者"的"乡村"才成为城市，建构乡土形象的过程其实也是建构城市形象的过程。城市有时需要借助"乡下人"的经验才能充分地肯定自身的独特存在。问题的另一面是，作家将城市作为"他者"的观念栅栏，也会阻止他们对城市内在品格的深入体察与感知，乡村经验有时也会成为一种认知上的障碍。"我们每天在街道上擦肩而过的几乎所有人全都不相识，而且通常我们不作任何努力来与他们建立联系，或者甚至没有视他们为人而并非物。"② 值得关注的是，现代城市生活改变的是人的交往模式，与乡村生活中简单的人际交往相比，城市里的人际交往更为频繁，也更加多元。

（二）世俗追求、政治理想与宗教情怀的选择与持守

1. 兰州城市书写中的世俗追求

城市的日常生活中蕴藏着城市的诗意审美体验。"城市的形象不能仅仅归结为城市的外表，也不能简单地用外在的文化理念套用之，城市的形象是物质表象与文化心理的综合，是建筑在其居民的风俗习惯和现时的社会环境中的。"③ 习习、王琰、王钟逑等作家的散文较多表现兰州日常世俗生活中的诗意。习习《和秀珍在一起》叙述"我"与农民女作家秀珍的交往，作家以细腻温暖的话语给我们展现了一个善良、朴素、勤劳与热爱文学的秀珍的形象，无论对秀珍恋爱史的叙述，还是对秀珍当下生活的描述、对秀珍创作经历与"文学梦"的叙说，都是生动而传神的。简洁的白描化的话语，散发着纯朴的乡间温馨气息，混合着泥土的芳香。王琰《一座临河

---

① 洪治纲：《主体性的弥散》，吉林出版集团有限责任公司2009年版，第85页。
② [美] 爱德华·克鲁帕特：《城市人：环境及其影响》，陆伟芳译，上海三联书店2013年版，第144页。
③ 景秀明：《江南城市：文化记忆与审美想象——中国现代散文中的江南城市意象》，中国社会科学出版社2009年版，第113页。

而居的城市》描述兰州滨河路上的风景、舅舅家临河的住房等。《五泉菜市场》详细描写热闹的菜市场、评说着各种蔬菜的色味,摹写市场上鸡、鸽子、鱼的形态,惊叹于拔毛机的"残酷",惊奇于发廊中头发鲜艳的女孩子,话语之间充满浓厚的人间烟火气息。王琰在《五泉菜市场》中说:"菜便是菜,如同诗人也要归于生活。"① 可谓道出了城市生活的日常本色。王钟逵《黄河的味道》散发着世俗化、平民化的"味道"与"乐趣"。作品重点对兰州黄河边公园里的唱花儿、吼秦腔、跳舞、打牌、喝啤酒、喝盖碗茶、吃地方小吃等各种各样的"坛场"进行了详细叙述。"总之这里一年四季,从早到晚,都很热闹,男女老少,各种人等,都能寻找他自己的乐趣。"② "黄河边的这个公园,更多地像一个市井,少见达官显贵或者富贾豪强的踪影,属于平民的一个乐园,只有平民之乐,市井之乐。"③ "这里是市井世情生活的乐园,各有其乐,各得其所,乐相百出。"④ "黄河的味道"不再是民族的、历史的宏大话语符号,而成为"平民的味道"和"市井的味道",散文中所表现内容的世俗化倾向是显而易见的,散文家对日常生活中"幸福感"的表达也是真诚鲜活的。

　　城市酒吧是了解城市文化的重要空间,也是世俗生活展演的重要场所。兰州被描述为属于"酒"的城市。在海杰的散文《把兰州喝醉》中,兰州唤起了"我""忧伤"的情感记忆。作品先从别人对兰州的评述引出"对于兰州,你只有跑到外面,最好远一些的地方,才感觉到他的好""是一个适合到别处去追念去阐释的城市",然后结合自己的生活履历,回忆自己在兰州南关居住、进甘南路酒吧、栖居在长满桃树的安宁区的生活点滴,回想起与知心朋友的交往与离别,兰州因之成为一个"美丽的伤花怒放"的兰

---

① 汪小平编:《美丽兰州》(散文卷),甘肃民族出版社2013年版,第92页。
② 同上书,第94页。
③ 同上书,第95页。
④ 同上书,第98页。

州。海杰品咂着城市生活中的忧伤，甚至一种"恐慌感"，与城市共"醉"成为其解决忧伤的唯一途径。刚杰·索木东在《兰州，远离的兄弟》中说："我们约好了不用眼泪送别，我们约好了来年的日子，再一次把一座城市彻底喝醉。"①"这座不怎么太落后，但是却有一点落魄的城市，多多少少让居身的人们提不起该有的精神头。"②"醉人"的不仅是"情谊"，还有"落魄"的"情感"。兰州甘南路酒吧街的风情，空气中飘荡着奢靡、放纵和不安的气息。尔雅在《象形的兰州》中说："城市里几乎所有的事物都可以被消费。甘南路有些时候是鄙俗、迷乱和丑陋的，像所有城市的夜生活，但是至少，它保留了城市里最后的一点诗意。"③王琰《甘南路上的一家酒吧》等作品写甘南路上的歌声、酒气和品酒、醉酒的人们，都展现出兰州酒吧文化的一个侧面。

　　城市物语应该是城市散文创作中的一种重要趋势，许多散文堪称"兰州物语"。刘宏远的《兰州百合》叙述百合之形态特点、生长习性、种植收获、文化内蕴，习习《白皮纸　罐罐茶》、之井《留住渐远的兰州老手艺》等状写兰州的独特"风物"。一些作家写兰州边缘的县区乡村风情，充满浓郁的生活气息，如人邻《二月二，龙抬头——苦水街村社火印象》将时令特征、村庄风习、社火准备、表演过程以简洁的笔墨呈现出来，充满着浓郁的地域风情与古典意境。"对于地域环境及其文化暗示的诗学意识是随着一群有截然不同地域特征的诗人和画家的出现而开始的：艺术家会意识到他们自身的地方身份和地方语言，即使他们作品的主题并不是当地的自然环境。"④城市的地域特征是散文家书写城市时关注的一个内容。地域方言常常是一个城市的语言标识，更是一个城市

---

①　汪小平编：《美丽兰州》（散文卷），甘肃民族出版社2013年版，第27页。
②　同上书，第29页。
③　同上书，第75页。
④　[美]刘易斯·芒福德：《城市文化》，宋俊龄、李翔宁、周鸣浩译，中国建筑工业出版社2009年版，第399页。

的独特文化风景。兰州方言亦成为一些散文家在书写兰州时频频提到的话题。王军华《兰州话》分析"子""一个""那"等方言语词的用法。"子"在兰州话中主要指表示亲昵和亲切,"一个"表示强调和加强,"那"中透射着一种熟悉与亲和。此外,之井《留住渐远的兰州老手艺》叙写泥塑、刻葫芦、剪纸等民间手艺所遇到的生存困境与政府对兰州非物质文化遗产的保护,讲述民间艺术传承者的故事,述其从艺生涯,评其精湛技艺,赞其审美理想,在叙述对兰州历史风物的表述中浸染着一缕挽歌情调。

2. 政治理想中的兰州城市形象

城市文化建设与政治权力与控制关系密切。"城市是控制中心,是堡垒,其设计是保护和统治,其途径是借福柯所称的'居住地的小手法',通过范围、界限、监督、分隔、社会戒律和空间区分的一种精巧地理学来达到目的。"① 政治理想话语中的兰州城市形象的表述常常留存于现在政府的城市建设与发展规划之中,其中处处充满了根深蒂固的"中心"意识与"权威"观念,受此影响的散文,一般重点介绍中的城市形象重在突出其地位、功能、个性及发展。

主流意识形态中的兰州形象是多样化兰州形象的表现。钱文昌主编的《中国城市大典·兰州卷》中对兰州城市地位与功能有下述介绍:"位于我国陆域版图的几何中心,在大西北处于'座中四联'的位置,是西部地区重要的经济中心和内陆开放城市,也是'现代丝绸之路'新亚欧大陆桥上的重要节点城市。悠久的历史与独特的地域文化交相辉映,使兰州享有'丝路山水名城、西部黄河之都'的美誉。"② 钱文昌主编《中国城市大典·兰州卷》对兰州"官方话语"中的兰州形象进行了集体性的"建构"。

---

① [美]爱德华·W. 苏贾:《后现代地理学:重申批判社会理论中的空间》,王文斌译,商务印书馆2004年版,第234页。
② 钱文昌主编:《中国城市大典·兰州卷》,华艺出版社2009年版,第1页。

兰州的地理位置、历史沿革、行政区划、人口民族、环境气候、资源特产、交通通信、发展规划等组成了"城市概况篇",兰州的支柱产业、龙头企业、名特产品、开发园区、商业街区等组成了"城市经济篇";兰州的城市新区、机场桥梁、车站广场、博物馆、图书馆、《读者》杂志、兰州牛肉面、大梦敦煌、黄河风情线等组成了"城市建设篇";兰州的重要生态工程、环保工程、自然保护区、湿地保护区等组成了"城市生态篇";兰州的旅游景点、森林公园、大型雕塑等组成了"城市旅游篇";兰州的科研院所、教育机构等组成了"城市科教篇";兰州的市花市树、地方节庆、地方戏剧、民间工艺、风俗习惯、地方特产、特色饮食、历史典故、传说故事、文物古迹、文化名人、传统民居、艺术机构、老字号饭店等组成了"城市文化篇"。此外,兰州的历代名人咏兰州的诗词与楹联组成了"名人咏兰篇"。这些都成为兰州城市文化的重要元素,也构成了具有浓厚主流意识形态观念的"兰州形象"。兰州市原市长张津梁在《中国城市大典·兰州卷》"序言"中说:"在本书刊印之际,我希望能有更多的人通过本书来了解兰州、研究兰州、发展兰州,继而成为兰州历史文化的传播者、城市建设的奉献者和文明进步的推动者;更希望全市人民继承和弘扬'河汇百流、九曲不回、创新创业、和谐共进'的兰州精神,凝心聚力,团结奋斗,早日把兰州建设成为我国区域性现代化中心城市。"[1] 兰州精神因此具有了官方版的确认与概括。"区域性现代化中心城市"是兰州市行政领导者的建设目标,也是国家对兰州城市的功能定位。

在不同政治经济文化语境中,由国家确定的"兰州形象"常常成为"兰州人"建设兰州的政治目标与经济目标。国家建设中的兰州想象是这样的:在"一五"建设期间,兰州成为西北地区的工业重镇和新中国石化工业的"摇篮";20世纪80年代,兰州被国务院确定为中心工业城市之一;

---

[1] 钱文昌主编:《中国城市大典·兰州卷》,华艺出版社2009年版,第4页。

20世纪90年代,兰州被批准为实行沿海开放政策的内陆省会城市之一与商贸中心试点城市;21世纪初,被列为全国科技兴贸工作试点城市、全国循环经济发展试点城市、国家清洁能源行动试点城市、全国物流节点城市,其他建设"目标"与"定位"还有"重要的能源、原材料和重化工业基地""西部地区重要的交通通信枢纽""商贸中心""科研教育基地""黄河上游最大的经济中心城市"等。

马琦明曾任兰州市副市长,对兰州的城市文化有较全面而深入的了解。"星移斗转,光阴似箭,弹指一挥三十年。亲历并见证了兰州三十年改革发展的历程,我心中铭记了太多太多的记忆。"[1] 马琦明是兰州城市发展的见证者,其《兰州笔记——城市建设与发展》从政府管理者的角度,提出了"文化兰州"的建设理念,对支撑兰州城市生存、可持续发展的重大理论问题和实际问题进行了探讨,著作既涉及理念、艺术、教育、卫生、生态、旅游、人文、个性等城市发展中的文化问题,又涉及科学、定位、规划、设计、建设、环境等效益问题,立足长远,眼光高远,处处体现了政府管理城市(规划管理、环境管理、社区管理、秩序管理和市容环卫管理)的意识与理想,是政府建设城市文化的"兰州畅想曲"与"兰州建设情感笔记"。《兰州笔记——城市建设与发展》分为"以文化力量迎接城市变化""以教育之本托起城市未来""以环境文明引领城市建设""以科学理念统筹城市发展""以特色环境塑造城市个性"五辑。该"笔记"在话语风格上有"领导讲话"与"政府文件"的官方话语色彩,如其在《谈文艺创作》中提出的领导城市文化建设、抓好创作队伍建设、抓好重点作品创作、重视挖掘传统资源的"四点意见";在《努力塑造兰州城市文化形象》中,马琦明提出了"提高城市品位""优化城市环境""促进文化与经济的融合""营造城市文化氛围""提高城市市民素质"的建设理念;在《文化兰州》

---

[1] 马琦明:《兰州笔记——城市建设与发展》,甘肃人民美术出版社2010年版,第2页。

（之一）中，他认为"文化兰州"是一个丰富内涵的命题，是一个有城市灵气和文化品位的定位，是一个现实而充满理想的宏伟目标；在《文化兰州》（之二）中，他认为"文化兰州"具体体现于突出的文化标志、鲜明的文化特色、浓厚的文化氛围、深刻的文化内涵与包容的文化气度等方面。

马琦明回忆参与兰州城市建设规划的方方面面，如黄河风情线的规划与建设、丝路节与艺术节的举办、舞剧《大梦敦煌》的创排演出、水车园的建设等。有些方面的确是普通市民与一般作者难以观察和思考到的，比如，"现代文明城市"建设过程中的思考与未来蓝图等。"新的城市规划一定要突出生态环境建设，突出'两山夹一河'的山水城市特色，形成'一带双珠'的城市风貌。按照'促进人和自然协调与和谐'的要求，建设'山水兰州、绿色兰州、人文兰州'。"[①] "规划要体现新的科学发展观，体现可持续发展，体现以人为本、人与自然、人与环境融合的理念。"[②] "城市环境特色是城市的个性和文化品格，是城市在形成发展中具有的自然风貌、形态结构、历史底蕴、文化特征、景观形象、民族风俗的总和。它是一个城市唯我独尊的自然特色和人文特色，是城市发展的比较优势和潜力之源。我们牢牢把握兰州的生态和文脉，追求唯有，挖掘独特，充分展示民族文化、丝路文化、黄河文化，突出山水兰州、人文兰州，营造出兰州的特色环境。"[③]

中国社会科学院发布的2012城市竞争力蓝皮书中指出，中国城市人口城市化率已达50%，城市作为国家创富中心的地位越来越突出和显著，以人为本的宜居城市、实业发达的活力城市、多元包容的和谐城市、环境友好的生态城市、城乡一体的田园城市、自由开放的国际城市、古今交融的文化城市、交流便捷的信息城市，是未来城市的发展目标。"从根本上说，

---

① 马琦明：《兰州笔记——城市建设与发展》，甘肃人民美术出版社2010年版，第3页。
② 同上书，第230页。
③ 同上书，第298页。

城市是一种自然过程和文化过程,生态文化是城市发展的最根本背景,城市最终要归于自然过程,归于生态文化性的建构,因此,后过程主义是生态城市美学可以采取的一种立场。"① 当代人们已经把生态城市作为未来城市文化建设的目标之一,兰州也不例外。通过各种公共话语媒介的宣传,主流意识形态与政治理想中的兰州形象建构理念已经逐渐成为兰州民众集体认同的城市建设理想。

3. 兰州城市书写中的宗教情怀

城市生活是流动的、复杂的、多样的,同时也有较为恒常、持久的生活内容,宗教信仰就是城市生活中较为稳定的内容,尤其在中国西部的城市生活中,无论市民衣着还是建筑风格,都能够从中发现宗教生活的印记。"宗教总是日常生活的组织者,而且常常是它的主要组织者。从根本上说,是经济活动决定生活方式和生活节奏,但是,除此而外,正是宗教塑造了为生存需要所支配的生活方式和生活节奏。"② 兰州处在各种宗教文化交汇的区域,是一座有浓郁宗教气息的边地城市。作为一个多民族杂居的城市,兰州信仰穆斯林的民众较多,城市建筑中随处可见清真的饮食、戴白帽子的信众与高大的清真寺,兰州在一些散文家的笔下因之而成为有"神圣的信仰"的城市。

叶舟散文中穆斯林的生活与清真寺的建筑就是明显的例证。叶舟小时候每天清晨看到隔壁的回族老人做早课与晚课诵读《古兰经》的情景,从而给他留下深刻的印象。在他居住的街道尽头,就居住着一位来自藏传佛教圣地拉卜楞寺的活佛,常看到红衣喇嘛摇着转经筒、手捻佛珠、口诵真言前去觐见活佛,之后消失在街道的尽头。与宗教生活的"接触",让叶舟常常感到一种难言的幸福和神秘,并将这种神秘感表征于其作品之中。叶

---

① 周膺、吴晶:《生态城市美学》,浙江大学出版社2009年版,第187页。
② [匈]阿格妮丝·赫勒:《日常生活》,衣俊卿译,黑龙江大学出版社2010年版,第91—92页。

舟在《何谓边地生活——以兰州为例》中说:"神圣的信仰,犹如一股股水流,蜿蜒在黄河的两岸,日夜不息。""在兰州,宽阔的宗教仿佛一条河床,牢靠地托举着各民族的心理与期望,而河床里奔腾的则是世俗的生活,以及简单的日子(用穆斯林的话说,那是浮层的生活)。"①"它的日常生活波澜不惊,与其他的城市毫无差别,但在日常生活的内里,则是湍急的宗教,是信仰的走向。由是,它的特点就是边地,是辽远与苍茫,是广袤与神秘,如《旧约》里所说:在旷野上,才会有神明的存在。"② 相信上苍的眼睛,人都会仰望苍穹。叶舟不仅关注宗教生活,还关注日常生活,牛肉面、手抓羊肉、盖碗茶等亦不时出现在文中。"日常生活的华彩乐章,多半显现在了酒桌上。"③ 叶舟在一定程度上是行进于"出世"与"入世"之间,穿越于"现实"与"象征"之间,其散文的写作手法常常介乎"寓言"与"写实"之间,呈现了一个多元文化交融的城市文化样态。

(三)"他者眼光"的审视与"自我身份"的认同

1. "他者眼光"的审视

相对长期栖居于兰州本土作家而言,书写兰州的"他者"类作家大多都是"兰州城外"的作家,其想象于兰州也罢,旅行于兰州也罢,短期求学于兰州也罢,总是带着"他者眼光"。"边缘的状态也许看起来不负责或轻率,却能使人解放出来,不再总是小心翼翼行事,害怕搅乱计划,担心使同一集团的成员不悦。"④ 茅盾、范长江、余秋雨等"行旅作家"笔下的兰州都有"他者"意识的弥漫。

"他者"对兰州、兰州段黄河的认识都会带有预期想象与现实体验之

---

① 汪小平编:《美丽兰州》(散文卷),甘肃民族出版社2013年版,第112页。
② 同上。
③ 同上书,第116页。
④ [美]爱德华·W.萨义德:《知识分子论》,单德兴译,生活·读书·新知三联书店2002年版,第57页。

后的差异，常会带着"两种面具"来言说兰州。长沙籍作家巴陵，作为西行路上的游客，中途转车兰州，就怀着"他者"的眼光审视着冬季里兰州的河水、河堤、风景带、亲水台。巴陵在《步旅黄河岸边》中对兰州的酸辣羊蹄筋、羊羔串、手抓羊肉、红焖羊肉、热冬果梨牛肉面、灰豆汤、甜醅等饮食文化留下深刻的记忆。"喝了甜醅，走在下雪的兰州大街小巷，身体非常温暖，没有半点寒意。"① 尽管留存着兰州美食的"舌尖上的记忆"，但作家内心深处更多的是来自"心尖上"的"凉意"，包括景色的落寞与萧条、感受到的干燥与疼痛等。"黄河在我心中，是奔腾的江水和滚滚的洪流，有着沸腾的气势和热情。可是，当我在兰州城里见到黄河，却有几分落寞，也有几分不甘；黄河的流水在兰州这座古城沉静下来，默默地流淌在兰州城中，失去了气势。"② "河堤虽高，树木较多，树种却只有几种，树叶也飘零已尽，留着光秃秃的树干和树枝，充分让游客感受到西北冬天的萧条。"③ "到兰州，感受干燥的暖气，皮肤、口干得更加剧烈，喉咙有冒烟之痛痒。最难受的是睡后喉咙冒火，疼痛难忍。"④ 除了水土不服外，巴陵的言语中还有着一种"此地不可久居乃记之而去"的隔膜之感。

陇籍玉门市人王新军对兰州的体验是景物的诗意与内心的寒意相结合。王新军《兰州的雨》宛如一首小夜曲，兰州城市形象在笔下不再具有雄性蛮性的特点，而具有一种阴柔的品质。"细雨中的兰州，像一个阴柔的女人。颔首含笑，执拗而深沉。湿润使她妩媚，使她简约。""凝望着一场黄昏时分来到兰州的晚雨。"雨中的兰州别有一番景致，古老的水车依然转动，街道成为女性身体表演的舞台，情侣们在滨河路上谈情说

---

① 汪小平编：《美丽兰州》（散文卷），甘肃民族出版社2013年版，第10页。
② 同上书，第1页。
③ 同上书，第2页。
④ 同上。

爱,东方红广场上的鸽子被雨淋湿,一个年轻人在地下通道里弹着吉他唱歌,一些诗人在激情澎湃或激情消隐时认真地写诗,雨雾中的五泉山绰约多姿。王新军笔下的兰州形象因之具有了写意画的特点,作家采用的创作视角是散点透视。就人城关系而言,作为非本地人的"我",感到的依然是寂寞、孤独甚至恐惧。"我在人群中踽踽独行,像高原上一匹寂寞的狼。所有与我擦肩而过的人都与我无关。天光永远向我呈露着灰烬的颜色。我对城市的天空充满恐惧。""我知道,总归有一天,我要离开这座名叫兰州的城市。"因此,目光所及的是"以弱者的形象出现在被水泥覆盖不到的地方",是"那些在楼群角落里悄悄生长起来的绿色"。"在兰州,两座山真切地使人感觉到城市浮华背后的狭隘——人生活在城市当中的狭隘。""一个人,一把伞。一把伞,一个人。""一场雨……又一片湿漉漉的心情"等。淡淡的忧伤如低沉乐曲主旋律的反复、回旋、往复,不断加重了这种情绪的表达。可以说,"角落意识""边缘情结"是王新军观照兰州的心理架构,"我"与兰州的"距离感"远远超过"我"与兰州之间的"亲和感"。

陇籍平凉人独化曾在西北师范大学求学四年,后离开兰州回到平凉工作,离开兰州后心境也发生了很大的变化,他与城的关系经历了从陌生到熟悉,又由熟悉到陌生的转变。独化的散文《美丽兰州》传达了对兰州城的"他者"心境。"别了,兰州。我已经是一个陌生的旅人了;你也是一座陌生的城市了。"[1]"在兰州我是一个过客。"[2]"我"准备拜访一个十年未曾谋面的大学同窗,走到门口却忽然决定不进去了;"我"感受到昔日同学热闹的聚会,也看到同学伛偻的背影,便深感城市生活的巨大压力。陌生、失落、沧桑、伤感,是独化与城市谋面的主要情绪状态。天水籍散文作家

---

[1] 汪小平编:《美丽兰州》(散文卷),甘肃民族出版社2013年版,第11页。
[2] 同上书,第12页。

薛林荣对兰州书写亦有"陌生感",他的《兰州八记》就是对兰州的"隔膜""没有好感"的阅读与想象。"'天水路',这个用我的家乡作了街道名字的通衢大道,让我心头一热。但是,这不是我的故乡,她不认识我,我更不认识她。"① "我对兰州没有好感,剖析灵魂,是因为没打算对她有好感。"② "兰州在别处,我不能完全进入兰州,这个陌生之城,它像树木的年轮一样一圈圈扩大、变老,覆盖了过去的时间。"③ 在"他者"意念的控制下,"我"感到无法描述清楚兰州的过去、现在与未来,因为"这是别人的城市""我的想象和描述极其有限"。薛林荣对兰州城市的想象是以"渭河为依据",并以天水市的城市体验为参照开始了对"黄河"边的兰州的散文想象,其对兰州的情感常常处于"陌生"与"熟悉"的张力场之中。④ 此外,李利华《我打兰州过》中叙述因为去了兰州,才有了兰州之行,对兰州形象的记忆中最深刻的是中绿色的出租车、路旁的槐树与玫瑰花、热情爽直的导游、兰州水车、雕刻葫芦、牛肉面、羊皮筏子等。可以说,李利华散文想象中的"兰州"是"他者"视界中"旅游版"的兰州形象,兰州宛如一个旅游纪念品的商店般呈现在作者的视域里。

城市形象的文学想象常常会有两种极端,正如男权话语中对女性形象的建构一样,会出现"偶像化"与"妖魔化"的趋向。"兰州城外"的作家对兰州的想象有时是诗意化、浪漫化的。安徽散文家、诗人江耶在散文《想起兰州》中完全是对兰州的"想象"与"梦游"。"兰州,首先是一个美丽的名字。我的想象就是从这个名字开始的;兰州,还是一个遥远的名字,在我的远方。遥远的时间和空间,为我的想象打开了广阔的可能,我能够让思想在这遥远里或快或慢地走着,很久很久地走着。""我只是静静

---

① 薛林荣:《处事记》,新疆美术摄影出版社2013年版,第2页。
② 同上书,第23页。
③ 同上书,第5页。
④ 同上书,第3页。

地想着，臆想出一个新鲜的传说，一个与我有关的传说。"① 在他的臆想之中，古代的兰州是一个"遥远而美丽的国度"，有一个艳丽无比、风姿绰约、善良贤淑、渊博智慧的女人当家做主，国度的百姓安居乐业，到处都是高贵典雅、芬芳素洁的兰花，众多的人爱兰成癖。"在想象的传说里，大河泛滥而成的洲地上，美丽的兰州，神秘的兰花的香气在一刻不停地传递。穿越了城市，穿越了乡村，穿越了河流山峦。整个世界都充满了幽暗的香气。"② "兰花遍地，兰香四起，兰意弥漫，我只要沉醉，只要深深陷入，只要一个圆圆的梦。"③ 这种写作让人读来总觉得有些隔岸观花之感，但亦透射出对兰州身不能至的遗憾与心向往之的期待。

四川籍青年作家范宇曾在西北民族大学求学，其兰州题材散文感情真诚，意象素美纯净。在兰州，范宇虽为"他者"，却时时怀着一颗感恩之心与亲和之感，无论写其故土简阳市，还是求学之地兰州市，皆热情洋溢，诗情蓬勃。范宇《兰州：远在泛黄的纸上》是描写兰州的散文佳作，是"沉浸式"写作，而非掠影式的勾勒。范宇能写出兰州潜藏在历史与现实深处的声色味香与气魄神韵。作家写自己初到兰州感觉到的逼仄、荒凉与失望，随后因黄河而改变了对兰州城市的认识，"黄河是大气的""兰州则像一个粗犷的北方汉子"。"暮色晚风中，听黄河的涛声，浑厚，磅礴，粗犷，黄河之水天上来的气势一点也不虚张。没有艄公的歌谣，黄河有些寂寞。可就是算寂寞，也寂寞得英雄无泪，气吞山河。涛声入耳，长年累月，人也会豪气起来。"④ "是的，兰州的大气，远在纸上。"⑤ 范宇在回溯古城兰州的将帅西征与商旅西行等历史文化之中聆听到了兰州雄浑苍凉的回声，在青城书院感受到的"书香"，在街道上感受到的牛肉面的"香"，不时与

---

① 汪小平编：《美丽兰州》（散文卷），甘肃民族出版社2013年版，第30页。
② 薛林荣：《处事记》，新疆美术摄影出版社2013年版，第32页。
③ 同上书，第35页。
④ 汪小平编：《美丽兰州》（散文卷），甘肃民族出版社2013年版，第15页。
⑤ 同上书，第16页。

兰州倾心而谈，深深地爱着兰州。"在雪里，兰州城，白茫茫一片，冒着些寒气。我没有感到寒冷。我明白，是兰州温暖着我。我确定，我爱上了兰州。"① "南方有南方的春，兰州有兰州的春，我是南方人，求学兰州，怀念兰州，怀念南方的满园春色，却更喜欢兰州的半城夜雪。"② "黄河是兰州的幸，兰州城是我的运，与兰州相逢，与黄河相知，今生无怨无悔。"③ 范宇对兰州怀有一种古典诗意的想象。

　　一些作家虽是兰州城市的"客人"，但仍心怀明媚的情愫，以婉转温情的笔触述说着兰州。陕西散文家王蓬笔下的"丝路重镇"兰州是"最有生气"，有"气势"的，"日新月异"，并对兰州的历史与现在赞叹不已。"整个兰州市区便一字长蛇阵般摆布在这带状的平原之中，黄河则如条巨龙游弋其间，使得兰州成为中国西部城市中最有生气的城市。""其实，兰州最初给我留下的印象就是气势。"④ "多次兰州之行，给我印象至深的是这座丝路重镇面貌的日新月异，每次来都让人大吃一惊。"⑤ 刘淑芳在《兰州，停泊心灵的驿站》中就传达了一种温暖的情怀，作家坐在清晨的黄河风情线上，看车水马龙背后地老天荒的宁静，体味河边喝啤酒的惬意、榆树下芦苇丛中的鸟鸣，沐浴幸福的暖阳等。"尽管在兰州我也是客人，但这里现在有快捷的公路、铁路、机场，我便可以想来就来想走就走，全然没有了古人书信难达的烦恼，在这样一个明媚的早晨，在这样一个安静的所在，拥有一颗幸福的心，记录一抹恬静的时光。""兰州，就是这样一个驿站。停歇，无论早晚，这里注定会为你留下一片相知的温暖。"⑥ 此外，作为"外

---

① 汪小平编：《美丽兰州》（散文卷），甘肃民族出版社2013年版，第18页。
② 同上书，第22页。
③ 同上书，第23页。
④ 王蓬：《从长安到罗马：汉唐丝绸之路全程探行纪实》，太白文艺出版社2011年版，第123页。
⑤ 同上书，第127页。
⑥ 汪小平编：《美丽兰州》（散文卷），甘肃民族出版社2013年版，第47—48页。

乡人",王新瑛的《穿过黄河风情线的情思》传达的却是一种浏览者的"故乡情"。他者眼光下的兰州常常成为本土作家在书写兰州时不得不面对的"屈辱"记忆,也成为叶舟、杨光祖、马琦明、燕兵等本土作家内心的"焦虑",因此在书写兰州时一次次被提起。"在范长江笔下那个破烂如城堡,肮脏蛮荒、民风淫荡的旧日城池,仅剩下了诸如西关、南关等暧昧不清的公共汽车站名了。"① "由于种种原因,提起兰州,外界总是把它与西部的闭塞、荒漠联系在一起。"② "兰州在国人的心中,是一座边陲城市,荒凉、偏僻、风沙漫天,不见杨柳。"③ 燕兵《兰州牛肉拉面和兰州》叙述"兰州牛肉面"的饮食文化史。"所以,兰州这个被发达地区视为偏僻、落后、土气的地方,常有令他们意外的发现:兰州多美女,兰州盛产字正腔圆的主持人,兰州出产亚洲最畅销的杂志《读者》……一条大河穿城而过,整座城市洋溢着灵动的气息。"④ 本土作家正不断改写"他者"对兰州的偏见式与片面化的书写,重新建构属于自己的"兰州形象"。

2. 本土作家"自足"与"焦虑"的心理矛盾

"具有都市经验的作家已经从自我的经验出发想象城市,他们将城市作为一种独立的审美和想象对象去建构,而不像乡土传统中的作家要在城市对照中获得城市意识。"⑤ 从兰州本土作家的创作实际来看,"我的兰州""家在兰州"的言语表达常成为其与城市亲和共在的话语表征。马琦明在《兰州笔记——城市建设与发展·自序》中说:"对兰州这座城市,我始终怀着一颗诚挚的心,沿着黄河可见的铁桥、白塔、水车,传达传统文化意境,具有很强的历史感。""一个城市的文化发育越成熟,历史积淀越深厚,城市的个性就越强,特色也就越鲜明。""久居兰州,自然关心着兰州,奋

---

① 汪小平编:《美丽兰州》(散文卷),甘肃民族出版社2013年版,第113页。
② 马琦明:《兰州笔记——城市建设与发展》,甘肃人民美术出版社2010年版,第7页。
③ 汪小平编:《美丽兰州》(散文卷),甘肃民族出版社2013年版,第118页。
④ 同上书,第130页。
⑤ 曾一果:《中国新时期小说的"城市想象"》,北京大学出版社2014年版,第171页。

斗着兰州，期盼着兰州越发的绚烂与壮丽，发展与进步。为了让更多的人们知晓兰州，了解兰州，我曾经零零星星写过一些兰州的人文风物。""我等身在兰州，理应为兰州丰厚的历史文化尽点绵薄之力！"① "家在兰州，认识兰州，了解兰州，建设兰州，实在是一种责任和义务。"② 岳逢春在《借我春秋五十年：一座城市的文化记忆》中说："谨以此书所表达的深情献给我生活着工作着成长着的这座城市——我的兰州。感谢命运，让我亲身经历并几乎是零距离地见证了这座城市几乎五十年的文化发展历程。"③ 城市作家既是城市生活的栖居者，又是城市生活的热爱者。岳逢春的散文《盛世华章》中插入了他所写的《兰州新区赋》《兰州新区综合服务中心记》两篇赋作。这两篇赋作感情气势豪迈，语词华美丰赡，节奏铿锵有力，作品对兰州的热爱与盼望之情溢于言表，在整体风格上具有宏大抒情的"大赋"的话语特征。杨光祖在《孤独地走过兰州的街道》中说："我走过祖国的许多城市，到现在我依然热爱兰州，因为，这座城市有一条河从市中流过，这座城市也有许多书店，更重要的是这座城市节奏还比较慢，适应我这个闲散人员的心态。"④ 作家的心态无论"闲淡"的，还是"激动"的，我们从中皆能触摸到对兰州生活的热爱。

　　本土散文家怀着让世人了解兰州的文化理想而投入文化创作。为了兰州城市的明天更加美好，则是他们的共同心愿。城市题材散文是一个作家写给城市的"情书"还是"判词"或"绝交书"，是"颂歌"还是"挽歌"，这主要依赖于作家与城市之间建立起来的审美关系。

---

① 王君：《纵横兰州》，甘肃人民美术出版社2011年版，第247页。
② 同上书，第241页。
③ 岳逢春：《借我春秋五十年：一座城市的文化记忆》，敦煌文艺出版社2009年版，第537页。
④ 汪小平编：《美丽兰州》（散文卷），甘肃民族出版社2013年版，第118页。

五 散文审美创造中的话语差异

散文话语中的城市形象与小说话语中的城市形象的建构形式并不相同，散文更是一个作家人格精神的外化。雷达说："我始终认为，散文不是写出来的，是流出来的，一个人的散文是他的人格的投影：你可以在其他体裁中遮盖自己，却无法在散文中将自己的灵魂掩藏。"① 在散文中，多表现审美主体与城市之间的生命关系，人城关系是其表现的重心；小说则更多虚构，注重人物性格的塑造与命运的变化，城市的文化一般作为人物的生存空间或背景，有的小说作品中的城市形象甚至是模糊的。在对兰州城市书写的审美话语类型中，基本可归为主流意识形态话语、知识分子话语和民间话语三种类型。

1. 主流意识形态即官方话语

"城市的'官方'记忆形式是一种存在于城市官方媒体（历史文献、教科书、广播电视等）中，居于主流支配性地位的历史叙事方式。这种形式往往由城市政府权力机构或知识精英集团的少数人塑造出来，自上而下地传播。它主要侧重于对城市阶段性重大事件的表述，强调事物客观存在的时间、地点等内容，具有单向、中性、理性化的叙述特征。"② 主流官方话语对兰州城市的历史文化与未来蓝图的书写主要以马琦明的城市文化构想为代表。"兰州在两千多年的文明进程中，积淀了厚重的文化底蕴，其中以

---

① 雷达：《雷达自选集：散文卷》，山东文艺出版社2006年版，第278页。
② 朱蓉、吴尧：《城市·记忆·形态：心理学与社会学视维中的历史文化保护与发展》，东南大学出版社2013年版，第67—68页。

民族文化、丝路文化、黄河文化最具特色。"① "这个规划的总目标就是造就一个充满生机活力和富有个性特色的世纪都市副中心,与旧城中心区形成'一带两珠'的双核心城市格局。"② 这是新城区的建设规划。还有新区的建设规划。《兰州笔记——城市建设与发展》是一本讲述兰州城市建设与发展及作家心路历程的散文作品集。马琦明在《兰州笔记——城市建设与发展·自序》中说:"用文化的眼光来丰富提升规划建设理念,并不断地与养育我的这座城市对话、交流、合作,不断借助文化因素改善城市环境,让整个城市散发出浓郁的情感信息。"马琦明《兰州笔记——城市建设与发展》是三十年来兰州发展的成果汇集,是兰州城市公共建设的倡议宣言,也是作家对兰州城市文化个性化的温情触摸。

　　个人仕途的变化常常成为一个作家讲述其与城市关系的主轴线。岳逢春的人生经历与兰州城市的发展可谓同呼吸共命运。"我从一个少年京剧学员起步,经过几十年的奋斗,现在居然坐上了市文联副主席兼秘书长这把交椅,担负着组织协调市文联日常工作的重要职责,对一座城市来说,这的确是一个绝无仅有的人生故事,我是很满意的。"③ 岳逢春的城市书写与其说是"一座城市的文化记忆",不如说是"一个人的人生故事"。正如作家在《借我春秋五十年:一座城市的文化忘记》"序言"中所提"我的人生笔记"。作家在叙述之中自我的"角色意识"与"位置感"非常鲜明,分别叙述在时间、地点、场合及自己的角色,岳逢春曾经经历的"插班生""班长""中队学习委员""五连三排排长"等身份,所叙述的仿佛是"又红又专"的"个人革命历史"。受到主流政治话语的影响,岳逢春的人生笔记的内容多聚焦于建功立业的宏大政治理想,对城市生活中世俗的快乐书写较

---

① 马琦明:《兰州笔记——城市建设与发展》,甘肃人民美术出版社 2010 年版,第 64 页。
② 同上书,第 157 页。
③ 岳逢春:《借我春秋五十年:一座城市的文化记忆》,敦煌文艺出版社 2009 年版,第 4—5 页。

少，作品对城市家庭日常生活的描写是"缺席"的。

2. 知识分子话语

知识分子话语的特征具有批判性、反思性与自主性，其精神追求具有"在路上"的特征。"要像知识分子一样感觉和行动，至少需要在精神上与日常事务的惯例和压力保持距离。"① 在对兰州城市文化记忆的文学表达中，有独立精神的现代知识分子不断追问存在的意义，反思社会文化，同时，现代人的孤独感、虚无感在书写人与城之间的关系时也频频出现。路易·沃斯认为："人们不是通过选择同类相吸，而是由于种族、语言、收入和社会地位等方面的差异彼此隔离。都市人没有家，居无定所使他们缺乏传统和情感，几乎没有真正的邻居。个体很少有机会完全了解城市或确定自己在整个城市中的定位。"② 因为隔离，所以孤独。"孤独"体验的传达是杨光祖的散文《孤独地走过兰州的街道》的核心命题。杨光祖《孤独地走过兰州的街道》除了写兰州外，还重点写其在兰州读书的"幸福""满足"与"孤独""辛酸"。"当我走过兰州的街道，我感到孤独。"③ "想坐河边，看一个下午的黄河，看一个下午的黄河东去。但只是想了想，还是带着孤寂的灵魂回家了。"④《孤独地走过兰州的街道》中交织着作家在理想与现实之间和生活与艺术之间的精神思索。"但现实的刻薄不会让你永远如此幸福！你还是不得不回到现实，回到你的生活，那庸俗而无聊的生活。"⑤ "只有当艺术家把自己的心灵打开，生命打开，神就降临了，他们与'世界'开始了沟通，吾心即宇宙，宇宙即吾心，于是，艺术就诞生了。"⑥ 杨光祖的心

---

① [英]弗兰克·富里迪：《知识分子都到哪里去了？》，戴从容译，江苏人民出版社2005年版，第30页。
② 汪民安、陈永国、马海良主编：《城市文化读本》，北京大学出版社2008年版，第150页。
③ 汪小平编：《美丽兰州》（散文卷），甘肃民族出版社2013年版，第120页。
④ 同上。
⑤ 同上书，第121页。
⑥ 同上书，第123页。

态让读者联想到著名学者鲲西在《怀旧情：上海的西文书店》中说的一句话："上海的老店有无数这样的老师傅，有谁为他们写上一篇吗？怀旧不只是恋旧情，它是一种文化，想要召唤来的是精神的价值。"[①] 杨光祖在散文中对城市书店的书写，无疑是一种对"精神价值"的"召唤"。

知识分子话语中的城市书写总有作家精神追问、家园寻找、人性探寻的思想维度。叶舟的散文《流年记》发表于 2011 年第 8 期《黄河文学》，后被《中国文化报》《散文选刊》等报刊广泛转载。该作品通过对世道的苍凉与飞逝的流年中芸芸众生该如何解脱苦厄问题的追问，替俗世中的自己和众生寻找到了神性的美感和爱意。再如，李满强在兰州上学的时候，凡是周末，他总会骑车去拜见李老乡、李云鹏、何来、高平、张子选、叶舟、高凯、彭金山、阳飏、人邻、娜夜、叶舟、古马、才旺瑙乳、草人儿、于贵锋、郭晓琦等兰州诗人。兰州在李满强的记忆中是"一个被黄河水滋润的兰州""一个被诗歌的光芒照耀着的兰州"。李满强《都市里的村庄》中存留着青年知识分子的话语特征。"知识分子并不是登上高山或讲坛，然后从高处慷慨陈词。知识分子显然是要在最能被听到的地方发表自己的意见，而且要能影响正在进行的实际过程，比方说，和平和正义的事业。"[②] 知识分子话语中的城市书写有其"精神独立"与"思想自由"的特征，但有时过于个人化、私语化的趣味，使得其言说在一定程度上成为一种缺少听众的"孤芳自赏"式的沉吟，缺少了一种悲天悯人的厚重深远。

3. 民间市井话语

"城市的'民间'记忆形式主要通过口头叙事，与地方民间文化相关的各种媒介载体、社会公众传播舆论，从下而上自发构建而成，属于一种

[①] 《万象》编辑部：《城市记忆》，辽宁教育出版社 2011 年版，第 38 页。
[②] [美] 爱德华·W. 萨义德：《知识分子论》，单德兴译，生活·读书·新知三联书店 2002 年版，第 85 页。

'市井'或'民间'的集体记忆方式。"① 在散文创作中，民间市井话语范式更多是为了让普通民众了解城市的文化知识，了解城市中人们的精神情态，并非展现审美者自身的精神之旅，多采用"漫话""闲话""漫笔"的形式。程兆生《兰州杂碎》、王君《纵横兰州》是这类散文话语言说的代表。王君的叙述话语是民间话语，其以"漫说"方式常为民众所喜闻乐见。"家在兰州，眼里是兰州的山，兰州的水，兰州的天空和乡土。人对乡土的情感往往是与时俱增，从陌生到熟悉，从熟悉到相知，循序渐进，逐日加深。"② 与王新军、杨光祖对城市孤独的"乡愁"的体验不同，王君等作家表现出的是对城市生活的"热恋"。

王君《纵横兰州》采用了"词典体"的形式，在诸如"兰州的名""兰州的钟""兰州的坊""兰州的烟"等词条之下，其话语结构与话语范式具有一些共同的特征。在"兰州的名"一节中，从大千世界中的万物皆有名，有名之物皆有历史谈起，先叙述远古时代兰州人的生活足迹、秦汉以前的游牧之地，到秦汉时的金城县到三国两晋南北朝等历史时期的行政归属，然后叙述了隋代设置兰州总管府、"兰州"之名落地生根等。作品中不但有作者对史料的概述，而且有对兰州"处处兰花，遍生兰花"的浪漫幻想。"纵横"的话语结构不仅体现在对其对象的历史、地理、考古、生物、方志、文化等方面的展现，还体现在表现话语的多元性方面，从空间上延伸到国内的类似的景观进行对比与评述。《纵横兰州》从时间上追溯历史发展，到从地理学、历史学、哲学、美学、建筑学、民族学、考古学、政治学、文化学、民俗学等不同的视角进行解释。

魏著鑫是一名记者，其摄影散文集《住在金城》收集了有关兰州城居文化的相关新闻报道，内容涉及居住环境、建筑理念、房地产企业等，从

---

① 朱蓉、吴尧：《城市·记忆·形态：心理学与社会学视维中的历史文化保护与发展》，东南大学出版社2013年版，第68页。
② 王君：《纵横兰州》，甘肃人民美术出版社2011年版，第247页。

一个侧面呈现了兰州的城居环境。《住在金城》以"图文结合"的方式记录了兰州城居文化景观。话语之间处处流露着作者对兰州城居文化的热爱。日常生活是城市的底色，但日常话语并非表现城市生活的唯一话语方式，在日常话语的运用中还需要作家有距离的透视与审美的超越以及思想的"越界"。

六 散文话语建构兰州文化记忆的写作困境与经验借鉴

（一）写作困境

散文与城市之间的对话从未停息。在散文中，体验城市的方式就是其呈现城市文化记忆的基本视角，作家或旅游，或偶遇，或栖居，或暂留，或进城，或离城，与城市展开了多向度"交往"或"对话"。城市就像一本越读越厚的线装书，要想镂刻出一个城市的魂魄，的确面临诸多困难。从创作过程来说，一些作家对书写城市的"难度"深有体味。尔雅在《象形的兰州》中说："从城市的功能而言，它也许还很不完善。但是，要想完全了解一座城市，往往非常艰难。"[1] 写好城市依赖于作家对纷繁复杂城市生活的感知力，还依赖于作家的艺术表现力。

赵武明在《行走在山河相依的城市》中说："在兰州，我是一个寻梦者，多年来生活在临河依山的城市。""兰州，是一座有灵性的城市。不但有山，而且有水，山水相依，水山为邻，行走其间，记忆便更加丰盈。"[2]

---

[1] 汪小平编：《美丽兰州》（散文卷），甘肃民族出版社2013年版，第76页。
[2] 同上书，第146页。

第二章　散文中的兰州城市文化记忆

"兰州，是心头挥之不去的一个记忆，在行进的日子，她记录着你的喜怒哀乐，让你欲罢不能。""在这充满人性的城市，你可以找到精神的皈依。"[①]"一个生机勃勃的城市，是一个有人文精神的城市。"[②]"兰州以其独特的号召力，向世界展示着它的迷人魅力。这无疑是一种自信的、生生不息的可持续的力量。"[③]《行走在山河相依的城市》表达了对奋进美丽的兰州的热爱，但有些语段情感较为空洞。散文中的兰州城市文化是浸透着作家情感之汁与思想之液的文化形态，更能打动读者，更能对兰州市民的精神世界产生积极的影响。相较而言，写兰州的散文相对较少。生活在城里的人很多，能够以文学的形式言说城市形象的人并不多，留下经典作品的作家更是凤毛麟角。

从兰州城市题材散文创作的实际来看，读者不难发现一些在散文创作中存在的问题。问题之一是城市书写中"人物画廊"的残缺。写兰州的散文中并没有写出系列"兰州人"富于血肉质感与灵魂深度的人物形象，固然，散文创作是重点为了表现"我"与"城"的关系。作家对"城"的书写中不应当仅仅关注城市的建筑等，还应当关注城市市民的生活与精神世界，关注城市中人与人之间关系的新变化。在一定程度上，一种"陌生人伦理"的篱笆墙阻挡了作家深入城市市民生活并把握市民形象特征的意愿和脚步。问题之二是城市书写中"生活气息"的稀薄。由于作家浓厚的知识分子意识，倾心营构"自我的天地"，因而忽视了散文应当对广大市民生活进行多维度的呈现。在一些作品中，作家对个人的得意悲欢书写较多，而对普通市民生活与情感的表现相对较少。问题之三是城市书写中"政治话语"的膨胀。受主流城市文化建设话语的影响，部分散文作品中对城市的"想象"是对主流宏大话语的"移用"，因而造成了散文中宏大叙事与抒

[①]　汪小平编：《美丽兰州》（散文卷），甘肃民族出版社2013年版，第147页。
[②]　同上书，第149页。
[③]　同上书，第150页。

情话语的泛滥，抒情主体的颂歌式的豪情与牧歌式的乡愁回荡其间。"在这古老丰厚的土地上，滨河彩带秀美壮丽，婀娜多姿，数不尽的风情，说不完的故事，寄托着太多的情感，承载着太过久远的历史。"[①] 问题之四是城市书写中"个人天地"的萎缩。在城市中，个体的生活活动是测试城市生活的"温度计"与检视城市生活的"最佳样本"，文学作品浓缩了城市的诸多信息。个人视角留下了珍贵的情感记忆，个人记忆也会成为公共记忆，个别作家优美隽永的散文书写文字常常成为读者想象的城市的重要媒介。

从整体来看，与城市题材小说、城市诗歌、城市题材影视剧等相比，城市题材散文的发展仍然比较滞后，这与当下散文创作本身的边缘化处境相关，也与作家的城市审美理想相关，大多数作家愿意"讲城市故事"而不愿意"抒城市情感"，尤其作家对自己在城市生活中真实的情感总是遮遮掩掩。许多作家在为"个人"立传，建构"自己的园地"，而不是为"城市"立传，不是为"城市生命"写作，因此，其写作的数量、表现的广度与挖掘的深度均未能抵达"人城关系"的幽深之处。

在中国现代文学史上，关注城市生态的小说家有张爱玲、茅盾、老舍、王朔、王安忆、毕飞宇、何顿、张梅、韩东、邱华栋、朱文、李洱、李冯、陈染、卫慧、安妮宝贝、慕容雪村等，多不胜举，但致力于城市题材散文书写的散文家可谓少之又少。从当下城市题材散文创作的实际来看，代表性作品有赵丽宏《城市之美》、余秋雨《读城记》、贾平凹《老西安》等。从作家的地域分布来看，香港、台湾的散文家对城市的关注较多，而大陆的关注较少，南方作家较多而北方作家较少。从关注的城市看，北京、上海、南京、苏州、杭州、扬州较多，而对西北的城市关注较少。从创作题材类型或情感来说，闲适题材类"小女人"散文较多，而真正反映底层市民生活的作品较少，多元的城市生活正呼唤着丰富多样的散文想象。

---

① 王君：《纵横兰州》，甘肃人民美术出版社2011年版，第172页。

（二）经典作家书写城市文化记忆的散文经验

城市文化记忆的散文书写在中外文学史上有一些值得借鉴的写作经验，如意大利作家伊塔洛·卡尔维诺的城市想象、中国作家张爱玲的城市想象等。

1. 伊塔洛·卡尔维诺散文的城市想象

意大利作家伊塔洛·卡尔维诺对城市与人类之间的关系有着独特的思考。在《看不见的城市》中，卡尔维诺完成了对城市的"想象性"书写并不断寻找"寓意的寓意"。"在《看不见的城市》里人们找不到能认得出的城市。所有的城市都是虚构的；我给它们每一个都起了一个女人的名字。这本书是由一些短小的章节构成的，每个章节都应提供机会，让我们对某个城市或泛指意义上的城市进行反思。"① 卡尔维诺对于城市的建构采取了"虚构"，采取重新"命名"，采用超越于空间和时间的"想象"与"编组"来建构包含各种"寓意"的"城市的图像"。

卡尔维诺在其散文创作中非常重视"形式的意味"。《看不见的城市》外层结构框架是马可·波罗向忽必烈汗做的一系列的旅行汇报与两人之间关于城市的谈话。"在这本书每一章的前面和后面都另有一段文字，马可·波罗与忽必烈汗在这里进行思考和评论。"② 《看不见的城市》与《马可·波罗游记》间有一种互文性的关联，也是作家创造性"想象"的产物。马可·波罗与忽必烈汗之间的谈话具有"辩论和诘问"的特点，与卡尔维诺对城市的"想象"相呼相应。"我的马可·波罗心中想的是要发现人们生活在这些城市中的秘密理由，是能够胜过所有这些危机的理由。"③ 这种"形式"意味着古人与今人、传统城市与现代城市、乌托邦城市与地狱城市、

---

① ［意］伊塔洛·卡尔维诺：《看不见的城市》，译林出版社2006年版，第2页。
② 同上书，第5页。
③ 同上书，第2页。

城市主体与人类主体、模糊与清晰、虚构想象与经验实证、作者与读者之间的"辩论和诘问"。

在具体结构上,《看不见的城市》由短小的章节组成,各章节被命名为"城市与记忆""城市与欲望""城市与符号""轻盈的城市""城市与贸易""城市与眼睛""城市与死者""城市与天空""连绵的城市""隐蔽的城市"等,各部分又"相互交织""相互交替"。作家在不断追问"对于我们来说,今天的城市是什么""难以把城市当成城市来生活"的原因、过于巨大的城市的危机、"使人们生活在城市中的秘密理由"是什么等本质论与存在论的问题。卡尔维诺呈现了言说城市的多种可能,思考着人类的"记忆""欲望""交换""幸福""死亡"等生活活动的意义。"但这是本由多面构成的书,几乎在所有的地方都有结语,它们是沿着所有的棱写成的,并且也有不少简洁或简明的寓意。"① "棱"其实就是作家对城市的可能的"想象"与"寻找"。

卡尔维诺散文中的许多有关人类与城市关系的话语皆为警策之语。"在梦中的城市里,他正值青春,而到达伊西多拉城时,他已年老。"② "你以为自己在享受整个阿纳斯塔西亚,其实你只不过是她的奴隶。"③ "城市告诉你所有应该思索的东西,让你重复她的话,而你虽以为在游览塔马拉,却不过是记录下她为自己和她的各部分所定下的名称。"④ "每到一个新城市,旅行者就会发现一段自己未曾经历的过去。"⑤ "城市就像梦境,是希望与畏惧建成的,尽管她的故事线索是隐含的,组合规律是荒谬的,透视感是骗人的,并且每件事物中都隐藏着另一件。"⑥ "英明的忽必烈汗啊,没有人比你

---

① [意] 伊塔洛·卡尔维诺:《看不见的城市》,译林出版社2006年版,第7—8页。
② 同上书,第6页。
③ 同上书,第11页。
④ 同上书,第13页。
⑤ 同上书,第26页。
⑥ 同上书,第44页。

更清楚，不能将城市本身与描写城市的词句混为一谈。"①"是观看者的心情赋予珍茹德这座城市形状。"②"你的脚步追随的不是双眼所见的事物，而是内心的、已被掩埋、被抹掉了的事物。"③等等。卡尔维诺创作《看不见的城市》是"献给城市的最后一首爱情诗"，其目的不在于与"现实"中的某个具体的城市或城市名称相对应，而是为了实现人城之间生存关系的哲学"反思"。"我相信这本书所唤起的并不仅仅是一个与时间无关的城市概念，而是在书中展开了一种时而含蓄时而清晰的关于现代城市的讨论。"④读者的阅读中"与眼前的今天的城市一同去想和写，才有了意义"。作家没有剥夺读者对古今城市对比与评说的权利，把这种权利交给了走进文本的读者。

卡尔维诺有关城市的言说可能性、城市想象、城市主体、城市记忆、城市符号、城市欲望、城市空间的思考对散文家通过文学表现城市都是颇具启发性的，尤其在散文表现的超越性、想象性、复杂性、创造性方面值得本土散文家大力借鉴。

2. 张爱玲散文的城市想象

在张爱玲散文中，对城市生活的热爱与散文展现，也具有一定的启示性，尤其对城市日常生活的表现方面。张爱玲对上海、香港等城市性格的散文言说以及独特的城市市民形象塑造方面，值得引起本土散文家认真借鉴。因为热爱，所以执着。张爱玲通过对比映衬手法来写城市文化，例如，她写香港故事的小说《沉香屑·第一炉香》《茉莉香片》《心经》《琉璃瓦》《封锁》《倾城之恋》，都是上海人的视角。"写它的时候，无时无刻不想到上海人，因为我是试着用上海人的观点来察看香港的。"⑤"参差对比"是张

---

① [意]伊塔洛·卡尔维诺：《看不见的城市》，译林出版社2006年版，第61页。
② 同上书，第66页。
③ 同上书，第92页。
④ 同上书，第6页。
⑤ 张爱玲：《张爱玲文集》第4卷，安徽文艺出版社1992年版，第20页。

爱玲言说城市的文化心理框架。"双城记"是其小说的书写背景，也是其散文的书写背景。

张爱玲对城市人的性格把握是精准的。张爱玲在《到底是上海人》中说："上海人是传统的中国人加上近代高压生活的磨炼。新旧文化种种畸形产物的交流，结果也许是不甚健康的，但是这里有一种奇异的智慧。""谁都说上海人坏，可是坏得有分寸。"① 同时，张爱玲有自觉的自省意识与自我意识。"时代的车轰轰地往前开。我们坐在车上，经过的也许不过是几条熟悉的街衢，可是在漫天的火光中也自惊心动魄。就可惜我们只顾忙着在一瞥即逝的店铺的橱窗里找寻我们自己的影子——我们只看见自己的脸，苍白，渺小；我们的自私与空虚，我们恬不知耻的愚蠢——谁都像我们一样，然而我们每一个人都是孤独的。"② 对生命的孤独的发现，是张爱玲将城市生存体验与生命的意义、归宿联系了起来并传达出一种对存在者与存在之间关系的哲思。

一个散文家只有喜欢城市、欣赏城市，城市才会走近这个散文家并向他敞亮自身。张爱玲对城市的书写中就处处渗透着"喜欢"。"张爱玲欣赏她的城市，并且发展出了一种散文体使她能够重新捕捉住这个城市的声光化电。"③ 张爱玲在《公寓生活记趣》中说："我喜欢听市声。比我较有诗意的人在枕上听松涛，听海啸，我是非得听见电车声才睡得着觉的。""长年住在闹市里的人大约非得出了城之后才知道他离不了一些什么，城里人的思想，背景是条纹布的幔子，淡淡的白条子便是行驶着的电车——平行的、匀净的、声响的河流，汩汩流入下意识里去。"④ 其《更衣记》中对古代中国女性服装的详细评说，《公寓生活记趣》中对公寓热水管、高楼上的

---

① 张爱玲：《张爱玲文集》第4卷，安徽文艺出版社1992年版，第20页。
② 同上书，第63页。
③ 李欧梵：《中国现代文学与现代性十讲》，复旦大学出版社2002年版，第123页。
④ 张爱玲：《张爱玲文集》第4卷，安徽文艺出版社1992年版，第37页。

雨、电车声、卖臭豆腐干、乘电梯等居家过日子之事的描述，足见其对这种生活的喜爱。"许多身边杂事自有它们的愉快性质。"①"人类天生是爱管闲事。为什么我们不向彼此的私生活里偷偷地看一眼呢，既然被看者没有多大损失而看的人显然得到了片刻的愉悦？"② 在现代文学史上，没有第二位作家鲜明地表达对城市日常生活甚至是"私生活"如此的"喜欢"了。从张爱玲对香港、上海等城市的散文表达中，读者不难感受到作家的坦率、真诚以及观察与体会的深切。

在现代社会中，繁华的城市应当是大多数人"离不了"的生存空间，正视她而不逃避她、审视她而不拒绝她，是唯一的选择。一个作家有时只有通过暂时"离开"城市的方式，才能以另外一种方式"进入"城市、"发现"城市。一个作家需要用城市眼光才能打量城市，用城市趣味才能欣赏城市。游在兰州、吃在兰州、居在兰州、学在兰州，作家与兰州相遇的方式、时节、心境，都会影响他对兰州城市文化的记忆与想象。

结　语

一个作家要想对一座或数座城市进行全面书写是不可能的，但他的书写别具意义，每一位作家对城市的个性审美观照不容忽视。每位作家对城市文化的独特审美观照将如"拼盘"般组成了城市形象建构的立体景观。作家书写城市的意义不在于其是否"全面"，而在其是否建构了属于自己的个性化的"书写方式"，是否具备审美化阐释的"独特品格"。

---

① 张爱玲：《张爱玲文集》第 4 卷，安徽文艺出版社 1992 年版，第 39 页。
② 同上书，第 40 页。

散文中的情感旅程是作家生命体与城市生命体之间心灵对话的过程，也是作家不断抵达自己内心深处并与自我展开对话的过程。大卫·哈维说："如果每个人，从朋克和说唱艺术家到'雅皮士'和高雅资产阶级，都可以通过创造各自的社会空间参与城市的形象创造，那么所有人都至少会多少觉得自己属于这个地方。"[①] 无论散文家在认同中批评着城市，还是在批评中认同着城市，都表现出一种哈维所说的"地方性忠诚"。无论城市文化的规划者、建设者，还是城市文化的体验者、表现者，他们都是推动城市文化建设与发展的重要力量。城市让现代生活更美丽，是每一个现代人的期盼。城市之美与对城市之美的文学言说因之具有了独特的价值与意义。在现代社会进程中，乡村之美与城市之美是"共美"关系，而不是"对立"关系，乡村有诗意，城市亦有诗意。散文家是现代社会城市化进程中的诗意感悟者与体验者，应以开放的心态不断接纳城市的活色生鲜，审视城市生存中面临的各种问题。散文之美与城市之美相得益彰，城市呼唤并期待着更多散文家对其应答与交流。

---

① 汪民安、陈永国、马海良主编：《城市文化读本·前言》，北京大学出版社2008年版，第12页。

第三章　现当代小说中的兰州城市文化记忆

城市是人类生活"最大限度的汇聚体"。"城市——诚如人们从历史上所观察到的那样——就是人类社会权力和历史文化所形成的一种最大限度的汇聚体。在城市这种地方，人类社会生活散射出来的一条条互不相同的光束，以及它所焕发出来的光彩，都会在这里汇集聚焦，最终凝聚成人类社会的效能和实际意义。"[1] 城市孕育了城市题材的文学作品，而这些城市题材的文学作品又成为承载城市文化记忆的重要文献资料。美国城市文化理论家刘易斯·芒福德将小说、诗歌等审美艺术作为研究城市文化的"富于想象力的文献"，认为读者不读薄伽丘、乔叟的著作，就不会懂得中世纪的城市，不知道托马斯·曼、普鲁斯特的作品就不会重视城市如何能生存到19世纪，不读左拉、巴尔扎克的小说就不能广泛而深入地理解现代城市。"当然，再也没有什么比从当时的诗歌、戏剧、故事中找到更好的线索去揭示人们看见了什么，感觉了什么，做了什么，它们有一种真实性，是那些法庭的记录、账簿和报纸的剪报所不具备的，因为它们在极佳的保存状态下包含了生活着的人，他的生存环境，他对环境的回应和表现。"[2] 古今中外文学经验证明，城市文化记忆的建构与小说文本的呈现之间有着紧密的关联。

---

[1] ［美］刘易斯·芒福德：《城市文化》，宋俊龄、李翔宁、周鸣浩译，中国建筑工业出版社2009年版，第3页。

[2] 同上书，第527页。

一 小说创作与城市文化空间

（一）历代小说中的城市文化景观

文学中的城市既是客观存在的城市原型的反映，又是作家审美想象的结果。一方面，城市文化对小说的产生和发展产生了重要的影响；另一方面，小说呈现了生动丰富的城市文化景观，表现了不同时代城市人的生活方式与思想观念。"长久以来，城市多是小说故事的发生地。因而，小说可能包含了对城市更深刻的理解。我们不能仅把它当作描述城市生活的资料而忽略它的启发性，城市不仅是故事发生的场地，对城市地理景观的描述同样表达了对社会和生活的认识。"[①] 文学语境中"事件"的展开不可避免地意味着事件在城市"空间"中的展开，城市在作家不同视角的解释中不再是行为的空间背景，而是"行为"本身。

"城市的多重空间对于中国古代小说的城市书写产生了深远影响。从作为故事场景而出现的城市空间展示和城市地标聚焦，到政治斗争、权力象征、人才选拔和节日狂欢等都市政治文化的书写，再到发迹变泰的平民梦想、两性相悦的市井传奇、司法公正的内在渴望所构成的市民日常生活描绘，古代小说的城市书写展示了远比地理空间丰富得多的政治文化表征和日常生活内涵。这些城市书写塑造了鲜明而各具特征的城市意象，同时这些意象又成为城市市民共享的生活体验和文化想象，并使生活于同一城

---

① ［英］迈克·克朗：《文化地理学》，杨淑华、宋慧敏译，南京大学出版社2003年版，第63页。

市的市民获得共同的文化认同和立场。"① 城市文化是新的文学体裁的土壤。从小说文体产生的角度来说，无论唐代小说，还是明清时期的章回小说，以及当代都市小说，小说文体在一定意义上就是城市文化孕育的产物。

中国唐代小说对于城市地理空间的整体书写，大多数比较笼统，只有极少的作品对城市地理空间着墨较多，并在艺术手法上注重写实，在景、物、人、事描写中注重细节。明清以来，小说中的城市地标主要是都城与园林，前者为政治生活的表现场所，后者则是爱情生活的展开空间，如汴梁的金明池、杭州的西湖、南京的秦淮河、苏州的虎丘、扬州的瘦西湖等，城市中的园林景观因爱情渲染而颇具浪漫想象的色彩。因城防与战争的需要，小说对城池的描写逐渐具体化，如罗贯中《三国演义》中的城池描写；因城市日常生活的繁荣，城市世情小说中对都城的表现更加细致，曹雪芹《红楼梦》中以"都中""京中""京都""神京"等暗指北京；吴敬梓《儒林外史》中的诸多人物和故事都与南京的秦淮河有关，作品对秦淮河一带城市景观的描写颇具特色。

空间理论家列斐伏尔认为，空间具有生产性，城市空间是政治文化空间，城市为一定区域内一个王朝的政治经济文化的中心。古代城市作为政治空间的同时，也是一座文化的空间，国家典礼、大型祭祀、节日庆典和人才选拔等重要的文化活动都在京城举行。科举选拔是古代知识分子走入仕途的唯一途径，科举考试对古代小说创作有着深远的影响。在小说中，进京赶考、京城旅居生活、官场争斗、得意失宠等城市政治生活为历代小说创作提供了诸多曲折生动的素材。作为政治象征的都城在小说中未必会有正面描述，常常是作为人物生活的背景出现的，如施耐庵《水浒传》和兰陵笑笑生《金瓶梅词话》中的"东京"、曹雪芹《红楼梦》中的

---

① 孙逊、刘方：《中国古代小说中的城市书写及现代阐释》，《中国社会科学》2007年第5期。

"神京"等。

　　市民构成了城市日常生活的主体，是城市的血肉与灵魂。城市既是政治中心，也是商业中心，官场文化与商业文化共同繁荣。受此影响，市民日常生活的丰富性，使城市的空间变得更加生动鲜活，出现了都市官场小说与都市商场小说的兴盛。小说中的城市不同于现实中的城市，小说中的城市是想象、虚构、观念的城市，具有刘易斯·芒福德所说的"真实性"，因为可以从中发现当时的人"看见了什么，感觉了什么，做了什么"。小说中的城市是虚化的城市，是作家对城市文化的审美观照与艺术理解及话语表现。同样，小说中的城市空间是虚拟的地理空间，也是作家人文理想建构的诗意空间。这种文学空间不是一个单纯的地理学上的物质存在，而是人类经验、文化想象和审美创造的物化产品。

　　城市是各种礼俗和传统构成的整体，是人类社会权力和历史文化的聚合体。小说家常在现实城市生活体验的基础上虚构和想象一个文学世界中的城市空间，文学中的城市所能展示的内容是丰富深厚的，可从政治学、城市学、社会学、园林学、建筑学、心理学、美学等角度去审视。"城市意识可以这么理解：人把城市作为对象物，作为符号存在于他的记忆之中，形成一个系统。人在这个符号系统里存在着，意味着人对这个城市的认同。"[①] 城市本身就是由人类创造的各种符号构成的文化系统，人对这个城市文化系统的认识及其形成的观念则成为城市意识。

　　城市时空既是故事的场域，又是故事本身。"城市记忆的客体是由城市不同群体已经和正在书写的完整的生命历史，这种历史不仅包括城市中发生的重大事件，也包括城市日常的生活事件，它们共同构成了城市所有记忆载体所蕴藏的思想和文化传统。"[②] 小说就是"讲故事"，城市小说就是

---

　　① 沈福煦：《城市文化论纲》，上海锦绣文章出版社2012年版，第159页。
　　② 朱蓉、吴尧：《城市·记忆·形态：心理学与社会学视domain中的历史文化保护与发展》，东南大学出版社2013年版，第31页。

"讲城市日常的生活故事"。无论国内还是国外，长篇小说一直是表现传统都市文化与现代都市文化的最主要的文学体裁。雨果《巴黎圣母院》《悲惨世界》、狄更斯《艰难时世》、乔伊斯《都柏林人》、老舍《骆驼祥子》、钱锺书《围城》、张恨水《金粉世家》、王安忆《长恨歌》等一系列作品都展现了丰富多彩的城市生活画卷。城市文化记忆的文学表现影响着文学接受者对城市形象的认知，城市的文化记忆因文学表现而被赋予了新的文化意义。因此，不同体裁的文学作品确立了城市的文化身份，也丰富了城市的精神内蕴。

当代人对于城市空间生产与文学生产之间关系的研究已有诸多成果，如李欧梵《上海摩登——一种新都市文化在中国》、赵园《北京：城与人》、李书磊《都市的迁徙》、吴福辉《都市漩流中的海派小说》、蒋述卓等人的《城市的想象与呈现：城市文学的文化审视》、曾一果《中国新时期小说的"城市想象"》、方志远《明代城市与市民文学》、葛永海《古代小说与城市文化研究》、焦雨虹《消费文化与都市表达——当代都市小说研究》等。"中国现代最典型的城市文学恰恰并非经典意义上的写实形态，反而以现代主义创作居多，比如新感觉派，对城市外在形态的展现似乎并不比对城市作用于作家内心感受的描摹更多。"[1] 在一定意义上，城市文学"文本性"的范畴远大于对城市文学的题材化考察。"事实上，对于小说中城市书写的探讨，不仅能够拓展小说研究，并给城市史研究增加感性的历史画卷，更重要的是，可以从一个新的视角重新思考人类的城市生活和小说叙事，探求那些在传统知识模式下被遮蔽或者被忽视的方面。"[2] 城市多维空间的存在形态影响了小说对城市多元书写，激发出丰富的小说叙事、小说阅读、小说传播及小说接受。城市小说对城市文化共同体的建构具有重要的作用。

---

[1] 张鸿声：《"文学中的城市"与"城市想象"研究》，《文学评论》2007年第1期。
[2] 孙逊、刘方：《中国古代小说中的城市书写及现代阐释》，《中国社会科学》2007年第5期。

唐传奇中的长安与洛阳、宋元话本的东京与临安、明清小说对于北京和南京以及近现代小说中的北京、上海、成都等，都是城市形象书写的典型。城市空间既塑造了个性不同的城市文化形象，又丰富了人们的城市生活体验与文化想象。

（二）现当代小说中兰州形象的"碎片记忆"与"整体记忆"

文学世界中对兰州历史文化进行书写的长篇小说较少，表现当下城市生活的作品较多，其中主要原因是作家对兰州历史文化不熟悉所致。这一点与诗歌、散文中对兰州历史文化记忆的大量表现不同。小说表现的"历史时期"主要在20世纪80年代后期，这既与甘肃小说家的创作实力有关，又与城市题材小说在甘肃的欠发达有关。就全国来说，一些研究者认为真正的城市题材作品兴起于20世纪90年代，受到文学语境的制约与影响，兰州城市形象在新中国成立后至改革开放初期的小说创作中基本上是"模糊"的。

保留在现、当代经典文学作品中的"兰州形象"较少，只有个别小说提及兰州。巴金《寒夜》中的"兰州"想象是其中的代表。在《寒夜》中，曾树生因被公司调往兰州，虽仍然寄钱回家，犹豫再三还是离开重庆到兰州，与银行陈主任生活在一起。曾树生最终离开了生病又失业了的汪文宣。"兰州"因此成为战争后方的避难之地。汪文宣说："兰州去，我梦见你离开我到兰州去了。""把我一个人丢在医院里，多寂寞，多害怕！""兰州"对汪文宣来说却是"背叛"的文学符码，加剧了汪文宣的悲剧命运；"兰州"是一个空洞的能指，作家对兰州的书写仅仅是一个地名而已，不具有感性的立体的特征。

陈忠实的长篇小说《白鹿原》中以"兰州水烟"的"方式"提及兰州。《白鹿原》第二十七章提到"兰州水烟"的片断记忆。小说中，浪子回头的白孝文当了滋水县保安团一营营长，得到白嘉轩的允许可以回到白鹿村。白孝文携妻荣归故里，衣锦还乡，他让太太把带回来的礼物分给大家，其中给他父亲的是地道兰州水烟，给鹿三的是一把四川什邡卷烟，可见兰州水烟在当时为上等礼品，用来孝敬最高长辈的礼品。中国现代著名作家对兰州"碎片记忆"的呈现，使兰州在中国现代小说的叙事中更为模糊。兰州城市期待着热爱并熟悉兰州本土文化的文学写作者，期待着对其"整体记忆"进行书写的作家和作品。

文学以诗性的方式思考着城与人之间的关系，传达着人类在城市生存空间的思想情感体验。尽管我们在文学研究，尤其在小说研究中不能将小说中的"某某城"与现实生活中的某个城市相等同，但我们能够通过文学世界中的"某某城"感受现实中的城市文化记忆对小说家创作的影响。小说中的城市文化表现并保存了城市发展的诸多文化信息。一般来说，先有城市文化对作家的熏陶和培养，然后才有作家对城市文化的全面表现。在城市与作家的关系上，城市文化具有优先存在的地位。城市生活的集聚性、流动性、复杂性和多样性，使得城市故事比乡村故事更具传奇性，其中有农民进城寻找财富的故事，有都市男女追寻爱情的故事，有纷繁复杂的官场人生，有丰富多彩的大学校园生活。诸如此类的故事，就构成都市生活的传奇画卷。

与描写北京、上海、南京、成都等城市的小说相比，由于兰州处在文化相对落后的西部地区，大多数作家的城市意识尚未完全成熟，使得表现兰州的现代城市小说创作数量并不太多。甘肃小说家表现城市生活的长篇小说作家有何岳、李文华、贾继宏、王家达、史生荣、徐兆寿、马燕山、张存学、尔雅、任向春、雅兰、弋舟、叶舟、苗馨月、王文思、张瑜琳、赵剑云等，他们都创作了许多兰州城市题材的小说作品。

二 当代小说中的兰州城市文化记忆

（一）城市文化记忆中的日常市井空间

城市文化是以城市为载体的文化形态，反映了所处时代的社会经济、科学技术、人际关系、价值观念。城市文学是对城市生活的文学表现，蕴含着现代意识与城市文化精神。如果说文学是时代的风雨表，那么，城市文学便是城市化、现代化的敏感神经。"一个城市存在的基本物质手段便是固定的场地，耐用的庇护物，为了集会、交换和储藏的永久性设施；基本的社会手段则是不但服务于经济生活而且服务于文化变化过程的劳动分工。"[1] 城市的文化形象通过物质形象与精神形象的方式得以呈现。城市的物质形象主要是城市的建筑形象，街道、商场、工厂、公园等公共城市空间形象与社区内的各种生活小区等成为城市空间形象。城市的建筑形象、街道形象、市民形象与城市精神，共同构成了城市的形象系统。

"城市历史不仅由政治、经济等宏观层面构建，同时也包含了日常生活方式以及生存体验的微观层面内容。"[2] 何岳的长篇小说《老巷》出版于20世纪90年代末，小说描写了西北黄河边上的一座历史悠久的"古城"在20世纪80年代中期受到时代浪涛的冲击。通过古城一条最古老街巷"状元巷"的变迁，小说揭示了西部城市民众的生活场景与精神脉息。《老巷》展

---

[1] ［美］刘易斯·芒福德：《城市文化》，宋俊岭、李翔宁、周鸣浩译，中国建筑工业出版社2009年版，第507页。
[2] 朱蓉、吴尧：《城市·记忆·形态：心理学与社会学视维中的历史文化保护与发展》，东南大学出版社2013年版，第69页。

现了"古城"的历史文化记忆。"老巷"中的大槐树院、状元府院、大众院、向阳院、刘家院等居民院落纵横交错，还有一些状元碑等历史古迹，巷道里流传"准状元"黄冀清中举的故事，状元府院的状元碑上就刻着老状元写的《有备无患》的文章，历史上有人中过文武进士，还留下了古唐槐、白衣寺等历史文物与历史古迹。那些残留在古屋陈墙上的阿拉伯文、古罗马画、佛门飞天、天竺梵文等显现着古巷东西文化交流汇聚的印迹与时空流转的沧桑。老巷中的每一个院落都有历史，每一个院落都有数代居住的故事。状元府院是宋朝御旨敕令修建的，院内历代都是衙门官吏的眷邸，新中国成立后成了干部家属院，后来省府干部搬到了新建的宿舍楼，状元府院便又搬进了一些其他单位的职工。向阳院原名"四首院"，和古代一个孝子的故事有关。老巷的大众院原是民国时期西北某大军阀的公馆，新中国成立前夕军阀逃走后，院落被分给了平民百姓，留下的马夫和洗衣佣人成了这里的住户。

一砖一瓦总关情，一人一物总难忘，一昼一夜总相忆。住在状元巷的人有邻里温情，同情孤寡病弱，以读书追求功名，天然"美德"就是"抑强扶弱"，嫉妒有钱人而同情弱者，因此赚了钱者、发大财者并不被居民认同、看好。这种伦理文化塑造着在这里出生的每一个人。状元巷留有历史荣光的记忆，也留有生活苦难的记忆。状元巷里的居民有挑水的水夫、黄河上的筏子客、小理发师，有的是官宦人家的仆人、佣人。状元巷到处是低矮的土平房古老破旧，巷道狭窄昏暗，拥挤嘈杂，断垣残壁之间，多住贫困人家。煮饭全是老煤炉，睡觉依然是土炕。连天暴雨会将巷道泡成稀汤泥泞，有些院子还灌进雨水，墙倒屋塌，土坯房成了危房。

古城的状元巷历来是安安静静冷冷清清，曾是老人闲谈、玩牌、逍遥的好去处。随着时代的发展与城市建设的推进，市政府做出规划，要拆迁状元巷，房地产开发公司的推土机、挖掘机、运输车打破了沉寂的巷道，也从而引发了居民的骚动，主拆者与反对者各执其辞，各显其力。然而，反对者最终无法改变城市建设与时代变迁的冲击，有的反对者在古巷居住很久，不愿离开；有的反对者因看到新居而还愿再固守泥泞狭窄的土房，变成支持者与受益者；有的则心里始终郁郁而不得其平，长吁短叹。住所是有价值的空间场所，容纳着人的生老病死与爱恨情仇。人与巷及家庭住所的情感纠葛在《老巷》里有着全面的呈现。无论昔日的院落甚至窝棚，还是后来的住宅楼单元，都寄托着居民对"住"的生命体味与情感寄托。

城市面貌的变化与人思想的变化是小说表现的主要内容之一，居民观念的转变、社会风气的蜕变、城市建筑的变迁渗透于《老巷》的字里行间。"里巷文化"的展演成为小说《老巷》重要的题材特点之一，这一点不同于其他小说将叙述重点放于政府机关、大学校园等，具有了一种底层市民的生活气息，人物之间既有血缘关系、地缘关系、邻里关系，还有业缘关系、政治关系等。读者在阅读《老巷》时，仿佛就进入文学世界里兰州的"状元巷"。"这是西北黄河边上的一座古城。状元巷，是古城最老的老巷。老巷里的院落纵横交错星罗棋布。"①《老巷》呈现出改革开放初期到20世纪80年代末兰州的城市变迁。住宅楼、石化科研所大楼、纺织厂职工宿舍、电器商店等成为老巷里的现代建筑，也改变了老巷人的生活。数年后，状元巷最后只剩下作为历史文物的大槐树院与白衣寺，其面貌已全然不可辨认。小说《老巷》成为留存昔日古城文化的符号载体，与物质化的城市文化共生共荣，相生相依，也是城市文化变迁的一个缩影。

《老巷》在展现城市文化风俗方面用笔较多，展现了古城人的生活史与风俗史。古城民俗文化独特而有魅力，从家庭谈话到街巷招呼，从家常菜肴到来客炒菜，从酒店餐饮到特色风味小吃，小说都将其细细道来。《老巷》展现了城市发展时期的各类"风俗"，如居民过春节时祭灶神、贴春联、祝寿、开业等。正月十五古城四郊农民都要进古城耍社火，节目是新

---

① 何岳：《老巷》，作家出版社1999年版，第187页。

旧结合，传统的有扭秧歌、踩高跷、荡旱船、打太平鼓、跳花灯、装扮古典戏，新编的有交际舞、通俗歌曲、跳迪斯科等，燕儿滩的社火队更为宏大精彩。在饮食文化方面，不仅有烤羊肉串、牛肉面、灰豆子、麻辣酿皮子等，还有鲜红的西瓜、碧绿的白兰瓜与金黄的黄河蜜，还有醉瓜、香瓜、哈密瓜等各种特色瓜果。灰豆子的故事成为古城饮食文化记忆中不可或缺的一笔。庹大爷是古城熬灰豆卖的世家传人，灰豆汤只放吐鲁番葡萄干和凉州沙枣，外加冰糖，灰豆为城郊县北山产，独有风味。《老巷》展现了古城独特的民间娱乐文化，如黄河边还有很多茶馆、茶园，黄河边滨河路上谈情说爱的男女等，还有"白塔山""黄河铁桥""九泉山"等其他古城城市文化符号。可以说，《老巷》描写小巷中各类居民的柴米油盐、生老病死之类的凡俗生活，人物话语多是市民口头语言，新鲜而活泼，现代日常生活场景、民间历史故事、具有地域特征的民俗风物，共同构成了一幅西北古城的现代风情画卷。

何岳借小说人物的视角写了古城六七年的变化，从过去的落后到现在的繁华，也是其对古城的浪漫想象。"一面走一面望着两边嵯峨的高楼，宽敞的街道，繁忙的车流人流；望着到处闪烁五光十色的灯，灯海色波向古城南北两山蔓延，蔓延到山巅与夜空繁星接连；望着天上银河落在地上，地上银河映入云霄……这就是都市的风流都市的神韵！"[1] 小说中的不同景观构成了富有层次感的城市文化图景，如古城的黄河景观："但近十年发生了大变化的大河上下仍是波涛滚滚。她望着映在黄河水里的远山近山，全是白雪皑皑一片肃穆；血红的落日和对面山顶上的白塔也落在清粼粼水波里，随波涌动，欲沉欲浮。"[2] 小说呈现了不同时节古城的城市风景。古城的郊区"燕儿滩"是一片田野，头上蓝天白云，脚踏在潮湿的土地上，南

---

[1] 何岳：《老巷》，作家出版社1999年版，第36页。
[2] 同上书，第187页。

北两山青翠,周围的菜园果园,芬芳四溢。《老巷》主要围绕状元巷这一中心展开的,"状元巷"及其周围的"滨河路""白塔山""九泉山""三角城工贸大商场""榆树庄巷""燕儿滩""转盘路""花萼宾馆""报社大楼""市委大院"等辐辏般构成了古城的文化空间。故事或发生于政府机关办公室与文艺期刊编辑部,或居民小院、街道,或是商店、宾馆,或是郊区或是城区,农村果园菜园还是工业区、商业区以及大学校园等,都通过人物的行踪联通起来,展示出古城的文化地理图景。

小说家何岳书写了20世纪80年代中期的"古城"街巷,其文化景观依然是传统的农耕文化影响下的城市文化,还不是现代的都市文化,所建构的城市景观有"城中村"的味道。何岳笔下的城市名为"古城",其城市文化背景为"兰州",作品通过丰繁的人物与曲折的情节,折射出昔日兰州的民众生活、城市文化及时代风潮。为防止对号入座的"实证"阅读,作家有意在小说中将"兰州"改为"古城","五泉山"称为"九泉山","中山桥"称为"黄河铁桥","雁滩"称为"燕儿滩","盘旋路"称为"转盘路"等。可以说,兰州城市文化记忆滋养着作家何岳文学想象中的"古城"文化。

王家达长篇小说《所谓作家》表现"古城"市的物质景观与精神风貌,反映出改革开放不久的兰州的城市文化面影。"古城"市文化记忆中留存着丝绸古道上穿城而过的驼队、黄河畔古老高大的水车、黄河上奋勇搏击的羊皮筏子、缭绕于山间的花儿,呈现了一个生活单调、沉闷、闭塞、慢节奏、灰蒙蒙的城市。这里的男人粗犷高大壮实、粗豪爽直,女人身材挺拔、轮廓分明、健康美丽。"近几年来,这里似乎也加快了前进的步伐。那证据便是一幢幢拔地而起的高楼大厦,以及鳞次栉比的酒楼饭店和歌厅舞厅夜总会。而随着南方商人的大量涌入,随着洋风的侵袭和思想的解放,也就渐渐的人心不古了。发廊取代了花园,洗脚屋取代了说书摊,异性按摩取代了吼秦腔。每到晚上,宾馆、饭店门前就站满了一群群搔首弄姿的'小姐'，刺鼻的香味熏着古城的大街小巷。人们的穿着打扮也发生了很大的变化，越来越时髦，越来越洋气了。"[1] 城市日常生活的审美化成为小说家表现城市时不得不思考的问题。

李西岐长篇小说《金城关》中的城市文化景观丰富多样，历史文化、家居文化、饮食文化、节庆习俗、城市民谣、方言俚语等共同组成了兰州市井生活的浮世绘。在历史文化方面，《金城关》小说不仅叙述了"金城关"的历史，插叙了高适、岑参吟咏金城关的边塞诗句，还引述陇上诗人彭泽描写兰州金天观的诗篇、何海楼赞美"莲池夜月"的诗句、秦维岳歌咏兰州玫瑰的诗歌、左宗棠吟咏兰州的诗词等。凡涉及兰州的各种历史文化景观，叙述者皆叙其源流，述其变化，举其诗词，论其现状，从不同侧面反映了兰州深厚的历史文化积淀。城市文化不仅包括物质文化和制度文化，还有心理层面的内涵。李西岐《金城关》书写了20世纪八九十年代兰州的城市精神氛围。《金城关》对兰州市井生活中丰富多彩的"软文化"与"硬文化"进行了生动鲜活的呈现。《金城关》中的日常市井生活体现着兰州的城市性格与精神风貌。"这座颇具坚硬、浪漫、诡异且有几分匪气的城市"也许是作家从叙述者视角对兰州城市精神的一种体悟。小说常借人物的视角透视金城的文化意蕴，从中亦能窥探到兰州城市特性的丝丝缕缕。"金城人本来就活得苦涩、郁闷、颇烦、无奈，经济滞后。"[2] "金城没几个企业景气，处处都闻下岗声，工作机会是狼多肉少。"[3] "金城人善饮，天下无敌，酒名远播。"[4] 这些话语，无疑是作家对当时兰州的城市经济状况与文化精神的一种体认，呈现了当时的兰州市井文化景观。

家居文化是城市文化记忆的有机组成部分。小说以不同向度切入城市，

---

[1] 王家达：《所谓作家》，敦煌文艺出版社2012年版，第14—15页。
[2] 李西岐：《金城关》，敦煌文艺出版社2010年版，第28页。
[3] 同上书，第280页。
[4] 同上书，第499页。

并试图全面地呈现城市文化。李西岐《金城关》是以兰州城市文化作为写作背景的长篇小说之一。小说以剧团秦腔演员黄一鸣的悲苦人生命运为主线，展现了20世纪八九十年代兰州城市文化的多元景观。兰州城市的街道、广场、公园、社区、商店等组成了城市形象的物质文化形态。作为城市文化的体验者和表现者，作家或进入私人空间，或步入公共空间，或穿行于商业空间，或游荡于政治空间，建构了一个多维的城市文化景观。《金城关》中的城市空间形态丰富多样。从家庭居所到宾馆酒店，从普通市民家属院到政府机关小区，从街衢陋巷到滨河大道，从车站广场到市中心广场，从蔬菜市场到服饰市场，从黄河之畔到兰山之阁，从公园戏园到花店舞厅，从山麓寺观到灵堂墓地，从城区郊区甚至到河西走廊、潇湘大地、边疆地区，诸多地理文化景观呈现其中。家居文化最能体现一个城市的世俗文化精神。作品中黄一鸣寒酸简陋的四合院、老干部梁三斗的干休所、扶贫办张处长博物馆般的居所、机关领导寇部长奢华典雅的套房、地头蛇苏大棚中西混杂的院落等家居文化景观，不仅显示着人物的性情、职业和社会地位，还折射出多样的兰州家居文化。

"什么是现代的居住方式？新家首要地是一个生物学的机构，而且住宅是一种专注于生殖、营养以及教育等功能的特定结构物。将定义扩展些许，居住建筑即是一种根据能够易于准备和运送膳食，便于进行卫生和清洁的过程，能够享受休息和睡眠而不受到外部世界打扰，性行为能够私密地发生并从不会有哪怕一丁点的分心，以及能够在令人愉快的友谊和监督状态下照顾年幼者等方式布置的建筑。"[①] 居住方式与家居格局体现着家庭伦理关系。何岳《老巷》中各个家庭的生活空间与其人生命运紧密相连。狭窄简陋的家居环境、宿舍环境，是小说表现的意象之一。史生荣小说中的城

---

① [美] 刘易斯·芒福德：《城市文化》，宋俊龄、李翔宁、周鸣浩译，中国建筑工业出版社2009年版，第495—496页。

市充满了"雾霾"。"因为在这样的大城市,整日尘烟缭绕,能看到这样清楚的月亮,也实属难得。"①孩童时代的主人公与父母同居一室,在其成长过程中窥视到父母或长辈偷情成为心灵世界中永远无法磨灭的记忆,主人公或者认为父母恶心、丑陋,或者认为父母堕落与犯罪。在弋舟《蝌蚪》中,狭窄的家居空间影响了"我"对父母的认识;在《战事》中,工厂中狭窄的居住环境影响了少女丛好的成长。在张存学《我不放过你》中,桑瑞"囚居"般的居所无形中影响着桑瑞对葛兰的情感。居所空间的描述,体现了作家在日常城市生活中发现诗意的艺术努力,其中也蕴含着作家对生存空间的哲思。

(二)兰州文化记忆中的知识分子生存空间

在现代化与城市化的过程中,物质生活的繁荣与精神生活的蜕变常常是当代知识分子关注的内容。王家达笔下的"古城"夜生活景观便是城市生活蜕变的艺术表征。小说中,西部城市的夏夜里,街道两旁摆出了黄色的、灰色的盗版书,形形色色的"小姐"驻足街头用浪荡的眼神捕捉"猎物",下班后的警察与司法干部对此不加干预。作家借小说人物胡然之口来评述古城的风貌:"这些年来,古城何尝见过什么月亮?这山谷中的小城早就被终年不散的烟雾废气遮蔽了。"②"这座群山环绕的城市,得天独厚地和黄河融为一体。由于上游修建了许多水库,黄河进入古城之后,已没有了往昔那种奔放不羁的气势,在雄浑的天穹之下,更像一条蜿蜒曲折的大蟒,闪着烁烁银光,从群山之间缓缓绕过,最后消失在淡灰色的雾霭之中。"③有时叙述者甚至在小说文本中直接表述:"作者可以负责任地告诉大家:黄河茶园确实是西部文化的一大景观。您如果到了古城而不去黄河茶园,那

---

① 史生荣:《所谓大学》,作家出版社2009年版,第147页。
② 王家达:《所谓作家》,敦煌文艺出版社2012年版,第229页。
③ 同上书,第256页。

将不能不说是一个遗憾。"① 可以说，王家达建构了一个20世纪改革开放初期的终年烟雾废气不散到处是茶园的兰州城市景观。张存学《我不放过你》中，故事发生的背景是兰州，中学教室、大学校园、家居环境、宿舍店铺、酒吧菜馆等组成兰州青年人的活动空间。"桑瑞朝远处望了望，灰蒙的雾气弥漫在远处。这是这个城市冬日特有的景象。天空中没有云，但阳光洒在这个城市的街上时，显得无力、苍白而又暧昧。"② 赵剑云的小说对兰州做了如下的描述："这个城市冬天一般看不见太阳，看不到晴天，不是冬天没有太阳，而是污染太重。"③ 这些描述性话语，从一个侧面呈现了在20世纪80年代污染较为严重的兰州城市环境。

马燕山的长篇小说《天堂向东，兰州向西》主要反映21世纪以来兰州的城市文化景观。小说以兰州为人物活动的空间，以新闻记者的视角观察兰州城市的社会生活，以报社新闻部主任马踏的爱情故事为主线，汇聚了人物悲欢离合的命运遭际，也表现了作家对兰州城市生活的热爱和赞美。

《天堂向东，兰州向西》在反映现代兰州的快速发展、兰州人的性情特点、兰州城市的文化特征以及西北地域风俗文化方面颇有深广度，展现了一个传统与现代相互缠绕的西部城市文化空间。小说题目《天堂向东，兰州向西》就隐喻着兰州生活的快乐与伤感、梦幻与现实、焦虑与宁静。"对于兰州这个城市来说，它没有太悠久的历史，没有足以让人自豪的东西。但是，它像一个敞开怀抱的母亲，宽容地迎接着四面八方的人们，它是一座典型的西部移民城市。"④ "兰州的夏季，大部分时间凉爽无比，但有那么几天总是很热。热的时候，可以去树底下喝茶。或者坐在黄河边，或者坐在黄河的船上喝茶。"⑤ "对于兰州来说，每年的六、七、八三个月最美的季

---

① 王家达：《所谓作家》，敦煌文艺出版社2012年版，第256页。
② 张存学：《我不放过你》，甘肃人民出版社2011年版，第16页。
③ 赵剑云：《阳光飘香》，海峡文艺出版社2002年版，第57页。
④ 马燕山：《天堂向东，兰州向西》，敦煌文艺出版社2005年版，第3页。
⑤ 同上书，第46页。

节，有人形容说，兰州就像美丽的蝴蝶，在这个季节里展示着它最美丽的部分。在这个季节里，兰州气候凉爽，瓜果飘香，绿草、花朵、绿树，构成了兰州最美的风景，许多外地人都不能想象兰州是如此美丽。"① 马燕山从不同角度展现着兰州的"美丽"。"每到冬天，城市飘着雪花，人们的去处就是暖暖的咖啡屋，装饰高雅，灯光昏暗，高雅优美的乐曲中，都是喝咖啡的人们。而这座城市的人们偏偏喜欢在吃肉喝酒完后才去咖啡屋，于是整个咖啡屋弥漫着羊肉味、大蒜味、脚臭味。而夏日人们都喜欢在树荫下去喝茶、纳凉。所以，这座城市的咖啡屋甚至是整条街的，一些外地人惊叹兰州怎么有如此豪华的饭店和咖啡屋，还有各式各样新潮的休闲方式。""但是，兰州这样一个城市却给人以生活的乐趣，冬暖夏凉，冬天待在屋里，暖烘烘的，少了南方那种屋内屋外冰凉凉一个样的状况，夏日少了蚊虫的叮咬，凉爽无比。而兰州人的厚道与富有人情味的生活方式也使许多人一到兰州就不想离开它，而许多人被这一切吸引，在这里安家落户，繁衍生息。"② 兰州的夜景也是迷人的。"车进兰州时，已是晚上九点多钟，夏日的兰州这个时候才是万家灯火的时候，灯光从楼房的窗户照出，煞是好看。据说，兰州的夜景与重庆相比，也毫不逊色，远远望去，那黄河像彩带一般从城市中央飘过，像一条黄色染成的黄丝带飘在夜空，而街道南北交错，一片璀璨。"③

在马燕山的小说叙述中，兰州的城市形象具有了某种"混搭"的色彩，如现代与传统（咖啡馆、休闲会所、西餐与茶馆、羊肉面片、牛肉面的生活方式）、多民族文化交织（哈娜斯的维吾尔族与汉族的血统）、东部与西部（上海与兰州的城市空间叙事）、东方与西方（马踏等经常引用里尔克等西方现代诗人来表达自己的感情）。"如果说兰州还有一个充满诗意的地方，

---

① 马燕山：《天堂向东，兰州向西》，敦煌文艺出版社2005年版，第78页。
② 同上书，第104页。
③ 同上书，第229页。

抑或是让人能够体会现在这个城市还有大都市的感觉的地方只有黄河边了。这些年黄河边修建了无数的草地与景观，虽然这些景观没有一点历史感，但却使黄河变得更加生动起来。"①"我的家就坐落在兰州张掖路上，这条街应该算是兰州最繁华的一条街，但我认为这放在前几年更合适，那里这条街道上遍布从上海西迁过来的时装店、甜食店、儿童用品店、照相馆，曾给一代代的兰州人实现了时尚的愿望。"兰州的各色文化景观与文化精神尽显在马燕山的"兰州想象"之中。"毫不夸张地说，这是一座酗酒的城市。""除了酒精，便是羊肉，每天三四千只的羊肉消费量让人觉得这个城市便是一个羊的屠宰厂，由此诞生的羊肉烹饪术也在全国领先。""与羊肉与酒精相配套的产品便是洗脚屋、歌厅与夜总会桑拿馆，甚至还有流行的'摸吧'，当然更多的是咖啡屋，甘南路整条街都是这一类的东西，试想羊肉与白酒所产生的便是欲望，欲望产业成为兰州最壮丽的一道产业。""两山夹着的河床上的兰州，更像是那厚厚的一片美丽的充满诱惑的唇。"②

　　同样是酒吧，弋舟的酒吧文化书写与此不同，是对生命与生存的关注，马燕山对欲望与情欲关注较多。前者为颓废中的清醒，后者是消费中的迷狂。史蒂夫·皮尔认为："在城市的生产之下，是隐藏的欲望和恐惧的机制。换言之，城市是具体化了的欲望和恐惧，但却是以欺骗性的、伪装的、错位的形式出现的，它与梦一样。"③马燕山小说中的情欲事件也在不断地映证这一"欲望"叙事，"食欲"和"情欲"构成了兰州人的生活内容之一。"显然兰州是西部城市，但是它一点都不闭塞。反而，这座移民城市所显示的包容性成了这个城市前卫方向发展的动力。这里不但有最豪华的饭店，最豪华的洗浴中心，卡拉OK，甚至还有供民工们夜生活的摸吧。"④兰

---

① 马燕山：《兰州盛开的玩笑》，敦煌文艺出版社2011年版，第46页。
② 同上书，第40—41页。
③ 汪民安、陈永国、马海良主编：《城市文化读本》，北京大学出版社2008年版，第266页。
④ 马燕山：《天堂向东，兰州向西》，敦煌文艺出版社2005年版，第65页。

州作为"欲望之城"的活色生香，在马燕山的笔下得到全面的展现。

现代城市社会已经进入网络社会、信息社会，网络生活不仅改变着人们的生活方式，也改变着人们的情感世界。"网恋"成为城市文化表现涉猎的题材之一。张瑜琳《网事倾城》、徐兆寿《幻爱》、马燕山《天堂向东，兰州向西》等小说均涉笔于网恋故事。张瑜琳《网事倾城》以西部城市为背景，主要叙述知识女性苏莹莹的城市情感生活。苏莹莹以其聪明才智帮助出身寒微的丈夫走出困境，然而获得成功的丈夫渐渐露出了隐藏在性格深处的偏狭与自私，最后冷落了她。在她孤独与绝望时，一位网络中的男子与一位现实中的男子闯进了她的生活，使她获得了安慰。后来，丈夫陷入破产边缘，她以善良、高尚的品格又帮助丈夫。女性是男性的救赎者的女性价值理解，是张瑜琳对女性形象塑造的基本倾向，苏莹莹的人生选择无疑是最好的证明。《网事倾城》以道德理想不断审视对城市生活中纸醉金迷、灯红酒绿进行了反思，并进行了伦理道德的评判。

徐兆寿《幻爱》是一部写网络恋情与虚拟婚姻的长篇小说，主要叙述了主人公杨树在现实婚姻中受挫后在虚拟世界寻求真爱而最终幻灭的过程，旨在表现信息时代人们的情感危机，表现网络虚拟世界对现实人生和人类精神世界的负面影响。在小说中，杨树在沙漠深处发现了一个名叫"西北偏西"的地方，这里的人们生活惬意而对现代文明一无所知，如同世外桃源。杨树与妻子程琦的爱情是美好的，但现实世界毁灭了它，他们一家被疾病缠身的孩子折腾得精疲力竭。后来，杨树与女孩"美丽"的交往使他重新萌生了成为作家的梦想，而"美丽"的死亡最终使他又陷入绝望。杨树经历了"三个世界"的过程隐喻着人所经历的不同理想与现实。"我写下它仅仅是我对自身存在的一种认识，是想在有生之年忏悔那荒唐的过去，这样很可能会减轻我在今世的罪恶，而换得来世的幸福。"[①] 作家借用人物

---

① 徐兆寿：《幻爱》，甘肃人民美术出版社2006年版，第10页。

的语言暗示其对生命的体悟与对存在的省思。"尽管他知道和美丽的那种虚拟的性生活是非常荒谬的,但他仍然非常满足。"①《幻爱》通过杨树在现实婚姻中受挫后在虚拟的网络世界中寻求真爱但最终幻灭的过程,展现了在网络信息时代人们所面临的新的情感危机与精神危机。"虚幻爱情"成为作家重点思考的网络时代的社会问题之一。马燕山《天堂向东,兰州向西》中,马踏与上海"小资美眉"默默的感情就是"网恋"。在小说的开始,马踏利用去上海出差的机会与默默相会,后来默默来到兰州、武威等城市游玩也是"网恋"的必然发展。

苏莹莹在网恋中寻找安慰又最终回归现实;杨树在遭遇挫折后,一度幻灭;马踏与默默萍水相逢,又浮萍东西各自去。这些情节安排都表征着作家对网络情感的质疑与对现代城市情感的反思。

(三) 兰州城市记忆中的校园空间

城市是一个地区文化、教育的中心,以众多中学、大学校园在城市的设立作为其标志,大学校园生活因知识分子的聚集与青春飞扬的旋律成为小说关注的对象。校园文化是城市文化中的一种亚文化类型。刘易斯·芒福德在谈到城市文化中学校的功能时有独特的观点:"事实上在现代意义上,学校也许应该被定义为一个为了生物的和社会的发展而不断变更的环境,特别关心成长的一处环境,它不再将成长的过程当作是对理想模式的一些附带的干扰。"② 许多青年人通过各类考试跳出"农门"而进入"龙门",大学校园实际上成为农村出身青年进入城市的"熔炉"与"加工厂"。青年学生的"进城仪式"与"青春成长",成为小说表现的内容之一。

---

① 徐兆寿:《幻爱》,甘肃人民美术出版社2006年版,第129页。
② [美]刘易斯·芒福德:《城市文化》,宋俊龄、李翔宁、周鸣浩译,中国建筑工业出版社2009年版,第503页。

1. "阳光飘香"与"贫穷阴影"交织的校园空间

剡卉、徐兆寿、赵剑云、王文思等有较多校园题材的小说创作。剡卉《我是你遗弃的天使》是一部校园言情小说，也是校园生活"美丽的痕迹"。剡卉说："《我是你遗弃的天使》是一部青春恋曲，可是它不矛盾。小说没有残酷没有叛逆，只是淡淡的忧伤、凄楚而美丽。""我只想通过我的书，告诉我亲爱的读者，80后的一代，不是颓废、叛逆、色情、垮掉的一代，也有人会为理想而奋斗，会为爱情执着地守候，更有人曾经这样纯纯地、痴痴地相爱过……"[①] 小说叙述A市贵族学校"紫云中学"的高中生湮雨汐、白谷遥、冰寒、紫菡、玫琳娜、林小天、何韵基、杜威，还有大学同学陈安、麻雀、筱薇、申嘉楠等的交往与情感故事。

《我是你遗弃的天使》以进入大学的女主人公的视角回忆与同学白谷遥的情感往事及与大学生陈安的恋情，表现发生在教室、足球场、宿舍等校园空间里的生日聚会、优干选拔、圣诞晚会、看流星雨、艺术节、表彰大会等校园生活中的情感波澜。在小说中，作家有意地将中学生活与大学生活相互交织，以此来表现雨汐深陷于往昔的情感痛苦。《我是你遗弃的天使》的故事时间从高中入学一直延续到大学毕业。来自普通家庭的女生雨汐清纯可爱、羞涩内敛、脆弱又要强，在几次浪漫的邂逅之后逐渐爱上紫云中学文学社社长白谷遥。冰寒因昔日爱恋的彭飞车祸丧生而精神失常，执着而痴情的她将白谷遥当作了她的男友彭飞。为恢复冰寒的精神病以及治疗她的血癌，白谷遥不得不选择离开雨汐，牺牲自己纯真的爱恋来挽救冰寒的生命，最后去了美国陪冰寒治疗。陈安追求着雨汐，但雨汐因心里思念白谷遥而不愿接受别的男生，使得陈安在情绪失控时跳楼。"亲手抚触着黑暗中的凄风苦雨，任凭雨丝沾湿我美丽的眼睛，只为感受那份久违的纯真激情……爱你的心还在这凄风苦雨中默默潜行，却一点一点地沉淀下

[①] 剡卉：《我是你遗弃的天使·序曲》，甘肃人民美术出版社2006年版，第3页。

去。只有记忆的醇香还在讲述那个秋天的晚晴,诠释着那曾经属于我俩的红尘眷恋,暗淡而默契,凄楚而美……"作家以这些人物诠释着爱是守候与付出的爱情主题。白谷遥的母亲爱慕虚荣,在白谷遥六岁时跟一个农民暴发户私奔,留下白谷遥与白谷遥的父亲,这给白谷遥带来了难以抚平的情感创伤。白谷遥的父亲一怒之下辞职下海经商,后成了 A 市有名的企业家,并以玩弄女性的方式报复女性。多情的白谷遥以优异的成绩回报父亲的付出,又千方百计追求女孩子并在获得女孩子的芳心后匆匆离去,他用"花心"的方式来"报复"命运带给他的不幸,自己也变成了一个"畸形人"。"我的感情浪漫是风,不会为任何人停留……"是其情感道白。小说中,湮雨汐与白谷遥之间的爱情故事近似于"灰姑娘与王子""英雄救美人""爱情与绝症或车祸"校园版的书写。与其他题材的作品相比,城市校园题材的创作多以道德情感判断为主,青春恋情故事中的误解、邂逅、奇遇、痴情、思念等母题是小说表现的主要内容,而非权力利益的争夺、身体本能欲望的宣泄以及对人生意义的解构。

赵剑云的长篇小说《阳光飘香》叙写大学生生活缕缕飘香的"阳光"与声声"天使"的祈祷,青春理想的气息散发在校园之中。"大学是我们一生的黄金时间,最美的时光。"[①]"现在我回忆大学生活的点点滴滴,所有的欢乐和痛苦,最刻骨铭心的日子还是和你在一起的日子。"[②] 在《阳光飘香》中,大学生成晨与沈杰飞的爱情虽然经历了一些误会与挫折,成晨曾一度陷入绝望之中,两人在经受生活磨难的洗礼之后,最终走到一起。赵剑云是童话作家,也是小说作家,其小说创作中无疑有着童话的色彩,是关于"幸福花园"的话语表达。《太阳真幸福》书写在纯净阳光中的少女之爱、深厚朴素的兄弟姐妹、包容和谐的朋友情谊。赵剑云小说集《不会在意》

[①] 赵剑云:《阳光飘香》,海峡文艺出版社 2002 年版,第 261 页。
[②] 同上书,第 262 页。

收集了赵剑云的十一个短篇小说，小说集以女性细腻的笔触叙述都市白领、大学教师、家庭主妇、商贩地痞等各类都市人隐秘的爱恋、孤独、疼痛，并在质朴平和的话语中叙说着爱情的理想与人性的美善。《借你的耳朵用一用》是一篇有关"信任"为母题的小说，作家以理想之光芒驱赶人性河流底层的丝丝暗影，以朝阳的温暖抚慰心灵深处保存的信任的余晖。从整体观之，赵剑云的小说表现了城市少女成长的心路历程，其小说中的主人公形象多为少女，有纯净的内心和健康的身体，对生活和未来充满梦想，憧憬着美好理想与纯真爱情。尽管她们对爱情的追求有时以爱情理想的摧毁结束，但毁灭的美给人以震撼，作品因之笼罩着一层伤感的诗意色彩。

王文思的长篇小说《迷爱》展示了民办大学校园中"边缘者"迷乱的青春与沉沦的命运。《迷爱》展现的并非单纯的校园生活，是社会生活的缩影，是"另类"的"女大学生宿舍"。正如作家王家达在为《迷爱》"代序"中所说："我们在阅读过程中甚至会常忘记他描写的是校园，因为我们在其中看到的是一般社会小说也难以全面和深入体现的'人性'、'欲望'、'虚荣'、'诱惑'、'堕落与拯救'等严肃而深沉的主题。"[1]《迷爱》描写了刘莹、童谣、谭斐、聊旎、南娅、唐潇六个花季少女在"陇原大学"三年间的生活。刘莹等各自有着不同的家庭背景、理想、经历、性格。"自费生"的身份使刘莹等失去了学校体制的保障，也不能获得应有的尊重。她们被安排在校外住宿，住在像垃圾收购站一样的红楼小院里，也得不到规范的管理与优质的课堂教学，成了大学校园里的边缘生存者。与此同时，她们之间也是矛盾重重，相互之间充满了嫉妒、势利、恶意与争斗。刘莹是小说中的线索性人物，其他的人物与故事都是通过她的视角呈现于文本之中，包括民办大学混乱的教学管理、网吧与酒吧的生活、教室里打群架、宿舍中的嬉闹争吵以及大学老师的丑行等。

---

[1] 王文思：《迷爱》，中国广播电视出版社2007年版，第2页。

小说《迷爱》以刘莹拿着父母梁麦子换来的学费、坐了十多个小时的车来到陇原大学入学报名为"序幕"。《迷爱》中的刘莹性情纯真,学习刻苦,虽家境贫寒却努力上进,想通过学习找一个稳定工作来改变自己的命运。刘莹内心的致命弱点是,她一方面鄙夷、仇恨别人的堕落,另一方面又羡慕、嫉妒她们的享乐和美丽。她梦见自己变得比所有同学都富有,满床都是百元钞票,别人都以羡慕的目光看着她。她跟同学去夜总会,产生了不可自抑的欲望与迷醉。"我"梦见自己变成了妓女,比童谣、谭斐还要放荡和疯狂。[①] 当作为自费生的她发现凭借自身的努力根本无法找到正式的工作并实现其生活理想时,不得不沉沦。她从一个自视清高、成绩优秀的女孩子变成一个被人包养和卖身的女子。刘莹是小说《迷爱》中的主人公,是挣扎中的堕落者。小说的结尾,刘莹将"满满一杯咖啡连同淹死的苍蝇灌进肚子里"就预示着身心的全部毁灭。[②] 作家在这一人物形象的塑造上有简化的倾向,从农村走出的原本纯真女孩子到爱慕虚荣的性格裂变过程中,能够感到受了作家"创作意图"的"牵引",过多的"欲望"叙事挤压了对"人性"复杂性的开掘。

童谣原本有一个幸福的家庭,其父母是工人,但因工厂裁员和破产,最终都成了无业之人,夫妻关系也出现了危机,最终协议离婚。童谣遭遇了父母离异的家庭变故后染上酒瘾,被中专学校开除,在大街上流浪时被人强暴,无依无靠的她只好走上自暴自弃之路。她开始在夜总会当服务生,为了在找工作时有一个大学文凭,又上了自费大学,但已经沦落为夜总会里提供色情服务的"小姐"。非正常的生活使童谣染上抽烟的恶习,她的癖好就是购买时装,后来还利用各种"阴谋"事件将同宿舍的其他女同学拖入泥潭,成为"罪恶之花"。谭斐父母是下岗工人,因家庭经济困难,她在

[①] 王文思:《迷爱》,中国广播电视出版社2007年版,第81页。
[②] 同上书,第628页。

童谣的诱惑和逼迫下走向堕落，有钱的她穿着漂亮的超短裙，戴着铂金项链和铂金戒指，穿着高筒皮靴，俨然一个风尘女子。聘旋有一个幸福的家庭，心地善良又有城府，喜欢时装，在被强暴后，也走向了堕落。童谣、谭斐等女孩迫于外部的各种压力与自身的原因，一步步走向了堕落的深渊，从花季少女蜕变为社会污泥的沉沦者。作家通过青春少女的"蜕变"来审视社会发展中的"病变"。"边缘者"叙写对象的选择，体现了作家的人文关切。

《迷爱》中少女的堕落多为"物质"诱惑并最终走向"集体"毁灭，这些结局无疑是作家对大学校园生活"单向度"理解的产物，在一定程度上忽视了大学校园生活的复杂性，小说具有"理念先行"的局限与男性话语的"欲望霸权"。《迷爱》中民办大学的老师形象多是否定性形象，如不同情贫困学生的汪老师、行为恶劣的宿管科曹科长、借口因作弊要开除而强暴女学生的张新铭主任等。"按照作者伦理意识的自觉程度，又可将小说伦理分为积极伦理和消极伦理；前者具有高尚的道德诗意，具有对人物公正和同情的态度，具有通过反思和批判来介入生活和建构生活的热情，具有净化和升华的力量，后者则缺乏道德诗意和伦理情调，缺乏对人物的理解，缺乏批判的精神和介入的勇气，缺乏净化和升华的力量。"[①] 小说的叙事体现着作家的伦理观念与道德态度，王文思《迷爱》所体现出的叙事伦理是一种"消极伦理"。小说中的女性人物在因贫困而受诱惑、因诱惑而终堕落的轨道上不断前行，作家对于圣洁、拯救、悲悯的价值立场与审美评判在"欲望"的冲撞与裹挟中渐行渐远，所有的叙述成了"人性之恶"的纵情展演。

长篇小说《迷爱》中的城市成了纯真者走向堕落的染缸与污池。王文思以刘莹的视角书写了有关城市的感受。"城市里一点都没有农村好，城市

[①] 李建军：《小说伦理与"去作者化"问题》，《中国社会科学》2012年第8期。

到处是又高又大的楼层,污浊的空气出不去,新鲜的空气不容易进来,人如同装进了蒸笼。而且城市很混乱,路上即使有红灯绿灯给过往车辆行人做指引,还是常有车祸发生,几乎每天都有救护车刺耳的声音划破城市的上空钻进人的耳朵里。而且夜晚的城市没有安全感,时常有抢劫、凶杀、强暴的事情发生,稍不注意便成了罪犯或被人谋害。"①从以上人物话语中不难看出作家对城市文化所持的排斥态度。除个别作家之外,女性笔下的校园一般是美好纯真的理想,而男性笔下的大学校园多是欲望书写与精神蜕变,这与男女作家心理感受与审美判断的差异有关。

　　2."非常情爱"与"非常色欲"缠绕的校园空间

　　"非常"具有不同于一般常规与世俗观念的意味。对城市文化中"非常性爱"与"非常色欲"的表现方面,徐兆寿和尔雅的小说具有一定的代表性。

　　校园题材小说在揭示城市文化精神方面具有重要的意义。徐兆寿书写的是校园的青春成长,也是城市的情感经历。徐兆寿著有《非常日记》《非常情爱》《生于1980》《幻爱》《生死相许》《伟大的生活》等"非常"系列长篇小说。《非常对话》以徐兆寿与著名性文化史研究专家刘达临的对话为主要内容,逐步揭开婚姻、家庭、社会、性的神秘面纱,显示着"性文化"中包含的肉体与灵魂的双重文化主题。这种文化视野为作家的"非常"系列校园情爱小说的创作奠定了基础。徐兆寿以高校大学生的"性心理"的解剖作为其创作重点,将人物或显或隐的性心理世界大胆地呈现出来,其作品的意义在于呈现城市里大学校园生活中潜流的意识之河。小说中男性的成长多以女性作为镜像。徐兆寿对城市文化精神的表现虽多限于大学校园,但在表现与挖掘上也达到一定的思想深度。程金城教授在谈到甘肃长篇小说的缺失时说:"《非常日记》评价已经很多,它以题材的大胆和主

---

① 王文思:《迷爱》,中国广播电视出版社2007年版,第192页。

题的尖锐,真实的袒露与紧张的思考,富有吸引力的叙事与细致的精神分析,构成小说主要的艺术特点。"[1] 与《非常日记》相比,《非常情爱》在精神境界的追求上有所推进,小说以敏感而多情的诗人张维在遭受丧亲等打击中选择退学甚至多次自杀的人生故事及他与七位女性的情感纠葛为主要叙述内容,作家以此来探寻青年人的精神困惑与价值追求。《生于1980》中的故事发生在以"南大"为中心的城市,小说叙述了一位80后城市籍大学生胡子杰的成长故事,揭示了独生子女大学生隐秘的内心世界。《生于1980》以主人公胡子杰为中心,将他与父母、恋人、同学之间的关系作为小说的故事架构。

胡子杰生于20世纪80年代富裕家庭,父亲是著名的作家、"南大"客座教授,母亲是中学老师,外公是南大的院士。家庭为胡子杰布置好了一切,然而代沟客观导致胡子杰的反叛,物质上的富足并没有填补胡子杰精神的空虚,精神代沟使他走向反叛之路。在酒吧里,胡子杰邂逅了一个神秘的女人欧阳澜,陷入情感的旋涡,随后两人开始同居。后来,胡子杰又与韩燕秋、汪玉涵等女性发生了情感瓜葛。在小说最后,欧阳澜死了,心灰意冷的胡子杰离家出走。徐兆寿关注着大学校园青年们心理的焦灼、精神的空虚、情感的迷乱与性格的脆弱等社会心理问题,呈现了作为社会细胞的大学校园中的各种精神病症。徐兆寿小说中人物"出走"的情节设置,其实是作家对心灵问题在现实语境中无法得到解决的文学隐喻。这截然不同于一般校园小说中对主人公历经波折后"美好结局"的惯用安排。相比之下,徐兆寿对现实生活的思考显得更为严肃、冷峻。

尔雅《蝶乱》《非色》对大学校园"非常色欲"进行了"诚实"表达。《蝶乱》主要选择一个大学校园中一个宿舍中男生的活动展开,在具体章节

---

[1] 程金城:《长篇小说繁荣中的缺失——近几年甘肃长篇小说创作概观》,《飞天》2006年第6期。

中又采用了"甲乙""郑智""老旦""老梅""寒子介""尘埃""老黑"等"人物别传"的形式，有分有合，叙述其各自的"行状"。"大学是一个可以让一个人变得面目全非的地方。""我所在的宿舍是一个可以表达爱情的地方，是一个可以放纵的地方，也是一个暧昧和危险的地方。"① 焦灼、杂乱、情色的大学生活呈现在尔雅的小说世界里。"在这部小说里，我写到了一群人。他们生活在大学里，或者，他们至少在一个时期与大学产生关系。"② "因为显然，在《蝶乱》所记述的生活里，既不像我们所遇到的那样丰富动人，也不如我们所想的那样纯洁美好。"③ "《蝶乱》里的堕落并不是结果，而是某种起缘，这些看似混乱的个体其实是从堕落出发，最终到达成长的。"④ "诱惑即成长。"《蝶乱》是一部关于诱惑与成长的小说，小说中的"色欲"叙述，其实是人们直观自身情感状态的文学镜像。因为人常常通过经验自身才得以认识自身，肉体与情感的铭刻伴随着精神沉沦与升华，生命常常在此"沉浮"中获得对"自我"的定位与认知。作家尔雅不是在叙述"堕落"与"诱惑"，而是在叙述"成长"。作家笔下的人物有大学校园中的文学教师、文学青年、学生会干部，还有同居的大学生、偷窥的大学生等，组成了校园中的大学生形象谱系。尔雅对于人物的刻画也与一般的青春校园作家不同，不以简单的好坏、善恶的二分观念去审视人物。

3. "官僚体制"与"知识贬值"错杂的校园空间

大学校园是城市建筑形象中的代表，"病态"的校园空间则是甘肃长篇小说中表现最多的文化符号之一。甘肃长篇小说中的校园充满青春气息与缕缕书香之气，还弥漫着浓浓的荷尔蒙气息。"性骚动""性幻想"甚至"性变态"等话题成为作家打开校园生活的一把钥匙。与徐兆寿通过"性心

---

① 尔雅：《蝶乱》，敦煌文艺出版社2003年版，第266页。
② 同上书，第303页。
③ 同上书，第302页。
④ 同上。

理"来表现校园生活不同,史生荣则以"官场"视角来剖析大学校园及大学校园中的知识分子。

在政治语境与经济语境之中,大学校园一直属于行政化、商业化的管理之中。大学作为学术自由的圣地、行为高雅的殿堂、道德神圣的净土,在此语境中逐渐被霸权化、金钱化、权力化、世俗化。在城市中,大学校园文化的这种危机与社会人文危机相依相生。史生荣《所谓教授》《所谓大学》《大学潜规则》等高校题材系列长篇小说就为读者讲述了一个权力"病态"与欲望"畸态"的大学校园景观。小说有意避开了一般校园文学作品展现圣洁、美好的校园生活的惯常套路,着意于显现其内部腐败、堕落的一面,旨在颠覆和解构传统的高校校园生活的"美",呈现其名利追逐、学术腐败、权钱交易、道德沦丧的"丑"。

在史生荣的笔下,大学校园不再是一方净土,而是等级分明的"官僚体制"与在市场经济下的"知识贬值"相互错杂的城市空间符号。在《所谓大学》中,小说通过马长有之口谈高校的行政化体制。"错过了官场,研究的机会也错过了不少。"[①] 在《所谓教授》中,宋义仁教授的研究因成功走向了市场而名利双收,兽医系产科教研室刘安定副教授的研究却因没有走向市场而导致不被体制认可。在校园居住区,处长、教授的住房截然不同于副教授与讲师的。在高校,争取科研项目要"跑",获得职务、评聘职称也要"跑"。此外,史生荣对大学校园景观的呈现,还通过人物的行踪,不但呈现了基层乡村的贫困与县级政治生态的腐败,而且透射出高校在招生、培养等方面存在的不正之风与舞弊行径。在《所谓大学》中,古校长与武书记政见不一,在工作中相互拆台;经济系主任叶天闻通过各种关系当上了副校长后,便对以前的女下属图谋不轨;热心于教学的讲师杜小春晋升副教授职称需要到处打通关节,别人比她的成果差却通过了副教授评

---

① 史生荣:《所谓大学》,作家出版社2009年版,第14页。

审；丈夫为妻子写学术论文而让妻子评上了职称，用家庭生活用品报销科研项目经费；学校中层领导换届时各自心怀鬼胎，拉票拢人等。高等学校的官场化成为高校的现时"生态"。

大学校园是城市文化的中心场域之一，大学生活是作家触摸城市文化脉息的重要区域。"我想，能够承载这生命中的轻柔与沉重的，大学是最合适不过的。"① 有时，一些小说家对大学生的表现并不限于校园之"内"的师生交往以及体制弊端，而重点描写大学生在校园之"外"的生活经历，其表现的范围更趋于广阔。小说对校园边缘的生存者的关注，在一定程度上恰恰弥补了对校园书写"中心模式"的不足。例如，弋舟小说中的大学生并非躲在象牙塔中心无旁骛、埋头苦读的大学生，而是喷发着青春激情、行走于校园边缘的"另类"大学生，其小说《年轻人》中的虞博就是该类型大学生中的代表。虞博在校外救护了失足姑娘"逗号"，本想让"逗号"脱离"黑社会"，却在"逗号"的影响下逐渐离开大学校园，其行为逐渐变得放浪不羁，还痴迷于飙摩托车，终因飙车撞人逃逸而被捕入狱。《年轻人》展现了青春理想的"逆转"与激情的"燃烧"，梦想与现实、逃离与禁锢、拯救与沉迷、无辜与邪恶如鲜艳的油彩一般，涂抹成了一幅幅"另类"的青春油画。

在以上小说文本对兰州城市文化的展现中，叙述者的话语不是主流意识形态话语与宏大历史叙事，而是知识分子话语与大众话语的"糅合"。城市情感故事成为知识分子与大众"共谋"与"合作"的产物。

（四）兰州城市文化中的工厂空间

与对兰州城市文化的校园空间形象建构相比，小说对兰州城市空间中工业文化的表现较少。

---

① 尔雅：《蝶乱》，敦煌文艺出版社2003年版，第302页。

浩岭的中篇小说《黄河从市中流过》叙述了黄河化工厂女工璐璐的人生经历与悲剧命运。在小说中，黄河化工厂温顺而漂亮的已婚女工璐璐因与车间主任吴金陵相识而由转炉车间调到了厂工会，璐璐一家及亲戚都将璐璐当成救星。在化工技校念书的妹妹想托璐璐在化工厂工作，小叔子一家巴望着璐璐通过车间主任吴金陵找一份在国企的工作，姑父想通过她让工厂出钱资助诗集的出版。然而，丈夫张虎对她产生了怀疑，她陷入工厂承包竞争的旋涡之中，支持旧势力的办公室员工马晓雯忌妒她，并处处有意刁难她。璐璐的妹妹因找工作的事没有着落而吃安眠药自杀，吴金陵患有精神病的妻子不时来辱骂她，在巨大的精神压力之下，她最终跳黄河自杀。尽管璐璐是作家在小说中人物形象塑造的重心，但其性格的丰富性还有待进一步开掘。《黄河从市中流过》反映了兰州的工业文化与企业改革，从一个侧面反映了20世纪80年代初期国企效益亏损、改革转型艰难、新旧力量冲突等社会现实。小说的叙述空间有厂长办公室、车间、家属区，还有日常生活的居民大杂院，华林坪、下西园、广场西口、广武门、中山桥、滨河大道、工人文化宫电影院、舞厅等，兰州城市空间符号显现在小说之中。

《黄河从市中流过》在展示兰州工业文化的同时，也展现了昔日兰州的城市景观。"马路上人很多，对面白塔山上的电视发射塔伸出葱茏的树林高高地刺向蓝天。阔大的黄河平稳地躺在高楼林立的狭长的市区，显出几分苍凉悠远。中山铁桥和西关什字大清真寺的绿色圆顶都涂上了落日的最后一缕浅黄。"[①] "黄河从市中流过。它已经这样流了几百万年，它积淀的历史太久，历经的沧桑太多，遭受的苦难也太深，它明显地老了：面目苍黄，体态龙钟，步履踉跄。"[②] "从西固工业区到东岗雁儿湾，长达五十公里的流

---

① 浩岭：《黄河从市中流过》，《中国当代作家经典文库·浩岭》，光明日报出版社2002年版，第270页。

② 同上书，第328页。

经市区的水面,虽然被污染得惨不忍睹,但人们对它的依恋比黄河任何时期任何地段都更为紧密。"① 字里行间呈现出兰州两山夹峙、依河而居、多民族杂居的地理特点与文化特征。

三 小说中的兰州市民形象谱系

"城市文化通过更高的社会表现所呈现出的是生活文化。"② 人们聚集到城市里来生活是为了居住,是为了美好的生活。"世上没有永恒的东西,除了生命;生育和生长的能力,生命体日日夜夜的除旧布新。当生命再一次在人类文明的潮流中奔腾澎湃,并战胜野蛮兽性的无情厮杀的时候,城市的文化特质就会兼具目的和手段的双重职能。"③ 两性关系、婚姻关系、家庭伦理、职场人生,是小说家切入城市内核的重要维度;知识分子命运、底层市民生存遭际、都市女性生存等,则是小说表现城市的主要内容。"城市小说固然不妨追逐捕捉色、形、线,但为着捉住城市灵魂,还得出一身臭汗,花一番笨功夫,寻找城市人、城市性格。"④ 作家对城市人物形象的关注,就是作家对城市生活方式变化中出现的"新景观""新人物"的审美寻找。

---

① 浩岭:《黄河从市中流过》,《中国当代作家经典文库·浩岭》,光明日报出版社2002年版,第328页。
② [美]刘易斯·芒福德:《城市文化》,宋俊龄、李翔宁、周鸣浩译,中国建筑工业出版社2009年版,第517页。
③ 同上书,第12页。
④ 赵园:《北京:城与人》,北京大学出版社2002年版,第214页。

（一）城市青年形象谱系

城市青年男女的爱情故事是城市叙事的重头戏，城市青年男女形象的塑造是小说家关注的焦点。张存学的长篇小说《我不放过你》是都市青年情感世界的写照，小说塑造了葛兰、桑瑞、刘玲、陈瑶、赵子成等城市青年形象。《我不放过你》中人物活动的空间主要在兰州，兰州的中学校园、大学校园、酒吧、宿舍、家庭是人物穿行的主要空间场所。张存学试图在虚伪与真诚、回忆与遗忘、尖锐与隐匿、爱与恨的张力场中展现一种暧昧忧郁的都市情感。

葛兰是一个外表沉默冷酷、个性独立的"狠姑娘"，在读中学期间就是班里的头儿，常带领班里的一帮同学与外校的学生打架，有着青春的单纯叛逆。葛兰在读书时无意于考大学，平常最喜欢时装杂志，其生活理想就是开一家服装店。她虽然心里爱着班主任老师桑瑞，却不能恰当地表白。在高中毕业联欢之际，桑瑞被同学灌醉后扶回宿舍，葛兰脱了桑瑞的衣服，竟然偷偷和桑瑞睡了一夜。葛兰毕业后开了一家零零服装店，性情依然野性十足，闲时喜欢和以前的同学玩飙车，用她母亲的话来说就像一个"女土匪"。尽管葛兰和桑瑞之间什么也没有发生，但因隔壁女老师的举报，桑瑞不得不离开所任教的学校，去一家报社工作，继续他平淡无奇的生活。葛兰"另类"的爱恋行为改变了桑瑞的命运，虽然桑瑞没有怀恨葛兰，但两人也再无联系。然而，事有巧合，当桑瑞的父亲与葛兰的母亲结婚后，桑瑞和葛兰一下子从师生关系变为兄妹关系，两人的再次相遇唤醒了葛兰对桑瑞的爱恋。葛兰在朋友面前说桑瑞就是她的"仇人""男朋友"，常常以外冷内热的独特方式表达对桑瑞的爱恋，"我不会放过你""我要和你结婚"是她能说出的最真实而热烈的爱情表白，通过在桑瑞面前用刀划破手、打羊皮鼓等"让自己破碎"的方式表达自己的情感。即使发现桑瑞与刘玲已经同居，葛兰都不愿放弃这份感情。"一声叹息来自共同破碎的最深处。

她愿意在这最深处奉献出她的眼泪,爱的眼泪。"① 葛兰在无奈中与王宜鸣相识,王宜鸣全身心地对她好。当两人几近谈婚论嫁的时候,葛兰因心里依然爱着桑瑞,最终决定取消了与王宜鸣的婚约。在小说的结尾,葛兰在她服装店前望着行人的场景似乎又延续着对桑瑞执着的爱恋,两人能否走在一起仍然是一个悬念。小说设置的这种结局,蕴藏着作家张存学对爱的"无法到达"的哲性思索。

桑瑞在大学期间暗恋着具有浪漫气息又内心深沉的陈瑶,但内心的自卑使他不敢表白,直到陈瑶被赵子成抛弃后才以普通朋友的身份与她相识,陈瑶给桑瑞的印象一直是沉默、冰冷、对抗的神情,大学毕业后彼此间联系也不多。"表白,意味着一种幽暗的风险。"② "有好几次,他想给陈瑶打电话,但又放弃。"③ 桑瑞在陈瑶赴南方结婚后,又陷入茫然之中。桑瑞对过去是学生、现在是妹妹的葛兰的爱,一直不愿接受,但在内心深处又接受了葛兰的爱。"他一直是游离的状态,他明白他这种游离是针对葛兰的。"④ 当陈瑶拒绝了桑瑞的爱之后,他在酒醉之后与刘玲发生了关系,但心理上最终无法与刘玲在一起并走得更远,也无法将现在的妹妹葛兰作为恋人。桑瑞感到他与刘玲的感情是"虚幻"与"遥远"的。"这个时候,他觉得他什么都不是,一些可以看得到并能切近的景象在他的生活中变得虚幻而遥远。"⑤ 恋爱中的犹豫不决与情感表达中的怯懦虚伪,使他与异性的情感旅行最终只有分手的结局。赵子成在大学期间参加各种活动只是为了"表演",后与大学同学陈瑶相恋,但最终与陈瑶分手,与刘玲走到一起并远赴深圳。因感情不和,赵子成与刘玲最终各分东西。后来,赵子成想同陈瑶重温旧情却被拒绝。

---

① 张存学:《我不放过你》,甘肃人民出版社2011年版,第126页。
② 同上书,第8页。
③ 同上书,第9页。
④ 同上书,第77页。
⑤ 同上书,第122页。

《我不放过你》传达着一种对深远世界无力到达的焦虑感，传达着一种走向存在深渊的恐惧感，小说在哲理层面是一篇关于"尽头"与"深渊"的寓言。小说诸多人物命运都与这一主题有关。作为桑瑞同学的周训，无论在南方城市，还是在青海的寺院、甘肃河西走廊、新疆大地，他一直在寻找生存的意义，并以此来缓解生命的飘浮感，然而找到的是生活意义的虚妄，最终死在了塔克拉玛干沙漠的边缘。在小说中，有妇之夫罗同与青年女子路琪相恋，两人在川黔交界的白螺镇共同生活了三个月。后来罗同离婚后去寻找路琪，但路琪感到爱不再"险峻"，两人的爱情已经走到终点，也无力到达新的终点，路琪最终选择了自杀。当爱"遥远"时，爱是一场"苦役"；当爱"到达"时，爱同样面临"深渊"。"这个男人和她共同铸就了他们的爱，然后又共同撕裂，共同终止。"[1] 桑瑞与陈瑶的爱情、赵子成与刘玲的爱情最终无果都是由于"生存意义"的丧失与双方对未来的恐惧造成的。"我们要的美妙的真实在我们到达后就远去了。美妙的真实似乎又在更遥远的地方。但我和她再无力到达。"[2] 走在一起意味着要走到深处，就需要冒险，但很多人内心不够强大，都因为担忧走不下去而停下了冒险的脚步。路琪、陈瑶、刘玲、葛兰、周训甚至小说中的"幽灵"，都经历了无力"走到想要达到的地方去"的生存体验。他们的寻爱经历是"多相一体"的生命寓言的形象传达。《我不放过你》不断叙述藏在意识中爱的"深渊"与"幽灵"的神秘故事，同样与"尽头"的寓言有关，陈瑶、路琪都书写着白天以肉身出现而晚上以灵魂出现的相似的"幽灵"故事。《我不放过你》传达着对自我内心世界的认识和对人无法脱离自身限度的"有限性"的哲学思考，"无法到达"成为人的生存宿命。

　　向春《瓦解》表现城市男女的婚外情感。男女邂逅的激情过后，只留

---

[1] 张存学：《我不放过你》，甘肃人民出版社2011年版，第146页。
[2] 同上书，第79页。

下情感的瓦砾,《瓦解》呈现的就是城市男女的这种婚姻困境。"婚姻大多是一片荒原,而婚外情多半会成为一片废墟。"① 向春的《龋齿》写城市离异职业女性邓春意经历多次恋爱的创伤,如其"龋齿",先是与前夫因小矛盾离异,又被李飞扬欺骗了感情,后来又遭遇医生宋朝的无爱的"性爱",这些经历使得她不得不重新思考与前夫的离婚,决定拔掉情感上的"龋齿",回归昔日温暖的家庭。向春的《走样》同样是城市男女日常婚姻的悲剧言说。"我"因不善于表达,与"丈夫"遭遇了中年婚姻危机,"丈夫"有了外遇被我发现,却发现那个与丈夫相好的女人外表丑陋,这让"我"感到无比的愤怒,无比的耻辱,也无法理解。《秦时明月汉时关》《重新妖娆》等小说表现爱情走远后的婚姻或再婚的情感"磨合""碰撞"与"重生"。"人对于本性中的东西,比如吃、睡、性,会坚持不懈乐此不疲一直到死,除此之外的都会倦怠的。"② 这些小说中蕴含着作家对城市爱情理想的怀疑,当然,向春也有一些小说表现城市生活中爱情与婚姻的"温暖",如《张师傅的情诗》《剪子》等作品。

雅兰的"红色三部曲"(《红嫁衣》《红磨坊》《红盖头》)塑造了"进城女性"系列形象,具有自传体小说的特点,主要叙述一个生活在小县城里的年轻女子到省城寻求生存之路、寻找爱情,最终陷入迷惘的故事。在长篇小说《红嫁衣》中,叶晓童与丈夫楚云鹏婚后情感不合,在发现丈夫出轨之后,失意的她便与有妇之夫的夏秉男产生了感情,在怀孕并生下孩子盼盼后,叶晓童离了婚,也无法再接受异性廖旭东,然而,夏秉男又不愿离婚。后来,叶晓童创办世纪连锁店,陷入传销,被骗欠钱后而入狱。小说起始于"婚礼新房",形成于"出轨""离婚",结束于"走出监狱牢房",上演了一出女性在婚姻、爱情、生活中的复调悲剧。

---

① 向春:《向春的小说》,甘肃文化出版社 2014 年版,第 22 页。
② 同上书,第 107 页。

长篇小说《红磨坊》中的主人公林梦宇因生意上的债务而不得不离家出逃,来到了新的谋生地"金河市",只身寄居于朋友找的办公室、公寓楼,每天为找工作而四处奔波。开始的时候,林梦宇在金河市双城门的百佳美食城经营一家风味小吃,后美食城因通风不畅而被迫停业,便当了夜总会吧台主管,后因无法适应那里的环境,又改当古玩店的店员。在舞厅中,林梦宇陷入银行行长邵文达精心编织的情网之中,在邵文达的帮助下成了一名报社的职员。林梦宇对未来充满希冀,但城市作为逃难之地并没有给她足够的温暖安慰,总是感到孤独凄凉,她的挣扎并没有换来美好的结局。"夜渐渐静了,她感到了从未有过的孤独,是被爱情完全抛弃的孤独,又回到了一个完全陌生的所在。"[①] 林梦宇与丈夫方成之、情人邵文达、赛亚杰等的情感故事,是小说情感世界的主要内容。林梦宇渴望邵文达的注意,却有时故作冷傲,渴望邵文达的追逐又处处抵抗,机灵胆怯又大胆热烈。雅兰细致地刻画了林梦宇的心路历程,写她在丈夫和情人之间摇摆不定的心情。她不断地躲避自己内心的真实,内心自尊又虚荣,顽强又脆弱。小说塑造了一个充满欲望、强者与弱者转换互渗、软弱又不乏坚韧的女性形象。正如作家所说:"通过主人公林梦宇等几个一般人物活生生的心灵挣扎,透视市场经济社会中,由于监督体系的不完善,带给我精神上的浮躁和恐慌。"[②] 此外,小说中的人物邵文达身居要津,手握财权,颐指气使,深沉老辣,猎取美貌女子的心是其拿手好戏。《红磨坊》通过主人公林梦宇等城市女性形象,表现女性在城市生存竞争中的情感伤痛与精神挣扎,以此来批判市场经济与消费文化对人性中美好情感的冲击。雅兰的小说《红磨坊》中的"金河市"具有兰州城市文化记忆的特征。"金河是一座古老的新兴城市,曾是古丝绸之路上的重镇,有着几千年的悠久历史;

---

① 雅兰:《红磨坊》,敦煌文艺出版社 2005 年版,第 414 页。
② 雅兰:《红磨坊·代后记》,敦煌文艺出版社 2005 年版,第 418 页。

它不仅是省城,而且还是欧亚大陆桥上一颗灿烂的明珠。城市由祁连山余脉延伸的南山和北山遮蔽,城中是奔腾东流的黄河,形成了东西狭长而南北较窄的典型的带状城市。"[1] "起风了,这是金河最常见的风,疯狂,肆虐。沙尘弥漫着天空,整个城市沉溺在一片昏暗中,失去了她往日的色彩。"[2] "金河市"让林梦宇感受温暖又深受其伤。"生活真能磨人,再坚固的爱情也会被岁月磨平了。"[3] 雅兰的小说中多为婚姻题材,无爱的婚姻与痛苦的家庭以及多元的婚外恋情,成为其城市情感叙事中的重点,从某种程度上反映了作家对纯真爱情理想与稳固婚姻家庭的怀疑,又因创作视域仅仅聚焦于男女情感而使得该小说表现的社会文化空间显得较为狭窄。

长篇小说《红盖头》以周雪琪对南正轩的单相思为主线,刻画了一个城市闯入者孤独扭曲的灵魂,作品通过外来者的生存困境揭开政府机关的重重黑幕。《红盖头》叙述了在城市行政机关生活中周雪琪女性的职场人生与情感经历。周雪琪既是小说的主人公,也是故事的叙述者。周雪琪是一个以外乡来到省城的"才女",后被聘任为某省政府文化机关工作人员。作为聘用的非正式职员,周雪琪时时缺乏生活中的安全感,内心充满自卑自怜自叹的情感气息。她把获得这种安全感当作爱情与生存的全部。她一进机关,就本能地爱上顶头上司南正轩作为救命稻草。她对上司的爱是一种卑微而无望的单恋。为了争取和正式职员一样的工资、待遇、出差、开会等权利,她与机关领导、职员们不断发生冲突,并因卷入感情纠葛而被政府机关辞退。雅兰真实地展现了从乡村进入城市的知识女性的命运遭遇。在其小说中,"她们"是一群情感理想的纯洁与情欲生活的堕落、自我人格的寻求独立与现实生存的依附、自强自尊与自卑自贱"混合"的女性形象。

---

[1] 雅兰:《红磨坊》,敦煌文艺出版社 2005 年版,第 51 页。
[2] 同上书,第 156 页。
[3] 同上书,第 144 页。

雅兰笔下的系列女性形象是一群在城市生活中生存无保障、情感无托付、理想无着落的城市漂泊者形象，这与作家对城市的"失败"的"创伤体验"有密切的关联。"初来乍到，面对现代化的大都市，我如同在远古的河流中遗失的一个猿人，自知无法走进她的心脏。"[1]"处在物欲横流的都市里，心却渴望一种纯朴的原始情调。走在人头攒动的街道上，心总是淹没在一片荒芜的大漠中。"[2]

此外，都市女性与都市男性都是作家关注的对象。杨华团的长篇小说《都市男人》描摹三个生活在都市边缘的中年男人的爱恨情仇，小说以纷纭琐碎的现实生活，揭示和剖析饮食男女灵魂深处的焦虑、无奈和挣扎，探寻当代都市人的情感褶皱。

（二）校园师生形象谱系

城市因集中了众多高等学校而成为一个地区教育、文化的中心。高校校园既是相对独立的，又是相对开放的。校园生活中的兰州形象是兰州文化记忆的有机组成部分。校园题材的长篇小说以校园生活为中心，并辐射到校园周边甚至更远的社会生活层面，以此完成了对城市文化记忆的精彩展演。史生荣、尔雅、徐兆寿等的校园题材长篇小说就展现了兰州城市文化的侧影。

徐兆寿《非常日记》被称为当代中国第一部大学生性心理小说，小说的主人公是从农村进入城市的大学生林风。除了校园生活的点滴描述外，作品重点描摹其"性心理"及其与"性"有关的行为。林风一直困扰于"青春期的性幻想"的网络之中，骚动、窥探、自慰、入狱、自杀等事件构成其校园生活的主要轨迹。《非常日记》对大学生活的表现，从过去一般作

---

[1] 雅兰：《红嫁衣·后记》，甘肃文化出版社2002年版，第472页。
[2] 同上书，第474页。

家笔下的为"情"而活的大学生形象（情种型）推进为"性"而死的大学生形象（意淫型）。不谈"爱"之情，只谈"性"之欲，成为《非常日记》与其他大学校园生活题材小说的不同之处。

　　尔雅的长篇小说《蝶乱》刻画了大学教师、文学爱好者、诗人、编辑、酒鬼、三陪女、偷窥者等城市人物形象。小说的主要人物是老梅和姬瑶。尔雅的另一长篇小说《非色》的题目具有"非干情色"的意味。《非色》以一个带有情色意味的故事作为表层结构，探寻着深层的人类精神问题。作品中的主人公式牧是一位高校教师，也是一位诗人。式牧以文学理想、美好爱情作为终极追求。他以对精神崇高与思想纯粹的追求抵御和反抗着日常生活中的单调与枯燥，将追寻理想化的余楠作为抵达精神高地的现实途径，然而面对现实中的余楠时又选择了逃避。余楠形象中隐藏着式牧的理想与现实之间的矛盾。阿三在小说中是一个具有真性情、真自我的艺术家。阿三行为怪异，才华横溢，对艺术的执着几近疯狂。尽管他患有"阳痿"，但仍然得到了余楠的爱。从隐性心理层面来说，无论"阳痿"是先天的原因导致还是因后天刺激造成，"阳痿"叙述无疑是对男性精神"阉割"后的产物。可以说，尔雅以小说想象的形式"阉割"了阿三，也"阉割"了式牧。《非色》宣扬了一种爱与追求的纯粹性，这种纯粹的柏拉图式的爱是如弗洛伊德所说的对本能的幻想性表达，也是对性本能的压抑与"阉割"。男性作家"阉割"小说中的"男性人物"的情节原型在甘肃的校园题材小说中较多，其背后实际上是对人类"文化""阉割"了人"本能"的无意识表达。

　　从农村到城市的女大学生是城市人物形象谱系中的"支系"。王文思《迷爱》中描写了六个花季少女在陇原大学的生活。她们有不同的家庭背景，有不同的理想、经历、性格，但共有一个自费生的身份，因此，她们成了大学校园的边缘生存者。她们迫于外部的各种压力及其自身的原因，一个个逐步走向了堕落。王文思在大学生堕落的故事情节中展开了以校园为中心的城市社会生活，也揭露了现实社会的病变之处。

与徐兆寿、尔雅等小说家的校园题材创作不同，史生荣的《所谓教授》《所谓大学》《大学潜规则》等"大学"系列作品揭开了"另类"高校校园生活的面目。"史生荣的'大学系列'小说揭示了高校内真正有志于知识和真理的知识分子日渐沉沦的危机。"[①]

《所谓教授》等小说中的"教授"，不再是为人师表的典型、引导学术的导师与追求真理的精神领袖，不再坚守职业道德与价格品质，蜕变成以学术、事业、爱情为幌子的钱权交易者、学术造假者、名利追逐者、道德堕落者。小说《所谓大学》的结尾，叙述胡增泉心有悔悟："不管以后情况如何，不管以后能不能再升，一定要努力干好工作，要堂堂正正做人，清清白白做事，即使是升官，也要靠自己的能力，一定要凭自己的本事，这样去做人做官，才能问心无愧，才能心安理得。"[②] 小说的这种结尾安排，从某种程度上表现出作家寻找高校知识分子精神出路的美好想象。

《所谓教授》中的宋义仁、刘安定与《所谓大学》中的马长有、杜小春等脚踏实地且有真才实学的高校教师，皆因知识的贬值而陷入生活窘迫之中，在现实的催逼下抛弃知识分子的人格尊严而最终向当权者屈膝臣服。宋义仁是杂交研究的专家，曾培育出良种仔猪，并在基层县里办了一个种猪场，让县里获得很大的经济效益。在事业上，宋义仁让学问走向市场变成经济效益，有名有钱；在生活上，他儒雅而不死板，开放而不张狂，既有知识分子的沉着稳重，又有现代青年的热情浪漫。当宋义仁面临院系合并时，不得不接受行政领导的侮辱与冷落。教务处长白明华主要搞行政，兼授一点课。白明华有权后就有钱出书，有钱搞科研，然后就有了教授、优秀专家、学术带头人等荣誉与光环。他的心里充满了权欲，当了教务处

[①] 侯玲宽：《论史生荣的高校忧思——读史生荣〈所谓教授〉〈所谓大学〉〈大学潜规则〉》，《社会科学论坛》2014 年第 8 期。

[②] 史生荣：《所谓大学》，作家出版社 2009 年版，第 380 页。

长还要兼任动物工程系动物遗传育种研究所所长，时时不忘争取校地合作项目的副总经理，坦然接受别人的贿赂，并从教务处长换为科研处长。白明华狡兔三窟，处处为自己的未来精打细算。正如其所说："我这教授不同，钱是公开挣的，又挣工资，又挣奖励，又挣外快，又挣兼职。"① 刘安定勤奋好学，在胚胎移植、遗传育种、动物免疫预防等方面有不少研究成果，是大家认可的权威，但一直是一个副教授，帮助领导申请科研项目、撰写论文、培养博士生，而自己只能作课题参与者与第二作者，在高校体制中无疑是一个科研"打工仔"，后来因为帮助学校校长培养博士和编教材，才评上了教授。

　　大学的教授不仅陷于权力之网中，也深陷于情感之网与欲望之网中。男性对女性的追逐成为《所谓教授》表现的重要内容之一，刘安定、白明华等徘徊于妻子和情人之间。"农业大学"的老书记与校党办女秘书、白明华的妻子之间的关系不正常，白明华当教务处长也是靠妻子与学校领导之间的不正当关系。刘安定不满足于妻子宋小雅的平庸，感情不太融洽，后来逐渐爱上年轻的已婚教师何思秋，并打算与妻子离婚。在小说的结尾，下岗在家的宋小雅不断遭受刘安定的冷落，成了《圣经》的虔诚信仰者。遭受婚姻打击后，宋小雅选择离家出走，在流浪中被人强暴而导致发疯，最终成为一位精神失常者。在道德伦理的威压之下，刘安定不得不与何思秋断绝了来往。"他明白，一切都像这场梦，梦醒了，他的梦就破了，一切都是虚无，一切都要恢复为真实，回复到现实中来。但现实又如何面对，他的心一片茫然。"② 美丽漂亮又不甘寂寞的何思秋等待与刘安定结婚无望之后，悄悄地去了国外，一场春梦终究破碎。教务处长白明华钻营于权术，玩弄着学术，又沉浸于女色。他游走于悦悦、吴楚、飘飘等多个情人之间。

---

① 史生荣：《所谓大学》，作家出版社2009年版，第69页。
② 同上书，第435页。

为了跑项目、跑官,当他发现自己的妻子与老书记有染时,便纵情于其他的女人。为了当项目总经理,他将自己的情人悦悦当作礼物投送给了省计委主任赵全志;在性骚扰何思秋时,被抓破了脸;偷情于飘飘,被飘飘的丈夫打折了小腿。小说塑造了一个善于弄权弄色的高校管理者形象。《所谓教授》主要以刘安定的视角来写,《所谓大学》则采用散点式的一系列主要人物的视角展现大学教师的精神世界。

在《所谓大学》中,"奇才大学"的科研处长胡增泉已经是科研处处长,既是教授又是官员,权大位重,不断追求权力、地位、金钱与爱情。当副校长一职空缺时,他便通过用学校的科研经费给乔书记的儿子报销出国旅行结婚的费用来巴结上级领导,通过让宋校长担任股份公司总经理而讨好领导,通过老乡、省委组织部的佟副处长打探消息,以科研经费资助一位教授的书稿来化解教学事故,通过"丢车保帅"的方式保全了检察院对学校基建处资金账户的检查。胡增泉处处以私利而弄权,不满足于学校纪委副书记的职位,在当了酉阳市市长的宋校长的"提携"下,通过权权交易,成了酉阳市发改委正处级的副主任。相比之下,高校教师马长有是老实本分的"书呆子"和"窝囊废",专心于研究食品生产,每年自己掏版面费发表学术论文,一直都没有申请到科研经费,经过数年努力,才勉强升了一个副教授。马长有是一个未能让妻子女儿"荣耀"的普通高校教师。"自以为不求人活得清高,活得洒脱,其实是一种失意和自卑。"[1] "不发奋不努力,别说别人看不起,连自己老婆,也挽留不住了。"[2] 马长有因自己申请不到科研经费,只好给曾是自己学生的高歌的科研项目"打工",在胡增泉、叶天闻等弄来项目后为他们"打工"。马长有不满于妻子对胡增泉的"感恩",因不得意而冷淡和厌恶妻子,最终因与妻子之间的情感冲突与摩

---

[1] 史生荣:《所谓大学》,作家出版社2009年版,第34页。
[2] 同上书,第41页。

擦而感情破裂，长期分居，两人最终离了婚。思想"单纯"的马长有单相思般地爱上了同系的教师高歌，但高歌一直看不起农村出身、为人处世"古怪"的马长有。马长有后来又因在课堂上批评本科教学评估中学校档案材料"造假"而被学校停职，后因新任校长与新任书记的权力之争而事件出现转机，才得以保住了教师饭碗。

杜小春原是一位经济系的普通教师，时常报怨丈夫马长有的平庸无能，生活无情趣，经济又拮据。她在同校老乡、校长助理胡增泉的帮助下，从一名讲师成为财务处计划科的科长。但在对胡增泉的报恩中，帮助他照看患病的妻子高洁的同时，渐渐动心于胡增泉的男子汉性格与男人的魅力。经由感恩、仰慕到爱恋，杜小春一步步陷入情网之中。尽管被胡增泉的妻子高洁故意烫伤了脸，但杜小春仍然痴心不改。与马长有离婚后，在胡增泉的鼓励下报考了副厅级领导干部的考试，笔试虽考了第一，但最终在面试中无果而终；她一心想嫁给胡增泉，但最终同样空欢喜一场。在小说的最后，在岳父、岳母的撮合下，胡增泉在妻子因病离世后，经过患得患失的考虑，最终选择了年轻浪漫的高歌，抛弃了作为"备胎"的杜小春。经贸系主任叶天闻也是一个"官迷"，一心追求功名利禄，无心搞科学研究，对最新学术成果一无所知。叶天闻通过巴结省委吕书记而成为股份公司的总经理和新农村建设小组副组长，后来还被提拔为副校长，他的儿子学习成绩很差，却通过"组织"关系成为大学新晋工作人员，以公权谋得了私利。当了副校长后，他的欲望也膨胀了，对独居的杜小春存有非分之想，想以出国机会诱惑杜小春。对人物丰富内心世界的挖掘与探秘，成为《所谓大学》人物表现中的主要特点。在史生荣的系列小说中，权力与爱情、金钱与事业、丈夫与情人，各种矛盾纵横交错于大学生活之中。大学不再是象牙之塔与学术净土，而变成了权力场与名利场。

在《大学潜规则》中，史生荣塑造了一批大学校园里的教师、研究生、行政人员、普通员工的形象，如人事处长鲁应俊、假博士车处长、科研

"打工仔"申明理等。作品深入地展现他们在生存挣扎中的痛苦与无奈、坚守与蜕变,知识分子不再是真理的追寻者与道义的持守者。史生荣有意解构传统叙事中知识神圣、知识分子高尚、大学圣洁等理想化的道德话语,清醒地反思着高校的知识经济化、学术市场化、话语的权力化、精神的侏儒化、道德腐败化、教授官员化、文凭交易化等社会机制痼疾与人文精神危机。

史生荣高校题材小说揭示了高校知识分子的精神危机。小说中,那些耕耘讲堂、探索真理的知识分子日渐稀少。面对职称评审、课题申报、家庭纠纷、生活困顿甚至情感出轨等,他们的道德感逐渐丧失,道德行为的失范反映出当代知识分子道德理想的坍塌。在《所谓大学》中,马长有因批评了高校评估中的劳民伤财和弄虚作假就被处分,宋义仁的研究为一个县的经济发展做出巨大贡献,却因没有"官位"而不被系里尊重和重视。"教书的"不如"当官的","科研的"不如"弄权的",这种"怪胎"成了高校行政化的顽疾。史生荣有意祛除高校生活中的知识魅力与知识分子的精神崇高,将笔力倾注于对知识分子"侏儒性"的深刻剖析,借此传达了对高校人文精神失落的警醒和对当代知识分子沉沦的忧虑。

史生荣对知识分子精神危机的根源缺乏更深层次的探究和思考,把知识分子沉沦的原因归为物化的冲击和情欲的膨胀,是不能令人信服的。[①] 史生荣对高校腐败的呈现也是表象化的,人物除了权力争夺之外,大多都是婚外恋情,导致了人物形象的类同化与扁平化。因小说家在伦理观念与立场上的"摇摆",以及着意于对大学生活中"潜规则""官场化"的表现,作家在人物心理世界的刻画方面,人物的话语不断受到叙述者话语的"干涉"与"控制"。此外,人物之间爱恨交织的心理揣测使得人物的性格产生

---

① 侯玲宽:《论史生荣的高校忧思——读史生荣〈所谓教授〉〈所谓大学〉〈大学潜规则〉》,《社会科学论坛》2014年第8期。

了某种程度上的"混杂不清",有些人物的心理分析有悖于性格的统一性与完整性。

在校园题材的长篇小说中,来自乡村的大学生在都市空间中的挣扎生存成为这类小说的母题之一。"小说中农村学生呈现以下几种形态:或像郑智那样想方设法谋求权和利;或像菊花那样以身体为代价换取金钱享受都市,又以卑微的身体灭亡证明了钱仍然是邪恶的,并进一步反抗了这个消费社会;再或者,像林风那样自卑压抑,无法摆脱性变态的苦恼而自杀,他像当年在日窘困的郁达夫一样渴求来自女性的关怀和温暖,但时代迥异,林风的苦恼反射不出以往加诸大学生身上的任何光彩。"[①]"甘肃高校中的校园长篇还不多,这是不争的事实,由学生来创作的更少,屈指可数的恐怕只有上学时期就出版作品的赵剑云和刚才提到的沈文辉。但质量上已不容忽视,成绩不仅表现在作家们开掘的新主题在文学界造成的巨大影响,诸如来自乡村的学生在消费化都市中的艰难生存,大学生宿舍中性心理性行为的彰显,还表现在作家们的技巧和语言——尔雅将小说语言视为小说的重要元素,开启了迷离恍惚的新叙述方式,并已经运用娴熟——只是在两性关系上,作家还应进一步矫正思维,以公正超脱的眼光审视两性问题。"[②]可以说,如何塑造大学校园里的师生形象,甘肃小说家还有很长的路要走。

(三) 知识分子形象谱系

英国学者弗兰克说:"随着传统知识分子的衰落而发生的那些结构性变化,是市场对学术生活的影响越来越大、学术生活的制度化和职业化、媒体力量日益增强,以及行使意志自由的公共空间遭到侵蚀。"[③] 兰州城市题

---

① 张杰:《甘肃校园长篇小说创作初窥——以〈蝶乱〉〈非常日记〉〈阳光飘香〉为个案》,《飞天》2006年第9期。
② 同上。
③ [英]弗兰克·富里迪:《知识分子都到哪里去了?》,戴从容译,江苏人民出版社2005年版,第35页。

材的小说中既有反映报社、文化局的职员们的生活，也有政府部门官员的生活。马燕山给我们提供了兰州"媒体人"系列形象，而王家达给我们提供了"作家"系列形象。

1. 马燕山小说中的知识分子

马燕山的长篇小说《天堂向东，兰州向西》塑造了马踏、柳鸣、默默、哈娜斯等城市知识分子形象。小说主人公马踏从小失去父母，由奶奶抚养成人并考上南方的一所名牌大学。马踏毕业后成了一名记者，后成为一家报社的新闻部主任。他喜欢读渡边淳一、村上春树的作品，时常沉醉于外国诗歌描绘的意境中，著名外国诗人的诗句常常脱口而出。作为一名记者，马踏采访青藏线的新闻获得报社与读者的好评。因与柳鸣关系不和而离婚，他同上海女子默默有了"网恋"，又与报社的哈娜斯相悦相恋。当哈娜斯患心脏病突然死去、上海姑娘默默去了台湾之后，他顿然失去了生活的信心与生命的激情。马踏认为，自己经历过穷苦的生活，也享受过豪华的生活，已厌倦了报社的生活与城市的生活方式，因此决定辞去报社主任一职。在哈娜斯的眼里，马踏有自己独立的世界，不想琐碎，不愿承担责任，爱别人又不去追求与表达；在上海女人默默的眼里，他豪放义气又多情多才。在患病住院期间，他偶然遇到逃出草原到城市来当陪护的藏族姑娘曲曲，再一次感受到生活的新力量。小说通过主人公马踏在城市生活中首次婚姻失败、网恋无果、患上性功能障碍等情节来表现城市生活对生命的"异化"，他在生病期间感到藏族姑娘曲曲的单纯善良质朴慈爱、聪明活泼，后来感受到草原生活的美好，感受到自己尊严的回归，决定放弃通过钩心斗角的方式来竞争报社主任，甘愿到草原办自己的牧场与担任牧区小学的教师。小说的结尾，马踏与藏族姑娘曲曲建立了幸福的家庭，还利用社会资助建立了希望小学，开始了新的生活。

在人物形象的塑造上，因作家创作思想上的矛盾，使得马踏的思想性格中有"分裂"的表征，其形象与性格有破碎感。马踏喜好吟诗又把持不了情欲，有同情心又缺乏正派之心，热爱诗歌的纯净又无法在现实中摆脱身体的欲望，人物性格上出现的矛盾冲突与作家的"欲望化"写作有关，也与作家在小说创作中对人物性格逻辑推敲的不太成熟有关。马踏的所言所行有时让人觉得匪夷所思，如奶奶对他的抚养、妹妹的突然出现、所爱的哈娜斯突发心脏病而死后，看到长得丰满挺拔、脸蛋好看的编辑小甄的背影便心里"好受"；默默婚后不育是因为男方有问题却在后边写给马踏的回信中表明她心情的快乐是她怀孕的"一个因素"；等等。诸多"失误"使人物的社会关系、故事情节以及人物性格的发展逻辑出现"断裂"，破坏了小说人物的统一性与真实感。

《天堂向东，兰州向西》中的人物柳鸣原来是陇南基层粮站的一名职工，喜欢文学创作。马踏在陇南采访时结识了柳鸣，后经马踏的修改和推荐，柳鸣的文学作品在省级报刊上发表了。后来，柳鸣怀揣文学梦想来到省城兰州学习和进修，成了马踏的妻子。为了自己的事业，柳鸣更加勤奋地写作并出版了诗集，逐渐觉得马踏是一个酒鬼，关系日渐疏远。在一起生活了三年后，两人最终离婚。柳鸣后来与编辑贲伟相好并与马踏离婚，到北京去闯荡，后来又与贲伟分开，一个人在北京闯荡漂泊。与马踏交往的另一个女性叫默默，默默出生于上海一个富裕的家庭中，毕业于上海财经大学，平时喜欢炒股。默默有独特的性情，她细腻敏感又妖媚多姿，有一张白皙的脸，还有着长长的披肩发和时尚新潮的打扮，处处显示出一种高贵、典雅、成熟的气质。她在网络中与马踏认识后，便到西北来旅游。默默喜欢马踏作为西北男人的豪放正直、侠义多才，但两人的关系仅止于朋友。默默后来去了台湾并与男友结婚。默默的出现，使《天堂向东，兰州向西》具有了上海、兰州"双城记"的结构特点。无论生活在兰州的马踏在上海出差途中与默默见面，还是生活于上海的默默应邀来兰州及西部旅行，他们之间的"邂逅"其实是两座城市之间的"对话"。两个城市空间、两种生活方式相映相衬，形成了鲜明的对比。

哈娜斯是报社的编辑，其父亲是维吾尔族，母亲是汉族。后来，哈娜斯的父母因感情不和而离异。哈娜斯健壮活泼，充满活力与激情，性情泼辣，坦诚直率，透明晶莹，处理问题细腻而大方，有着北方女孩子的豪爽，让人觉得可以信赖。哈娜斯大学毕业后分到农牧厅工作，有了一个男朋友，不幸的是，她的男友因车祸而死。哈娜斯后来到报社工作，心里爱着有才华的马踏，却因突发心脏病而死亡。庄巍是马燕山塑造的另一类知识分子形象。庄巍是马踏的大学同学，毕业于中文系，眼睛如鹰眼般犀利，屁股硕大，性欲旺盛。他虽有许多相好的女人，但还经常出入洗头房。庄巍因迷于赌博而到处借债，在担任《金城日报》社广告处处长时，他挪用了报社的大笔广告费去赌博，结果血本无归，被判刑。庄巍在忏悔中认为城市诱惑太多，欲望太多，他被小说家塑造成一个"警示型"人物形象。小说中的其他人物各有特点，如富有才华而性情浪漫的诗人舟曲，手术高明又拿患者红包的外科医生大川，退居二线后提着鸟笼在河边闲逛但心又不安的报社金总编，为当新闻部副主任而绞尽脑汁的编辑小四川等，构成了城市职员的形象谱系。整体观之，小说家马燕山在人物形象的塑造中似乎想传达一种"平静"的人生思考。"所以在这部小说里，金总编、马踏这些人物的性格中都体现了一种'癫狂'后归于平静所表现出来的理性与平静，一种平静后的爱与恨，生与死都揭示得清晰可见。平静这就是这部小说错综复杂的情节背后隐藏的一根主线。"[①] 小说中的"平静"既源自马燕山本人的人生阅历，又源自对这种"平静"基调的主动追求。

马燕山的长篇小说《兰州盛开的玩笑》是《天堂向东，兰州向西》的"姊妹篇"。《兰州盛开的玩笑》中的主人公名字依然是"马踏"。在《兰州

[①] 马燕山：《生命如歌如风——就〈天堂向东，兰州向西〉访谈作家马燕山》，《天堂向东，兰州向西》，敦煌文艺出版社 2005 年版，第 253—254 页。

盛开的玩笑》中，韩雪、王玉兰等小说人物还谈论着《天堂向东，兰州向西》的思想内容，因此，两部作品形成了一种互文性关系，但两个"马踏"在个人身份、家庭经历、交游往来等方面并不相同。《兰州盛开的玩笑》的故事情节是由马踏和韩雪之间的交往来架构的。马踏在《兰州盛开的玩笑》中是一名编辑，后来成为一家报社的副总编，曾创作过小说《天堂向东，兰州向西》。马踏热爱外国诗歌，喜欢用外国诗歌抒情达意，这一特点与《天堂向东，兰州向西》中马踏的爱好相似。马踏是《快报》的副总编，曾写过很有影响力的新闻稿件，情感比较丰富，父亲死于自杀，有过短暂的婚史，离异后一直独居。马踏后来喜欢上了报社的青年编辑韩雪，也感受到了恋爱的温暖与甜蜜。为阻挠他与韩雪的恋爱，韩雪异父异母的"哥哥"韩刚将马踏打伤。韩雪迫不得已，同意与韩刚结婚。马踏便与昔日的大学同学、离婚后一直独身的云燕确立了恋爱关系。马踏因不满报社总编的排挤，辞职当起职业作家，生活也在云燕的帮助下进入正轨。与《天堂向东，兰州向西》中的马踏相比，《兰州盛开的玩笑》中的马踏这一人物形象显得有些干瘪。

在《兰州盛开的玩笑》中，韩雪是一家报社《快报》的编辑，年轻漂亮，对未来充满了美好的幻想，对报社管理体制的混乱不满。韩雪母亲在韩雪父亲死于车祸后，为生计所迫，与韩志荣建立了新的家庭，韩雪和韩刚便成了"兄妹"。韩刚时时保护着韩雪，两位长辈希望韩雪和韩刚结婚，这样便可以亲上加亲。然而，韩雪不能接受由"兄妹"变成恋人的情感转变，也不爱当汽车修理工的哥哥韩刚，却对马踏暗怀深情。为坚守自己的爱情理想，受到逼迫的韩雪曾割腕自杀。后来，她考虑到自己和母亲的生存，不得不答应了这桩"兄妹"间的婚事。为了避免与马踏的接触，韩雪随家人去了海南，并在那里找到了新的工作。韩雪生下了她和马踏的孩子，韩刚发现真相后原谅了韩雪。在小说的结尾，马踏与云燕一起赶往北京去救护韩雪患血癌的孩子。韩雪在小说中是以马踏的恋人出现的，其独特的身世与家庭，让读者看到生活的复杂多变。

安子毕业于西安美术学院，喜欢前卫艺术，认为生活是荒谬的。安子崇拜女性身体而讨厌男性身体，为此在报社饱受大家的冷落，也没有人理解他的所谓前卫艺术。安子的美术作品多表现恐惧、不祥、怀疑与逃离等现代性的主题，《安子随想录》是他对生活与艺术理解的笔记。无论在家中还是外出旅行，画画都是安子生命的支柱。安子在孤独中思考，又在思考之后陷入更大的孤独，认为黄河的奔流就是"逃离"，后在黄河边作画时因醉酒而被冻死。马燕山在小说中给我们塑造了一位当代"另类"的艺术家形象，其特立独行的性格给读者留下深刻的印象。

在《兰州盛开的玩笑》中，熊天是一个青年"学者"。熊天原来是一家地区文学杂志的编辑。由于办刊经费困难，甚至拖欠工人工资，他一直过得穷困潦倒，衣着打扮不伦不类。他后来辞职到兰州来闯荡，成立了"飞马研究所"，颇具讽刺意味的是，他专门研究"铜奔马"是公马还是母马。这一人物形象的塑造背后是马燕山对所谓学术研究与文化知识的揶揄与批判。此外，小说塑造了城市周报总编党哥、音像出版社的娄祺、民族歌舞团廖团长、电视台的主持人元君、电视台文艺部胜平主任、离婚独居的贾刚、独断专横的报社梁总编、敷衍生活的医生水中山，以及行政部门干部章步升、下岗工人巧华、高雅端庄的云燕等，诸多人物个性鲜明。

马燕山的小说中亦有许多通俗文化、消费文化的内容。"阳痿现象"是马燕山男性书写中经常写到的一个内容，如《天堂向东，兰州向西》中的马踏、《兰州盛开的玩笑》中的熊天等，这是作家"阳物崇拜"潜意识的象征性书写。此外，驰骋才情有时影响着作品的内涵开掘，如在安子的葬礼上有意突出诸多文人写的挽联，"葬礼上的诗"使人觉得过于炫耀作家的才情，因为这种安排会影响小说中情节发展的连贯性与有机性。正如小说中所描述："安子的葬礼和许多葬礼一样，充满着哀伤与悲情，只是安子的葬礼多了份简朴与随意。"① "随意"也是作家在处理人物性格与结构事件发展脉络中的致命不足。

2. 王家达小说中的知识分子

王家达的长篇小说《所谓作家》主要以作家胡然的见闻为主线，重点叙述了"古城市"作家协会里不同"作家"的故事，反映了城市知识分子的生活。《所谓作家》除了描写作家们的生活外，小说表现内容还辐射到城市里的工人、农民、矿工等，并延伸至政府机关、公安司法、新闻出版、剧团等不同领域的各色人等。人物的活动空间跨越了山源县、古城市、北京市等区域。《所谓作家》通过众多个性不同的作家形象与官员形象，对文坛的堕落和社会的腐败给予了深刻的剖解、激情的鞭挞和犀利的批判。

《所谓作家》塑造了胡然、野风、徐晨、孟一先等有正义感的作家形象。胡然、野风、徐晨、孟一先等作家曾在政治运动中受到迫害，拨乱反正后，他们便一心致力于精神家园的重铸，在商品经济与官场恶习中坚守理想。胡然是一名作家，也是《文艺春秋》的编辑，他怀揣文学济世的崇高理想，甘愿为人作嫁衣，尽力发现有潜力的基层艺术家。在他的帮助下，处在基层的秦腔演员杨小霞获得了省内与全国的大奖，成了省上红极一时的演员。另外，胡然发现了农村作家沈萍。胡然为她改稿，并把她的作品推荐到一些刊物上发表。"痴情的作家先生，将自己多少年的生活积累，他的才华，他的激情，他的文字功夫，全都贡献到这部作品里去了，无私地奉献给年轻的女作家了。"② 然而，他的"好心"常常被人利用，并被人遗忘。在家庭生活上，胡然一直遭受着不幸婚姻的折磨。他的妻子是古城有名的悍妇章桂英，两人之间毫无共同语言，他想离婚而不能。家庭生活的

---

① 马燕山：《兰州盛开的玩笑》，敦煌文艺出版社2011年版，第159页。
② 王家达：《所谓作家》，敦煌文艺出版社2012年版，第271页。

不和谐导致孩子疏于教育，孩子后来染上毒瘾并被公安机关拘留，对父母一直怀恨在心。在社会责任方面，胡然敢于仗义执言，反对弄虚作假，替工人老崔儿子的死鸣不平，又因写主张正义的文章而被判名誉侵权。在他穷困潦倒乃至病倒在床之时，他的妻子要与他离婚，他昔日的情人也不再来看望他，他最后寂寞而逝。

"西部诗人"野风被妻子揭发后被打成右派，前半辈子遭受的诸多苦难冤屈造就了他放荡不羁又刚正不阿的性格。他活得坦荡痛快，从不委曲求全。野风言语犀利，行为古怪，衣着简单，嗜酒如命，毕生致力于诗歌创作。野风主持刊物栏目"大学生诗歌"因生动活泼、思想新颖而风靡于大学校园，他的诗歌一直受到青年学生的欢迎。当发现暴发户牛人杰连自己的孩子都不愿照顾时，野风带着这些遭亲生父亲遗弃的孩子进京讨说法。当看到作协的换届选举毫无民主可言、官僚化的作协主席不搞文学时，怒不可遏，拍案而起，慷慨陈词，在会场上突发心肌梗死而逝。徐晨温文尔雅、仪态端庄，是作协刊物《文艺春秋》的主编，曾被打成"修正主义分子"，后到夹边沟农场接受劳改。徐晨以笔墨为友，在办刊方面是有名的"工作狂"，有瘾于烟却无意于各种社会名利。他在修改青年作者稿件与办好刊物方面恪尽职守，所主编的《文艺春秋》是具有全国影响的文艺刊物。《文艺春秋》编辑周新亚富有朝气、正气与骨气，善于发现有潜力的作家和有创新的理论批评文章，对社会弊端不容于心，常以"段子"的形式讽刺时事世风，认为古城是"一潭死水"。孟一先是古城文艺理论家，敢说真话，孤傲而神秘，他对文艺问题、社会问题的分析犀利深刻。他虽因发表《中国诗歌的新曙光》而闻名全国，但一直是一家报社的编辑，不被单位重视。野风、徐晨、孟一先等作家、编辑是文学的守望者，他们主办的刊物是思想解放的先声，但被政治部门认为有资产阶级自由化倾向。这些知识分子因粗暴的政治批判而再一次成为历史的"罪人""落魄文人""失败者"。按小说中人物周新亚的说法，古城市文坛成为"死水一潭"。"就拿咱们作协来说吧,名为文艺单位,实际上仍然是一个典型的衙门。空气沉闷,死水一潭。几个有识之士想挣扎一下,想冲破这个围城,虽然掀起了几许轻微的波澜,但一阵风暴之后,一切都又归于平静,又沉闷如初了。"[1] 在此意义上,《所谓作家》是一部现代版的"围城"。

《所谓作家》不仅塑造了王伦、茅永亮、张名人、钱学义等保守、专制的作家形象,还塑造了牛人杰、沈萍、杨小霞等追名逐利、混世堕落的作家形象。市作协党组书记王伦,原来是市委普通干部,工作之余爱写"豆腐块"文章,因曾给市委书记做了两年秘书,便被当作"懂行"的党内专家调到作协担任党组书记一职。王伦每天只看报纸和文件,只知宣读和宣讲文件,被称为"白衣秀士"。"革命诗人"茅永亮在20世纪五六十年代创作了多如牛毛的歌颂红太阳、大跃进与人民公社的诗,因此获得了各种荣誉称号和奖章。尽管已经进入80年代,茅永亮仍然沉迷于往昔美好的回忆中,被人们戏称为"红蛋"。"革命诗人"茅永亮在出国后丑态百出:在国外宴会上贪杯洋酒而最后当场呕吐,接受站街女郎拥抱却被扒走钱包;偷看国外色情报刊后感到自己白活一生,归国后却到处作爱国主义报告;受国外腐朽文化思想的影响,他在夜总会里拥抱性感女郎并找"小姐"。"革命诗人"茅永亮最后成了无羞耻感、无责任感、无荣誉感、无负罪感的"四无老人"。张名人是古城文学界的"名宿",曾写过一些反映新生活的小说和散文,后因其创作观念和手法陈旧被淘汰出局,只好练习书法,成为一位"名作家兼书法家",因嗜名如命、死爱面皮,爱穿名牌,喜好头衔,常装出一副大名人的派头。张名人花钱买名而进入了各种名人辞典。他有会必参加,参加必发言,发言必重复领导讲话而内容空洞。张名人借助书法展来推销自己的书法作品,被人们戏称为"皮蛋"。剧作家牛人杰品性卑

---

[1] 王家达:《所谓作家》,敦煌文艺出版社2012年版,第422页。

劣，才气平平，常恬不知耻地抄袭他人的创作成果，常将别人的作品改头换面并加上男欢女爱的内容拍摄影视剧。他后来在北京开了一家影视公司，成为影视界的"大腕"，但依然领着市作协的工资，还被评为全市先进工作者，享受政府优秀专家待遇。牛人杰毫无父亲之责任，家有病妻与两个年幼的孩子，他皆全然不管。作为情场高手，牛人杰四处猎艳，寻花问柳，频频更换情人，成了一名"衣冠禽兽"，被人们称为"操蛋"。文艺评论家钱学义副教授思想保守，眼里只有领导，为了出书可以向领导下跪，常自吹自擂，被称为"细酸"。王伦、茅永亮、张名人、钱学义皆唯"领导"意图马首是瞻，与其说他们是作家，不如说是官僚。《所谓作家》通过对作协一些"蛋"系"作家"入木三分的刻画，对古城市作家协会的官僚体制、官僚作风、官样文章等进行了犀利的批判，是"作家现形记"，也是正直知识分子的"呐喊"，呼唤正直诚实、言行一致、有良知与热血的知识分子，是《所谓作家》的思想追求。

杨小霞、沈萍、沙沙等基层演员的"蜕变"过程，是小说展现的内容之一。基层秦腔演员杨小霞出身梨园世家，但在鱼龙混杂的剧团里，她的才华难以展现。在胡然的帮助下，杨小霞获得进省城调演的机会并进入古城市剧团。她凭着出色的表演功底获得了全国性的大奖，被评为全省劳动模范。在名利的追逐中，杨小霞渐失其纯朴与本色，开始追求奢华享乐的生活，与贫穷的作家胡然逐渐同床异梦，觉得胡然的利用价值已经不大，忘记了昔日的海誓山盟。杨小霞为了拍摄戏曲片《游西湖》，便以色事权贵，以艺博名利，最后成了当地经济暴发户马百万、北京著名导演贾导及政府要员的"倡优"，遭人玩弄而不觉其悲。沈萍原本思想清纯，待人诚恳，衣着朴素。沈萍热爱文学，但文字功底差，文学修养不足。在胡然等编辑的帮助下，沈萍渐渐在创作中小有名气，也变得精明世故。她利用采访机会巴结暴发企业家，借助胡然修改她的长篇小说《野情》，并利用牛人杰拍摄与小说同名的影视剧。她在文艺采风中蒙骗山区告状的民众,并委身于市委肖副市长,通过各种努力,她最终成为文坛的明星,也成为古城的市作协主席。普通女歌手沙沙喜欢诗人野风的才气正气、男子汉气度与善良品性,但在欲望的驱使下成了牛人杰的情人,最后也被牛人杰抛弃。在小说的结尾,当年批判《文艺春秋》的各位"领导"已然忘却了曾经的一切,对于正直知识分子来说,《文艺春秋》是他们的"精神堡垒",却在一帮"蛋"类文人的"运作"下沦为"地摊杂志"。《文艺春秋》的变化无疑是中国当代文化变化的一个缩影,官僚化的管理模式,至今依然影响着中国当下的文坛,《所谓作家》蕴含的现实批判意义正在于此。

《所谓作家》刻画了市委宣传部苏部长、主管文化艺术的肖副市长,市委书记秦启明等好大喜功又昏庸无能的官僚形象。除了文坛与官场的人物形象塑造外,作家对农村和矿山中的农民与矿工的形象进行了刻画,如美丽忠贞善良的乡村寡妇田珍、执着刚勇不屈疾恶如仇是非分明的工人老崔、拍电影为义务当群众演员的乡村农民、在黑暗矿洞中劳作的底层矿工、拦路告状的乡民等。这些普通的农民与工人虽身处底层,却蕴藏着社会的正气,是小说人物中富有"亮色"的形象。

"西部大大小小的工厂,一家比一家穷,几乎所有企业都亏损。他们的困难一百列火车都拉不完,三百六十天都说不尽。当然喽,他们照样可以高工资,高福利,照样买小轿车,盖招待所,照样可以花天酒地出国'考察'。"[①]《所谓作家》对社会各个领域的弊端与乱象进行了揭示,如文化机构的保守混世与任人唯亲、学术研讨的政治化与霸权化、艺术评奖的暗箱操作与腐败丛生、文学作品歌功颂德与大唱赞歌、新闻媒体的逐臭如蝇与黑白颠倒、政府机关的奢华浪费与贪污腐败、基层公安派出所的软硬兼施与刑讯逼供、司法部门有法不依与徇私枉法、国有企业的效益低下与人员

---

① 王家达:《所谓作家》,敦煌文艺出版社2012年版,第223页。

冗杂、作协换届选举中的虚假民主与专制作风、基层政治生态的专制蛮横、社会治安混乱与毒品泛滥等，共同组成20世纪80年代改革开放初期"古城"空间的诸般"乱象"。

王家达的城市生活体验具有强烈的悲剧色彩，正义与邪恶的冲突及正义的失败成为其小说的情节发展走向。小说在结构上采用了传统章回体的叙述框架与话语方式，故事性较强。例如，小说章节题目为"胡委员会上发谬论　杨小霞如愿调古城""野风活剥金大天　细酸勇批黑文章""马百万中秋赏月　大明星绝处逢生""醉诗人拳打牛人杰　剧作家血溅京城"等"章目式"表述。在人物塑造上通常采用"简历"化、绰号化的方式介绍人物，之后详细叙述其"形状"。《所谓作家》因此具有某种言情小说、官场小说等通俗小说类型的意味。小说内容详尽，题旨显豁，锋芒毕露，嬉笑怒骂皆酣畅淋漓。王家达批判的鞭影不断地抽打着现实中的丑陋，又如闪电般劈开社会中的阴影。作家常常将西北的花儿、秦腔唱段融入作品中，增强了作品的抒情性，使其小说的地域文化色彩更加鲜明。

3. 弋舟小说中的知识分子形象

弋舟的小说《战事》《跛足之年》《蝌蚪》《刘晓东》等小说中亦表现了"兰城世界"中的各类文化知识分子形象。弋舟小说中的教授、医生、画家、诗人等形象，显现了一代知识分子的命运轨迹与精神图谱。《所有路的尽头》中的主人公邢志平从小性情懦弱，虽在大学期间追求理想，热爱诗歌，崇拜英雄，但一直生活在需要强者庇护的阴影中。在大学毕业后，他当了编辑，后下海经商并成为收入颇丰的书商，然而物质上的富足并没有给他带来精神的独立，反而使他在心理上愈加自卑和孤独。他忍受着妻子暗恋昔日男友的情感折磨，忍受着同学对他的冷嘲热讽，将青年时代最崇敬的诗歌作为精神泅渡时的救命稻草。当得知原来崇敬的诗歌其实毫无价值时，他对时代、英雄、爱情、家庭、诗歌的理想全部破灭，最终跳楼自杀。邢志平是一位性格懦弱、渴望强大又无法走出理想幻影和英雄暗影的知识分子，也是时代浪漫理想终结的殉葬者。中篇小说集《刘晓东》中收录了《而黑夜已至》《等深》等三个中篇，其中都有一个叫"刘晓东"的人物。"共名"的"刘晓东"身上寄寓作家对知识分子与时代关系的深沉思考。作家有意借用"共名"人物的审美接受效果，以达到对一代人进行"显形""诊断"与"审判"的创作目的。《跛足之年》中的马领是一位追求自由的知识分子，他不愿遵循工作单位的"抽屉"生存逻辑，最终成为被抛出秩序的逃离者。《把我们挂在单杠上》中年近七旬的司马教授是一名无法证明自身价值的"成功者"，《噤声》中的马丁教授是"失声者"，《锦瑟》中的张老是"有罪者"，《而黑夜已至》中的刘晓东是"抑郁症患者"，《嫌疑人》中的诗人格桑是"嫌疑人"，《安静的先生》中的"先生"是"迁徙者"。在对各类知识分子的"诊断"与"审判"中，潜藏着弋舟对城市"精英文化"精神嬗变的洞悉。

甘肃城市题材小说中的官场小说亦呈现了各类官员形象，尽管一些作品不是实写兰州的，但与"边城"兰州的文化空间相通。范文的长篇小说《红门楼》故事发生在金州，时间跨度从新中国成立前到20世纪70年代末，主要描写"大跃进"到"文化大革命"那段荒谬岁月。小说通过塑造田根旺、傅敬儒等人物形象，彰显了人性的善良，呼唤健康而美好的人际交往伦理，批判人性扭曲，表达了作家对清明政治的向往。许开桢的小说创作紧跟时代或社会热点，其《打黑》《人大代表》《政法书记》《上级》《堕落门》《大兵团》《女县长》《女市长之非常关系》《黑手》等对官场生活进行了不同角度的艺术审视，作家因此也成了"畅销书作家"。铁翎的长篇小说《静水流深》、唐达天《官太太》《一把手》、范文《雪葬》等也反映着城市生活的风貌。这些作品反映了现代城市中多样的官场生态景观。

萨义德在《知识分子论》中说："总之，重要的是知识分子作为代表性的人物：在公开场合代表某种立场，不畏各种艰难险阻向他的公众作清楚有力的表述。我的论点是：知识分子是以代表艺术为业的个人，不管那是演说、写作、教学或上电视。而那个行业之重要在于那是大众认可的，而且涉及奉献与冒险，勇敢与易遭攻击。"[1] 从上述知识分子形象来看，这些形象未必符合萨义德或富里迪所界定的"知识分子"的定义，他们是具有"中国传统"精神品性的现代城市知识分子。

（四）底层市民形象

城市研究者米歇尔·德·塞都在《城中漫步》中说："普通的城市从业者生活在底下，在可见性的门槛下面。他们行走——一种城市经历的基本形式；他们是步行者，是行人，他们的身体在自己书写的却又读不到的城市'文本'的拥挤或空旷处流动。"[2] 城市底层形象常以"被代言"的形式出现在部分小说之中，成为呈现城市多层文化景观的有机组成部分。可以说，"普通的城市从业者"以城市"行走"的方式书写着"城市文本"，而一些具有底层意识的作家通过阅读"城市文本"并试图建构呈现城市文化记忆的"话语文本"。

何岳的长篇小说《老巷》塑造了王重九、马步云、陈尕儿、柴得福等老一代古城居民形象和柴大敏、陈小珊、王河君、马大河等新一代古城居民形象。状元巷的老一代居民心性古朴豪勇，同时守旧传统，他们看不起民巷里卖豆腐、做裁缝、收废旧、补鞋子、修钟表的外地人，在市场经济时代，钱却让外地人赚走了。在拆迁问题上也经历了艰难的选择与情感转变的痛苦。状元巷的年轻人则是敢闯敢干，敢于冒险，不怕失败，朝气蓬勃，这一类人物如干部家庭出身但又在少年时遭受政治批判运动冲击影响

---

[1] ［美］爱德华·W. 萨义德：《知识分子论》，单德兴译，生活·读书·新知三联书店2002年版，第17—18页。

[2] 汪民安、陈永国、马海良主编：《城市文化读本》，北京大学出版社2008年版，第165页。

的王君河自愿嫁给农民吴学望，又在卖菜赚钱之后进城开发房地产，后来成为黄河房地产公司的经理；柴大敏的人生经历了许多起起伏伏，但仍然保持一颗创造新生活、期待美好未来的心。状元巷的两代人之间有代际冲突，也有思想传承。

　　马步云曾先后任老巷的街道办事处党委书记、城关区区长等职，离休后将大半时间都消磨在牌桌与花草鱼鸟上了。他思想保守，安于现状，舍不得状元府和状元碑，更舍不得自己的小四合院，他心里总是打着自己的小算盘。因此，他最不愿状元巷拆迁，便鼓动一些反对拆迁的居民一起写报告，要求将状元老巷作为古城的历史文化巷而保留。马步云之所以留恋状元巷，其主要原因在于作为黄河上筏子客的父辈祖辈都生活于状元巷，后来他家的三间老砖房被军阀副官霸占，他父亲杀了副官的勤务兵，后来又被副官枪杀在虎跳峡。娘儿俩只好流落他乡，回城后只能在巷口搭一窝棚居住，马步云便以挑卖黄河水为生，后被抓去在国民党部队当了几年兵，被俘后参加了解放军，因英勇杀敌成了解放军的副连长。新中国成立后，马步云想到母亲还住在窝棚里，便转业到地方，当了街道办事处党委书记，后升迁至城关区副区长，把马家以前的破败的院子修成一座巷子里最好的小四合院。在反对拆迁之事上，马步云先是游说有公信力的陈尕儿，无果后逼迫当记者的儿子马大河撰写报告，反对老巷拆迁，还亲自找市委书记，同时利用日本客人参观古巷的事件劝说大家不搬迁，但最终无法阻挡大潮、扭转时局，至死不搬的他成了孤家寡人，为此而神情恍惚，不再养鸟养花。因在"反右"运动中批斗过"挑担"陈尕儿，他心里感到愧疚，加上儿子马大河不支持他的观点，并在恋爱问题上不愿听他的安排，多事交织，马步云便患上严重的精神疾病，有时夜游不归，常常一个人呆守着状元碑，一直到深夜。马步云后因患胃癌去世，临终前，他同意了儿子马大河与王君河的婚事，也同意拆迁。小说塑造了一个在城市改革大潮中艰难转型的人物形象，极具典型意义。

陈尕儿曾经是地下党员和中国工农红军西路军战士，新中国成立后成了老巷的街长、街道主任，政治运动中被打成右派分子，"文化大革命"时又被打成"走资派"。陈尕儿身上留下了政治浩劫的创伤，但他从不居功自傲，也不埋怨社会。退休后，陈尕儿喜欢搜集奇闻逸事，是巷道里的"义务调查员"，常以城市轶闻与社会日常事件写"铁史笔记"，一些新奇古怪的事都记录在"黑硬壳笔记本"里，如遗弃女婴、老鼠吃猫、假币冥币、与鬼对弈、后母虐子、儿孙不孝、小偷作案、骗财骗色、罪犯杀人等，仿佛如"新聊斋"。陈尕儿身材瘦削，常戴着一副墨镜，他见多识广，思想开通，乐于助人，曾帮助过柴大敏一家，也在困难时期帮助过马步云一家。尽管因马步云在运动中将他打成右派，他与马步云在情感上一直有隔阂，但最终还是原谅了马步云。陈尕儿晚年双目失明，不久辞世，其记录世俗轶闻的《黑壳本杂记》经整理后出版。《黑壳本杂记》中的各种奇闻怪谈构成了现代城市文化的另一侧面，它与柴大敏的小说文本及叙述者的话语文本一起构成一种互文性关系，从而丰富了城市文化记忆的内容。此外，白须髯髯、精神矍铄的老居民王重九经过好几个朝代，曾被打成右派，平反后成为市政协委员，儿子王应文是省政府副秘书长，是古城最有学问的大学问家，见多识广，阅历丰富，支持对状元巷的拆迁与改造。柴得福从前是军阀的一个马夫，勤劳忠厚，刚直倔强，好讲义气，后来成为状元巷铁器合作社主任，后因支持被打成右派的陈尕儿被批斗、游街，受辱跳黄河而死。

"古城"年轻一代人的生活充满了青春的气息，他们沐浴着改革的春风，思想观念开放，对未来充满热情，不断追寻自己的爱情与理想。柴大敏的父母以前是旧军阀的马夫与佣人，父亲跳黄河而死，母亲生下他一个月后也死了，他成了孤儿，后在陈尕儿的帮助下上了小学。陈尕儿待其如亲生子，与陈尕儿的女儿陈小珊青梅竹马，但随着年龄的增长，陈小珊的母亲艾月春渐渐嫌弃柴大敏，柴大敏只好早晚去街上饭馆讨吃熬汤剩饭，一边上学一边流浪。"文化大革命"时,柴大敏成为"尕司令",到处串联,也曾被人收养,但终归自己的父亲是军阀的马夫而无处落身,15岁又回到状元巷,到处蹭吃蹭喝。柴大敏后在一家百货公司当装卸工,后开了一家状元牛肉面馆,赚了钱后加入古城第一家私人集资的花萼服务公司当了副经理。柴大敏在市场经济的浪潮中成了公司经理。然而,花萼服务公司因各方的吃拿卡要、经营不善及涉嫌吸毒贩毒,经营了三年多时间就倒闭了。柴大敏依然我行我素,用摩托车驮着时髦女郎在巷子里进出,成为状元巷大逆不道的人,就连曾经抚养过柴大敏的陈尕儿也不愿同他多接触。市政府开发建设状元巷后,柴大敏从花萼公司退股后,在状元巷新建了一个花蕊电器商店,生意还不错。尽管他变得有钱,但心里依然有很强的自卑感,不敢大胆地去爱陈小珊,甚至试图与姚美美在一起而离开陈小珊。柴大敏觉得,只有当一个文化人或一个作家,才能获得陈小珊平等的爱,因此将电器商店委托别人经营,自己躲起来静心地创作小说。他在作家辅导班进修,并成为省作协会员。花蕊电器商店因经营不善,后被一个香港商人骗走钱款发来假货而破产。因为爱恋陈小珊,他轻视甚至厌恶经商,觉得当一个作家才有资格与陈小珊结婚。尽管后来发表了一些作品,然而作为"文丐"的作家无法养活自己,连出版小说也要自己掏腰包。从古城到北京、上海等地,他苦苦挣扎,钱财散尽,最后落荒而归,"作家梦"也碎了。无奈之下,柴大敏只好重新开起牛肉面馆。在小说的后半部分,柴大敏开办了一家大型书店。柴大敏写作梦的破碎以及小说中描述的张稼、甘为牛、李玺龄等文学编辑的清苦生活,显示着知识分子的清贫人生以及在市场经济社会中文学受到的巨大冲击,同时也表现了改革开放初期的青年如何经商、如何从文以及如何定位自己人生的过程。柴大敏生于状元巷,其活动范围却至北京、上海;虽只读到小学却怀有作家梦并小有名气;自小穷困流浪,却当了经理书商;他在别人眼里是流里流气,不负责任,实际上却心怀正气与同情,路见不平,见义勇为。柴大敏的命运是由其性格与时势双重因素决定的。

　　陈小珊在邻居的眼里是一个性情贤淑的姑娘，她大学毕业后成了银行干部，虽然记者马大河追求她，但她心理喜欢的是从小一起长大的柴大敏，尽管家人一直对柴大敏没有好感，但她依然钟情于柴大敏。她在大敏上小学时就帮助大敏，而柴大敏也像一个哥哥一样保护着她。柴大敏在开牛肉面馆时，也每个学期给她寄钱，接济她。在陈小珊的心里，柴大敏是一个赤诚强悍的男子汉。柴大敏的公司倒闭后，她又帮助他恢复生活的勇气与信心。在工作方面，她后来成为银行的主任，为银行争取办公场所，吸引储户，显示出超人的工作能力。在感情方面，她重情轻权钱，一直倾心于柴大敏，拒绝了记者马大河的痴情追求，拒绝了城关区区长乔自君的爱慕，但发现柴大敏因为自卑而不断躲避自己，也不敢表达爱意。后来，陈小珊忧心于柴大敏的作家梦，当两人感情复合时，柴大敏却要在成为名作家后与陈小珊结婚。在发现柴大敏与姚美美结婚后，她不得不再次寻找新爱。后来，她与已成为城关区文化局长的吴学望结婚。陈小珊执着的爱最终换来的却是差强人意的结果。与柴大敏的情感波折，虽有少年时期的情感作为铺垫，但父母不支持、大敏不自信及其不切实际的作家梦，最终导致两人分道扬镳。小说将陈小珊塑造成一个痴情、忠贞、善良的都市女性形象。

　　吴学望高中毕业后甘愿做一个燕儿滩的菜农，也是一个朴实又讲义气的血性青年。因父母的关系，王河君小时候家庭遇到危难，父亲曾受到政治迫害，当她无依无靠时，吴学望收留了她并帮助她念了小学和初中。他喜欢听秦腔和历史评书，一直觉得配不上来自干部家庭的王河君，因身体原因，两人有婚姻之名，却无婚姻之实。当他发现马大河与王河君暗生情愫时，更是搬出小二楼，搬回以前的农家土屋，成天忙于唱秦腔，组织社火队，参加文化活动，热情十足。在行为和情感上，与热心于房地产公司的王河君越走越远。后来，吴学望由燕儿滩副乡长兼文化站站长调任城关区政府文化局局长，并与陈小珊结婚。马大河是《古城晚报》的记者，喜欢哲学，其撰写新闻报道的《话说状元巷》生动有趣，写出了状元巷的穷、老、乱。马大河也是一个哲学迷，有哲学家的口才，也有文笔与才情，在报纸上发表过许多很有影响力的新闻报道。马大河在家人的撮合下，不断追求陈小珊。当追求陈小珊无果时，他在一个偶然的采访机会中遇上敢闯敢干、情感热烈的王河君，两人一起谈农村家庭承包制、乡镇企业、市场开放、古城发展、状元巷改造等，甚是投机契意，两人互相萌生了爱恋之情。马大河创办《古城晚报》的"星期天"栏目，获得读者的喜爱，报纸的发行量剧增。马大河是一个思想观念进步、感情热烈真诚的青年人形象。王河君是王三公的小女儿，也是状元巷最泼辣最倔强的一个姑娘，高考落榜后执拗不愿补习，硬犟着和农民出身的同学吴学望结婚。她成熟老练，观念先进，敢闯敢干，有市场经济意识，在燕儿滩当菜农赚了钱，便大胆地想集资在状元巷盖楼搞房地产开发，弃农从商，成立了一家黄河房地产公司。在与吴学望的感情上，经历了嫁时的勇敢、成家时的乐观。当马大河来郊区农村采访时，两人怦然心动，让她内心掀起了巨大波澜，陷于继续爱吴学望还是爱马大河的纠结中。她最终决定离开与她思想观念不太合拍的吴学望，同马大河结合，并在房地产开发建设中获得巨大成功，成为一名乡镇企业家。作为乡镇企业家的王河君形象的塑造，是其他兰州城市题材小说塑造较少的。

《老巷》中其他人物的形象也是丰富多彩的，如品格正直而生活简朴的庹大爷，安贫乐业的邮递员杨早娃，心直口快、热心肠的赵喜嫂，开电子游艺室的刘西，爱管闲事、恶心言恶心语的胖嫂，下海挣钱又赔钱、强硬又软弱、奸猾又花心的高耀山，苦恋、苦等柴大敏的姚美美，温柔又刚烈的胡小侠，热诚体贴的郊区女孩儿贺果珍，单纯柔弱的打工女孩丁兰儿，屈服于包工头淫威的农村姑娘金菊，生活贫寒的伯乐式老编辑张稼。各种人物成为城市文化与精神的具体体现，众多人物共同组成了"兰州市民群像"。可以说,《老巷》不仅塑造了多彩的"古城兰州"的人物画廊,还表现了人物之间细腻的情感波澜,其中有男女恋情,还有天伦亲情。老巷青年男女的爱情故事也是作家关注的重点之一,对男女爱情的描写细腻曲折,如陈小珊对柴大敏的爱、姚美美对柴大敏的爱恋、王河君与马大河、刘西与丁兰儿的感情等。在夫妻情感方面各不相同但都情笃意真,如陈尕儿与艾月春的相互尊重、相互关切,马步云与艾小月之间夫唱妇随、软弱顺从等。在小说的女性心理刻画方面,作品对王君河、陈小珊的神情与心理刻画细腻丰满,对马步云、陈尕儿、马大河等男性形象的塑造也较为成功,各个人物形象既有个性,又有时代气息。

  城市的日常市井生活是文学表现的重要内容。李西岐的长篇小说《金城关》对社会转型期的兰州城市生活进行了独具匠心的审美观照。《金城关》以 20 世纪末社会转型时期为小说叙述的历史语境,以"金城"为人物活动的主要空间场域,以黄一鸣、梁小卉、陈木楠、马蒂尼、梁锦华、孔守道等人物的生活为叙述内容,全面细致地呈现了兰州的日常市井生活。城市市井生活的文化内蕴不是由"城郭"围成的,而是由"城事"构成的。从见面问候、亲戚聚会、猜拳吟诗、请客送礼、节日庆祝、腊月祭灶、社火表演、秦腔演唱、葫芦雕刻、奇石欣赏到排队买面、下岗求职、祝寿宴请、登高赋诗、烧香拜佛、参观游览、殡葬祭奠等,诸多事象呈现于《金城关》之中,日常生活的人情冷暖、世态炎凉、习俗变化皆蕴藏在《金城关》之中。就饮食文化而言,作品不仅描述梁三斗家庭聚会中的饭菜、君再来餐厅的西餐、凤鸣食府的关中风味、遍布街道的牛肉面、奇香无比的羊肉串,描述解渴清肺化痰的热冬果、酸爽滑润的软儿梨、甜果肉松的苹果,还津津乐道于兰州百合、白凤蜜桃、白兰瓜、籽瓜等地方特产。可以说,该小说对"舌尖上的兰州"的叙述,丰富着读者的兰州饮食文化记忆。

  市民是城市文化精神的创造者和承载者。《金城关》塑造了鲜活生动的市民形象,浓缩了 20 世纪末城市底层市民的生存样态,不同经历、背景、职业的市民跃现于小说中。《金城关》主人公黄一鸣心地善良，天资聪颖，口齿伶俐，言语幽默，受粗犷悲怆秦腔的影响与秦腔丑角的熏染而喜欢上了秦腔，后经勤学苦练，成为金城著名的丑角演员，其主演的《拾黄金》家喻户晓。随着社会经济的转型、下海经商的盛行与流行文化的冲击，秦腔表演逐渐走向式微，剧团无戏可演，黄一鸣只好待在家里洗衣、做饭，靠政府最低生活补助度日。因家庭经济拮据，他心里苦焦，生活得"窝窝囊囊""既颇烦，又孽障"，受到妻子及亲戚的奚落和鄙视，渐渐体会到社会中"钞票"的重要性。在师弟孔守道的鼓动下，他开始推销挂历，后来又唱堂会、送鲜花、烧敦煌俑、倒卖汽车。尽管几经挣扎，他的"拾黄金"美梦依然因车市行情低迷而落空。黄一鸣生活于受人恭维的"精神英雄"与被人轻视的"现实小丑"之间，其性格是喜剧性的，其命运却是悲剧性的。他不满妻子的霸道专横，处处委曲求全，只好在幻想中"击猛拳"；在别人面前自尊、争强、好面子，又不得不忍受他人的侮辱，其"冲冠一怒"也仅是掀翻酒桌或以陋制陋；他把握不了自己的凡俗命运，深感孤独无助，却又好卖弄学识，言语之间引经据典甚至大话连篇；他不满于社会中的丑行恶俗与腐败铜臭，想以微小之力抗争，但每次都以失败告终；他不甘于秦腔艺术的衰落，眼中流泪，心里滴血，但又找不着解救之路，只能随波逐流；他本想坚持艺术操守，最后在潦倒与挣扎中渐渐失去艺术操守与人格操守。黄一鸣的悲剧具有多元的社会意义，既是传统艺术衰落的悲剧，又是城市底层市民生活困顿的悲剧。《金城关》不仅演绎了一幕底层个体命运的悲剧，还吟唱了一曲传统艺术式微的挽歌。李西岐在《金城关·后记》中说："书中的人物，活泼泼地站在了我的眼前。我似乎能清晰地听到他们气喘吁吁的喘息声，我知道自己笔下的人物活了，他们跟我一样狼狈，跟我一般黄连树下跳舞——苦中作乐。"[①] 正由于作家对人物命运的感同身受，

---

① 李西岐：《金城关》，敦煌文艺出版社2010年版，第642页。

才使其小说表现的人物鲜活生动，跃然纸上。知识分子在商业思潮中的心灵惶惑、国企工人在经济体制改革中的生存窘境、政府官员在政治信仰蜕变中的精神堕落、进城民工在城市夹缝中的沉浮挣扎，共同构成了20世纪末兰州城市生活的"清明上河图"。

弋舟对城市下岗者、拆迁户等底层民众的生活予以了充满温情的表现。弋舟的小说是城市底层民众世俗生存的多维镜像，作家无意于表现城市建设的快速与繁荣，而执着于表现城市空间中个体生命的卑微与艰难。在《天上的眼睛》中，"我"在下岗后当上街道"综治办"职员，目睹了城市生活的诸多丑恶，也历经了各种屈辱。蔬菜市场上横行的小偷让"我"义愤填膺，"综治办"队长却授意"我"对小偷要不管不问；妻子下岗后与布料店老板偷情让"我"痛苦万分，昔日的工会主席却劝"我"装作没看见；"我"去布料市场找妻子，却被布料店老板用拖鞋打伤脸；"我"的女儿与人在校外鬼混，女儿的老师却建议"我"装作没看见；布料店老板被人打伤，警察却认为是受"我"唆使。小说中，"我"时刻想过一种有尊严、知善恶的生活，却被告知只有敷衍生活、放弃尊严、混淆美丑、颠倒善恶才能"把日子扛下去"，不制止恶行、不追问真相、不反抗侮辱的"闭眼"哲学，成为别人对"我"人生的"忠告"。可以说，《天上的眼睛》是艰难求生者、卑微生存者呼告无门的悲剧，也是隐忍苟活者、憋屈忍耐者望苍天有知的悲剧。

在弋舟《我们的底牌》中，"我"赖以为生的小店铺属于城市拆迁对象，"我"四处奔走都无法避免被强拆，生活艰辛、身患重病的兄弟姊妹各拿"底牌"对老房子拆迁赔偿进行争夺，这些都让"我"更感到生活的"可耻"。[1]《我们的底牌》是底层民众在捍卫自身权益时以死相搏的控告之牌，也是贫困家庭内部在困境中相互的耻辱之牌。弋舟以感同身受的立场

---

[1] 弋舟：《我们的底牌》，作家出版社2011年版，第200—236页。

表现了城市个体生命在命运重轭与生活磨盘下的痛苦挣扎，其小说的悲剧不是柴米油盐等方面物质匮乏的悲剧，而是社会转型中生命尊严被践踏、生存权利被忽视、生活幸福被剥夺的悲剧。弋舟说："文学之事，除了鼓动勇敢者去玩勇敢的游戏，除了鞭笞施害者毫无悔意的施害，也许，更大的意义还在于为无力者添力，替软弱者搀扶。要给这绝大多数的沉默者一个坚持活下去的理由。"[①] "给这绝大多数沉默者坚持活下去的理由"成了弋舟小说创作的伦理追求。

王新军怀着鲜明的乡土恋歌与草原牧歌的美好记忆，其对城市的表现更多是负面。王新军的长篇小说《坏爸爸》关注城市社会底层生存的艰难，呈现城市中的流浪者与行乞者的生活。虽然其城市文化没有确指某一现实中的城市，但也可以窥探到作家对城市生活的理解。

在张存学的《我不放过你》中，桑瑞大学毕业当了中学教师，葛兰是他的学生。也许由于家庭生活中缺乏"安定感"，葛兰的性格中几乎找不着女性的柔情。她变得冷漠、乖戾、发狠，比没有骨头的男孩子更有骨头，是班里的"头儿"。葛兰对桑瑞的"我不会放过你"的爱勇敢而执着。在高中毕业聚会时，桑瑞被学生灌醉后，葛兰将他送到宿舍，脱掉了桑瑞的衣服，但只是同床共枕地睡了一夜。此事在学校里引起了不小的震动。迫于校方的压力，桑瑞只得辞职离校，后应聘于一家报社。多年后，桑瑞和葛兰因各自父母的再婚而成为"兄妹"。葛兰依然爱着桑瑞，但她表达爱恋的方式是找桑瑞的"茬"，与他冷面对抗。最后决定表白的时候，她选择用玻璃割破了自己的手心的方式表白对桑瑞的爱恋。桑瑞在上大学期间暗恋聪慧而敏感的陈瑶，因为身上梦一般甜蜜温暖的气息让他心神摇荡。陈瑶遭受失恋的打击后与桑瑞相恋，但并没有将全部的爱给桑瑞。当她离开桑瑞的时候，将一把剪刀扎入桑瑞的大腿，以表达"爱恨"。小说中的人物自由

---

① 弋舟：《创作谈：从清晨到日暮》，《北京文学》（中篇小说月报）2013年第5期。

呼吸的爱情，如一条条将要窒息的鱼儿，孤注一掷式的反抗与挣扎后又不知结果会怎样，该小说传达了一种孤独、绝望、挣扎的独特爱情体验。

正如老舍笔下的北京城与人，张爱玲笔下的上海城与人，城与人的命运是紧密相连的。一些作家固然有意识地抹去兰州作为"区域性"城市文化的标记而想融入"全国性"的城市文化领域，并试图使其笔下的城市具有"普适性"的特点。从创作的实际来看，作家的这种努力往往成为"徒劳"，反而使小说中人物形象的塑造"破绽百出"。当代作家是否能够写出"兰州人"的形象与性格，也是检视其创作水平的重要参照之一。有人说，只有用黄河水煮出的牛肉面才是真正的兰州牛肉面，其中不无一定的道理。从作家与城市的关系来看，作家与城市之间有着"精神契约"，作家既是城市文化形象的创造者，又是城市文化的创造物。小说中的"兰味"是一个作家与兰州城市之间建立的特有的精神脉息，也是一个作家敏锐感受并试图传达的独特意味。

四 小说呈现城市文化记忆的情节模式

文学作品中的叙述者常常以"城市漫游者""城市栖居者""城市寄居者"等文化身份来感受城市。作为城市漫游者，其性格、行为及心理是充满矛盾的，他的目光似乎无所关注又有所注目，因此，漫游式观察者关注购物又不购物，通常是一种视角消费，城市在其视域中常常成为一座商品展览馆。"城市栖居者"常常以自己的生活体验诠释城市生活的活色生香，家居生活、职场体验、情感纠葛成为其作品表现的重心。"城市寄居者"常常以"外乡人"的眼光观察着城市，城市与乡村的并置、自我与他者的冲撞便自觉或不自觉地成为其作品的基本架构。因此，小说中不同文化身份主体的叙事视角决定了小说的叙事内容。城市题材在其发展中逐渐形成了一些小说情节与情感方面的模式。"走出城市社会""反抗制作世界""苦苦地维护自己的最后防线",是其主要的情感模式。[①] 兰州城市文化题材小说的表现,更多的是由乡进城与由城入乡的仪式展演和由居城煎熬与堕落的仪式展演。

(一)"进城"与"出城"的仪式展演

城市的母体是乡村,在城市化或者城镇化的过程中,农民逐渐转变为市民,成为最早的城市居住者。中国现代城市化进程的真正发端,其实是殖民化的。从当代中国的城市化历程来看,农民进入城市的方式基本上有三种:通过参加革命、参军进入城市;通过工厂招工或打工进入城市;通过高考成为大学生而进入城市。"城市对不同的人意味着不同的事。它提供了私密性、匿名性或社会——或者所有这些。它提供了人们相互支持相互帮助的紧密团结邻里,也提供了人们既不了解也不关心他们的绝大多数'邻居'的区域。"[②] 作家"在城之中"阅读"城市文本"并创作了话语世界中的城市形象。

叶舟的中篇小说《羊群入城》写一个小羊倌平娃赶着一群羊进入兰州城并将羊群送到买家指定的地方而遇阻的故事。小说的人物只有平娃和广场保安周世平。平娃的羊群要经过广场,而保安不让,两相对峙,在对峙中,通过双方的争执以及平娃与老板的对话,将两个底层人物的人生和心灵活灵活现地表现出来,由此揭示现实的严酷和社会的不公。小说融入作者对世情的感叹和世道的体察以及对生命的深刻思考。在《金城关》中,

---

[①] 张生:《"后新时期"城市小说情感模式研究》,《郑州大学学报》(哲学社会科学版)2001年第3期。

[②] [美]爱德华·克鲁帕特:《城市人:环境及其影响》,陆伟芳译,上海三联书店2013年版,第188页。

李西岐将笔触伸向了城市底层的民众,对"进城农民"的生存困境给予了热切的关注。餐厅打工的农村辍学少女、在城市修楼却与城市生活无缘的农民工、挑担卖鸡蛋的农村小贩、身上只有两块毛票的三轮车夫、为孩子上学而在农闲时进城卖爆米花的乡下人、从贫困山区走出却又出沉沦于歌舞厅的女子等,这些形象的塑造,都体现着作家对城市边缘生存者的深切关怀。

  对人与城市关系的理解影响着小说家的"返乡"潜意识与"出城"潜意识。作家在寻找解决城市社会问题的答案时,并没有从城市本身去寻找,而是退回乡村或草原的生活。马燕山《天堂向东,兰州向西》小说中的主人公马踏经历了纷扰繁复的城市生活后,决定退出报社新闻部主任职位的竞争,离开兰州城,受到甘南草原牧民生活的感染与感到藏族教师的缺乏,认为只有在那里才可以实现自己的人生价值,才能找到真正的爱情,最后便随藏族姑娘曲曲去了草原上的希望小学。马燕山《兰州盛开的玩笑》中借主人公马踏之思来表现对兰州城市文化的热爱。"我宁可相信命运,人就是这样,在斗争和选择中成长,但是我又丝毫不厌倦这座城市,因为,这座城市的移民特征告诉我们,它具有很强的包容性,这座城市的生活总是给人一种鲜活的特征,这座城市的人们热情好客,这座城市的女孩生动大方……太多太多的一切使无数来自四面八方的人们留下来,并且永无止境地生存繁衍。这就是兰州。"[①]"进城"与"出城"构成人城关系叙述的主要模式。马燕山《天堂向东,兰州向西》中的马踏最终厌倦城市生活而到藏区草原上生活,就是一种"出城"的文学仪式。张存学的长篇小说《白色庄窠》重点叙述庄窠里发生的故事,而小说中提出的"兰州"仅仅是主人公卢里逃避庄窠灾难的临时生存空间,卢里依然无法摆脱城市中无爱的婚姻与最终的离婚,可以说,人物的命运就永远地徘徊于城市与乡土之间。

---

① 马燕山:《兰州盛开的玩笑》,敦煌文艺出版社2011年版,第75页。

(二)"堕落"与"拯救"的人生理想

徐兆寿、尔雅、赵剑云等小说家在表现校园城市文化中常常采用"堕落—拯救"的叙述模式,道德审视是作家的基本立场与常用视点。尔雅《蝶乱》叙写受乡村文化哺育的青年在城市大学校园寻找自我的故事,徐兆寿《非常日记》、王文思《迷爱》表现了青春少年在城市生活中"堕落—拯救"的命运。

在王家达《所谓作家》中,美与丑、善与恶、进步与保守、弱者与强者、官员与百姓等二元对立模式,是推动小说故事情节发展的主要动力。因此,善恶壁垒清晰与爱憎情感分明是小说叙述者的伦理道德立场。小说中,"风"派和"蛋"派不同类型人物之间的冲突,构成了小说情节的主要矛盾。此外,官员与作家的矛盾,是本小说情节展开的重要维度。在小说的开头,作家胡然的笔名来自秦启明市长的"胡球然"的评判,就隐喻着政治对文学的强制性"命名"。这种政治话语的"命名",一直延伸至作协领导成员的选举、文艺经费的分配、文学刊物的存亡、作家命运的悲喜等方面。邪恶战胜正义、保守压倒进步的故事模式,构成小说悲剧性的审美效果。《所谓作家》因此成为正气、正义、正直遭受践踏的悲歌。

作家的视角与人物的视角有所不同。就叙述基调来说,叙述者对兰州地域文化是热爱的。如前所述,叙述者赞美兰州文化的话语浮现其间,但就人物的视角来说,又是排斥与拒绝的。在马燕山《天堂向东,兰州向西》中,作家通过马踏的视角传达出对现代城市文化的观点。"奶奶走了,留下了孤独的马踏,把马踏留在了烦乱的尘世里,留在了琐碎的生活里,留在处处充满情欲而又布满陷阱的都市里。"[①] 在纯洁的牧区姑娘曲曲的感染和草原生活的吸引下,马踏认为在城市里有"一种浑浑噩噩中消耗生命的感

---

① 马燕山:《天堂向东,兰州向西》,敦煌文艺出版社2005年版,第51页。

觉",因此,决定去草原一边给牧区的孩子教书,创办自己的牧场,一边从事写作。① 叙述者也用草原姑娘的眼光审视城市。"你们这些城里人啊,其实活得可怜,整天钻在楼里边,连太阳都不见,衣服不见太阳都发霉,何况人呢?人不见太阳也会发霉,发霉就要生病。""你去我们草原上看看,那一望无际的草原还有漫山遍野的花朵,骑着马奔跑起来,只要你闻闻那草香花香,病都好了,我们的牲口有病了,拿些艾草熏熏就好了。"② 作家以藏族姑娘曲曲的视角来写城市生活与草原生活的巨大差别,这是马踏最终选择离开、走向草原的主要缘由之一。《天堂向东,兰州向西》以城市人金总编的视角反思城市的生存。"你看人家这些草原上的人,多么快乐,高兴了就跳就唱。哪像我们城市人啊,时时都在看别人怎么活呢,处处充满杀机,处处都是阴险,什么时候,我们人类变得单纯些该多好啊!"③ 马燕山似乎在充满生机的草原上找到了"逃离"城市生存危机的途径。

叶舟的小说《姓黄的河流》叙述了兰州城、黄河边发生的故事。④ 小说采用多线结构,一条线索是艾吹明与迟牧云在婚后七年遭遇的情感危机与精神迷茫,迟牧云是有几家连锁店的老板,心高气傲,不甘平庸,而艾吹明是一个收入平平的普通公务员,后来俩人干脆分居,迟牧云移爱于他人,两人的婚姻走到了悬崖边。小说的另一条线索是一个德国青年托马斯·曼在黄河边做独木舟时讲述给艾吹明的家庭故事。年少的姐姐米兰达因在"噩梦"中梦见舅舅的狰狞形象而在懵懂中写了一张舅舅沃森"侵犯"她的贺卡,九岁的托马斯因为不满姐姐的高傲,便将贺卡直接送给邮局。警察来调查时,十四岁的米兰达未能出面及时澄清事实,舅舅蒙不白之冤而入狱。一家人陷于村人的冷脸与嘲笑之中,度日如年。姐姐因有"污名"而

---

① 马燕山:《天堂向东,兰州向西》,敦煌文艺出版社2005年版,第222—223页。
② 同上书,第185页。
③ 同上书,第209页。
④ 叶舟:《姓黄的河流》,《北京文学》(中篇小说月报)2010年第8期。

不得不辗转异乡，隐姓埋名，只身一人打发时光，不婚不育，以此来惩罚自己。后来，弟弟托马斯找到了姐姐，姐弟各自原谅了年幼时的过失，姐姐向警察局说了实情，两鬓斑白的舅舅终于出狱，一家人才得以恢复声誉。为了完成姐姐认为只有"姓黄的河流"才能作为"施洗的河"，才能洗去她人生的罪恶。来中国兰州留学的托马斯便想做一只独木舟漂流黄河，替姐姐完成这个愿望。小说中最隐秘的一条线索，是对战争创伤的表现。沃森舅舅原来是犹太人，日耳曼人克拉拉因她的父亲"叛国"也被投进戒护所，俩人其实并不是兄妹，他们是在儿童戒护所认识的。沃森和克拉拉在戒护所饱受折磨与侮辱，两人相互救助，通过偷偷地抄诗和练习写诗来维系活下去的希望，最终艰难地熬到战争结束。后来，沃森和克拉拉成为夫妻，托马斯和米兰达便是他们的儿女。米兰达无法面对舅舅变为"父亲"时对其罪过的重新审判而失踪了。为了寻找女儿，沃森应聘了一个装扮圣诞老人的工作，踏上了漫长的寻亲之路，在聆听了沃森的经历后，米兰达明白了父亲的痛苦与慈爱，决定重新开始自己的人生之路。小说中，艾吹明的家事故事与托马斯的家事交织在一起。托马斯想通过黄河漂流的形式完成救赎，在造独木舟的过程中得到了当时婚姻陷入危机的艾吹明无私、热心的帮助，中国人传统的"墨斗"与现代划船的"桨"，都促成了托马斯独木舟漂流黄河的"壮举"，也借独木舟实现了到对岸寻找妻子的愿望。小说的叙述者完成了"叙述"，也就最终完成了将读者"摆渡"到心灵彼岸与精神对岸的审美目的。《姓黄的河流》叙述了成长的创伤与精神救赎，其虚拟城市空间是有着"滨河大道风情线"的兰州，兰州因此成为诉说之所、希望之源、救赎之地及慈爱之城。

（三）"乐居"与"煎熬"的生存体验

一个城市的文化精神既奠基于物质生产生活方式，又奠基于精神生活方式。马燕山《天堂向东，兰州向西》中，兰州饮食文化中体现着一种

"杂交"文化的特点,散发着一种羊肉大蒜加咖啡红酒的"混合味"。手抓羊肉餐馆、牛肉面馆、火锅店、咖啡屋、酒吧、"摸吧"、宿舍、办公室、休闲会所、殡仪馆、城市公园、黄河风情线等组成他们生死爱恨的活动空间,而吃牛羊肉、黄河船上喝茶、酒馆喝酒、咖啡屋喝咖啡、谈情说爱、朋友同事聚会聊天打牌、出入休闲会所、新闻报道选题、报社竞争上岗、广告策划、参考各种庆典或开盘仪式、工厂破产、工人下岗、谈报纸业务等构成人物的主要活动。可以说,马燕山的小说中有意地突出兰州独特的城市文化气息,也体现出本土知识分子对兰州地域文化的自觉。

马燕山《天堂向东,兰州向西》《兰州盛开的玩笑》着力于表现兰州的饮食文化。吃手抓羊肉就大蒜、喝白酒时划拳"过关"、男女都能饮酒、吃牛羊肉烧烤与喝啤酒、夏天喝三炮台、周末朋友同学聚会、家里多吃揪面片、闲暇时进休闲会馆与洗浴城等,成为兰州饮食文化的主要元素,而谈情说爱、打牌搓麻将、情欲放纵、职务升迁、拼命赚钱、追求幸福,则成为其日常生活的主要内容。借用小说人物"舟曲"的话:"兰州人的小资情调就是这样,手抓、火锅、羊肉泡、烤羊肉、喝啤酒,早晨吃牛肉面加鸡蛋或者加牛肉。"[1] 这一切都体现着叙述者与人物所共有的城市"乐居"心态。

马燕山重视兰州日常生活中活色生香的世俗气息,其小说中人物的活动空间为芳草园的茶摊、火锅店、咖啡馆、街道等。"每到晚上,几百家火锅店一起开张,叫卖声、拉客声、吆喝声、划拳声哈哈笑响彻一片,灯火通明,加上火锅的热气腾腾,简直和清明上河图里的繁华景色相差无几。"[2] "这兰州城,咱们按全国水平讲,工资水平最低,但酒的销量在全国却是最高,你说在座的,哪一个喝不上个一斤八两的。"[3] "兰州就是这样,无论是

---

[1] 马燕山:《天堂向东,兰州向西》,敦煌文艺出版社2005年版,第132页。
[2] 马燕山:《兰州盛开的玩笑》,敦煌文艺出版社2011年版,第11页。
[3] 同上书,第15页。

烦恼与欢乐，每个夜晚都有酒来依随，让一切随酒而飘散吧，欢乐甚至愤怒。"①"兰州的夜色可真美啊！这正是十月的兰州夜晚，满街的啤酒摊上，全是喝啤酒吃烤肉的人们。"②"兰州，某种意义就是一座西部酒城。"③ 文化是城市的灵魂，但独特的饮食文化并不是城市精神的全部。"当然，很难用一两个词语来概括兰州。牛肉面的兰州也许只是某种肤浅的表象。兰州作为城市，远比牛肉面、羊肉和《读者》要丰富得多。在某种意义上面而言，这座城市整体上显得内敛和保守，甚至是神秘的。"④ 不同小说对"兰城"的多维观照，使得兰州的文化更显得丰盈。

小说家在不同城市的生活体味与城市观念影响着小说中不同的城市形象，也影响着对城市生存的整体情感积淀。李西岐小说以下岗的秦腔演员的视角来写兰州，其生活体验则是一曲激昂又悲苦的秦腔剧。马燕山以新闻记者与报刊主编的视角来书写兰州，但并非社会新闻事件的文学化书写，而是与记者与主编相关联的职场人生与情感纠葛以及生命欲望书写，"欲望"的兰州是"一片美丽的充满诱惑的唇"，其中包括了"食"与"色"。马燕山对兰州城市文化的书写属于"欲望书写"，其笔下没有李西岐兰州城市书写中的悲酸与痛楚，更多是如黄河般不断涌流的食欲与情欲。小说家张存学重点表现了城市青年男女情感"沉默"中的"尖锐"与"简单"中的"复杂"。《金城关》虽写兰州的城市文化，但深层中蕴含着一种城市生存是一种"煎熬"的思想焦虑。

兰州城市文化书写中的兰州方言，也是其精神文化的符号化呈现。李西岐《金城关》、马燕山《天堂向东，兰州向西》等皆有意在小说叙述中，或在人物的语言中引用兰州方言，同饮食文化一样，作品中的方言在一定

---

① 马燕山：《兰州盛开的玩笑》，敦煌文艺出版社2011年版，第72页。
② 同上书，第79页。
③ 马燕山：《天堂向东，兰州向西》，敦煌文艺出版社2005年版，第121页。
④ 汪小平编：《美丽兰州》（散文卷），甘肃民族出版社2013年版，第72页。

程度上增强了小说中城市的地域文化气息。"'家'保护我们。我们也需要人际关系的强度与密度——家的'温暖'。'回家'应当意味着：回归到我们所了解、我们所习惯的，我们在那里感到安全，我们的情感关系在那里最为强烈的坚实位置。"① 无论叙述者视角还是人物视角，对兰州城市文化多元景观的评判，其实是作家对城市生存状态矛盾性思想的体现。作家在城市文学创作中能够真实地"裸现"其心理与情感的矛盾，其实是城市写作的精神史意义所在，因为这种矛盾性也是中国现代知识分子在感受乡土中国在走向现代化时必然经历到的阵痛与欢悦。在一定程度上说，每一篇城市题材作品都在"寻找城市家园"的路上。

五 城市文化记忆小说表达的审美差异

"城市空间，作为一种物质性存在，不仅会影响作家的小说写作，而且由于城市的变迁，作为不同时代的作家，在再现其城市空间以获得真实感和现场感的时候，其城市书写也就必然受制于具体的城市地理空间，从而使其书写具有特定历史时期的城市空间特征。"② 小说家是城市生活的观察者与记录者。"新世纪以来，甘肃出现了一些思想艺术价值较高的城市题材的长篇小说，与东南沿海和近邻的陕西相比，甘肃的长篇城市叙事出现较晚，叙事切入点却很独特：即以高校生活为叙事切入点，城市叙事与知识分子叙事交错呈现，如史生荣、尔雅、徐兆寿等的作品；甘肃城市叙事关注的不是都市普通人烦琐、细碎的生活，而是城市知识群体的精神世界，

---

① ［匈］阿格妮丝·赫勒：《日常生活》，衣俊卿译，黑龙江大学出版社2010年版，第230页。
② 孙逊、刘方：《中国古代小说中的城市书写及现代阐释》，《中国社会科学》2007年第5期。

包括作家、大学教授、大学生、文化机构的工作人员等；叙事视角和叙事立场是知识分子的，而不是平民的，刘恒、池莉、何顿等作家则是以平民的视角，反映城市底层市民的世俗生活；甘肃城市叙事关注的是人在城市生存中精神的困惑、迷茫和痛苦，尽管精神的痛苦大多是由于物质的贫乏或欲望的不满足带来的，但作家们还是坚持把叙事的核心放在人的精神毁灭和灵魂救赎上，这是甘肃城市叙事的个性化特征。"[①] 李清霞对甘肃城市小说的"切入点"、叙事视角、叙事内容进行了概括，其评价也是准确的。

达夫妮·斯佩恩认为："在历史的长河和不同的文化中，建筑与地理的空间安排加剧了男性与女性之间的地位差别。"[②]性别话语在城市叙事中具有明显的差异，表达了"她们"对城市文化记忆的独特理解。20世纪90年代以来，女性作家在城市书写中的地位不容忽视。魏微、戴来、盛可以、须一瓜、朱文颖、黄咏梅、赵波、陆离等女性小说家以灵动、微妙、细腻的叙事姿态，对当代都市生活及其精神境域进行了不懈的探求。"研究显示，尽管男人与女人共同存在于城市空间中，他们使用这些空间的方式却不相同，而且有不同的感受。"[③] 洪治纲在评论20世纪70年代出生的女作家群的当代都市书写时说："这批青年女性作家之所以对当代都市生活有着十分独特的审美表达，首先在于她们自觉地撇开了有关生活中政治经济等公共空间的宏观性叙事，而以女性特有的细腻和敏锐，专注于对都市内部个体生命存在境域的审美表达，尤其是对在现代物质文明挤压之下的种种孤独感和荒诞感的强力书写。"[④] 与其他地域作家对城市的书写相比，甘肃女性作家在城市文化记忆的书写中同样具有自觉的性别意识与人文关怀，

---

① 李清霞：《艰难而尴尬的城市书写——论新世纪以来甘肃城市题材的长篇小说》，《西北大学学报》2011年第5期。
② 汪民安、陈永国、马海良主编：《城市文化读本》，北京大学出版社2008年版，第295页。
③ ［澳］德彼拉·史蒂文森：《城市与城市文化》，李东航译，北京大学出版社2015年版，第47页。
④ 洪治纲：《主体性的弥散》，吉林出版集团有限责任公司2009年版，第83页。

并显现出各自的特点。小说家向春表现了城市空间形象的诸多方面,"妖娆"是其体悟城市生活与情感的标志性理解,从《鸡蛋放在哪只鞋子里》《身体补丁》中皆能发现这一点。《鸡蛋放在哪只鞋子里》既有言情小说的基本特质,故事性和可读性又很强,悲情的故事、虚幻的情感、近乎偏执的人物、都市上层社会的生活等共同构成了小说的消费元素。《身体补丁》则具有社会剖析小说的特点,以女性的视角与漫画的笔法,剖析了近些年来中国社会流行的修复女性处女膜现象引起的各种社会问题,追问人性与道德的迷失。"向春擅长小说的各种形式,短篇、中篇、长篇都有力作,也是目前甘肃最有活力的女作家之一,小说艺术日臻完美。创作切入点是女性主义的,以描写女性心理见长,明显受到女性主义观点的影响,着力探寻性别差异下的女性解放之路,她总是关注女性的美丽温柔妖娆纯情感性的性别特征,寻找女性性征的生成性、工具性对女性成长的意义。"①雅兰将写作作为一种用心去抚摸世界和感悟生命意义的过程,其"红色三部曲"系列小说是其女性意识与城市女性人文关怀的诗意体现。同样,苗馨月《都市街灯》表现四个下岗女性知识分子的不同人生道路选择,反思着都市物化对美好人性的吞噬。"空间的隔离是一种强势集团对弱势集团维持其统治地位的机制运作。通过控制空间而操纵获得知识和资源的机会,统治集团维持和巩固其地位的能力得到增强。因此,空间的域界造就了妇女的不平等地位。倘若女人欲有所作为,就必须改变空间。"②这些女性作家不仅思索女性的"异化",还寻绎女性命运变化背后社会的"异化",更反思着城市空间中的女性所处的不平等地位,表达出对"改变空间"的精神诉求。

  小说家对城市的理解或对城市生活方式的理解,决定了他对城市进行文学表现的内容与形式。观看与展示城市的方式背后有着作家的情感结构。

---

① 李清霞:《女性书写:耽溺与超越的尝试——论新世纪以来甘肃女性作家的长篇小说》,《兰州交通大学学报》2010 年第 5 期。
② 汪民安、陈永国、马海良主编:《城市文化读本》,北京大学出版社 2008 年版,第 300 页。

雷蒙·威廉斯认为:"城市被展示为一种社会现实和一种人文景观。在其中被戏剧化展示出来的是一种非常复杂的情感结构。"① 小说家本人的城市生活阅历影响着他们的小说创作。徐兆寿的校园"非常"系列长篇小说在创作渊源上接"五四"时期的性爱小说,只不过将下层知识分子的人生困顿与性爱苦闷转换为对大学生性爱苦闷的表现。小说中的主人公大多出身贫寒、自幼丧亲、心理敏感、性格自卑等成为其内在心理,在校园生活中属于"边缘人"。这完全不同于路遥笔下的纯朴、健康的农村少年形象。这种生活的"泛性化"阴影亦表现在其他甘肃校园题材作家的小说创作之中。如果从性心理健康教育的角度来说,我们将其作为"问题小说"或"教育小说",作家所思考的问题与文学关怀是具有社会现实意义的。何岳的小说《老巷》的人物与情节的安排体现着作家的"混沌"哲学观。"本书虽确属小说,但人物故事情节线索却无主次之分,眉毛胡子一把抓,一片混沌世界。""看来,混沌就是气运。"② 在具体的叙述中以"气运"贯穿文本,即时代之气、城市之气、巷道之气、院落之气以及人物之气,始于古巷拆迁,终于新巷建成,人物命运随之流转,历史的前景与背景脉络清晰,书写城市的意图也显现于其间。

尔雅著有散文集《一个人的城市》,其"城市"是"一个人的城市"。尔雅以建构城市的方式建构着自己的精神家园,作家对男性内心隐秘进行了深入的袒露和剖析,通过对城市中男男女女的刻画来建构自己的城市风景。在《非色》和《上海的妖夜》中,"我"、式牧和王三元都是自恋型男性形象,他们在物质、金钱、权力、美色的诱惑下背叛了自己的人格理想。在小说审美特质方面,尔雅将电影的蒙太奇、花鸟人物画的工笔、山水墨画的白描等艺术技法融入小说的叙事之中。"关于小说的语言,我认为它应

---

① [英]雷蒙·威廉斯:《乡村与城市》,韩子满、刘戈、徐珊珊译,商务印书馆2013年版,第223页。
② 何岳:《老巷·序》,作家出版社1999年版,第1页。

当是小说本身的重要元素。我一直试图在汹涌的言辞之后，寻找它被遮挡起来的部分。叙述一个事件本身，相对容易；难的是叙述的语言。"[1] 在《蝶乱》中，寒子介对自我的体认与尔雅的小说叙述有相似之处："我的文字看起来虚幻缥缈，充满了彻头彻尾的虚构、谎言和丑陋。她仿佛一个纯粹的象征，一则可以陈旧得可以扬起尘灰的寓言。"[2] 尔雅对小说叙述话语有着艺术上的自觉，使其《非色》《蝶乱》等小说的话语色彩纷呈，情韵梦幻迷离、叙述细腻婉转。徐兆寿、尔雅、史生荣等作家在高校工作，其小说中的城市人物形象的塑造与城市文化空间，大多与高校校园生活为中心。

以记者为职业的马燕山从事诗歌创作与诗歌评论，亦从事小说创作。马燕山长篇小说《天堂向东，兰州向西》在对兰州书写的同时，每章后皆有一首没有题目的抒情诗。固然与作品没有直接的联系，但作为小说中的互文性组成部分之一，无疑会增强小说中的抒情性特征，这也成为马燕山的小说与其他小说不同的一个特征。马燕山的兰州城市日常生活中"食与色""生与死"的欲望描写，使其小说具有一定的喜剧色彩。在小说技法上，马燕山重视了故事的讲述，并在讲述中突出诙谐幽默的内容，如"荤段子""笑话"等。在话语特点上，马燕山《兰州盛开的玩笑》在话语中有意增加了兰州方言的运用，地域色彩更加浓厚。在小说《兰州盛开的玩笑》中，朋友同事们的聚会吃手抓、吃火锅、喝酒聊天、吃凉面、进"摸"吧、逛洗浴城、酒店吃完饭则到家庭里聚会喝酒唱歌、说性爱或情色话题等则与《天堂向东，兰州向西》相似，在作品中不时会引用外国诗人的诗句以及村上春树、昆德拉的观点等，主人公悲痛时总会引用外国人的诗句来"抒情"。马燕山的小说浸染着华丽又颓废、高尚又猥琐的双重色调，这恰恰是当下城市通俗小说常见的创作理路。

---

[1] 尔雅：《蝶乱》，敦煌文艺出版社 2003 年版，第 306—307 页。
[2] 同上书，第 278 页。

弋舟的小说《战事》《跛足之年》《蝌蚪》等中的"兰城世界"具有作家独特的审美烙印。作家对城市文化记忆的文学书写中还要面对的问题是"如何记忆"与"谁在记忆"的问题。小说中的城市文化记忆因小说家创作审美理想的不同而呈现出不同的审美差异。弋舟对城市文化记忆的小说表达具有独特而鲜明的个性化印记。

首先,弋舟小说中的人物心理描写与心灵上的战栗是其小说打动读者的重要质素。在小说中,某种意绪或心理时时萦绕于怀,不同的意绪相互碰撞、对峙、融合、分化,从而使个体的情感世界中充满了撕裂感与悖谬感。弋舟小说中精神创伤者的叙事视角不仅表征于叙述者本身具有的精神病患者特征,还在于人物在其成长过程中遭受的心灵创伤,体现着作家对"城市病"的诗性觉解,这些特征在《而黑夜已至》《隐疾》《我们的底牌》《外省书》《身体的修辞》中都有具体的表现。与此同时,童年或少年期的心理创伤常成为影响一个人一生命运的重要因素,弋舟小说常从带有精神创伤的人物的视角展开叙述,如《战事》中的少女丛好与她父亲一起看到的母亲与人偷情的场景;在《我们的底牌》中,"我"的哥哥永远镂刻着"儿童尸体"的惊恐记忆;在《蝌蚪》中,"我"在少年时看到父亲郭有持与母亲之间争吵以及父亲的"菜刀"逻辑给他造成心灵的创伤。在《等深》中,偶然间发现了母亲与其上司在酒店的"隐情",则决定在可以承担法律责任的14周岁去"复仇";在《所有路的尽头》中,邢志平在少年时寄居姑妈家时遭受的"阉割"恐惧就弥漫在其一生之中。弋舟小说对"病态"的叙述中既有作家"引起疗救"的创作动机,又有作家探寻人类奥深心灵与幽暗人性的创作旨归。

其次,弋舟小说具有空间化的叙事结构。受美术专业素养的潜在影响,弋舟的小说在线性叙述话语中呈现出一定的空间化特征,其小说对人物塑造、情节设计、意绪营构总是处在一种空间场所意识之中,将一切意义的生发点凝固于"最具内蕴性的一瞬间","兰城世界"因此成了一个既具现实感又具隐喻性的空间符号，其背后蕴含着作家对"我在哪里""我到哪里去"的存在谜题的思索。弋舟小说中的"回忆"常常从一个空间到另一空间，在空间光线的明暗与色彩的浓淡方面有着艺术自觉。《李选的踟蹰》中的"尔雅茶舍"、《而黑夜已至》中的"咖啡馆"、《雪人为什么融化》中的"红蘑酒吧"、《所有路的尽头》中的"咸亨酒馆"、《蒂森克虏伯之夜》中的"凤凰城"、《鸽子》中"丁岚的酒吧"等空间意象都具有这样的叙事功能。

再次，弋舟小说具有复调的叙事话语。弋舟小说对城市文化记忆的呈现采用了复调的手法，这不仅是对城市生活中市声喧哗的体认，也是小说家自觉的艺术选择，具体表现于小说中不同文本间的对话、不同人物的对话等方面。弋舟小说文本"题记"或文本中对一些哲理性很强的诗文构成了一种"对话"关系。

最后，人物性格的多重矛盾、情节的聚集错杂、结构经营的时空并置等复调小说的艺术质素渗透于弋舟的小说之中。在《战事》中，伊拉克战争中的战争进程与"英雄"之死和女主人公的成长历程与理想之死是"进行曲"与"小夜曲"组成的独特的复调和弦。《赋格》以策兰的诗《死亡赋格》为起笔，书写"我"与康颐、罗小佩、赵玫、阿龙等人的吸毒、贩毒生活，诗歌《死亡赋格》的旋律及其变调在小说《赋格》中不时响起。在《金枝夫人》中，女主人公金枝在现实生活中的命运常常与其在大学期间参加学校话剧团扮演《麦克白》中的麦克白夫人的情节形成复调，命运起伏与心灵震荡之时，也是《麦克白》中的台词复现之时。在《李选的踟蹰》中，汉乐府《陌上桑》中罗敷的心理世界与现代人离异后李选面对恋人曾铖、情人张立均时情感的"踟蹰"。弋舟小说的复调特色不仅表征于文本与文本之间，还表征于人物与人物之间。可以说，弋舟以复调的叙事话语呼应了现代城市中众声喧哗的文化生活景观。相比之下，弋舟的城市生活书写则强调其现代性理解，孤独、恐惧、荒诞、悖谬常常成为其言说城市的主要思想倾向。

总之,小说家对城市的表现是个人城市体验的艺术呈现,其对城市文化记忆的表现大多从城市内部,尤其是通过对市民生活及其心理的角度来解剖城市精神的,对城市史一般表现较少,而对城市人的情感空间挖掘较多。美国学者罗伯特说:"通过对小说中的所有这些有关都市体验的讨论,我们清楚地意识到,作家对于城市中的场景的描写要取决于他或她本人的敏感性、心理和专注——取决于作家收听的是哪个城市频率。"[①] 在兰州城市文化记忆的小说想象中,小说家们通过接受"城市频率"来传播"城市律动",并建构出自己的"城市记忆"。

六 兰州城市文化记忆的小说书写中存在的问题与经验借鉴

(一)存在的问题

小说家通过艺术的方式建构着现代城市生活的理想。"文学艺术的寻找城市,生动地传达着一种文化期待,对于中国的城市化、城市现代化的文化期待。他们所寻找的无宁说是现代人、城市的现代性格。"[②] 城市文化在文学世界中的"存活",从而使其更具魅力。兰州城市文化题材的小说尽管较多,但产生较大影响的作品并不多。这一点与兰州题材作家本身的创作水平与作品的质量有关。程金城教授在谈到甘肃长篇小说的缺失时提出

---

① [美]罗伯特·阿尔特:《想象的城市:都市体验与小说语言》,邵文实译,江苏凤凰教育出版社2013年版,第151页。
② 赵园:《北京:城与人》,北京大学出版社2002年版,第192页。

"精力投入不足问题""感情融入不足问题""作家独立意识和意志力问题""不能与表现对象拉开距离"等几种问题。"一是对自己和自己小说创作的可能性要有清醒的认识,对自己坚守什么、追求什么、放弃什么要有基本的把握,不随波逐流,以免将自己淹没在潮流中。二是对自己的描写对象要有独立的感受、见解和独特的表现。"① 这一点在城市题材创作中同样出现。赵学勇教授指出:"甘肃城市文学近年来涌现出大量的作品,但迄今为止仍未出现一部能够直逼都市文化灵魂、都市精髓,给人一种心灵震撼的优秀作品。有些作品如我们前面所谈多是一种非典型形态的城市文学。而且作品中都市气息不充分,有些仅仅涉及都市的一个方面——校园,或者侧重都市知识分子阶层的描述。大多作品停留在描写都市生活的表面形态,没有深入本质。"② 赵学勇教授要求城市小说深入城市精神内核,成为典型形态的城市文学。归结起来,创造优秀城市题材小说的主要责任在"作家",而不在"城市"。

在小说中,兰州城市文化记忆表现中存在的问题之一,是审美价值立场根基的不深。就高校题材而言,对城市文化中大学师生的表现主要是"事件性"描述,而缺乏"灵魂性"审视。知识分子的矛盾与冲突主要是物质的、情欲的层面,没有达到让人的灵魂震颤的深度与强度。把高校管理中的痼疾简单地理解为名利战、情感战等,知识分子的"堕落轨迹"或"堕落事迹"被简化为婚外有情人、以权谋利、知识换取金钱与地位等。高校校园成为作家欲望符号的表征,而忽视其本身应该具有的多维性与丰富性,甚至走向了片面与极端。"一叶落非天下秋。"贾平凹在写完《废都》后,不再走近"废都"题材,足以说明重复写作可能带来的风险。史生荣的小说在表现城市文化方面有其选材范围、情节模式、表达话语等方面的

---

① 程金城:《长篇小说繁荣中的缺失——近几年甘肃长篇小说创作概观》,《飞天》2006 年第 6 期。
② 赵学勇:《近年来甘肃城市小说的发展现状》,《小说评论》2010 年第 3 期。

特色，但也存在一些不足。"非常系列"小说仅仅是在自我复制，而作家单一的价值立场也影响了小说意义继续拓展的多种可能。城市生活日趋丰富多彩，城与人的关系日益复杂，作家以小说的形式对城市文化的呈现也是丰繁多样的。城与人的情感共振，还是城与人的思想交流，都在不断地发生着。唐达天、王家达等知识分子题材作品都有一种在"堕落"中寻找"救赎"的创作模式，作家一般怀着一种我不下地狱谁下地狱的心灵煎熬来处理这一题材。其思想中痛苦挣扎的痕迹，也留存在其作品的人物形象塑造之中。在一定程度上，作家在表现兰州城市文化记忆时常持守着一种批判的立场。"揭露黑暗"成为作家的创作目的，其叙述的前提就是对描述对象的"黑暗性"或"负能量"的价值预设，如作家对大学"潜规则"盲目痴迷的描述与对校园中"阳光飘香"的忽视。

  问题之二，是作品重视新闻性而忽视文学抵达思想与心灵的深度。马燕山《天堂向东，兰州向西》被称为"新新闻主义小说"，这当然与主人公的记者身份相关联。在一定程度上，作家是以记者、编辑的视角写小说，其作品中涉及的内容亦具有新闻性。"报纸新闻"也成为小说的组成部分。"城市里每天发生的事几乎都成了几家报纸争相追逐的东西，黄河边又有人跳河了，黄河里打捞尸体的老汉自曝收入，西站又发生抢劫，歹徒杀死两人，某房产总裁被人谋杀，黑社会头目被抓，还有什么庆阳路车祸一家三口过完生日后全死，什么民工花钱雇小姐回家当媳妇，等等。"[①] 值得反思的是，这种"新闻主义"的笔法与小说的诗性笔法常常是"矛盾"的，形成了一种相互"解构"的叙述效果，最终体现为报纸新闻性与日常生活性的背离。客观地说，新闻性思维影响了马燕山对小说故事情节设计中文学性的重视，使得一些情节仅仅是"新闻事件"，而缺少人性的深度与情感的震撼力度。例如，在《兰州盛开的玩笑》中的一些情节设计不太符合人物

---

① 马燕山：《天堂向东，兰州向西》，敦煌文艺出版社2005年版，第103页。

逻辑，如娄祺与元君在贾刚家里留着门缝发生性关系，这并不太符合一般朋友聚会时的"现场直播故事"。又如，安子躺在殡仪馆被整理遗容时对其阳物挺立的笑话等，都缺失了一般人对死者与死亡常有的敬畏之感。此外，其小说在一些情节中将严肃的生命悲剧作为戏谑性"荤笑话"，包括人物的取名与自我介绍中对自己姓名的"自贱"，从这些细节中都能发现作家"玩笑"观念的"无意识"表达，而这恰恰是艺术创造上的败笔。再如，马踏说自己一生磨难很多，父亲是自杀而死，但这种记忆只提及一次，似乎是偶然行为。这些都是作家浪漫想象与主观臆造的产物，以上的不足都是作家需要突破的。一些小说家常常关注"情节"的"惊悚性"，如"非正常时期的政治迫害""大学生自杀""官员腐败"等，而不去挖掘人物的灵魂来增强作品的艺术感染力。

问题之三，是因受到乡土生存经验的影响或限制，作家在小说创作中并没有找到表现城市体验、城市精神的话语范型。"纵观新世纪以来的甘肃城市叙事，我们发现，作家和他们笔下的城市知识分子大多具有农村生活经验，城市叙事普遍受到他们童年乡村记忆的影响，他们从理智上认同城市化的发展趋势和现代物质文明，情感上却眷恋乡土、拒斥现代文明，这种矛盾心理构成了甘肃作家城市叙事的内在张力，决定了他们面对城市文明时爱恨交织的复杂情态。"[①] 目前，西部长篇小说以农村题材占有优势。城市题材小说中有官场小说、校园小说，却无工厂小说、军旅小说等，城市题材范围不太丰富，主要聚焦于高校校园和作协、报社等一些文化机构。小说题材上"狭窄"不止与作家"经验写作"的创作观念有关。"小说里，不同的性别和由此对城市产生的不同认识都至关重要。"[②] 城市为个体的生

[①] 李清霞：《艰难而尴尬的城市书写——论新世纪以来甘肃城市题材的长篇小说》，《西北大学学报》2011 年第 5 期。

[②] [英] 迈克·克朗：《文化地理学》，杨淑华、宋慧敏译，南京大学出版社 2003 年版，第 66 页。

存提供了别样的体验,也形成了工厂、社区、街道等各种文化空间,这些文化空间都应成为作家关注的对象。从切入城市生活的视角来看,甘肃作家对城市的书写多半选择的是"行者"或"游者"的"路线",其叙述中的观察者或体验者多为"单身",而这种"单身"的叙述者视角无疑限制了小说家在城市书写中向更加丰富的生活岩层的掘进。

  问题之四,是作家在创作中重视数量而忽视质量。没有城市性格的城市书写,作品中城市人物形象塑造有雷同化的倾向,作家缺少城市书写中的独立品格意识。在城市文化表现中,大多数作家并没有局限于一座城市,而是"双城记"式的书写,如弋舟笔下的城市涉及兰城、西安、深圳等地,李西岐笔下的城市书写涉及金城、乌鲁木齐等,马燕山笔下的城市涉及兰州、上海、天水、张掖、武威、敦煌等。在不同城市的相互参照中进一步突出了所要表现的主要城市。在马燕山《天堂向东,兰州向西》中,作家以兰州青年马踏的视角来展现上海的城市文化及家居生活,同时又以上海"小资美眉"默默的视角来表现兰州的城市文化及家居生活。生活在上海的默默想象兰州可能是"沙漠里的一座孤城""街上走的是骆驼呢",而在真实中的感受是"城市也和上海差不多,这里的街道还挺干净的"。只有在"城"与"城"的对比中,一个城市的个性及其市民的性情才得以彰显。

  城市题材小说不是简单的城市民情风俗志,也不是繁多的城市文物陈列馆,它是中国现当代知识分子以其文化心理与情感世界的全部丰富性的体现,是对城市的心灵铭刻与精神雕镂。城市题材小说传达了对城市文化的全部感性认识、理性思索、美学理解与艺术传达。"城市文化通过更高的社会表现所呈现出的是生活文化。"[①] 除马燕山、李西岐等作家外,小说家在面对兰州城市文化时往往对兰州进行了"匿名化"处理。小说家为什么

---

① [美]刘易斯·芒福德:《城市文化》,宋俊龄、李翔宁、周鸣浩译,中国建筑工业出版社2009年版,第493页。

要让兰州"隐匿"而不"敞亮",背后的原因较为复杂。除了担忧小说文本中的"兰州"被读者当作现实中的"兰州"之外,最主要的原因还是文化自信心与艺术自信心的不足所致。"每个地域文化的特点都是拥有其他地区所没有的器物、风土和历史以及思想传统,所以不同地域文化往往催生出不同的'城市想象'形态。"① 兰州本土的地域文化是文学发展的重要营养,这一点在中外文学发展史中有较多的例子。文化需要自信心,城市文化的发展也需要自信心,城市文化记忆的小说呈现同样需要自信心。"匿名化"的方式也许就是为了防止读者进行"对号入座"式的解读,也许是为了规避在对城市负面形象呈现中的"伦理责任"。甘肃小说家对以兰州城市文化作为文化背景的小说的"匿名"书写或"隐身"言说的原因,在于小说家在城市小说创作中的"底气不足"。尽管一些作品中城市文化背景在"北京""广州""西安"等假托之地,而无一例外的是一个"隔"的表达,城与人之间的"裂隙"随处可见,小说创作的水平有待进一步提高。

(二) 中外作家的城市书写及其创作经验

"从建筑到公共交通再到经济,无论新的客观现实是什么,个人对生活在这种新都市地带的感受都迥然不同——步行在城市街道上,融入市区熙熙攘攘的人群之中,暴露于呈几何级增长的喧闹与杂乱之下,居住在城市新兴人口聚集区的公寓大楼或出租房里。"② 独特的城市文化孕育和滋养了作家,作家又以丰富的文化产品反哺和丰富了他所栖居的城市。

法国小说家巴尔扎克的巴黎城市书写、英国小说家狄更斯的伦敦城市书写、意大利作家伊塔洛·卡尔维诺的城市书写、土耳其作家奥尔罕·帕慕克的伊斯坦布尔、俄罗斯作家果戈里和陀思妥耶夫斯基笔下的圣彼得堡

---

① 曾一果:《中国新时期小说的"城市想象"》,北京大学出版社2014年版,第235页。
② [美] 罗伯特·阿尔特:《想象的城市:都市体验与小说语言》,邵文实译,江苏凤凰教育出版社2013年版,第2页。

想象,都是小说表现城市文化记忆中的代表。"巴尔扎克展示了城市的社会复杂性及其持续的流动性;既然他的目的在于对此进行描述,那么由此产生的形象尽管很复杂,但同时也很清晰。而陀思妥耶夫斯基强调的是神秘感、陌生感和联系的缺失等元素;然后他开始努力设计最后的识别,这同狄更斯是有可比性的,但陀思妥耶夫斯基的创作是围绕不同的最终反应进行的。他同狄更斯之间的区别在于,他的识别并非来源于社会给人造成的窒息感,而来自一种精神上的承认,来源于孤立的绝望的另一面。波德莱尔则颠覆了所有这些价值观。"① "在陀思妥耶夫斯基最优秀的作品中,彼得堡不仅仅为小说提供了社会背景。在这个地方,城市的自然环境反映了人物的内心世界。"② "作为城市的彼得堡可以被看作陀思妥耶夫斯基最主要的主人公。"③ 没有这些小说家,这些城市也就不会这样魅力四射;没有这些城市,这些作家也许就不会在文学史上留下浓重的一笔。这些世界著名作家都为中国当代作家的城市文化记忆的小说表现提供了宝贵的经验。

土耳其作家奥尔罕·帕慕克与伊斯坦布尔城市文化有着密切的关系。奥尔罕·帕慕克说:"伊斯坦布尔的命运就是我的命运:我依附于这个城市,只因她造就了今天的我。"④ "随着年龄的增长,伊斯坦布尔人觉得自己的命运与城市的命运相缠在一起,逐渐对这件忧伤的外衣表示欢迎,忧伤给他们的生活带来某种满足,某种深情,几乎像是幸福。"⑤ 奥尔罕·帕慕克对城市的"忧伤"不是"对抗",而是像接受自己的"身体"一样"接受"城市的"呼愁",城市生活不在别处,就在作家生活的伊斯坦布尔。

---

① [英]雷蒙·威廉斯:《乡村与城市》,韩子满、刘戈、徐珊珊译,商务印书馆2013年版,第319页。
② [美]布位德利·伍德活斯、康斯坦斯·理查兹:《圣彼得堡文学地图》,李巧慧、王志坚译,上海交通大学出版社2011年版,第72页。
③ 同上书,第68页。
④ [土耳其]奥尔罕·帕慕克:《伊斯坦布尔:一座城市的文化记忆》,何佩桦译,上海人民出版社2007年版,第5页。
⑤ 同上书,第280页。

"我出生的城市在她两千年的历史中从不曾如此贫穷、破败、孤立。她对我而言一直是个废墟之城,充满帝国斜阳的忧伤。我一生不是对抗这种忧伤,就是(跟每一个伊斯坦布尔人一样)让她成为自己的忧伤。"① 奥尔罕·帕慕克是围绕伊斯坦布尔的城市灵魂"呼愁"来写的。"伊斯坦布尔的'呼愁'不仅是由音乐和诗歌唤起的情绪,也是一种看待我们共同生命的方式;不仅是一种精神境界,也是一种思想状态,最后既肯定亦否定人生。"② "呼愁"既是帕慕克作品中主导的思想情感,又是伊斯坦布尔城市主要的精神特质。

奥尔罕·帕慕克的小说创作与伊斯坦布尔有着密切的关联,他以多样的散文、小说不断书写着伊斯坦布尔的肌质与灵魂。帕慕克的许多小说中人物活动的背景就在伊斯坦布尔。帕慕克的处女作《杰夫代特先生》以伊斯坦布尔尼尚塔石区为背景,叙述了伊斯坦布尔一个富裕家庭三代人的故事。《黑书》以伊斯坦布尔为背景,将新闻报道风格与侦探小说结合在一起,叙述律师卡利普寻找妻子的故事,因为妻子与他同父异母的弟弟私奔了。《纯真博物馆》中的故事开始于1975年的伊斯坦布尔,叙述大纺织厂老板马斯奇家少爷凯末儿与少女芙颂忧伤凄美的爱情故事。《我的名字叫红》《白色城堡》分别以16世纪、17世纪的奥斯曼帝国为背景,展示了在东西方文化冲突中伊斯坦布尔的政治、历史及艺术。奥尔罕·帕慕克小说中的港口、街道、雪佛兰汽车、渡船、博物馆、图书馆、公寓、旅馆、家庭住房等城市的物质文化形象构成其小说的肌质与血肉。"伊斯坦布尔是帕慕克的艺术生命之源,帕慕克是伊斯坦布尔城的灵魂新绿,给这座城市增添了艺术的常青树;因为帕慕克,伊斯坦布尔又一次为世界瞩目、又一次刻进艺术的画廊,其生命活力将比城市的废墟更加久长,在文学艺术世界

---

① [土耳其]奥尔罕·帕慕克:《伊斯坦布尔:一座城市的文化记忆》,何佩桦译,上海人民出版社2007年版,第5页。
② 同上书,第87页。

中，伊斯坦布尔才能真正永远不朽。"① 帕慕克通过书写"我""父辈"及"祖父辈"与"城市"的关系，写出了个体生命的忧伤，写出了一个民族的忧伤，写出了一个帝国的忧伤，从而找到了一个城市深厚的文化底蕴。作家不是描摹城市的生活表象，而是试图挖掘和揭示东西方文化冲突的深层原因。"我的灵魂注入了城市的街道，如今仍在其中。"② 同样，帕慕克对伊斯坦布尔的散文表现，对中国当代散文家书写城市文化记忆的表现深具启示意义。

张爱玲写出了大都会里"普通人的传奇"。"如果真的就'城市文学'的艺术成就而论，现代以来的'市民文学'价值最高。我们已经有了张爱玲的上海大家族市民日常生活传奇和老舍的北京胡同市民日常人生写照，这才是相映成趣的'城市文学'的双峰。"③ 李欧梵分析了张爱玲笔下的上海与香港"双城记"所具有的象征性的联系与意义。"很显然，对张爱玲来说，当香港在令人无望地全盘殖民化的同时，上海带着她所有的异域气息却依然是中国的。"④ "张爱玲借着她的细节逼迫我们把注意力放在那些物质'能指'上，这些'能指'不过讲述着上海都会生活的另一种故事，也依着她个人的想象力'重新塑造'了这个城市的空间——公共的和私人的，小的和大的。"⑤ 张爱玲"用参差的对照的手法写出现代人的虚伪之中有真实，浮华之中有朴素"的创作理念与"苍凉美学"的风格亦是值得借鉴的。

城市文化记忆与小说书写，在中国现当代小说中已经有一些经典性的

---

① 杨中举：《奥尔罕·帕慕克小说研究》，山东人民出版社2012年版，第228页。
② [土耳其] 奥尔罕·帕慕克：《伊斯坦布尔：一座城市的文化记忆》，何佩桦译，上海人民出版社2007年版，第327页。
③ 施战军：《论中国式的城市文学的生成》，《活文学之魅》，吉林出版集团有限责任公司2009年版，第212页。
④ 李欧梵：《中国现代文学与现代性十讲》，复旦大学出版社2002年版，第111页。
⑤ 同上书，第223页。

文本可供借鉴。茅盾《子夜》、老舍《骆驼祥子》、张爱玲《金锁记》、钱锺书《围城》、李国文《花园街5号》、张洁《沉重的翅膀》、张贤亮《男人的风格》、尤凤伟《泥鳅》、李佩甫《城市白皮书》、王安忆《长恨歌》、贾平凹《高兴》、张者《桃李》、刘震云《我叫刘跃进》、刘恪《城与市》、范小青《城市表情》、孙惠芬《歇马山庄》等中国现当代城市小说为甘肃城市题材的小说创作提供了可供借鉴的经验。

瓦尔特·本雅明说："街道是集体的居所。集体永远是醒着的，永远是活动的存在者，因为——在建筑物之间的空间里——这些活动的存在者在这里生活、经验、理解和发明，就像个人在自己的四壁之内做私事一样。"[1] 众多作家通过小说文本，形象地呈现了城市中的街道、胡同，城市中一个家庭或一个人的命运乃至一座城的变迁。"一家四代人"与一座城的生命关联，一条小巷与一座城的存亡纠葛，成为其主要的结构模式，他们以丰富的人生体验与审美话语建构了魅力独具的城市世界，如老舍的"北京"世界、李劼人的"成都"世界、欧阳山的"广州"世界、陆文夫的"苏州"世界、叶兆言的"南京"世界、谢宏丽的"深圳"世界、徐坤与程青的"北京"世界以及慕容雪村的"成都"世界等。获得茅盾文学奖的王安忆的长篇小说《长恨歌》、金宇澄的长篇小说《繁花》，是书写上海城市文化的成功之作。反映城市改革的孙力与余小惠合著的长篇小说《都市风流》，也是值得甘肃小说家借鉴的小说文本。这些作家不断地回答城市所提出的问题，又不断地询问城市并寻找答案，成为城市文化记忆中"人与城"对话的文学风景线。

"都市小说既是都市化进程的文化表征，同时其自身特殊的审美方式也折射、构建了人类的生存方式和价值观念。"[2] 一个城市需要一个"他者"

---

[1] 汪民安、陈永国、马海良主编：《城市文化读本》，北京大学出版社2008年版，第128页。
[2] 焦雨虹：《消费文化与都市表达——当代都市小说研究》，学林出版社2010年版，第1页。

才能被理解。国内外小说家的城市书写，是具体历史时期人们的生存方式与价值观念的聚合体。无论其思想内容还是艺术技巧，当代经典作家的城市想象与城市书写，无疑对陇原作家的城市表达具有一定的镜鉴价值与启示意义。

结　语

城市承担着建构新的历史文明的重任，城市是人类文明孕育的场所。"城市文化是城市文明的外化，而城市形象又是城市文化的更具体的表现。这里有城市轮廓线、天际线，有街道、里弄和广场，又有'软'的城市形象，如市民的衣食住行之类，以及工业、手工业、商业等等。城市文化是复杂的，多种多样的，但抓住城市形象，并分析它的横向（地域）和纵向（历史和时代）的变和不变，就能理清城市文化的主脉。"[①] 文学艺术在和谐美好的城市文化建设中发挥着积极的作用。"与文学等语言方式一样，电影中的城市想象和文化记忆可以帮助我们进入彼时彼刻的城市，倾听城市与人的传奇和故事。"[②] 通过小说故事，我们可以"倾听城市与人的传奇和故事"。

作为一种文学体裁类型，"长篇小说"从发生学的角度来说是城市文化的女儿，但从"乡土中国"的文化语境与创作实际来看，长篇小说更多的是"乡村文化之子"，因为乡土题材的长篇小说在中国现当代小说中数量最多，中国当代西部长篇小说亦有如此特征。陕西小说家路遥、贾平凹、陈

[①] 沈福煕：《城市文化论纲》，上海锦绣文章出版社2012年版，第82页。
[②] 路春艳：《中国电影中的城市想象与文化表达》，北京师范大学出版社2010年版，第4页。

忠实等皆以写乡土人生与村落历史为主要内容,甘肃小说家雪漠、马步升、王新军等分别将大漠、陇东、河西等地的乡土世界纳入小说的审美世界。西部小说家多以自然、原始、乡土的单纯美来抵御和反抗现代城市人的精神困境与肉欲迷失,城市成为充满各种欲望的泥潭与诱惑人堕落的陷阱。在城市题材的长篇小说中,小说家和他们笔下的城市知识分子大多具有农村生活经验,城市文化记忆的小说叙述了作家早年乡村记忆的影响,小说家在理智上追求现代的城市生活方式,又对"城市文明病"深感焦虑;在情感上眷恋乡村生活,又不满于乡村生活的封闭与萧条。可以看出,大多数小说家在城市书写中怀有一种矛盾心态。

尽管甘肃作家对西部城市的"发现"与"表现"方面还存在一些不足,但依然提供了一幅具有西部地域特点的城市文化景观,丰富了当代城市文化形象的审美建构与地理版图。甘肃作家对城市景观的展示是多元而独特的。文学对兰州城市文化的言说也是"不能说尽的"。小说创作体现出来的人与城的诗意的审美关系,也是塑造"文化兰州"系统工程中的有益组成部分,也是较为独特的部分。"城等待着无穷多样的诠释,没有终极的'解'。任何诠释都不是最后的、绝对权威的。现有的诠释者中或有其最为中意的,但仍在等待。它不会向任何人整个地交出自己,它等待着他们各自对于它的发现。他们相互寻找,找到了又有所失落:是这样亲密又非无间的城与人,这样富于幽默感的对峙与和解。人与城年复一年地对话,不断有新的陌生的对话者加入。城本身也随时改变、修饰着自己的形象,于是而有无穷丰富不能说尽的城与人。"[1] 小说阐释着城市中的城与人,也丰富着城市文化的厚度与城市人精神生活的深度。生活于兰州的作家及其创造的作品,都是兰州城市文化的有机组成部分。兰州城市文化记忆的文学书写需要扎实的艺术功底,更需要作家不断挑战自我、冲破阈限的艺术实验。

---

[1] 赵园:《北京:城与人》,北京大学出版社2002年版,第12页。

第四章 现当代诗歌中的兰州城市文化记忆

无论书写古代的都城大邑，还是现代的商埠都会，诗歌已成为表现城市文化记忆的重要载体之一。现代城市文化的发展与现代诗歌的发展相辅相成，从中国古代的宫廷诗、法国波德莱尔等人的象征主义诗歌、中国现代的城市诗歌创作中，都可以发现城市文化对诗歌创作的内容与形式的深远影响。

一 城市文化与诗歌创作的互生共荣

鲁迅在1926年指出："我们有馆阁诗人，山林诗人，花月诗人……没有都会诗人。""之为都会诗人的特色，是在用空想，即是在用诗底幻想的眼，照见都会中的日常生活，将那朦胧的印象，加以象征化，将精华吹入描写的事相里，使它苏生；也就是在庸俗的生活，尘嚣的市街中，以现诗歌的要素。所以勃洛克所擅长者，是在取卑俗，热闹，杂沓的材料，造成一篇神秘底写实的诗歌。"[①] 按照鲁迅的解释，传统的诗人是都邑诗人，是

---

① 鲁迅：《〈十二个〉后记》，《鲁迅全集》第7卷，人民文学出版社2005年版，第311页。

以政治文化与宫廷生活表现为主，而"都会诗人"应当表现城市中的商业经济文化、现代物质文化、市井日常生活等内容为主。鲁迅的都会诗歌观念为我们思考城市文化与诗歌创作的关系提供了一个理论范式，其对城市"日常生活"与文学表现中的"象征化"的观点对我们研究城市诗歌具有重要的启示意义。一些研究者认为，应当从"关系学"的角度去理解，将具有城市意识的诗歌称为"城市诗歌"。"城市诗歌"是一种题材类型，凡以城市景观、城市生活、城市市民为题材的诗歌都是城市诗，而非简单的"在城市"写的诗，而是"为城市"写的诗。

随着中国现代化的进程，"诗歌中的城市"与"城市中的诗歌"已经成为一个重要的话题。从表现的内容来看，诗人的情感态度在两极之间摆动：一极是把城市当作摧毁人的自然天性即人性并释放人之恶欲的"潘多拉魔盒"，城市是现代人生存的"地狱"，因此成为诗人诅咒与批判的对象；另一极是从社会发展理念出发，崇拜城市，讴歌城市，城市因之成为逃离乡土社会封闭与黑暗的乌托邦世界。笔者将从意象谱系的角度，以兰州城市文化记忆及其诗歌表现为研究重点，详细梳理诗歌中对城市的建筑、交通等物质文化存在的表现，对现代城市人的孤独、异化、物质化、欲望化等精神状态的传达，以及城市文化记忆与诗歌创作之间的审美关联。

诗词中的城市文化景观是文学研究的重要内容之一，这方面的代表性成果有张林杰《都市环境中的 20 世纪 30 年代诗歌》、卢桢《现代中国诗歌的城市抒写》等著作。此外，一些论文从不同维度分析城市诗歌的审美特质或城市诗歌的创作现状，并试图建构自己的"城市诗学"理论。鲍昌宝的博士学位论文《中国现代诗歌都市话语研究》以都市文化理念为核心范畴，剖析现代诗歌都市话语形态形成的"都市文化/乡村文化"的"张力场"，论述了都市中新的美学意识、都市语境中的现代诗歌、现代诗歌中的都市镜像、现代诗人对待都市的态度等问题，较为深入地探讨了中国现代诗歌与都市的关系。翟月琴在论文《失语与发声：构建城市诗歌的理论框架——1986—2010城市诗歌研究述评》中指出了城市诗歌研究处在"呼吸困难"的窘境之中,呼吁研究者需要为"失语"的城市诗歌研究寻找一种发声的可能。① 王光明在论文《从"望乡"到"望城"——香港城市诗歌的一个侧面》中指出,大陆新诗由"城市之光"激活但没有成为支配诗人想象的主要力量,作为城市诗歌代表的香港诗歌经过了从"望乡"到"望城"的姿态变化,经历了从抒写"乡愁"到表现"城愁"的情感迁移,也经历了从浪漫到现实的审美嬗变。② 相比之下,在现有城市文学研究成果中,大多数成果聚集于小说与散文中的城市文化记忆,而对城市诗歌的研究较少。

诗歌作品自古以来既有乡村牧歌,又有都邑颂歌。诗人的创作领域也不仅是对城市文化记忆的表现,还有其他方面。本章研究的内容多为表现诗人与城市关系的诗歌或如何表现城市的诗歌。表现兰州城市文化记忆的诗歌创作者的籍贯多为陇籍,只有较少一部分诗人是外省籍诗人。兰州题材现代诗歌的代表作有高平《兰州的南北两山》《飞的姿态》、梁积林《兰州三首》、阿信《兰州》、古马《兰州诗章》、牛庆国《在兰州》、李满强《有关兰州的记忆》、沙戈《火车逆着黄河开》、才旺瑙乳《雪花飘临》、汪玉良《欢歌唱响,魅力兰州》、高凯《新区俯瞰》、雪潇《兰州》、阳飏《兰州:史与事》、人邻《西北诗篇》、孙立本《金城山水印》、娜夜《这个城市》《飞雪下的教堂》《站牌下》、马萧萧《兰州阳光》《兰州,黄河唯一穿城而过的省会》《兰州花朵》《兰州早餐》等,这些诗歌组成景观中的兰州城市文化记忆。

---

① 翟月琴:《失语与发声:构建城市诗歌的理论框架——1986—2010城市诗歌研究述评》,《文艺评论》2011年第9期。
② 王光明:《从"望乡"到"望城"——香港城市诗歌的一个侧面》,《福建论坛》2001年第5期。

二 兰州城市历史文化记忆的诗歌表现

（一）兰州历史文化积淀的诗歌挖掘

城市的历史文化记忆是诗歌创作必然涉及的领域。"所有的历史事件都必然发生在具体的空间里。因此，那些承载着各类历史事件、集体记忆、民族认同的空间或地点便成了特殊的景观，成了历史的场所。"[①] 兰州作为古人的生存繁衍之地、兵家必争的军事要塞、水运陆运的商旅码头、明代藩王政权中心，这些都会成为其历史文化记忆的组成部分。"早在西汉，今兰州城所在的兰州盆地还是黄河河道及河心滩广布的地方，不宜建城。而当时渡口在其西约20000米的西固城，故汉代金城县治也在西固城。东汉末年，西固城因战争被废弃，河道北移，交通线随之变换，金城关渡口成为主要渡口。北宋时，黄河河道已移至今位置。"[②] 兰州城的形象变化就是兰州历史变化的体现。阿信、阳飏等诗人的诗作中对兰州的历史文化记忆予以了简洁传神的呈现。阿信的诗《兰州》共14节，其中1—9节回忆兰州的历史，10—14节表现自己的兰州见闻与对兰州形象的回忆，如蒙太奇的剪辑般勾勒出历史的画面：从黄河边上，生活着最初的居民，还有后来的筏子客、箍匠、胡商、僧道、流民与兵痞到民众的往来，从修筑白塔，迎请铜佛等到炳灵寺开窟造像，从明代肃王建立王府到修建浮桥，从农民种植白兰瓜到来自靖远的师傅发明了牛肉面，从清真寺的修建到黄河边修造

[①] 龙迪勇：《空间叙事研究》，生活·读书·新知三联书店2014年版，第384页。
[②] 沈福煦：《城市文化论纲》，上海锦绣文章出版社2012年版，第239页。

水车,从在安宁种植桃树、雁滩种植柳树再到抗日战争期间北京的大学西迁兰州,从民国政府的垮台到解放军进军西北,从建立炼油厂到修建楼房等,诗人阿信以简洁的话语叙述了兰州的"发展史"。例如,诗人以"清真寺蓝色的穹顶上,升起一弯新月。/兰山根龟裂的滩涂边,出现一架水车"来概括兰州的伊斯兰教的传播与水利设施建设,以"西固的炼油厂烟柱冲天,东岗的乱坟岗/建起楼房。高音喇叭架在皋兰山顶上"来概括兰州的工业发展与城市建设,等等。河芹鸿《兰州:黄河东去》汲取古代历史叙事诗的表现手法,叙述汉武帝下令筑城,隋代建金城郡,霍去病以马鞭击出五泉,唐僧师徒经过西津渡口过河西去等,诗人在对历史的"再构"中表现了"我"在时间之河中的"渡客"身份体认与前世今生"十年一觉兰州梦"的命运思索。诗人以浩渺的历史、永恒的山河与短暂的人生而生发出"客居"之思。郝炜《兰州镇远浮桥遗迹有感》从明洪武年间铸造的镇远浮桥遗迹写起,引出了明朝"南下的锦衣卫""忠贞臣子的投湖""起义的农夫""帝王的寿辰和驾崩"等历史事件的片断,借此慨叹岁月流逝的无情与社会政治的动荡。

城市文化理论家本·哈莫说:"恰如精神分析学致力于揭示过去作用于现代生活时所产生的影响力,城市文化研究必须考察历史,从而了解城市的想象能力。"[1] 兰州作为古代的军事要塞与交通要冲,其青石关、金城关等古代渡口遗址常常是诗人们吟咏历史的主要意象。"一切记忆都是用来想象的。我们的记忆中有一些微缩胶片,它们只有接受了想象力的强烈光线才能被阅读。"[2] 在古马的诗《古渡落日》中,乌鸦、夕阳、渡口、黄河组成了一幅苍凉的风景,诗人由此想到黄河上羊皮筏子运送下来的盐、逆流而上的黄河鲤鱼以及黄河源头的女神祭坛、驼皮战鼓中行进的壮士等。诗

---

[1] 汪民安、陈永国、马海良主编:《城市文化读本·前言》,北京大学出版社2008年版,第79页。
[2] [法] 加斯东·巴什拉:《空间的诗学》,上海译文出版社2009年版,第224页。

作将远古的神话、历史的遗音、现实的生存、岸边的芦苇白鸟与诗人的沉思融合在一起，创设出一种苍茫邈远的意境。何岗在《如果必须点灯 边城》中描绘道："立秋之后，边城的柳色/一夜间暗了，到处都是匆匆的风""南山之侧，金戈铁马的三千里塞上/鹰笛悲鸣，寒气袭人，哀伤的/ 时光已不分古今"①。诗人何岗将兰州作为"边城"来写，状其秋色之"暗"，笛声之"悲"，以此叙写兰州作为"古城"的历史以及沉淀其中的"哀伤的时光"。雪潇《榆中》《甘草店》等诗对兰州人城市历史面影作了呈现。废墟、遗址与现代城市建筑之间的并置，显示出城市的历史记忆与现实记忆之间的相互影响。牛庆国《在兰州》组诗之《兰州博物馆的一把石锄》表现兰州的农业文化与诗人对社会生态、自然生态的思考。兰州有句古话："没有盐场堡，就没有兰州城。"梁积林《兰州三首》之"盐场堡"中对人的命运与城市命运的理解，可以见出人城的一体性关联。"而一个人脊背上渗出的盐渍，其实就是一张城市地理。"诗人梁积林将城市历史与人的生命史、城市地理与人的精神史融汇在诗歌之中。

诗人阳飏创作过许多表现丝绸之路历史文化的诗作，《凉州东汉铜奔马》《敦煌四句》《西夏王陵》《长城废墟》《雨中的咏叹：大地湾遗址》等诗作，对兰州历史文化记忆予以了白描化的呈现。阳飏的诗《兰州：史与事》如题目所指，诗人旨在表现兰州"历史"上的"事件"，旨在通过对彩陶碎片、古迹遗址、历史逸事等的书写来追溯兰州的历史文化记忆。阳飏《兰州简史之九》以"乾隆二十九年""民国三十二年""民国三十四年"等历时性时间标记入笔，简洁地叙写陕甘总督移驻兰州、黄河暴涨、大旱、卖水车穿巷吆喝、山字石天主教堂唱赞美诗、羊皮筏子运送货物及兰州末代秀才走在学院街上等兰州的历史生活"细节"，展现了古代兰州政治、经济、文化生活的面影。阳飏《兰州明肃王府史略》叙述从明代到民国时期

---

① 汪小平编：《美丽兰州》（诗歌卷），甘肃民族出版社2013年版，第36页。

的肃王府邸修建，其中还插入了左宗棠驻扎兰州、"民国甘肃省长"太太吃兰州特色食物、张勋复辟以及国内不息的战乱等。该诗作以建筑物的命运来表现时代的变革。阳飏《兰州五泉山》介绍五泉山上明代兰州探花黄谏的诗、清末翰林刘炘的题联、汉柳唐槐、卧佛铁钟以及浴佛节上人们的活动。阳飏《兰州白云观》写大清国修筑黄河铁桥、西北军阀马步芳驻扎白云观、新中国成立后成为兰州市文化馆等变迁。阳飏《兰州金天观》叙写明代肃庄王捐资建成金天观、雷坛河桥边马踏飞燕的雕塑等历史文化记忆与当下名称。阳飏的其他诗作如《兰州辕门》《兰州书院》《兰州史前彩陶》《与河为邻》《轶史一则》等皆以简洁的形象、悠远的意境呈现兰州的历史文化、风物性情、商旅行役、宗教传播及政治苛税。例如，阳飏《那时》描绘了古代兰州的文化形象：

那时兰州还是一座小城

东西约六百步，南北约三百步

沙枣花香

路人彬彬有礼

兵役赋税比较繁重

骆驼队出西门丝绸之路迢迢

麸金、麝香乃贡品出东门直抵京城

有火烧云的傍晚

一书生在黄河边观景

回头再看

隋也好唐也罢

前、后、北、南、西，"五凉"小国

熙熙攘攘有些拥挤

沙枣花依然香一城

路人彬彬有礼

兵役赋税不可删减

树已长大

有高僧赴印度途径兰州

正在荫处夏坐

——阳飏《那时》①

该诗作中，诗人叙述了兰州"小城"在过去时期人们的各种生存样态。"沙枣花"是亘古自然时间的象征，而朝代变迁是社会历史时间变化的显示，"彬彬有礼""熙熙攘攘"则是兰州城市民风与街市状况的写照，"兵役赋税"是政治生态的概括，迢迢丝绸之路上的贡品、物产与高僧交代了兰州作为古代丝绸之路重要交通要道的地理特征与文化特征。《兰州史前彩陶》《与河为邻》《兰州辕门》《轶史一则》《兰州书院》皆从不同的侧面展示了兰州的历史文化。阳飏的其他诗作《大漠、骆驼、城市》《城市断代史》《城市错诗》都与城市书写有关，传达出诗人对城市与诗歌、城市与人之间关系的觉解。

（二）城市古迹建筑文化与宗教文化的呈现

建筑是情感的载体，每一座城市都有其标志性的建筑。"对空间、街道、建筑、高速公路、大众交通运输系统，甚至是整个邻里的地理布局，都会转换成对人的地理布局；这些分配的性质对城市如何想象、经历和享受产生非常大的影响。"②"城市的标志物，其实代表着这一城市的文化，也

---

① 汪小平编：《美丽兰州》（诗歌卷），甘肃民族出版社2013年版，第135—136页。
② ［美］爱德华·克鲁帕特：《城市人：环境及其影响》，陆伟芳译，上海三联书店2013年版，第158页。

是这座城市的象征物。"① 兰州城市的标志物有白塔、黄河铁桥等，这些都是诗人表现兰州城市历史文化记忆时的代表性诗歌意象。

　　古迹建筑常常是诗人们心生感怀的地方。诗人们常在宗教性的建筑书写中阐发着生命哲思与宗教哲理，以寻求人性与佛性的融合。古马的诗充满了神圣、虔敬的宗教感，常通过写作来寻找精神的泅渡与灵魂的救赎。古马《兰州诗章　十一月的法雨寺》："法雨寺的钟声里　一棵树/通过它的影子的小径/秘密回到一尾闭着眼睛念诵的木鱼那里""寺院里/一株和比丘尼同样清癯的黄花/正和西风交谈""放弃遍地黄金/放弃一切/阳光是黄花的舍利/她留给火与水的遗言"。② 古马的诗歌擅长短句结行，利用白描在瞬间中寻求永恒，在素朴中寻找真意，善于设景布画，以物喻禅，常常以独特的意象营构出一种形而上的禅味，诗作因此具有空灵隽永的艺术魅力。川也《兰州行吟　白塔》写兰州白塔山上的"白塔"："屹立的高塔据说是高僧的坟茔/阳光照在塔尖仿佛舍利在发光/我看见塔的时候它已立了很久了/像站在庭院里等待落日的老人/它的底座是用长方形的青石砌成的/巨大坚固/呈六边形/仍有斧凿的痕迹"③。诗人在诗中叙白塔之用，状白塔之形，表达"我"与"白塔"对视时的时空感悟。惠永臣《兰州，我心中的爱白塔》："不高不低，我抬起头/正好就能看见细小的尖顶，和顶上干净的阳光/一群燕子/从历史的砖缝里飞出飞进/它们忙忙碌碌地要告诉我什么"④。诗中的意象在动与静、"我"与物、历史与当下的参差映照中生发出深邃的诗思，这些诗作都有着鲜明生动的画面感和情景交融的意境美。付邦《兰州的色彩　五泉片景：佛堂一角》表现五泉的佛堂菩萨，以诗的笔触寻绎着兰州佛教文化的构成基质。

---

① 沈福煦：《城市文化论纲》，上海锦绣文章出版社2012年版，第65页。
② 汪小平编：《美丽兰州》（诗歌卷），甘肃民族出版社2013年版，第14页。
③ 同上书，第4页。
④ 同上书，第45页。

多元宗教文化是兰州城市文化的底色之一。伊斯兰教文化成为兰州城市题材诗歌中不可忽视的文化意蕴。古马《兰州诗章 写于清真寺旁的诗篇》之一："我要雪水/我要三丈三尺白布把我裹紧"；"时间到了/我要死亡像亲娘一样把我抛弃"；"像一个裹在褪褓里的婴儿/被放到天堂的门槛上"。① 诗作以放羊的"新疆回回"的视角表现了穆斯林的葬礼仪式，既传达出一种独特的生死观念，又传达出一种清洁精神。古马《兰州诗章 写于清真寺旁的诗篇》之三描写回族乡亲念经、宰羊、领受圣餐与互道祝福。古马《兰州诗章 写于清真寺旁的诗篇》之四则描述："深夜念经的回回/一顶跪着的白帽子/就像一片安眠药/在黑暗里缓缓溶解"。念经、死亡等宗教仪式在其诗中具有别样的意蕴。傅苏《兰州，兰州》描写兰州回族民众的日常生活。何岗组诗《如果必须点灯》同样充盈着西北高原宗教文化的气息，经书、僧侣、信徒等常常成为其诗歌中的"原型意象"："路上行人起舞，白鸽呈祥/一个农家少女从柴房里走出来/怀揣一卷《古兰经》向蓝天眺望"；"将梦想托付给天空，将种子托付给大地，然后戴上神灵恩赐的桂冠/引领三只飞鸟、七个圣人，手捧日月的明灯/在一部经卷里行走，或坐看世界"；"这时，在一座草冈之上/是谁用经卷与赞唱彻夜叩问人间"。众多诗中富有宗教色彩的意象引领诗人开始了诗意的"神游"，诗人以此来寻找与此岸的救赎与彼岸的幸福。

"事实上，城市个性最终就是源于城市之间的差异，而差异本身就酝酿着美，并且由于差异性的存在，不同城市互相展现自我的魅力。"② 兰州是一座典型的移民城市，多元而包容是兰州的城市文化精神之一。西北特殊的历史文化培育了兰州人豁达宽厚、包容大度的品格，多元民族融合造就了兰州城市精神的多元化和包容性。"河汇百流、九曲不回，创新创业，和

---

① 汪小平编：《美丽兰州》（诗歌卷），甘肃民族出版社2013年版，第16页。
② 陈李波：《城市美学四题》，中国电力出版社2009年版，第146页。

谐共进"，是官方意识形态话语中对兰州城市精神的表达。这种城市精神体现了兰州丰厚的历史文化底蕴和性格禀赋，也体现了兰州鲜活的地域特点和城市风情。"河汇百流"体现出兰州城市精神的包容性。诗人也在不知不觉中传达着兰州城市文化精神中的"包容性"。李满强在《如果有人去青海》中说："如果有人去青海/请一定要在兰州歇一歇/你需要在黄河岸边/卸下远道而来的悲伤/我是担心偌大的青海湖/盛不下一个人汹涌的泪水"①。这些诗句就表明了兰州城市的接纳意识与宽容气度，同时也表现了诗人对人类"忧伤"的共感同悲。

（三）城市文化中黄河意象与羊皮筏子的心灵审视

"城市的自然风貌是塑造城市个性的首要依据，也是一座城市所呈现出来的最为鲜明的生态环境。每个城市总是处于特定的空间位置，具有与其他城市无法类同的自然风貌——特定的地理环境、不同类型的地质构造、不同品格的自然山水以及特定的气候特征，并以此彰显城市的个性之美。"②黄河是中华民族的母亲河，是兰州悠久历史、厚重文化的见证，也是兰州城市精神、城市形象的象征。黄河水车、黄河铁桥、羊皮筏子等是黄河文化的独特元素。兰州是唯一的一座黄河穿城而过的城市，两边是皋兰山与白塔山并峙，形成独特的文化地理景观。黄河意象是自然意象与人文意象的汇融，既是兰州城市文化形象的有机组成部分，又是诗歌表现的核心之一。

古马、雪潇、牛庆国、人邻、沙戈等分别对黄河进行了富有个性的书写。"两只乌鸦/在树上观潮""黄河瑟瑟的波浪/是天堂和地狱之间的桌布"（古马《古渡落日》）。"黄河如线/自十一月的廊檐下/飞出的一只鸟/是显慧

---

① 汪小平编：《美丽兰州》（诗歌卷），甘肃民族出版社2013年版，第51页。
② 陈李波：《城市美学四题》，中国电力出版社2009年版，第147页。

引线穿针的手"(古马《兰州诗章 十一月的法雨寺》)。"你立于河口。你正在迎风/你正在听流水的悄悄话""多少年没有人能够听懂/现在,你来侧耳,听一听/河流如弦,你一定要听懂它的弦外之音"① (雪潇《兰州》)。"看着黄河,老态龙钟/蹒跚着远去的背影/风就把我吹成了/黄河松动的一颗牙"(牛庆国《黄河断片》)。"女人给我沏茶的一瞬/河水忽然加速/我看见它们蜂拥/盲目而过时""茶在漫溢/整条河流都过去了/整条河流阴郁、颓废/匆忙间消亡了自己"(人邻《西北诗篇 河边一瞬》)。在沙戈的笔下,火车穿过一条条隧道仿佛像一根外科大夫的针,缝合着高原的伤口,而"黄河,逆着伤口——这条止不住的血/渐渐的,就干涸了……"(沙戈《火车逆着黄河开》)② 马青山在《关于黄河》中沉思:"当我长久凝视落日焚烧的河面/如幻如痴的境界/和我从经典中领略到的有什么不同?/——披头散发。被我们称作母亲的女人/五千年岁月,疯野如故""在变形的巨幅广告后面/黄河的背景被涂抹过了/黄河的血液被冰镇过了/在金钱堆起的舞台上。黄河的嘶吼/也变得虚假。奶声奶气"。③ 一些诗人笔下的黄河是受到现代精神影响的黄河,"瑟瑟""老态龙钟""阴郁""颓废""疯野""虚假"等语词中,既与河流的自然形态不同,又与民族话语对黄河的书写大相径庭。

花盛《在兰州》中的黄河意象是宏大壮丽的:"黄昏的色彩铺洒下来/和黄河一样,流动着悸动的沧桑与辉煌"。郝炜《气象》:"是夜,极目四望/南北两山/像戴着假发的兵士/护卫中间流过的黄河""月亮,月亮/给你一根吸管/你会滋溜溜把黄河/当作一杯热饮吗"。一些诗歌中的黄河有着女性的温柔与母爱的温暖。"黄河水没有我想象的那么黄/黄河水也没有我想象

---

① 汪小平编:《美丽兰州》(诗歌卷),甘肃民族出版社2013年版,第119页。
② 同上书,第88页。
③ 马青山:《一朵云的春天》,新华出版社2002年版,第89—91页。

的/那么飞流直下三千尺/黄河水温柔地流淌着"（徐学《去看黄河》）①。有的诗人笔下的黄河是"中性的"。阳飏《兰州地名考之一》中说："山下一条泛黄的大河/适宜于饮用、灌溉/以及对一座城市起源的说明"；阳飏在《黄河》中说："在这座城市/老有人选择跳河的方式自杀/眼睛一闭就跳下去了。"② 其诗歌以营构意象见长，诗歌中的黄河形象或是"幕布"，或是"弦索"；或老态龙钟，或沧桑辉煌，或温柔慈祥，众多诗人笔下的黄河意象构成多层次的黄河"意象群"，传达了诗人独特的"黄河情结"。

  黄河形象是民族精神的寓言与象征。与雪潇、人邻等诗人凝视、沉思、对话的方式建构黄河形象不同，惠永臣、赵永林等诗人采用歌唱、呐喊、呼唤、倾诉的方式。惠永臣《兰州，我心中的爱》表达了黄河母亲的感恩之情："我不止一次地喊你/从昨天走到今天，你用大河的水/洗净了我浑浊的前半生/你还要用你胸怀里的春风/一次次呼唤我的乳名"③；"我不由得想你/想你那温暖的怀抱/想你那滔滔之水赋予我的滋润"④。赵永林在《黄河岸边的诗意》中写着："是啊，黄河在这里/尽显，母亲的温柔，母亲给它们/穿着一双双，远古的鞋子。"诗人李活以澎湃的激情描绘黄河，其《黄河经流我们的城市和村庄》通过四章来赞美黄河。在第一章中，诗人饱含深情地描绘黄河源头高山耸峙、冰峰无数的景观，"多情河流/博大的胸怀/给予我们的/是山川林泽的血液/承载万物的肢体/花朵般盛开/传唱一个民族心灵的神话"；在第二、三章中，抒情主人公"我"靠近"一个大河的胸膛""一个民族的心脏"，对民族山河倾诉慷慨激昂的热爱，对历史苦痛倾诉内心的悲伤，对民族冲破黑暗腐朽、追求进步自由的歌唱；第四章以"大河之子"的角度审视黄河母亲的爱恋。李活在《黄河经流我们的城市和

---

① 汪小平编：《美丽兰州》（诗歌卷），甘肃民族出版社2013年版，第123页。
② 阳飏：《风起兮》，甘肃人民美术出版社2006年版，第310页。
③ 汪小平编：《美丽兰州》（诗歌卷），甘肃民族出版社2013年版，第42页。
④ 同上书，第43页。

村庄》中吟唱:"孕育一首歌/一段不渝的话语/这是河流的爱情/河流对山川的爱恋/山川对大地的爱恋/大地对草木的爱恋"①。黄河意象是作为民族符号、国家意象而不断书写的。李活的诗大多直抒胸臆,纵横开阖,不足之处在于诗歌中常常缺少独特的个体生命体验,大多数诗作在抒情方式与抒情话语上有雷同之处。黄河是中华民族的母亲河,这种文化经验一直影响着诗歌中的黄河形象的再创造。一些诗人对黄河、黄河铁桥、黄河母亲雕像等作为兰州城市文化的标识进行了表现。"黄河母亲"雕像是兰州的城市标志之一,它形象地表现了黄河母亲的慈祥与坚强以及华夏子孙在她的怀抱中幸福、快乐地成长,象征着中华民族的生生不息和繁荣昌盛。花盛《在兰州 黄河母亲》抒发了凝视黄河母亲雕像时的感悟:"每次经过,我都会静静地注视/像对自己心灵的一次审视/那么多人来来去去/多少年了,而你的慈祥依旧/守望依旧,风雨无阻。"诗人对黄河母亲的赞美,也是对母亲河凝视的拓伸。

每位诗人笔下的黄河形象因黄河流经区域地理景观、诗人审美趋向以及时代文化语境的不同,诗歌中呈现的黄河形象也纷繁多样。黄河哺育了两岸儿女,但人类的活动有时会改变黄河的生态,导致河流生态恶化。在生态意识觉醒的今天,黄河面临的污染同样受到诗人们的关注。刘文杰《黄河,一条无辜的河》无疑是对黄河母亲回归绿色生命的呐喊,批判现代文明对母亲河的践踏。"黄河,黄河/一条唤作母亲的河/在文明的国度奔跑了多少个世纪""黄河,黄河/文明诞生的河,哺育文明的河/如今,却被文明抛弃,被文明糟蹋/一位无辜的母亲,一条无辜的河"。② 在此意义上,黄河的生态形象亦成为黄河形象谱系的有益补充。

"羊皮筏子"与黄河是一种共生共存的生命关系。许多诗人都会写到羊

---

① 汪小平编:《美丽兰州》(诗歌卷),甘肃民族出版社2013年版,第58页。
② 同上书,第67页。

皮筏子意象,构成兰州题材诗歌中的羊皮筏子意象群。无论在视觉艺术还是在语言艺术中,羊皮筏子已成为最具兰州城市文化特色的意象,诗歌中的羊皮筏子总带有某种悲剧性色彩,传达着诗人内心深处悲剧性的生命体验。李老乡、牛庆国、刘宏远等诗人借此传达独特的人生感悟。刘宏远《羊皮筏子》写筏子客踏歌挥桨,勇敢地划着羊皮筏子摆渡货物与客人的景象以及顺流放马走银川的经历,西部人生命的强悍与生存的顽强迸发其间。"吐纳的天地正气吹鼓了皮囊/筏子客绑扎的每一个绳扣/都系着实在拴着希冀/不怕岸边的沙石硌脚/刚强的汉子/将善良驯服的羊皮筏轻轻扛起/像三峡赤裸的船工一样满怀豪情/漫着花儿踏歌挥桨"[①]。李老乡《羊皮筏子》是西部生命独特存在的写照:"一群羊 被杀之后/长得又肥又胖/胖胖地在河里漂着/撑篙的汉子 不知何时/当了无头的首领/被那无头的羊们 三番五次/举过了黄河//没毛的羊皮 照样柔软/柔软在黄河的上游/成名于丝绸之路的传说"[②]。诗人以"羊"的生命之死换得"羊皮"在"筏子""毛""肉"上的"在",生命的负荷与沉重可想而知。羊皮筏子形象中蕴含着诗人的生死哲思,诗中所传达的是以生命为赌注的抗争性生存体验,也是以生命为载体的精神泗渡过程。牛庆国的《黄河断片》中对羊皮筏子的刻画是独特的。"拐弯处,一只羊皮筏子/仿佛蠕动的喉结/我知道黄河/把什么咽在了心里"[③]。阳飏的《羊皮筏子》则采用直观的省思,显现着人性中的"残酷":"羊皮筏子就是/把吃青草的羊的皮/整张剥下来灌足气/将它赶到河里去"。[④] 总之,诗人们以不同的角度诠释着羊皮筏子的审美意义。羊皮筏子的原始、简单、坚韧,是生命顽强与生存艰难的浓缩,这些特征最易触动诗人们敏感的心灵。"仿佛历尽一生/但你仍旧守着大河/守着最后一批

---

① 汪小平编:《美丽兰州》(诗歌卷),甘肃民族出版社2013年版,第62页。
② 李老乡:《老乡诗选》,青海人民出版社1990年版,第138页。
③ 汪小平编:《美丽兰州》(诗歌卷),甘肃民族出版社2013年版,第73页。
④ 阳飏:《风起兮》,甘肃人民美术出版社2006年版,第3页。

羊皮筏子归来后的宁静"（惠永臣《兰州，我心中的爱》），"蒹葭苍苍，有人隔河而唱/人世茫茫，我要等羊皮筏子渡我到对岸去"（河苇鸿《兰州：黄河东去》），"斑驳的河面上，羊皮筏子飞翔而过"（花盛《在兰州》），"江湖浪子东望/乘羊皮筏子走州县"（北浪《兰州》），"那涛声，那波纹，那雾/一只晃晃荡荡的羊皮筏子""那一绺绺的花儿尖尖上的风/那摇摇晃晃的筏子摇摇晃晃的河"（梁积林《兰州三首》）①。"而自己只剩下一个个空皮囊/生多大的气　羊都伤不了自己"（高凯《羊皮筏子》）②，"去河的岸边/芦苇飘向河边/古老的爱情/祖先的歌声/在河水里/悠悠飘过"（马燕山《羊皮筏子》）③。可以说，甘肃诗歌中的黄河、羊皮筏子、筏子客组成一幅兰州特有的生存景观。

　　黄河水车是兰州段黄河畔的一道风景，亦是诗人们沉思的对象。诗人赞美黄河水车浇灌黄河两岸的良田，造福一方百姓；有时"黄河水车"意象中也蕴含诗人对岁月流逝、青春不在的喟叹。刘宏远在《黄河水车》中写道："依依呀呀唻伊伊呀/流水弹拨旋转的琴弦/数百轮故土守望者/不时推动时光重现/汲起匆匆东逝之水/不舍昼夜浇灌着希望的田畴/轮辘咕噜噜/报答两岸杨柳的依恋/田地的呼唤/滋养黄土高原勤劳的儿男"④。与书写羊皮筏子的诗作相比，写黄河水车诗作的情感一般较明彻单纯，清新显豁。再如，孙立本《金城山水印》中的"兰州水车"也状写兰州黄河之畔的水车文化景观。

　　不同体裁对黄河意象的选择似乎有所"偏好"，从中可以发现诗歌思维与散文思维之间的较大差异。值得注意的是，散文话语中对黄河、羊皮筏子、黄河水车的表现不多，而诗歌话语中对兰州黄河独特意象元素的表

---

① 汪小平编：《美丽兰州》（诗歌卷），甘肃民族出版社2013年版，第59—60页。
② 高凯：《高凯的诗》，甘肃文化出版社2014年版，第85页。
③ 马燕山：《一万朵莲花》，甘肃人民美术出版社2011年版，第299页。
④ 汪小平编：《美丽兰州》（诗歌卷），甘肃民族出版社2013年版，第61页。

现较多，不仅由于独特的事物容易唤起了诗人们的遐思，流动的黄河、转动的水车、漂浮的羊皮筏子的动态画面与亘古的河流、静穆的山峦等静态的画面之间的相依相生，也不断唤起对个体生命存在的感悟与宇宙时空的觉解。

三 城市日常市井生活的诗歌呈现

日常市井生活是城市生活的底色。日常市井生活包括市井职业、特色饮食、民间曲艺、民俗风情、古城遗迹、街市旧影、院落宅第、花园公园等。"当代城市文化，可以说正是由这些衣食住行和言语、举止、喜好综合而成的。城市文化作为一个综合体，是各个方面综合的结果，但又是各个方面的产生因素。"[1] 城市市井生活中的衣食住行、生老病死、喜怒哀乐等城市生活的方方面面，活色生香的市井生活是诗人城市文化记忆的主要内容。

（一）城市中"情感往事"的回忆

黄河穿过兰州城，"临河而居"是兰州人的居住特征与生活习惯。临河品茶、沿河散步、河畔相会、河边唱花儿、河边送别等河边生活是其市井生活的重要内容。共同的认知地图使得居住者获得了共通的集体记忆。在诗歌创作中，"临河而居"的城市生活体验常常成为一种象征，成为兰州人情感沟通的纽带。

诗人唐欣的兰州记忆打上了时代的烙印与个人情感的印记。在唐欣的

---

[1] 沈福煦：《城市文化论纲》，上海锦绣文章出版社2012年版，第33页。

"兰州记忆"之中,兰州没有笔直的街道,到处是扒手,化工厂污染了城市的空气,而兰州人性情蛮横,说话还夹杂方言。唐欣的诗《我在兰州三年》展现20世纪80年代兰州的生活片断:"兰州,每一条街道拐角/都会有人和你玩命/兰州,每一辆公共汽车/都挤满扒手/也有人写诗,自命不凡/也有所谓名流,不可一世/我亲眼看着他们倒下去/我发现谁都可以站起来/兰州,人们在有树的山上过节/远处就是工厂,灰蒙蒙的/难得看到很远,在兰州/好些少女操着方言/多半小伙藏着凶器/我念古文,刚好及格/做生意,几近赔本/一些朋友去了远方,再无音讯/在中心广场,我曾坐到黄昏/行李停在脚下,刮着风/有时候和叶舟去看电影/散场后就在天津餐馆喝啤酒/偶翻佛经,但少有所悟/在兰州,我曾经爱过,死去活来/最后仍是孑然一身,兰州/我曾作为工人走遍中国/对你我一往情深,又满怀轻蔑/把被你打垮的伙伴送到车站/我终于明白,我不想承认/我们注定要失败"(唐欣《我在兰州三年》)。这首诗具有唐欣口语诗的话语特点,絮絮叨叨如"城市民谣",描绘了兰州与兰州人生活的"碎片"记忆。"甘肃也有很新潮的诗人,比如民间立场写作代表诗人之一的唐欣。但唐欣之新,决非赶潮使然,恰恰在这里唐欣找到了属于自己的话语方式。他的《中国最高爱情方式》,已经成为20世纪中国经典诗歌之一。"[1] 唐欣对兰州的情感是一个"矛盾体",既"一往情深"又"满怀轻蔑"。唐欣口语诗的特点在其兰州题材的诗歌中也表现得较为突出。王琰在"临河而居"的体验中显现着女性的细腻柔婉。"旧楼旧家院/羊肉锅沸腾/母亲把萝卜切成花形/炖出家的味道";"一条浩荡的黄河水/满面严肃,裹紧心事/匆匆而去"(王琰《临河而居》)。其他描述"临河而居"日常生活体验的诗作还有古马《临河品茶得句》、李满强《一群人在黄河上喝茶》等。

---

[1] 彭金山:《各美其美,蔚成大观——新时期以来甘肃诗坛概览》,《西北师范大学学报》(社会科学版)2005年第3期。

当城市生活渐渐成为个体生命中无法磨灭的回忆时，它常常会在诗歌中获得"再生"。诗人在兰州的四年求学或短期生活是其诗歌表现的内容之一。傅苏《兰州，兰州 1997年的站台》回忆诗人20世纪90年代生活在兰州时忧伤而又温暖的人生体验。诗作是诗人的"故地重游"，也是诗人"温暖的忧郁"。诗人"回首的，是一段青葱岁月"，回忆起的是"有谁还逡巡在南滨河路东段。自行车/瘦马驮瘦人，竟按不响一只/岁月的铃铛"流浪与客旅的忧伤，同时"是否也记起了那一碗暖暖/热热的牛肉面，上面还撒着君的几粒小葱花/泼着香喷喷的醋"；诗中不仅有"落日，流沙，岸畔的垂柳，小回回的白帽儿和纱巾"的风土民情，还有岁月流逝中"我"与"城"关系的变化。"一个背包的客。囊中掖着一张旧式地图/地址已然老去。该拆的拆了，该建的建了/该改头换面的，几条旧街也已旧貌换新颜"①。傅苏《兰州，兰州》之"兰州，兰州"是写重回故地兰州、回忆往昔兰州的诗歌代表作。诗人表达了回到兰州的亲近之感："不可再远。没有比远离更远/也不能再近。没有比归来更近/来时，兰州拉面还保持着毛细之细/我的韭叶，陪伴着五毛钱一只的白吉馍/在记忆深处，都冒着热腾腾的水蒸气"；诗人表达了回到兰州的沉醉之感："在白塔寺。在中山桥。在五泉山。在小西湖/在西关什字。在白银路和天水路。在张掖路/在世纪广场上。我都不用叫出太大的声/能被我叫出的，均宿醉其中，默默地含着轻声/当我美美地唤一句：兰州，兰州。我真地来了"②。诗人傅苏没有"近乡情更怯，不敢问来人"的忐忑，却怀揣着昔日离去时的眷恋与今日归来时的温暖，温热的兰州牛肉拉面、熟悉的大街小巷被再次唤醒，诗作将城市日常生活点染得极富韵致。傅苏的诗歌中，无论时间意象，还是空间意象，都是与情思衔接和贯通的，读来不觉其语词叠加与干涩，表现出城市诗特

---

① 汪小平编：《美丽兰州》（诗歌卷），甘肃民族出版社2013年版，第24页。
② 同上书，第25页。

有的"空间感",而并非乡土诗的"时间感"。傅苏《兰州,兰州》在意象的转换中起伏着情感的溪流,意象本色自然,情感纯净婉转,情调舒缓有致。赵永林《兰州——在历史的眼里》中诉说着对兰州的情愫:"你是一座,万里丝绸的温馨驿站/在现实眼里,你是一轴/被黄河,不断拉长、拉宽的靓丽画卷/而在我眼里,你只是一碗/色、香、味俱佳的牛肉面/早、中、晚都适宜"①。孙立本《金城山水印》中"西果园"有着美轮美奂之美:"黄昏欲睡,晚市未启/金城大地,被慵懒的夕光吹割"。诗人离离怀着村庄的记忆进入城市的想象与书写。西部城市生长在乡土之上,城市生活中也有一些乡村节日文化的展演。刘宏远《高高跷》就展现乡村社火进城表演的情景。

  在城市生活空间中,爱情经历给人们留下了深刻的记忆,城与爱共在。惠永臣《兰州,我心中的爱》之"黄河铁桥边,我再一次想起你"中,诗人重点回忆在兰州时的一段难以忘怀的情感经历。诗人回首曾经的"热恋":"这是八月,黄河用自身的安静/接纳了我和所有的想法:/此刻,你若在我身边/看着铁桥边流动的夜色/那河水一定会流得更快些/因为,我已提前替你/疏通了内心所有的淤积""是的,我思念着这个城市/我能背诵出天气预报里的气温/我猜测着每一辆公共汽车的速度/在你每天必经的十字路口/我的心情,或红或绿""这个城市太拥挤了/以致我只记得你一个人/我记得你走路时候的姿势/像风中的花枝,不紧不慢/你或许还会回过头来/意味深长地一笑"(李满强《一个人的城市》)。因为怀念一个人,所以怀念一座城。"我的青春发生在几个地方/再也没有连在一起/我的初恋跟随一个人/渐渐被遗失在几个城市"(离离《表达的方式》)同样,失恋的经历让人记住了忧伤,也记住了城市的面容。在李满强与离离的城市诗歌中,"爱"与"城市"相依相生。城市因爱而丰盈、饱满、温暖。城市爱情诗无疑是城市沃土孕育的艺术花朵。

---

① 汪小平编:《美丽兰州》(诗歌卷),甘肃民族出版社2013年版,第154页。

（二）城市中"痛苦生活"的回忆

奥多尔·豪伊斯在编写诗集《在石海中——大城市诗歌》的"前言"中说："什么是大城市居民？一群住在同一居所、看着同样的报纸、共同坐在有轨电车中、在路上匆忙擦肩而过，却互不相识的人。承受着同样的焦虑，享受着同样的小小快乐，而相互陌生的人。被扔在一起的个体，不像在乡村与小城市那样具有固定的社会结构。由此而产生出那种新的、复杂的、可以被我们称为'世界都市孤独'的感觉。"[①] 奥多尔·豪伊斯道出了城市人的生存特点，可以说，"焦虑"与"孤独"是现代城市诗歌的母题之一。这一母题在兰州城市题材诗歌中亦有反映。无法摆脱现代生活中的孤独感渗透在李满强、刘文杰、徐学、庄苓等人的诗歌之中。

"孤独"是现代人的精神困境，也是在现代城市生存的体验。敏感的诗人对城市生存中的"孤独"体验表达较多。诗人阳飏不仅以考古学家的眼光关注城市的历史，还言说着城市暗夜深处的"痛苦内疚"。阳飏将笔触深入城市的大街小巷，对城市文化生活进行日常化的富有现场感的表现，从"城市的样子""夜行火车""火警""停水停电"到"电线杆广告变迁史""分房""堵车""一列火车只拉一个人""月光下的老旱柳"等城市生活体验与内心感受，都成为其诗歌表现的内容之一。阳飏在《楼院里的一棵老旱柳》中说："这个城市的建筑一个靠着一个的肩膀睡了/老旱柳孤零零地同自己的体温做伴/四楼一盏骤然亮起的灯光吓了它一跳——/左脚踩疼了右脚/右脚踮起来望了望/像一位窥私癖者/随后又痛苦内疚地把脸埋在了头发后面"[②]。一些诗人还表现了20世纪80年代受到工业生产污染的兰州。雪潇《1984年的兰州西固》展示了昔日兰州西固区的环境状况："从西站换

---

① 转引自王炳钧《1900年前后德语诗歌中的城市与感知》，《外国文学》2011年第4期。
② 阳飏：《风起兮》，甘肃人民美术出版社2006年版，第125页。

乘公交车时，天尚晴好/到西固的时候，天已阴沉——/我像一只秋蝉，钻进了一片灰黄的树叶""一路上，脸色灰黄的人多了起来/无边落木萧萧下，秋天越来越深/我的亲戚家越来越近"①。诗人古马关注着城市里被喂养的鸟儿的悲苦。"鹦鹉面前　休要诉苦/我告诫自己　即使空气都是苦涩的/也要说些甜蜜的事儿"（古马《雁滩花鸟鱼市场》）②。阴沉的天气、灰黄的树叶、脸色灰黄的行人，构成了兰州西固区特有的秋景图画。李老乡的诗歌中对兰州城市生活喜剧性与悲剧性有着独到的发现，如表现家庭生活伦理的《黑妻，红灯笼》和"15平方米的高层房间"城市蜗居的《天伦》，还有表现知识分子悖谬生存的《凝望梨花诗人》等。李老乡在日常性的城市生活中捕捉超常的诗思，以"诗坛怪杰"的诗性智慧坚守着诗的"残局"。

马萧萧以口语化的话语与对比的手法呈现了城市生活的不公平，把各种社会现实以贫富、美丑对比的形式呈现在诗歌之中。马萧萧的作品无疑是城市世态的讽刺诗。《兰州很安全》以"俗"入诗，重点表现城市农民工的辛苦挣扎的生活与包工头荒淫骄纵的鲜明对比，在自然空间上"他们中间隔着一条古老的黄河"，但社会地位与生活方式有着天壤之别。当然，对城市底层生存与高层堕落的表达还需要审美化的表达，而不能是恶俗的展览。在城乡文化对比中，诗人马萧萧不断反思着城市的"文明病"，赞美乡土大地的美丽，焦虑于质朴生活的一去不返。"你遥远而美丽的故乡不产垃圾。青山绿水间，不见/垃圾筒、垃圾箱、垃圾站、垃圾车、垃圾填埋场/乡亲们的生活系统、生活软件，还有他们的/生活痕迹，都来自于、依赖于、消化于伟大的土壤/当你背着都市行囊，趾高气扬，回到故乡/突然就成了一个垃圾制造者：那些/文明中的插件、习性的漏洞、时尚的病毒和木马/统统被辽阔的方言视为流星，急需流放/此刻你随落日一起矮下去，羞

---

① 汪小平编：《美丽兰州》（诗歌卷），甘肃民族出版社2013年版，第121页。
② 古马：《古马的诗》，甘肃文化出版社2014年版，第146页。

涩于几朵野花前/蹲坐在一条哗啦啦奔向山外的小溪旁/任炊烟一再搅拌着暮霭、搅拌着你怎么也化不开的忧伤……"（马萧萧《怕故乡》）"这世界选择以城市的方式前进""是土生土长于乡村的那条小溪/把我最脆弱的，淘成黄金/是贴在城市额头的这颗太阳、这颗美人痣/把我的清贫与清高，称得一钱不值"（马萧萧《城市森林》）。马萧萧的诗歌从而表现出对城市物质化、金钱化生存的批判。排比的句式、对比的意象、鲜明的情感、批判的意识，是马萧萧诗歌的特点。

（三）城市中"新区建设"的想象

城市的规模在其发展中不断扩大。"城市新区"是现代城市空间拓展的必然选择，寄托着人们对一座城市未来发展的美好期待。兰州新区形象不仅受到散文家的关注，还受到叶延滨、高平、高凯、汪玉良等老一代诗人的关注。这些诗人运用浪漫主义的手法，以充沛的激情、宏大的意象、排比的句式描绘了"兰州新区"的美好蓝图与建设成就，表达了作为"兰州人"对兰州建设的巨大热情，也抒发了诗人对兰州美好未来的赞美之情。曾经以创作军旅诗而闻名的诗人高平《飞的姿态——致兰州新区》表达了建设兰州新区梦想实现时的喜悦心情。叶延滨《奇迹之歌——写给兰州新区》用"我单纯而兴奋的诗句"抒写着兰州新区。在其诗中，诗人以铜奔马踏着飞燕化作凤凰凌空展翅而舞而歌，秦王川像个小伙子穿上第五个国家级新区的崭新工作服，其工作证上印着金色的国徽和"兰州新区"的名字，处处充满了"奇迹"与"绿色的希望"。"不但旧城如春之笋/挟山跨河地伸长/新城也拔地而起/是通向财富的灯塔""昨天是地图上的空白/今天是开拓者的乐园/明天是创业者的记忆/后天是子孙们的感恩"（高平《飞的姿态——致兰州新区》）[①]。《飞的姿态——致兰州新区》具有高平诗歌一贯

---

① 汪小平编：《美丽兰州》（诗歌卷），甘肃民族出版社2013年版，第8—9页。

的风格,情感充沛,想象丰富,话语晓畅,基调乐观。高凯《新区俯瞰》同样充满了浓郁的浪漫色彩。在其诗中,正在崛起的兰州新区是一幅如诗如画的美景,宛如神仙们的天宫,"突然金瓜银豆,灿烂无比/像一个梦境""书写的是一个新传奇"。诗人将建设兰州新区的梦想与高原梦、中国梦相结合,为梦想中的兰州城市奉献自己的力量。该诗作意象斑斓多姿,意境恢宏辽阔,情感澎湃激昂。"我头顶的每一颗星星/都是梦想的种子/只要一一滴下撒入大地/每一颗都能长出一个梦/而且是高原梦/是中国梦""今夜

我在天上/为天下的百姓吟诗祝福/作为一个多梦的兰州市民/我希望自己今后每一次深情的俯冲/都是一次躬身播种/都能为我的城市/种下一颗星星"(高凯《新区俯瞰》)①。高凯对兰州新区梦、高原梦、中国梦充满了憧憬,表现了兰州人对兰州城市的无比热爱。

东乡族诗人汪玉良对兰州尊敬建设充满"梦想"。汪玉良在《欢歌唱响,魅力兰州》中吟唱道:"我的诗情在胸中荡漾/我情思似红霞燃放/兰州为什么这样兴奋/兰州为什么这样欢畅/那是愉悦陇原的喜讯/从北京飘落在我的心房/在中华瑰丽的大地上/中国第五个新区在兰州亮相/千年的苍凉,百年的梦想/期盼的鲜花今天在金城绽放"②。汪玉良《欢歌唱响,魅力兰州》是兰州新区建设的"畅想曲",诗分为六大节。第一节抒写诗人得知兰州在获批国家新区梦想成真时兴奋激动的心情。第二节感激祖国和党对陇原儿女建设新区的关爱与信赖以及兰州人对建设好新区的担当意识。第三节描绘兰州新区建设者、创业者、开拓者的身姿与热情。第四节在述说往昔沧桑岁月、悲凉传说之后迎来建设兰州新区、打造魅力城市、书写民族辉煌的伟业。第五节展望兰州新区大地复苏、惠风和畅的诗意场景。"我深情地赞美兰州新区/这是一片播种神话的土壤/她纵横辐射把当代奇迹传送/

---

① 汪小平编:《美丽兰州》(诗歌卷),甘肃民族出版社2013年版,第11页。
② 同上书,第99页。

她牵动四方把富饶引向宽广"①。第六节表现诗人心潮澎湃、激情满腔的情感状态,抒发愿为兰州新区放歌并让人们通过诗歌了解兰州魅力的美好心愿。汪玉良的另一首诗《以兰州的名义》写兰州城市建设的巨大变化。"我的曾经只有一棵树的山岭/今天已是绿树成荫,绿荫如屏""我的曾经尘土飞扬的马路/今天是车流滚滚/奔驰在亮丽的人生""我的曾经毛驴拉水的小巷/今天是甘露飘洒/洋溢着青春的热情"。诗人以"历史"与"兰州"的名义缅怀那些为兰州解放而献出生命的先烈们,缅怀50年来支援大西北挥洒血汗的志士。诗全面描绘了50年来兰州的巨大变化,抒发作为兰州人的自豪、骄傲与光荣,畅想兰州美好的明天。诗作是城市的颂歌,也是生活的赞歌。

高平、高凯、汪玉良等老一代诗人是时代精神的领唱者与回应者,他们壮心不已,诗刀不老,诗歌中处处荡漾着对兰州美好未来的想象与憧憬。老一代诗人的诗作大多采用直抒胸臆的表达方式,是一曲曲回响在兰州谷地的浪漫化的盛世弦歌。"欢乐""盛大""辉煌""理想""梦想""青春""乐园""和平""神圣""忠贞""璀璨""幸福""庄严""激昂""激扬""热烈""澎湃""奋进""壮丽""亮丽""热情""丰盛""骄傲""坦荡""自豪""光荣""广阔""振奋""灿烂""浩瀚""幸福"等宏大语词组成的诗歌乐章。"作为城市美化运动的重要标志,宽阔的林荫大道和纪念碑式的城市景观,既是政治、军事、性别和经济权威的直接产物,也是公开展示这些权威的空间。"② 就诗歌传统而言,有关兰州新区的诗歌创作明显受到颂歌话语范式与审美取向及政治话语的影响。

---

① 汪小平编:《美丽兰州》(诗歌卷),甘肃民族出版社2013年版,第101页。
② [澳]德彼拉·史蒂文森:《城市与城市文化》,李东航译,北京大学出版社2015年版,第11页。

四 诗歌呈现兰州日常市井生活的艺术视角

（一）城市中的"街景物象"的选取

文化地理学家史蒂夫·欣奇利夫说："景观不只建立了社会和土地之间的物质性关系，还建立了观察、世俗民心和表征的独特模式。"[1] 城市作为自然与人文的结合体，在其建造与形成的过程中是非常重视景观化的，城市"景观"的背后蕴藏着人们"看的方式"与"思的方式"，景观所内化的那部分就是人们想赋予景观意义的东西。城市诗是城市里诗歌的花朵，城市诗歌创作是诗人与城市的诗意对话。诗歌对城市的"发现"与"铭刻"，必须要按照一定的视角与方式。就城市诗歌的创作实际来说，"街景物象"式的空间描绘与"古今对比"式的历史叙述是其最主要的艺术思维与结构形式。

城市景观主要表达为可以看见、形成印象和想象的城市地理空间。诗人对城市景观的感知既有"遇见"，又有"发现"。人邻在诗歌创作中常常省略对自然物象的恒定感知，以一颗诗心发现"景物"的"最后的美"，找到词与物之间的最佳契合点。这种瞬间的美或奇幻异质，或澄澈如寂，诗歌中自有一种化繁富为简约、变幽暗为敞亮的诗性逻辑。人邻对兰州的书写与其诗歌的整体风格一致，其诗歌中常常笼罩着一种凭吊缅怀的氛围，节制与收纳得恰到好处。"如果散文是路的话，诗歌就是路上的意外擦痕

---

[1] ［英］凯·安德森、［美］莫娜·多莫什、［英］史蒂夫·派尔、［英］奈杰尔·思里夫特：《文化地理学手册》，李蕾蕾、张景秋译，商务印书馆2009年版，第290页。

吧",是人邻对诗歌与散文创作中"瞬间"与"常态"的理解。人邻《西北诗篇》表现了与铁桥相关的人生图景,其中有桥上幽暗的情侣,有桥下的客轮,还有船上饮茶的人;有白裙子的少女和黑衣衫的男人在河边喝啤酒的图景,还有几个孩子在河边的栈桥上戏水的情景。人邻对城市的建筑充满遐想,常常在建筑物的意象下发现城市的"肌理"与"骨骼"。

我看见金属的水管
穿入墙壁,忽然不见。

我知道,
整座楼房
布满了这样的金属水管,
一共四十九节,每家七节
复杂的金属水管。

金属的水管
比野性的水,
更快地穿过水泥、灰色的砖,
突然松弛、空寂。

穿过。
但不是留下了
铁的气味
给严寒活活冻死的
气味。
铁的遗骨的气味,

少女的腕骨的气味

紧紧裹着的

时间。

——人邻《金属水管》

  日常生活中的城市景观是诗人关注的对象，诗歌中的"城市街景"是其感知和表现城市的主要艺术符码。牛庆国对兰州城市的表现是即景式、色块状、断片化的街景或城市素描画，如他诗作中初冬晨光中的五泉山、卡车里的树苗、公园里的苹果树、大街上的苹果摊、博物馆的石锄、黄河上的落日与羊皮筏子等。牛庆国《在兰州》组诗之《五泉山的一个早晨》中描绘了远处白云飘动、大山夹峙、冬风清冷、太阳初升的景色，交代了导游介绍五泉山亭子、泉眼与名人踪迹的情景。牛庆国《在兰州》之《在白银路看见一卡车树苗》写城市的植树："一卡车树苗/从春天的大路上通过/一卡车穿绿衣裳的演员/要到山坡上去唱歌"[1]。牛庆国以清新的笔墨、富于童趣的情景展现了兰州植物的情景。"花开了/就是花被自己的美和香/撑破了"[2]。牛庆国《雁滩公园的一树苹果花》描述公园里花木的芬芳与花工的辛劳，表现城市劳动者的美好形象。牛庆国《一个老砖工心里的兰州饭店》叙述一个进城的农村砖工在20岁时参与了兰州饭店的修建后回到乡下，为城市奉献了汗水而与城市生活无关，直到女儿嫁到兰州，他再一次看到兰州城的变化，因此他盼望在他75岁生日那天，能够在兰州饭店坐坐，吃一顿兰州的手抓羊肉。诗作叙写的是一个进城农民工的故事，也叙述了兰州城市近年来的变化，诗中渗透着诗人对普通劳动者的赞美。再如，牛庆国《大街上的苹果摊》描写进城摆摊卖苹果的郊区农民，苹果的红与人性的美有机地融合在一起。

---

[1] 汪小平编：《美丽兰州》（诗歌卷），甘肃民族出版社2013年版，第68页。
[2] 同上书，第69页。

红脸蛋的苹果,一路红下去

就红到了城市的街头

红着脸,挤在一起

红得最亮的那个

坐在随手捡来的报纸上

在头版头条处

红得像节日的消息

城里的一片秋叶

忽然落在她们中间

被一只粗糙的小手拣了出去

那时,我还看见最红最大的那个

撩起衣襟,像细心的姐姐

把他们挨个儿擦了一遍

听口音,她们都说的是

榆中北山上的土话

——牛庆国《大街上的苹果摊》

牛庆国用简洁而概括的诗歌意象书写了城市里的"乡土"与"农民"。牛庆国诗歌的内在结构多采用城乡文化的对比的形式,其诗歌中的城市总与农村、农民有关,农民在城市的贡献、农村对城市的滋养、农民在进入城市谋生的质朴人生,都是牛庆国诗歌的主题。与牛庆国对市井生活的温暖表现不同,沙戈着意于表现城市生活中异己性、隔膜性的生存体验。一卡车从山野来的太阳花"没人多瞥她们一眼",夏天过后就会被城市"摧毁",怀着梦想的乡下女子进入城市就会被"摧毁";"我们坐在时间之外",人流中也不会有人"注意"到"我们"的生活。"谁都知道,这些乡下女子/怀着满腹的激情和饱满的绽放/一过夏天/就会被这座骄傲的城市全部摧毁"(沙戈《我看见满满一车太阳花》)①;"在人流旁边/没人注意我在耐心地读一首诗/也没人注意,一个老人/在不停地摇头"(沙戈《清晨读一首诗》)②。可以看出,沙戈对城市的隔膜性、孤独性的反思具有现代生存论意义。

马萧萧对兰州城市文化的诗歌建构更多是从文化精神层面来表达的。《兰州早餐》是对兰州特有的牛肉面饮食文化的戏剧化、情景化省思:

把兰州的面子给拉得够大的
兰州拉面。本地人叫它
牛肉面

牛得很哩——

兰州的一个个上午
是它给喂大的
兰州人节节向上的生活
是它拉呀拉呀
拉扯大的

物质的牛肉面
精神的黄河水

---

① 汪小平编:《美丽兰州》(诗歌卷),甘肃民族出版社2013年版,第88页。
② 同上书,第89页。

无疑是兰州的
左脸和右脸

省会，省去再多的东西
也省不了这顿早餐
这份脸面

——马萧萧《兰州早餐》

《兰州早餐》不从旅游解说词的固定模式去介绍兰州的特色饮食文化，在"面""面子""脸""脸面"等的语词移用之中，重点在说"面"之重要，挖掘"牛肉面"背后的文化心理。马萧萧的另一首诗对兰州商业文化景观进行了形象的表现：

夏季是性感的代名词
满街的靓女，亮胳膊亮腿
把省城的生活
装扮得越来越透，越来越美

张掖路的枝桠上，猛地绽出一片绿叶

——那是我的战友
着一身扎眼的戎装
不小心闯到了花花世界的门外

——马萧萧《兰州花朵》

马萧萧还有一首"散文体"的诗，书写了兰州城市的地理形貌、社会生态与生存样态：

话说皋兰山在南边高高坐，白塔山在北边不让座
见缝插针一条黄河，从省会的身体里越来越浊地流过

满城高楼大厦、红灯绿火，可是黄河溢出的浪波？
为这个泥沙俱下的世界，滤洗着太多的喧嚣与寂寞

当漠风劫持阳光的五线谱，捏疼我体内笔笔画画的骨头
草行隶篆的珍稀雨云，皆如一剂剂从民间出发的中草药

不到黄河心不死：人面桃花四时开、月如梨花五更落
心不死丝绸古道边，残阳如一峰从渡口走失的老骆驼

跳进黄河洗不清：几度中风的中山桥、每春杀来的沙尘暴
洗不清各大洗浴中心里比黄沙还多还沉的头头脑脑

黄河之水天上来，惶惑之水添上来。是穿城而过还是
穿肠而过？载走三百多万人口的排泄物，浅吟、高歌……
——马萧萧《兰州，黄河唯一穿城而过的省会》

《兰州，黄河唯一穿城而过的省会》呈现的是一个混合着传统与现代、自然与人文、城市与乡村、喧嚣与寂寞的"杂色"的兰州城市景观，诗人的批判意识与反思意识是该诗的主导思想。

诗歌，从一定意义上来说，是对城市情感的"窥探"。阳飏以诗歌呈现了兰州城市文化的斑斓景观。

谁要是坐在建筑工地那台高高的老吊车上
准能看见对面楼房一个个窗户后面不少的秘密

如同俯身向下的星星，只是更多的被人间所仰望

因此，那位悬空吊在黑暗中工作的人

我谓之今夜最孤独的人

——阳飏《谁是今夜最孤独的人》①

女人是鸭梨的样子（符合绘画美学）

男人是土豆的样子（符合实用逻辑）

工厂机关商店是一大堆鸭梨土豆堆在一起的样子（这正是生活哲学）

建筑是砖头放大的样子

汽车是从天空往下看指甲盖涂了颜色的样子

城市是一本流行杂志摊开的样子

正在拆毁的房屋和街道全是错字的样子

——阳飏《城市的样子》②

从我家六楼窗户望出去

这城市犹如一个建筑工地

焊花闪烁着

真像是一位巨人的思想闪烁着啊

半空中一台老吊车

被锯掉了翅膀的黑乌鸦似的

这只庞大的乌鸦从春天开始

就这么居高临下地

斜虚觑着每一个过路的行人

——阳飏《今夜》③

---

① 阳飏：《凤起兮》，甘肃人民美术出版社2006年版，第14页。
② 同上书，第126页。
③ 同上书，第207页。

据统计，这座城市每天吃掉五千只羊

主啊，宽恕刀子吧

宽恕一个个好胃口

如果我是素食主义者

就中午白菜豆腐，晚上萝卜土豆

可现在三天不吃羊肉

就馋得慌

主啊，宽恕我吧

宽恕爱吃羊肉的兰州人

让我们大家来世做青草

喂羊

——阳飚《与宽恕无关》[①]

阳飚的诗歌《校办工厂旧日纪事》《停水停电》《电线杆广告变迁史》《分房》《堵车》《站在过街天桥上》等表现兰州城市生活中的"日常体验"与"生活哲学"。

大卫·哈维认为，城市文化空间是一个由多维空间形式组成的"综合体"。"它是一种由许多不同元素组成的复杂的综合体，包括道路、运河、港口码头、工厂、仓库、下水道、公共建筑、学校、医院、住宅、办公室、商店，等等。"[②] 诗歌中的兰州城市景观绘制着兰州的"文化地形图"。城市文化与城市想象不应是一张"统一"的"地图册"，诗人在穿梭与驻足、仰视与俯瞰、远望与近观、横向与纵向、同情与批判中有着丰富多样的城市体验。文化地理学家丹尼斯·科斯格罗夫说："虽然'注视自然'在形成现代世界的文化地理学及其研究方面具有深远意义，但是只有校正视阈在景

[①] 阳飚：《风起兮》，甘肃人民美术出版社 2006 年版，第 312 页。
[②] 汪民安、陈永国、马海良主编：《城市文化读本》，北京大学出版社 2008 年版，第 113 页。

观中的作用和含义,才能够允许更为精细并有微小差别的景观概念和体验的丰富性。"[1] 因此,对于兰州城市景观的表现不仅是对现有所谓旅游景观的"再现",还要有全新视点与范围的创造性"发现"。

(二) 城市中"古今对比"历时叙述

城市发展的巨大变化激发了诗人的情思,同时城市的古今之变会常常成为诗歌表现城市文化的内在结构形式。高平的《兰州的南北两山》堪为代表:

> 解放时只剩下一棵老榆树
> 孤独地喘息在皋兰山巅
> "到此一游"把它的下身刻烂
> 一缕绿魂无助地散入云端
>
> 五十年代靠冬天背冰化水
> 栽树的成活率低得可怜
> 兰州的父老一年年望山兴叹
> 种活一棵树比生一个孩子还难
> 八十年代以来春风不息春雷不断
> 西北地区要再造个秀美的山川
> 上和下　军和民同心携手
> 黄河水雨雪水吐珠纳泉
>
> 我进入大砂坪　大砂沟

---

[1] [英] 凯·安德森、[美] 莫娜·多莫什、[英] 史蒂夫·派尔、[英] 奈杰尔·思里夫特:《文化地理学手册》,李蕾蕾、张景秋译,商务印书馆2009年版,第381页。

我登上皋兰山　　狗牙山

我站在徐家台　　九州台

意外的惊喜直扑胸间

迎着秋风我环视四面

已经不像是黄土高原

郁郁葱葱是草的垂帘

层层叠叠是树的梯田

沿着朱镕基视察的小路

我漫步在海拔两千米的林苑

沙枣　　红柳　　刺槐　　侧柏拧条……

争相显示自己落户新居的娇艳

我看到了兰州内外百岭巨变

山上添了绿　　天上深了蓝

不同时代造就不同的色调

红和绿的今日正在替换灰和黄的昨天

——高平《兰州的南北两山》[①]

除了通过今昔对比与想象来写兰州城市的变化外，由主体的年龄而产生的对城市的认知差异也在诗歌中有所体现，城市"青春记忆"与"成年记忆"在诗歌中互映互照。青春记忆的城市是一个人在青春时期对城市文化的感知与理解，"成年记忆"中的城市则是一个人在成年期对城市文化的感知与理解。两种记忆造成对城市文化书写中的"时差"与"代沟"，构成

---

① 高平：《情寄八荒》，甘肃人民美术出版社2012年版，第88—89页。

了城市文化的成长记录。

青年诗人庄苓的诗作《兰州笔记》具有青春穿行城市时的生存经验与审美体验，诗歌中的青春话语是明示也是暗语，诗情感伤而唯美，迷茫而忧郁。抒情主人公在寻觅中承受流浪之痛，在失落后追求梦想之美，写作便成为诗人的情感旅行。"你走着，在都市的厚土里／把头埋得更低／没有黎明和宗教的符咒／清静在一杯水里无法自拔""在东岗路我行走了一个下午，城市背景的忧愁里／我无法肯定这条新世纪的马路是否有尽头""当一个下午，我漫无目的从滨河路到博物馆／自己生命的部分便被生锈的刀刃割伤／我无法考证，命的伤怎么会与国家有关""但是历史在来来回回之间，我们依然站在马路中央／是否也有一个叫庄苓的诗人，悲喜交集／在马背上写诗，饿着肚子／如果这恰恰是巧合，我们还有什么不好意思怀疑的"。① 从诗歌中表现的情感来看，诗人将进城的身份自卑与精神自尊交织在一起。此外，一些表现兰州城市历史文化的诗歌也采用"古今对比"或"今昔对比"的结构形式。

五　城市情思抒发者的文化身份、审美视角与创作个性

（一）城市情思抒发者的文化身份

"在路过而不进城的人眼里，城市是一种模样；在困守于城里而不出来的人眼里，她又是另一种模样；人们初次抵达的时候，城市是一种模样，

---

① 汪小平编：《美丽兰州》（诗歌卷），甘肃民族出版社2013年版，第148—149页。

而永远离别的时候,她又是另一种模样。"① 正如意大利作家卡尔维诺所言,不同的文化身份决定了主体观照城市的方式。从创作实际观之,有关兰州题材的诗歌在"乡村/城市""青年/成年""女性/男性""族群/民族"等文化身份的话语范式下呈现出各自不同的特点。

1. "城里人"与"乡下人"文化身份的错综

"乡土中国"的文化语境决定了众多中国诗人的乡土文化身份及其对城市文化的情感态度。"在这个'城市—乡村'视角中,城市就是现代性本身。这样一个新的城市生活,它就不仅仅是社会学和人文科学的对象了,它理所当然地还是文学和艺术中绵延不绝的主题。"② 从集体性的文化身份认同来说,一些诗人对城市文化的审美表现采用了"乡下人"的审美立场与抒情方式,而"乡下人"身份认同常常造成抒情主体与城市文化之间的冲突与疏离,而对两种文化在主体情感中的纠葛常常成为诗人创作的动机与助力。

城市诗歌表达的是城市审美体验,然而农裔诗人的乡村审美体验的"先在性"使诗歌中的城市体验常常以乡村与城市并置的方式呈现出来,在情感与思想上是城市经验与乡村经验相遇合和碰撞的产物。农裔诗人由乡村进入城市过程中所产生的陌生感、兴奋感、茫然感以及后来的适应或排斥的经验就表现于诗歌之中。"'乡土根性'使一个狭小的语言共同体始终忠实于它自己的传统。这些习惯是一个人在他的童年最先养成的,因此十分顽强。在言语活动中如果只有这些习惯发生作用,那将会造成无穷的特异性。"③ 在一定意义上,城市诗歌是诗人的"乡土根性"与"城市梦想"之间交流和对话的结果,也是其"特异性"得以生成的内在话语机制。

从诗歌创作传统来说,因受传统农耕文化的影响,无论"诗言志"还

---

① [意]伊塔洛·卡尔维诺:《看不见的城市》,译林出版社2006年版,第126页。
② 汪民安、陈永国、马海良主编:《城市文化读本·前言》,北京大学出版社2008年版,第6页。
③ [瑞士]费尔迪南·德·索绪尔:《普通语言学教程》,高名凯译,商务印书馆1980年版,第287页。

是"吟咏性情",诗人对乡村的情感是爱恨交织,对城市的情感则是复杂暧昧。王光明说:"置身于城市里的诗人对城市的态度是复杂的、暧昧的,对于中国的现代诗人来说,他们与西方现代主义诗人有很大的不同,他们不是营造一个独立的文本世界与物化的世界抗衡,而是以移动的视点、变化的心情对答城市的变化,反思生存的真实。也就是说,他们不像西方现代主义诗人那样与城市决绝,那样沉迷于文本的抗衡性了,而是表现出与城市无法分割的关系,对城市的态度有着一种既反抗,又理解与包容的态度;这不是与现代工业文明妥协,而是从人性和精神出发,在主动理解、介入中,对城市文明加以调整和塑造。"[①] 中国当代诗人与城市文化之间有着无法割舍的关系,他们塑造着城市又被城市塑造。

都市记忆与乡村情结的相互纠缠是中国现代文学景观之一,城乡冲突常常成为现代化、城市化进程中文学书写的主要内容之一。乡恋情绪与都市情绪的碰撞成为诗歌表现的内容之一。写作即文化认同,城市中的怀乡诗便是诗人认同乡土文化的具体表现。

> 城内
> 一壶陈年的黄河缓慢地穿肠而过
> 好饮的人常年醉酒
> 也醉黄河
>
> 西关什字和南关什字
> 总是拥挤不堪呐
> 每天究竟徘徊着多少前途迷茫的人
> 谁也说不清楚　不过总有人

---

① 洪子诚、王光明等:《城市与诗——北京大学第六届"未名"诗歌节圆桌论坛实录》,《江汉大学学报》2006年第1期。

独自跑到一座铁桥上寻短见

老老少少的那个生生死死千丝万缕

据说都跟一碗牛肉面有关

在号称四十里的风情线上

蹲下来喝一天盖碗茶看一天美女

是一年之中最惬意的事情了

而且　随便拿一本《读者》杂志

都可以做城市的书签

而在城外　田野空旷

稀疏地插着一些低矮的树林子

天空许多时候还是很蓝很蓝的

堆积着不少古代的云

——高凯《省城兰州》①

高凯的诗以陇东乡村为艺术表现的主要内容，诗人对城市文化的书写是以乡土文化作为底色的。"今夜我想躺在地毯上入睡/我想让那些芳香的花花草草的图案/把多梦的身子盖住/我要在这一小块纯毛的土地上/把身心全部放下/我/想/离大地更近一点/困在高楼林立的城里/健壮的我经常病得像一个小孩子似的/就像今夜这个傻样子/怀乡病是一种很幸福的疾病/我希望一直这样病下去/一病不起/死亡不一定通过衰老/我就可能最后孤身一人在异乡/死于这种幸福"（高凯《怀乡病》）②。城市生活让健壮的诗人变得有病。"城里真的不会成为一个人的故乡/黄土　在我还活着时不是很亲/

---

① 高凯：《高凯的诗》，甘肃文化出版社2014年版，第95—96页。
② 同上书，第31页。

在我死后也不是亲的/城里的黄土/从来不认人"(《城里的黄土》)①。城市不会成为诗人的故乡。"世世代代住在城里的人　不知道自己/脚下踩的是什么东西/人声喧嚣的城市/其实是地球上最最荒凉的地方/穿城而过　心里也充满荒凉"(《穿城而过》)②，城市充满了荒凉。《省城兰州》的兰州形象中，兰州人是"好饮"的，"徘徊着多少前途迷茫的人"，喜欢吃牛肉面、看《读者》和喝盖碗茶；兰州的街道是"拥挤不堪"的，黄河是"缓慢"的。高凯的这种城市生存体验与城市情感，无疑受到诗人的农裔文化身份与乡土意识的影响，对城市文化的否定态度甚至有点走向极端。可以说，"怀乡病"是许多从乡村进入城市的诗人常有的文化心理，并在其诗歌中形成"乡村乌托邦"与"城市梦魇"的空间对峙结构。

　　复杂多样的城市美与朴素单纯的乡村美有所不同。一些诗人站在乡村文化伦理与审美立场上，出于对具有古典美的乡土生活的捍卫，不断地批判与反思着现代城市生活。诗人牛庆国对于城市的痛苦反思，以美好乡村生活作为镜子来反观城市生活。即使在书写城市时，诗人也会关注到从乡村里来和"进城者"的美，如对进城卖苹果的农村妇女形象的表现。诗人牛庆国写农民进城后的"遭遇"，如农民工进城打工受伤后获得赔偿金的艰难。"那天二婶给我说/她娘家弟弟去城里打工/在工地上被塌下来的一堵墙压没了/孩子还小啊"(牛庆国《这事都拖了一年了》)，"隔壁邻家的黑旦媳妇/今年去城里挣钱/回来干净得水点都不沾/可黑旦扒光她衣服/提一桶凉水/把媳妇浑身上下洗了一遍"(牛庆国《黑旦媳妇》)③。牛庆国着力表现农民父亲对乡土的情感与对城市生活的不适应。"请你到城里来/就像请一棵老树离开故土""今夜　我在梦里想你"(《带着父亲的照片回兰

---

① 高凯：《高凯的诗》，甘肃文化出版社 2014 年版，第 55 页。
② 同上书，第 15—16 页。
③ 牛庆国：《字纸》，敦煌文艺出版社 2012 年版，第 14 页。

州》)①,"我只是以奋斗的名义留在城里/而愧对了所有的亲人/风就一下下抽打着我的老脸/新增的几道皱纹里/都是风的指痕"(《自述》)②,"往年都是我回到乡下把春天带到城里/可是去冬的一场大雪把我挡在了兰州/春天想我啊 想我这整整一年/不知在城里是怎么过的"(牛庆国《春天在梦里把我找见》)③。在这些诗中,"缺席"的城市是以掠夺乡村人的生命与青春以及美好情感的负面形象出现的,抒情主人公大多怀有批判意识与忏悔情结。诗人对黄河的记忆不仅来自古代文化,还常常来自对乡村生活的体验。诗人对兰州城市文化的书写如一面镜子,反射出乡村的命运与农民的生存。

李满强有关黄河的记忆里深藏着对家庭苦难与生命苦痛的关注。李满强在《车过黄河》中写道:"姐姐已经40岁了/这是她第一次看到黄河/也可能是最后一次/她发炎的右眼/已经无法完整地看见/那些/她未曾见过的宽阔"④。李满强的《车过黄河》就以不同亲人对黄河的感知生发出对生活艰辛与生命痛苦的体味。在黄河东岗大桥上,姐姐问这是黄河最宽的地方吗?多年前父亲送"我"来兰州也是这样问,还在打工的间隙,一个人看过黄河。诗中表现了姐姐一家生活的艰辛痛苦,其中悲苦辛酸是通过对城市里事物的发问,从侧面表现出来的。从甘肃诗人创作的城市诗的意蕴来看,新世纪的甘肃诗人从"望乡"到"望城"的心理转变过程还是相当缓慢的。

2. "进城者""居城者""出城者"文化身份的转换

人们观察城市的视角可分为"居者"的内在视角与"游者"的外在视角。"所谓内在视角就是以城市'居住者'(Traveler)的视角去考察城市环境的审美欣赏,而在那些并不是这座城市的市民,而仅是来城市旅游观光

---

① 牛庆国:《我把你的名字写在诗里》,甘肃文化出版社2015年版,第37—38页。
② 同上书,第145页。
③ 牛庆国:《字纸》,敦煌文艺出版社2012年版,第221页。
④ 汪小平编:《美丽兰州》(诗歌卷),甘肃民族出版社2013年版,第52页。

的人的欣赏中，则主要是从外在视角，即'暂居者'（Transient）的视角来看待这座城市，他们与城市景观之间的关系仅仅是'旅游者与风景间的关系'。"①"居者"的内在视角与"游者"的外在视角，对城市文化的发现具有不同的优势与局限。

　　城居者与出城者的心境的差异较为明显，暂居者与久居者的心绪各有不同，这一点在表现兰州城市文化的诗歌里有所体现。"此刻，我身在兰州以西的/一座工业小城，想起兰州/这座历史悠久的城市/我待了一个月的感受油然而生/——兰州有什么好的"（徐学《兰州有什么好的》）。诗人徐学远距离地审视兰州的城市生活，认为"黄河把兰州一分为二""这日复一日的重复你厌倦透了""高高的楼房一座挨着一座，攒动的人头一个紧挨着一个""朋友们相聚大口大口喝酒"，因此"兰州有什么好的"。可以看出，否定性的城市生存体验贯穿于诗歌的字里行间。

　　以居城者的文化身份进行诗歌创作的诗人多表现城市的日常生活体验，抒情者在创作中并非以暂居者的掠影式或者模式化的方式来书写城市形象。城市空间是日常的，也是肉身的。阳飏在其城市题材诗歌里不断发现城市生活的美感和生趣，既表现其童年时期的城市记忆，又表现其成年之后的城市体验。"飞机""汽车""房屋""街道"等城市符号都进入其诗歌之中。"有飞机亮着尾灯飞过去了/小脚的古代宫女提着灯笼/抓蟋蟀去了吧？""今夜，月亮上肯定有谁/高声吆喝着贩卖黄金/你能听见吗？""建筑是砖头放大的样子/汽车是从天空往下看指甲盖涂了颜色的样子/城市是一本流行杂志摊开的样子/正在拆毁的房屋和街道全是错字的样子。""住在恒温房间里的大熊猫，身上的黑像是穷人棉袄上的黑补丁，身上的白呢，是暴富人家的眼白部分吗？""玻璃窗的破碎声，真像是一大群吝啬的生意人夸张地数钱币的声音。"阳飏的诗将调侃、宽宥与同情混合在一起，在情感表达

---

① 陈李波：《城市美学四题》，中国电力出版社2009年版，第121页。

中，他的诗语调舒展平和，常将神奇幻象视作自然如常，情感表现内敛又含蓄。阳飑的美术修养对其诗歌画境的营构有积极的影响。川也《兰州行吟 秋日登高》皋兰山的秋日风景："落叶的观光团运走/我只好给山送去一尊铜像/铜是我的肌肤/我的躯身/——黄金塑山 铜塑我/秋风塑造落叶。阳光塑造天空"。① 诗以"铜"为色，以"塑"为态，简洁形象地描绘了皋兰山的壮丽秋景，诗中的意象色彩单一而鲜明。

马燕山诗中的兰州城市文化充满了世俗的色彩。"城市也就这么回事/满地的美味/整街的佳肴/穿流的车辆/像家乡的马匹/还有摇曳的女孩/穿过街市"（马燕山《城市的天空》）②。他的其他诗表现"我"在兰州城市中的"迎接了我的第一个女人""我成了父亲""灯火之中/美丽的城市/我行走于街道之间"的生活体验。"我从不厌倦兰州/不全是钢筋与水泥/不全是酒馆与人群/它有大河与果园/河面上有飞鸟与鱼群/远方还有羊群和麦田/还有鲜花与歌声""满城都在飘香/牛肉的香味""这个城市/羊肉很多/金黄金黄/挂在长矛上/嗤嗤作响"（马燕山《有关兰州》）③，"站在城中央/所有的一切/都向你涌来/温柔的眼神/动人的歌声/还有穿城而过的人们"（马燕山《城中央》）④，尽管具有乡村文化背景的马燕山，依然对城市生活充满了热爱之情，"在秋朗气爽的兰州""三月开花的兰州"等语词散布于其诗歌之中。

"城市是人的物质家园，更是人的精神家园。人们走进城市，不仅是为了找到可供养家糊口的工作，也不只是为了寻觅到一处可以遮风避雨的居所，人们更期待的和更重要的是在城市中找寻到新的精神家园。"⑤ 在兰州

---

① 汪小平编：《美丽兰州》（诗歌卷），甘肃民族出版社2013年版，第5页。
② 马燕山：《一万朵莲花》，甘肃人民美术出版社2011年版，第20页。
③ 同上书，第179—185页。
④ 马燕山：《一万朵莲花》，甘肃人民美术出版社2011年版，第206—207页。
⑤ 陈宇飞：《文化城市图景：当代城市化进程中的文化问题研究》，文化艺术出版社2012年版，第44页。

城市文化书写中,"游者"或"暂居者"的眼光在书写兰州城市文化记忆的诗歌中具有一定的普遍性。"进城者""居城者""出城者"三种城市文化身份的抒情姿态,也是随着诗人文化身份的变化而变化的。一些诗人在早期创作中致力于乡土诗的创作,而在后期创作中致力于城市诗歌的创作。

3. 城市文化表现中性别文化身份的区割

与古体诗歌中男性的声音主导不同,女性诗歌对城市文化记忆的表现又有一些独特的视角和思维方式。女性诗人王琰等较多关注城市女性的爱情、婚姻、家庭生活。王琰《临河而居》中关于城市爱情的表现,城市中的女性诗人往往将城市的日常生活与情感体验融合在一起,或在春天悼念30岁生命的凋零与"一场让绿离开春天的爱情",或在街头迷茫于扬起浮尘的城市中的"我的爱,太过用力",或在厨房剁肉宰鱼的间隙凝眸于"爱情丢了",或在"没有睡眠的房间"进行诗歌创作。诗人离离关注日常化城市生活中的"每一天"。"每天总有那么几个时候/我在马路上,经过上下班的/人群,和他们一样/急匆匆地来去/一转眼都走散了/一转眼,这里的生活又成了/陌生的样子/我就像那么一粒/刚刚成熟/即被剥开的栗子"(离离《每一天》)。日常化的城市生活常常成为诗歌表现的对象。

在娜夜的诗中,娜夜展开了女性的情感世界,呈现了性别化的城市时间与城市空间。

  这个城市的味道其实挺好的

  有一点点盲目

  有一点点满足

  风把风吹远

  灯把灯照亮

  这个城市的男人都热爱女人

  有一点老老实实

有一点点钱

流行的道德在街徘徊

这个城市有几棵树有一条河

女人在树下　　在河边写着诗歌

有一点点腥

有一点点咸

——娜夜《这个城市》①

大白菜有什么不好

抱着一棵大白菜

走在飞雪的大街上

有什么不好　　我把它作为节日的礼物

送给一个家　　有什么不好

——娜夜《大白菜》②

"我走在去教堂的路上/崇高爱情使肉体显得虚幻/我的起伏是轻微的/我的忧郁/也并未因此得到缓解。"③ "身体"与"服饰"的主题在娜夜的诗中频频出现，意味着对肉体与物质的审视，而"蜘蛛"与"教堂"的意象象征着精神困境与灵魂救赎。

在我的办公桌前　抬起头

就能看见教堂

最古老的肃穆

---

① 娜夜：《娜夜诗选》，甘肃文化出版社2003年版，第160页。
② 同上书，第57页。
③ 同上书，第188页。

> 我整天坐在这张办公桌前
>
> 教人们娱乐 玩
>
> 告诉他们在哪儿
>
> 能玩得更昂贵 更刺激
>
> 更21世纪
>
> 偶尔 也为大多数人
>
> 用极小的版面 顺便说一下
>
> 旧东西的新玩法
>
>
>
> 有时候 我会主动抬起头
>
> 看一看飞雪下的教堂
>
> 它高耸的尖顶
>
> 并不传递来自天堂的许多消息
>
> 只传达顶尖上的 一点
>
> ——娜夜《飞雪下的教堂》[1]

> 我看见了忘掉的人
>
> 他一只手揣在兜里
>
> 一只手挽着又一个人的爱情
>
> 他消耗它的方式
>
> 显然有所改变
>
> 缓慢地走动
>
> 像是放弃了目的
>
> 缓慢地陪伴着缓慢——

---

[1] 娜夜：《娜夜诗选》，甘肃文化出版社2003年版，第4页。

与电车驶进夜晚的速度

背道而驰

什么教会了一个人的缓慢

更快的时间?

——娜夜《站牌下》

《飞雪下的教堂》《站牌下》以办公楼、教堂、电车等城市空间意象的描述中,诗人不断思考"人"的存在方式,"缓慢"与"速度"、"肃穆"与"刺激"、"记忆"与"遗忘"的城市生活方式。"在生存状态引起人们普遍关注的今天,娜夜用诗歌维护着生命中最本质的部分,她对爱情的表达不算不执着,但我们从娜夜的爱情诗中总能读到比爱情更多的东西。娜夜是呈现女性精神世界的诗坛高手,在柔丽透明的心理流程中,我们直接看见了生命的美丽和纯真。"[①] 诗人娜夜传达出了都市女性独特的生命体验。

女性性别与城市空间之间的复杂关系受到一些女性主义理论家的关注外,试图挖掘厨房、健身中心、美容院等性别场所的根源,探寻其建构的思想基础与类型模式,分析哪些城市空间被编码为男性的,哪些被编码为女性的,性别特征是如何"铭刻"于城市空间的。除了对城市女性情感的关注外,女性诗歌对女性身体空间、女性身体空间与城市空间之间关系的关注并不太多,拥有"自己的房间"有时也是一种禁锢。

4. 城市书写中的族群文化差异

书写城市的诗人群体来自不同的族群,兰州题材的诗歌创作者也是如此,甘肃少数民族诗人有满族诗人娜夜,东乡族诗人汪玉良、钟翔,藏族诗人伊丹才让、才旺瑙乳、扎西才让、花盛、完玛央金,回族诗人敏彦文,裕固族诗人玛尔简等,因受到族群文化的浸染,少数民族诗人的城市诗歌

---

① 彭金山:《各美其美,蔚成大观——新时期以来甘肃诗坛概览》,《西北师范大学学报》(社会科学版)2005年第3期。

呈现出不同的审美特质。

藏族作家城市体验的书写在传达兰州城市文化记忆中较为集中，书写兰州城市体验的代表性诗人有伊丹才让、才旺瑙乳、扎西才让、花盛、完玛央金等。藏族诗人常常用一种祈祷式的话语方式，传达着城市生活体验和生命理想。

> 这一刻，我正在礼佛
> 焚香，点灯，供献净水
> 室内宁静。只一瞬
> 雪花突然扑向我的窗户
> 仿佛一群欢快的仙女
> 我拉开门，她们蜂拥而入
> 兰州的早晨，没有弯曲的金属泛光
> 天空温馨，远处的山峦在安睡中
> 呼吸平和，轻轻翻身
> 寂寞了一个冬天的树木
> 披着寒风躬身向前
> 它们伸出粗糙的手
> 接住这些从天而降的温柔花朵
> 桑烟升起，风马飘飘
> 瑞气正漫过西宁上空
> 我心爱的人在窗前翻看短信

——才旺瑙乳《雪花飘临》

在《雪花飘临》中，飘洒的雪花、安睡的山峦、礼佛的生活、温馨的家庭以及想象中美好的藏文化景观，组成藏族知识分子独有的城市生活体验。"就我个人来说,以能承继这样的血液而倍感幸福。因为我们的生活中充满了神性,而且由于信仰,我们成功地消除了时间为生命设置的重重障碍,我们在诗意、神圣、永恒、魔幻、光辉、终极、真理这些精神空间里比别人拥有更多的内容,我们的内心就是宇宙,博大、虚无、自由,游刃有余。"① 藏族诗人花盛的诗同样具有沉思的特点,以夜景为主的意象群与沉思的表达方式成为他诗歌的主要特征。在花盛的诗中,世俗情怀与宗教精神、室内之景与室外之物、雪花之形与佛经之理相互言说。"回到夜色,回到寂寞深处/让音乐将岁月分成两半/一半在故乡晾晒储备已久的幸福时光/一半在城市的楼群间寻觅栖居的缝隙/顺着音乐的轨迹——/星光在远处,天空高远,寥寂/霓虹灯在窗外,兀自绚丽/而那些夜归者和我一样/满脸疲惫。但内心一定有着/浅浅的幸福,有着思念和无眠……/而这些像音符一样在各自的空间飞翔/装扮着夜色和寂寞深处的呼吸"(花盛《夜晚》)。诗人花盛以夜归人的视角言说城市的寂寞、疲惫与幸福、自足。族群文化的"集体无意识"极大地影响了诗人对意象的选择、意境的开拓与主题的提炼。

(二) 城市情思抒发的审美视角

在城市诗歌创作中,诗人审美视角的形成主要取决于抒情主体与城市之间的关系,不同的"观"就是其感知城市文化的主要途径。"从审美的角度说,对大街上的大楼要学会'旁观';对小巷中的近景要懂得'直观';在宽阔的广场要掌握'游观';在亲密的邻里关系中要保持'静观'。"② 在各种"观"的背后是"心",即创作主体丰富的内心世界,因此,抒情主体的城市人身份认同影响着城市形象的建构。"总之,我们将看到人们多样与

---

① 才旺瑙乳:《血缘中的诗意》,博客地址:http://blog.sina.com.cn/s/blog_4bc90905010-007vs.html。
② 周小兵:《城市美学漫谈》,天津大学出版社2012年版,第78页。

不同的城市生活经历,不仅是他们个性特征和人际关系的作用,而且是他们不同的个人经历与城市建筑环境相互影响的作用。"① 不同的文化身份与城市经验决定了他们的审美视角。传统诗歌对城市的表现主要采用"静观"的形式,受传统诗歌创作经验的浸染,"静观"依然是现代诗人审视现代城市生活的视角。诗人常常伫立于街景一角或傍依住宅的窗前,观看着城市街道上的人与事,抒发内心的情感,评说社会的变化。

从诗作的行文结构或文体特征来说,"自叙传记式""空间散点透视式""历史遗迹生发式""田园理想式""城市民谣式"等成为城市诗歌主要的话语特色。"自叙传记传式"是书写兰州城市最为主要的一种方式,其书写多与诗人在大学校园的生活经历有关。在与一座城市数年的耳鬓厮磨之后,昔日象牙塔中的学子们最终离开了求学的大城市,城市成为留在心底的美好记忆。

一些诗人对兰州文化记忆的表现皆与自己在兰州的求学经历有关,如阿信在西北师范大学求学,庄苓在兰州商学院求学等,大学的生活经历都表现在其笔下。昔日的大学生活与城市体验与离开兰州后的想象交织重叠。阿信《兰州》:"突然明白:我所热爱的兰州,其实只是/一座鱼龙混杂的旱地码头,几具皮筏,三五朋友,一种古旧的情怀。"②"古旧的情怀"就是诗人阿信体验并保留的对兰州的情感。阿信《兰州》中的第10—11节叙述自己在1982年求学于兰州、文学活动与兰州铁道学院学生的交往以及毕业后回到甘南的经历。诗的12—14节写时光流转,从兰州的变化中感到的陌生与茫然,从而想到,一座城市的记忆,也许仅仅是由"几具皮筏""三五朋友"并渗透着"古旧的情怀"的"旱地码头",就是兰州留给诗人阿信的文化记忆。花盛《在兰州》中对兰州的记忆与在甘南的回忆并置,对黄河母

---

① [美]爱德华·克鲁帕特:《城市人:环境及其影响》,陆伟芳译,上海三联书店2013年版,第174页。

② 汪小平编:《美丽兰州》(诗歌卷),甘肃民族出版社2013年版,第2页。

亲的凝视与对故乡母亲的回忆并存。因此,"在兰州"与"在故乡"、"青春"与"中年",常常成为其诗作的"张力场所"或"情感场域"。傅苏《兰州,兰州》系列诗作都有故地重游、梦回校园的情愫,其《兰州,兰州》之《音乐:多加点芫荽在我的面里》就回忆校园生活中吃刀削排骨面、听老狼的吉他演奏、暗恋音乐系的女生等青春时光里的校园生活。诗人们不仅眷顾于昔日的大学校园生活,还留恋于与大学校园共在的兰州城市文化空间。

  生命个体在城市中的"足迹"成为城市诗歌的一种心路模式,昔日以"脚"丈量,今日则以"心"攀缘,各种情愫便蔓延于城市的大街小巷,抒情主体的情感有悲也有喜。李满强《有关兰州的记忆》起笔于"那时候"而落笔于"时隔多年",以"暂居者"与"异乡人"的双重视角,写瓜州路路名的变化、105 路公交车的行驶路线等变化之对比、筏子客唱出的花儿、大街小巷牛肉面的味道、骑自行车穿行了兰州街头的"青春"记忆与多年后再次看到的"农民巷饕餮的人群""农民巷灯光暗淡的酒吧",主要抒写两个时间节点上对兰州"记忆"中的"香味""欢愉"与"阴影""空洞"的对比。刘文杰《兰州,一座孤城》由"听说兰州下雪了",便有"午夜时分,孤独像一匹野马从黑处奔来。忧伤复燃",唤醒了关于在兰州生活三年期间孤独而忧伤的往事回忆,诗行里有求学三年的迷茫、河畔生活的愁绪、爱情无果的空落、城市穿梭的寒意,而这一切都是因为爱人的离去。"兰州,一座满是回忆的小城。那时,我们早出晚归/中山桥,五泉山,滨河路,白塔山,仁寿山都见证过/那些看成似真实而后又离散的依假。现如今,你选择远方/而我只能放弃一切,与你背道而驰,流浪在孤独"(刘文杰《兰州,一座孤城》)[1]。无论一座城市在诗人心中是"孤独之城""心中的爱",还是"满是回忆的小城",关于城市的诗歌想象都是个体

---

[1] 汪小平编:《美丽兰州》(诗歌卷),甘肃民族出版社 2013 年版,第 66 页。

审美体验的物化产物。爱一座城其实也许就是为了爱一个人或一群人，城因爱和所爱的人而承载着不同的情感与意义。城市是爱的"见证者"，当爱已成往事时，谁还会寻找曾经的"证婚人"。城市接纳了所有人的悲欢，而一个人往往只记住了并咀嚼着个体的悲欢。很多时候，我们只记得自己的苦痛，却忘记城市母亲内心的隐痛，这也许是一种"偏狭"之爱。刘文杰《兰州，一座孤城》的城市爱情情感表达，感伤又显得有些单调。因此，城市抒情者在情感抒发中既要缘于自身的经验，又要超越自身的经验。

刘易斯·芒福德在城市文化建设中对"田园城市"充满憧憬之情，并反思城市生活对人生活的"压抑"。"我们的城市生活必须是一个自我更新的有机体，而不是纪念物。主导的图景不应该是墓地，不要打扰那里的死者，而应该是农田，草地，以及公用场地。那里常年覆盖着林木，有着清晰的边界线，而且每年的耕犁，田地中的作物总在变换。"[①] "城市田园牧歌式"的诗歌多是对城市美好生活的向往，诗人赞美宜居、宜游的美好城市。王也的诗《印象兰州》可作为其中的代表：

　　黄河——穿城而过
　　一山一水匹配着
　　兰州独特的地方志
　　一街一道翻阅着
　　兰州的美丽与传奇

　　蔚蓝的天空下
　　像一只鸟掠过云彩，飞过兰州
　　飞过宽阔笔直与星罗棋布的花坛苗圃

[①] ［美］刘易斯·芒福德：《城市文化》，宋俊龄、李翔宁、周鸣浩译，中国建筑工业出版社2009年版，第471页。

飞过中山铁桥、白塔山公园、水车园……

飞过青城古镇、黄河母亲雕塑、徐家山……

清风里,一只鸟的翅膀

汇聚于山水的魅力

汇聚于一草一木的秀丽与静美

我热爱的城市——兰州

在玫瑰里芬芳,在国槐里洗亮

枕山带河上

黄河蜿蜒着血脉,爱奴役着爱

依山傍水中

拉面的清香,闪着城市迷人的力量

蓝天白云下

我读懂了黄河铁桥横空出世的雄壮

一只鸟,穿山而过街水而飞

宛若柔软的时光,穿越幸福

一盏灯接一盏灯,炊烟流溢的清香里

兰州,一点点小下去

成了城市、街道、房屋、家庭

引领着兰州百姓

——热爱生命,热爱生活

——王也《印象兰州》[①]

[①] 汪小平编:《美丽兰州》(诗歌卷),甘肃民族出版社2013年版,第117页。

城市的文化记忆与文学书写

　　《印象兰州》以"一只鸟"的视角书写着"兰州的美丽与传奇",鸟瞰到的是兰州的各种标志性城市景观,鸟瞰到的是兰州的衣食住行等日常生活,吟唱的是对兰州的"热爱"。可以说,《印象兰州》既是兰州"印象",也是兰州"想象",诗作承载着诗人的言说"兰州的美丽与传奇""城市迷人的力量""热爱生命,热爱生活"城市文化理想与创作理想。

　　因与兰州的交往已时过境迁,诗人们在书写兰州时常常流露出一种怀旧与感伤的情愫。寂静与静穆乃古典之美的追求,受古典美学范式的影响,一些诗人们大多采用"闹中取静"的"过滤"形式,避开城市的喧哗,寻找城市中的自然宁静之美。孙立本《金城山水印》中的五泉山的泉、树、风、寺等。"横着的树,蹲着三五只麻雀/像结着三五只灰色的果子/突然间,因为我们的惊扰,扑啦啦一声飞起——把五泉山七月的宁静纵向切开"(孙立本《金城山水印　横着的树》);"正午的风,吹动兰州城南的皋兰山麓/林木葱郁,天空太蓝""寂静的五泉山像一册经卷/在阳光和游人的目光里缓缓打开"(孙立本《金城山水印　皋兰山麓的风》)。两首诗的意境营构,无疑受到传统美学观念的熏染。诗歌中兰州的美是动静相系的,兰州题材诗歌中的意境有的是"有我之境",有的是"无我之境"。

　　"历史典故式"的诗歌书写具有古代怀古诗的传统,诗人们在对兰州历史文化遗迹的凝视与沉思中生发出兴亡之叹与生命之思。"城市民谣式"受到民间诗歌的影响,体现出民间抒情话语与主流抒情话语的融合。"金城艳/兰州憨/桃红梨白杨柳岸/谁人不爱怜""白塔耀/水车旋/千里黄河一线穿/遥看皋兰山""百合鲜/瓜果甜/百年铁桥卧人间/沧海变桑田""金城关/博览园/游人如织风情线/夏都花绚烂""秦王川/战犹酣/再创辉煌写诗篇/试看英雄汉"(钱文昌《兰州词》)。[①] 钱文昌《兰州词》概括出兰州的地理形貌、风物特产、民情风俗、旅游景点、历史故事及时代新变,诗人对兰州

---

① 汪小平编:《美丽兰州》(诗歌卷),甘肃民族出版社2013年版,第75—76页。

城的赞美与热爱溢于言表。钱文昌的系列诗作如城市歌谣一般，表述亲切自然，字数句数短促，格调明快轻盈，音调铿锵悦耳，具有通俗晓畅之歌谣风格。从诗歌创作传统来看，这些诗作在一定程度上受到清代兰州诗人江得符《我忆兰州好》、马世焘《兰州竹枝词》等民歌风格诗词创作的影响。

（三）城市情感抒写的个性特色

城市理论研究者路易·沃斯在《作为一种生活方式的都市主义》中说："城市历史上是不同种族、民族和文化的熔炉，是有利于培育新的生物和文化混合体的温床。它不仅容忍而且鼓励个体差异，将来自不同地方的人凝聚在一起，因为是差异使他们彼此有用，而不是因为他们是同类或思维相似。"[①] 依此理，因为"差异"，所以"有用"。差异化的城市书写，正是城市诗歌的价值所在。

诗坛"怪杰"李老乡以独辟蹊径、同中求异、异中求同的超常规诗性思维显示着自己的个性存在。李老乡在表现城市生活里也是"异数"。李老乡建构了一种以感悯万物、机智幽默、开阔冷峻的诗歌之风，将诡谲奇特的个体经验与丰厚富赡的民族集体意识整合，形成独特的生命哲学与生存智慧。军旅诗人马萧萧的诗想象奇特，意象丰富，情感纵横，抒情之外议论较多，口语化与书面语相互错综，历史与现实意象共生。《兰州很安全》《兰州阳光》《兰州，黄河唯一穿城而过的省会》《兰州花朵》《兰州早餐》等代表性的以"兰州"为题名的诗歌，展示了兰州城市生活的独特风貌与诗人独特的情感世界。

个人对城市的体验是千差万别的，将自己在一个特定时空中的城市体验记录下来，就是探讨城市文化的方式之一。藏族诗人才旺瑙乳的城市书

---

① 汪民安、陈永国、马海良主编：《城市文化读本》，北京大学出版社 2008 年版，第 142 页。

写带有宗教信仰的神性与虔敬。"在这凡俗琐屑的世界上,唯有优秀的诗歌能使纷繁的世事变得简洁且富有秩序。因此,我始终认为,艺术不是行走,也不是停止,而是飞翔。它是伟大自然赠送给我们的自由的礼品。像闲云野鹤一样,是诗的翅膀突然使我们的生命超越了痛苦和死亡而漫游,在博大和虚无的宇宙中领略美、光辉、永恒以及命运之神赐予我们的火的盛宴。"(才旺瑙乳《生命的飞翔》)[①] "虽然长期生活在现代城市里,被俗物和琐务包围,但我的内心却常常沉浸在另一个空间中。这个空间把我带到了我血缘的起点处。这个空间幽秘、深邃、高古。这是另外一种传统,是在我的血液中逐渐复活的一个世界。这个世界充满了诗意的苦难和神圣。它那辽远的:神,游牧,酒和诗歌。是不顾一切的、醉在马上的歌唱。歌唱远方。是远方突然给我的辛酸和慰藉。是悠久岁月里神秘的传之久远的无言和花香。"[②] 内心有宇宙。才旺瑙乳有意在城市风俗之外建构一个神圣的精神空间。

古马的城市诗歌擅长短句结行,在瞬间中寻求永恒,独特的意象营构出一种形而上的意味,风格空灵而隽永。古马诗歌有真挚、细腻、温婉的一面,也有深沉、硬朗、冷峭的一面。古马的诗歌里弥漫着怀古的幽思和浓浓的民间气息。一些诗歌融入了古诗词的意韵,在戈壁、骆驼、刀剑、弓弦、兽皮、陶罐、篝火、孤狼等意象组成的边塞意境中行进,喷涌着英雄情愫。古马的诗中有信天游、爬山歌、花儿及蒙古族民歌的韵味,语言鲜活、率真、诚挚又新奇。古马将中国古典诗词、民歌谣曲的神韵与西方现代诗的元素融汇在一起,营构一种"西风古马"的诗意境界。

乡土诗人牛庆国创作了大量以乡村生活为表现对象的诗歌,作为城居者的诗人,牛庆国还耕耘着城市生活土壤,并受到乡土诗的浸染。牛庆国

---

① 才旺瑙乳:《血缘中的诗意》,博客地址: http://blog.sina.com.cn/s/blog_ 4bc90905010-007vs.html。

② 同上。

《在兰州》组诗中之《五泉山的一个早晨》中描写五泉山初冬的晨景："雾白得像一碗稀粥/冰糖颗粒样的星星/已经溶进了清冷的早晨/不远处的黄河/仿佛一罐罐茶水早已经开了/站在仿古牌楼前/看着远远的豁岘上/太阳像刚放到那儿的一只大苹果",诗人写景有远有近,有高有低,错落有致,比喻贴切形象,喻体多沾染着农村生活气息。

甘南诗人阿信《兰州》中对兰州历史的回溯与其历史视野有关。阿信毕业于西北师范大学历史系,诗人,热爱历史和文物,也热爱着甘南的雪山、雄鹰、草原和寺院,其《兰州》多用长句,且多以两句或三句为一个诗行。以书写"最后的美"而知名于世的诗人人邻,在城市书写中颇具特色,其《西北诗篇》多用短句,且常常将一句分成数行,常以词语为诗行。青年诗人李满强的诗中常沉淀着许多对生活苦难的深切体察与品味。在其诗中,姐姐的病痛、父亲打工的艰辛与自己的"游子"文化身份相契相合,其诗歌语言干净朴素,隽永有味。

城市文化丰富、多样,城市生活秩序井然又混乱不堪,既是欲望的天堂,也是劫难的地狱。城市包罗万象,千变万化,如同一个迷宫。与此同时,人和城市的交流经验,既会改变城市文化,又会改变人自己的记忆空间。每一个城市的观察者因其位置不同、立场不同,也就注定了他感知城市方式方面的差异。诗人对城市文化记忆的个性表现与诗意想象,无疑丰富了城市的文化内蕴,也增殖了城市的精神内核。

六　兰州城市文化记忆诗歌表现的成就与局限

综观甘肃诗坛,唐祈、孙克恒等老一辈诗人的影响日渐式微,唐欣、阳飏、人邻等诗人正在转型。阿信、娜夜、古马、高凯等实力诗人正在走向全国。"唐祈,这个因历史的原因中断歌唱多年的著名九叶派诗人,于1980年来到他青年时代学习和生活过的兰州工作。他没有像一般'归来者'那样久久舔舐旧日的伤口,而是以极大的热情关注正在发生深刻变化的西部大地和西部人生,用他美丽的《大西北十四行组诗》在甘肃竖起一面诗的旗帜。"① 如小说、散文对兰州的想象一样,诗人们在不同时期对兰州城市文化的书写各具其审美意义。

诗不是模仿生活,而是要创造生活。一个诗人想要写出别具一格的诗作,就应具有超凡脱俗的理想追求,通过语言的探险来超越自我生存的平凡庸俗,创造一个全新的精神领域。与此同时,如果所有的诗歌都是对自我情感的解剖和独白,其情感往往会走向自哀自怜的封闭式表达,那么,这样的诗只属于诗人自己,而不会获得读者的欢迎。值得欣慰的是,兰州城市文化题材的诗歌并没有沉溺于消费文化、欲望化写作的泥淖之中。在兰州城市题材诗歌中,有身体叙事、欲望叙事、物质叙事倾向的诗歌数量很少。当然,这一表征也许与兰州处在一个内陆欠发达地区相关。

兰州题材诗歌创作的局限主要表现在以下方面。

首先,从意象的选择来说,兰州题材诗歌中的自然意象、乡土意象依然"压制"与"排挤"着各种城市意象。在城市里"风花雪月""山水树木""春夏秋冬"的书写中,表现最多的是古典美学特征与乡村文化氛围,却没有表现出现代城市的文化气息。城市背景的模糊与城市气息的稀薄,其实就是诗人对现代城市感触不深、不够的话语表征。城市文化的"缺席"与乡村文化的"泛化",在一定程度上,"城市印象"不是城市的印象,而是"身在城中而心在乡村"的潜意识表达,是城市中的"思乡梦"与"故土吟"。川也《兰州行吟》中的"下雨天""远山""远处和近处的树""一

---

① 彭金山:《各美其美,蔚成大观——新时期以来甘肃诗坛概览》,《西北师范大学学报》(社会科学版)2005年第3期。

只鸟""一棵树"等意象皆消弭在"城市"的"形色"中。城市中的"鸟""树""雨"都应区别于乡村文化语境中的特征,也蕴含着诗人独特的都市心情,而这些差异常常被诗人"前见"织就的情感之网过滤掉了。付邦《兰州的色彩》中的"深秋""深夜""雨天""问雨""雨天的轶事"等篇章中,所写的景物也并非"兰州色彩"的春夏秋冬与雪雨云风。再如,于贵锋《山水兰州》组诗中的《春雪写意》《三月·兰山》《初夏的兰州,雨很忙》《兰州雪》,皆有乡村情感过滤城市色彩的局限。在一定程度上,城市风景是被乡土情感"漂洗"过的风景,是一种毫无城市体验汁液的干涩的"移植"。"山是常见的山,像常见的中年、老年/树是常见的榆、槐、柳、杨,也有桃树、柿树/低矮的是灌木、荆棘、枸杞,冰草年复一年/时间是北方上午九点到十点,或下午四点到五点/空气有点潮湿、冷,土路上间或铺有干净的石头/落叶从远处来,或正如那/漂在记忆之河的羊皮筏子"(于贵锋《山水兰州——这依旧是你的一方山水》)。在于贵锋《山水兰州——这依旧是你的一方山水》中,诗人的一种平淡无奇的"平常"视角影响了他的诗歌意象的营构与意境空间的开掘。与古代诗歌中常用感觉到的"塞下秋来风景异"等独特体验相比,这当然与诗人本身对兰州独特体悟的缺失有关,也与诗人无意于发现并表现"城市风景的独异之处"的审美取向有关。诗人们依然沉浸于"田园诗学"营构的美学氛围之中。在此语境中,兰州依然呼唤言说其城市魅力的当代诗人。

其次,兰州题材的诗歌在诗歌话语表现上缺乏创新。诗歌话语创新性的缺乏,主要表现在歌咏黄河的诗作之中。本来,每个人对黄河的理解与表现肯定不同,但大多数诗自觉或不自觉地"挤进""黄河大合唱"之中,与主流话语同声同调的"集体合唱"淹没了个体"独唱"所能彰显出的艺术独创性。这一类吟咏黄河诗作的诗大多直抒胸臆,纵横开阖却较少生命体验,许多诗歌在抒情方式与抒情话语上给人一种雷同之感。陈旭光说:"从某种角度来说,城市生活不适合于非常浪漫化的抒情,不适合那种跟主体非常接近的几乎没有障碍的直接的抒情。写都市诗需要一种经验的沉淀，是写经验而不是写感情。但是这种经验应该是经过非常独特的个体体验、个体感觉过的经验，并且沉静下来。要么更抒情一些，要么更客观更理智更冷静一些，这两个试验的方向都有可能比现在这种折中的复合的状态带来不同的景观吧。"[①] 然而，一些作家的抒情仅仅是城市不同意象的排列，是意象的"序列"，并没有建构起城市意象的有机"秩序"，从而影响其城市诗歌创作的艺术水平。例如，北浪《兰州》中的兰州城市文化形象中虽然有"皋兰山""羊皮筏子""黄河""铁桥"等元素，但并没有写出诗人心中独特的兰州，诸多诗歌意象的组合陷于表象化排列，人与城之间在情感上总"隔"了一层。

再次，抒情主体的"被动抒情"导致情感表现空洞与失真。与小说与散文有意识地自觉地表现城市生活体验不同，大多数诗歌中对城市文化记忆的表现是"被动"的，许多情感体验与生命感悟并非来自诗人内心的情感。"城市"并没有以独特的价值物进入诗人的审美创造世界，城市也没有以其独特性的存在激发诗人对于现代都市人文精神的理解。"从人的角度上看，城市包含了与身体实践相联的空间意识与体验，即在眼睛、理性之外，运用听觉、触觉、嗅觉、味觉等综合感官，对抽象空间进行的实实在在体验。"[②] 一些诗人尽管在城市中生存并写作，他们的诗作依然沉浸于"乡土氛围"之中。城市语法不同于乡村语法，城市诗歌需要不同于乡村文化表现的特殊的诗歌语词与语法，然而，城市诗歌话语的独特性并没有得到许多诗人的高度重视。

最后，抒情主体以"文化知识"写兰州，使得诗情枯竭。一些诗歌创

[①] 洪子诚、王光明等：《城市与诗——北京大学第六届"未名"诗歌节圆桌论坛实录》，《江汉大学学报》2006年第1期。
[②] 朱蓉、吴尧：《城市·记忆·形态：心理学与社会学视维中的历史文化保护与发展》，东南大学出版社2013年版，第212页。

作是由有关兰州的知识组成的，常识性知识充斥于诗行之中，脱离了审美主体与城市对话的"在场感"与"具身性"。"兰州形象"仅限历史与现实的知识，却远离了诗人的"审美经验"。一些诗作因缺少别具匠心的"诗家语"而感人不深。"作为城市记忆载体的表现者，更应在公众的立场上，强调沟通和理解，协调不同方面的矛盾，确立在总体性中保持各种其他可能性的正确态度，使城市成为一个可供不同阶层人进行解读的多元文本。"① 诗因此成了"信息簇"，而非"情感场"。诗人在创作时搜集到的常常是历史文献、地理方志、政治新闻等被"固化"的兰州形象，而非自己独特的"直观"，一颗诗心没有与一座城市相碰相撞、相照相耀并进而转化为隽永优美的诗歌语言。"城市文化是城市个性的反映和表达，以自己的城市空间环境构成语言和形象，组成立体的图画和韵律景象，给人以视觉和心灵的感染力、吸引力、想象力，从而展现出自己的城市魅力。"② 可以说，想要书写一个城市的独特性，不仅需要在情感上热爱这座城市，还需要在理性上超越这座城市。

七　兰州城市文化记忆诗歌书写的经验借鉴与突围路径

（一）城市文化记忆诗歌书写的中国经验

就现代作家对城市的态度来说，中国现代文学对城市的表现有一些明显的嬗变，经历了从否定到肯定的城市美学情感判断的嬗变，经历了从离

---

① 朱蓉、吴尧：《城市·记忆·形态：心理学与社会学视维中的历史文化保护与发展》，东南大学出版社 2013 年版，第 69 页。
② 任志远：《解读城市文化》，中国电力出版社 2015 年版，第 208 页。

乡到进城寻找栖居的城市美学书写对象的嬗变。

从中国现代诗歌创作的实践来说，李金发、艾青的城市诗歌表现就受到波德莱尔巴黎城市书写的影响。李金发、艾青写外国城市也写中国城市，在城市书写方面积累了独到的经验。中国现代派诗歌中对城市的表现也有值得借鉴的方面。陈江帆《海关钟》《南方的街》《都会的版图》《街》，戴望舒《雨巷》《独自的时候》，废名《北平街上》《街头》，李广田《那座城》，玲君《舞女》《乐音之感谢》，徐迟《微雨之街》《都会的满月》《一天的彩绘》等。"现在，我们有崭新的百货店了，/而帐幔筑成无数的尖端。/蛋女低低的坐着，——电气和时果的反射物。"（陈江帆《都会的版图》）①"夜夜的满月，立体的平面的机件。/贴在摩天楼的塔上的满月。/另一座摩天楼低下的都会的满月"（徐迟《都会的满月》）②。其他如香港城市诗歌与城市民谣中的内容与技法，也值得借鉴。

中国当代打工诗歌是在城市化、现代化过程中出现的独特的诗歌现象。打工诗歌创作者主要在东部沿海地区的城市，兰州的打工诗歌创作并没有形成一个群体，在未来的城市诗歌创作中，也许会出现属于兰州的"打工诗歌"。其创作主体为拥有文学才华且具有"农民"身份的进城"打工者"。创作者多以见证者、亲历者而非想象者的方式书写进入城市后真实的生活感受，如打工者尴尬的身份处境、情感欲求、精神寄托与生存状态。见证意识、群体意识，是打工诗歌的主要特征。话语通畅甚至直白，表达上多以散文化的事件叙述体，立场上为民间化而非精英化与文人化的，充溢着来自底层的本色的民间化的思想情感。打工诗歌是农民从乡村到城市的精神印记，然而，大多数写诗者已经在城市里有安身立命的工作，"体制内的生存"使其创作视野与思考范围或多或少受到影响。

---

① 蓝棣之：《现代派诗选》，人民文学出版社1986年版，第43页。
② 同上书，第335页。

此外，城市民谣关注现代城市人的生活与情感，是现代生活体验的音乐表达。当代流行歌曲等大众文化、时尚文化中对与城市文化的表现方面，也有一些值得借鉴的艺术质素。

（二）城市题材诗歌创作中的国外经验

国际化视野中的城市文化与城市题材诗歌创作，是城市诗歌创作中值得借鉴的一种文化资源。土耳其诗人纳齐姆·希克梅特有句名言："人的一生总有两样东西是永远不会忘记的，这就是母亲的面孔和城市的面貌。"在西方城市文化理论中，本雅明、罗兰·巴特、芒福德等的城市理念与城市文学理论，对中国当代诗人尤其是西部诗人的城市诗歌创作有一定的启示意义。

圣彼得堡为俄罗斯诗人提供了永远说不尽的城市文化记忆。普希金在圣彼得堡的彼得大帝雕塑的启发下，创作了俄罗斯最优秀的文学作品之一——叙事诗《青铜骑士：一个关于圣彼得堡的传说》，为这座城市赋予了独特的"文学个性"。"普希金的诗歌是'圣彼得堡神话'的源头。这神话已经成为圣彼得堡亘古不变的文学个性。"[①] 此外，勃洛克、曼德尔斯塔姆等诗人对彼得堡城文化记忆的表现是独特的。"1904—1908 年，勃洛克创作了诗集《城市》，描绘了徘徊在末世毁灭边缘的彼得堡。"[②] "彼得堡在奥西普·曼德尔斯塔姆的诗歌中占有举足轻重的地位。他被公认为是 20 世纪世界上最优秀的诗人之一。曼德尔斯塔姆对这座城市的关注焦点是宏伟的广场、壮观的政府建筑、涅瓦大街顶端和涅瓦河岸所特有的气势磅礴的教堂。"[③] 不同诗人作品中的城市记忆，无疑成为彼得堡城的文化元素。

---

① ［美］布位德利·伍德活斯、康斯坦斯·理查兹：《圣彼得堡文学地图》，李巧慧、王志坚译，上海交通大学出版社 2011 年版，第 33 页。
② 同上书，第 96 页。
③ 同上书，第 105 页。

法国诗人波德莱尔（Charles Pierre Baudelaire）用象征主义的油彩涂抹出扭曲的巴黎城市意象元素，从而建构了一个阴鸷的巴黎城市形象。波德莱尔对于小孩、女性、老人和穷人的描写，以丰富的题材、深入的观察、精到的刻画，记录了第二帝国时期巴黎的城市空间，"恶之花"是其对颓废的巴黎城市文化记忆的诗歌表征。在波德莱尔笔下，巴黎"是一个'万恶之都'，然而他死活都赖在这个罪恶渊薮里，不肯离开"[①]。从中不难发现诗歌创作与城市生活之间的密切关联。此外，西方诗歌中对城市想象的"记忆"多为迷宫城市、地狱城市、天堂城市等构成人们城市书写的原型意象。因此，当代诗在城市书写中可以对此借鉴，可以从原型意象的视角来审视城市。

美国诗人惠特曼（Walt Whitman）诗歌中的纽约是诗人与城市对话的产物。"麦尔维尔看到的是噩梦中的纽约，地狱迷宫般的富有象征意味的墙壁，邪恶横行，人们莫名其妙。而惠特曼，游手好闲的'现实诗人'，看到的则是白日梦中的纽约，显然是令人兴高采烈的白日梦。惠特曼的纽约较少被焦虑笼罩，较少使用寓言，全景般的人与物不断变化，而他们最重要的共同特征是充满内在美，容易引起诗人的强烈共鸣。"[②] 受惠特曼的影响，美国"垮掉的一代"文学运动的核心人物艾伦·金斯堡（Allen Ginsberg）在其创作《抢劫》中就采用惠特曼式的长句和印象主义的换喻风格，描述20世纪60年代后期和70年代早期纽约人的普遍经验。美国城市诗人弗兰克·奥哈拉（Frank O'Hara, 1926 - 1966）的诗作记录了20世纪五六十年代纽约社会生活的真实风貌，是人们了解美国纽约城市风貌和人文状况的重要读本。弗兰克·奥哈拉通过诗歌话语构建了一幅纽约城市生活的"拼贴画"，纽约城的丰富生活阅历与万花筒般的纽约都市生活呈现在其诗歌之

---

① BY工作室：《巴黎文学地图》，华东师范大学出版社2007年版，第2页。
② ［美］杰西·祖巴：《纽约文学地图》，薛玉凤、康天峰译，上海交通大学出版社2011年版，第52页。

中。奥哈拉的诗歌以简洁的语言呈现着城市的细节，是其对当代诗人表现城市生活的重要艺术启示。

在奥哈拉的诗行里，抒情主体"我"在不断地观察、关注着城市里的外部事物并对之做出心灵的应答。"奥哈拉认为，诗是置放在诗人与某个人之间的文字表述，是一种互动，而非两页纸之间写满诗人的独白和没完没了的感叹。"① 诗歌是两个人之间的对话（conversation），奥哈拉诗歌的语言具有口语体诗的特点，有一种自由流畅、幽默机智甚至还有插科打诨，充满了现代都市日常生活的气息。奥哈拉《里厄比斯里德》（Liebeslied）的前两个诗节："我猥琐地/走近你/我们所做的事/就是我将你吞噬/你看见我/独自站立在那里/我是骨头/你是骨髓。"奥哈拉在《收音机》中如是说："你为什播出如此单调的音乐/在周六的午后/我疲惫得要死/渴望记忆能带给与我一点力气。/工作圈禁了我/一周的劳碌后/我就不该听听普罗科菲耶夫的乐章？/还好，我有美丽的德·库宁去追求/ 我想那张橘红色的床/魅力胜过听觉的盛宴。"从中不难发现，奥哈拉的诗在重视自我意识的同时，更关注自我与他者的外在联系，在对纽约城市景观和民众生活方式的描摹与书写中表现对爱情、友谊及艺术的理解。

美国20世纪杰出诗人卡尔·桑伯格（Carl Sandburg）的诗作《芝加哥》对美国芝加哥城的叙事中体现出诗人独特的现代意识与城市观念，形成独特的"城市诗学"与"大众诗学"。桑伯格揭示城市在现代化过程中出现的各种社会弊端，并试图描绘一种新的充满信心与热情的现代城市生活图景。桑伯格通过诗歌形式和诗歌话语的创新来实现其审美现代性的追求，诗人常打破句法和逻辑联系，用长短不同的句式来表达对芝加哥城的独特体验。再如，德国诗人布鲁诺·维勒发表于1891年的《街道》，卡尔·亨克尔发表于1903年的《柏林夜景》，阿尔诺·豪尔茨发表于1886年的《大都市的

---

① 汪小玲：《奥哈拉城市诗歌中的"一人主义"诗学》，《人文杂志》2014年第11期。

凌晨》，德特莱夫·冯·里里克隆的《在大城市中》、海德维希·拉赫曼的《在途中》，奥地利诗人莱纳·玛丽娅·里尔克的《小时笔记》，都可为中国当代诗人的城市文化记忆书写提供借鉴的经验。国外诗人对空间关系的重视、对城市精神内核的挖掘、对城市俚语俗语的运用、对城市化与现代性的反思与探索，都有利于中国现代诗人打开"山水田园诗""乡土乡村诗"的单一审美视界，从而建构出一个具有现代开放意识的城市审美疆域。

英国现代诗人菲利普·拉金（Philip Larkin）的城市题材诗歌创作深具特色，如《日子》《在床上交谈》《在场的理由》等。拉金继承了城市漫游诗人的抒情传统，以其所见所闻敏锐地观察城市社会、描绘城市生活景观，以此来展现现代生活中传统伦理意识和现代价值观的冲突与矛盾。拉金的诗歌采取空间叙事方式以达到对全知视角的叛离和超越，题材涉及城市的各个空间。诗人对教堂、商店、码头、街头广告等城市空间元素进行了话语的再生产，不仅表现人与城市空间在互动过程中的情感状态，还思考着人与城市相依相生的存在论价值。拉金从个体经验出发而拓展到对城市文化、人类文明的思考，从而折射出诗人的城市文化观念与价值理想。拉金把人群作为叙事媒介，用抒情主体、叙事主体、人群、叙述物的空间位置及其动态变化，描绘不同文化身份的城市人形貌声音与精神生态，表现个人体验与集体经验、个人价值观与社会伦理体系之间的复杂关系，探析欲望与理性、爱情与婚姻等人性道德伦理问题。拉金在诗歌中通过对自然的探索来反思现代城市文明，其诗歌是对现代生态伦理的深刻思考，具体表现为对征服、控制自然的科技与工具理性的批判，对工业化、城市化的警醒，对人类肆意虐待动物植物、任意掠夺自然资源、恣意破坏自然生态进行了批判，从而呼唤人类精神的绿化、人类生态伦理的重建与生态责任的担当，最终试图寻求人、城市与自然和谐相处诗意栖居的途径和办法。诗人拉金在书写城市中采用城市俚语，打破常规语法。这种以城市俚语与口语入诗，在城市书写中具有话语创新意义。诗人不能单独用线性时间话语表现城市，还应当以空间话语来呈现城市的文化记忆。这就是拉金诗歌对城市文化记忆的表现对中国当代诗人的启示。

（三）城市文化记忆诗歌书写的突围路径

在诗歌被"边缘化"的时代，城市诗歌同样面临生存窘境。针对城市文化书写中出现的问题。这些问题有些是所有城市诗歌中存在的具有共性的问题，有些则是兰州题材诗歌创作中的不足，而"如何突围"是必然会考虑到的问题。

突围的路径之一是城市诗歌创作要重新选择"进入"或"栖居"城市的方式。城市不能仅仅是乡村生活表现的背景存在，而应走到诗歌表现的"前台"，应当显现出独特的审美品格。也许"进城"与"出城"如同"入世"与"出世"一般，将是诗人们心灵跋涉的两个极点。突围的路径之二是建构具有城市文化精神的诗歌表现形式，超越模式化抒写。亨利·列斐伏尔说："只需擦亮眼睛看看周围，人们从家里奔向或远或近的车站、拥挤的地铁、奔向办公室或工厂，再在晚上沿原路返回，在家休息一夜，第二天再继续重复头一天的生活，这种普遍的无意义人生悲剧被掩盖在'知足'的假象之下，正是这种假象使得人们对自己的人生没有足够清醒的认识，而满足于模式化的生活。"[①] 在城市书写中，尤其是城市文化的文学表现，不仅仅是城市向审美主体呈现了什么，更重要的是主体如何以自己的审美经验理解与阐释这个城市。从实际来看，城市体验要比诗歌里情感体验范围更广、内容更多，城市呼唤着能够抓住城市肌质、肉感的细节与血气、灵性的情思来言说城市。突围的路径之三是建构多元开放的城市文化意识。城市快速的运动与变换的节奏改变了人的生存方式和交往方式，广大市民与"熟悉的陌生人"在交往，与不同职业身份的人在交往，但常常缺少情

---

① 汪民安、陈永国、马海良主编：《城市文化读本》，北京大学出版社2008年版，第24页。

感上的交流。城市本身是一个开放的文化空间，尤其在信息时代、网络时代、物流时代的今天，诗人们的城市书写更应当有一种多元的开放的观念，参与到城市文化的建构中来。

"乡村和城市自身以及它们之间的关系都是不断变化的历史现实。此外，在我们自己的世界中，它们代表的仅仅是两种居住方式。我们的真实生活经历不仅是对乡村和城市的最独特形式的经历，而且还包括对二者之间的许多中间形式以及对新的社会、自然组织的经历。"[1] 诗人需要重新审视城市文化，而不应先验地对城市文化心怀"偏见"。"在文字记述与知识分子的心目中，城市被看成是算计代替自发、欺骗代替诚实、头脑代替心脏、世俗取代神圣的所在。像爱默生（Emerson）、霍桑（Hawthorne）、梭罗（Thoreau）、坡（Poe）等作家更喜欢荒野的宁静孤独，他们的作品处理诸如城市的异化和孤独、传统的瓦解、机械化的影响、城镇价值的物质主义等主题。"[2] 诗人们需要保持诗歌写作的敏感度与诗歌的光亮度。诗歌的未来创作趋势应该不断发现城市之美，不断留存城市的文化记忆。理解城市、融入城市、感受城市、表现城市，诗人们仍然在路上。

结　语

法国空间诗学理论家加斯东·巴什拉（Gaston Bachelard）说："事实上，一切实证性都使最高级下降到比较级。为了进入最高级的区域，必须

---

[1] ［英］雷蒙·威廉斯：《乡村与城市》，韩子满、刘戈、徐珊珊译，商务印书馆2013年版，第393页。

[2] ［美］爱德华·克鲁帕特：《城市人：环境及其影响》，陆伟芳译，上海三联书店2013年版，第22页。

离开实证性，接近想象性。必须倾听诗人。"① 诗人对城市不能再是由农业文明进入工业文化时的"震惊"，而是要把城市作为人类生存家园的想象与反思。无论诗人对城市文化感官性、新奇性、历史性的认同，还是对乡村文化精神性、保守性的反思，都蕴含其中。本·哈莫（Ben Highmore）在《方法论：文化、城市和可读性》中说："所以，关注城市现代性就是关注普遍的特殊性，就是关注城市生活的错综复杂的连接性，就是关注经验中常常对立的密集性。"② 城市文化记忆的文学表现需要作家们具有现代性的审美精神、艺术想象与表现能力。都市是人类迈向现代化进程中最重要的生存载体和精神寓所，都市文化是一个由文本性与物质性构成的一个世界。回顾 20 世纪以来的国外文学，绝大多数重要的作品是针对都市生活的，诗人多以诗作来探究现代人真正的生存困境和灵魂际遇。当然，如何成为一个发达城市文明时代中的"抒情诗人"，这依然是一个需要继续探索的问题。在现代化、城市化进程中，一个诗人在城市想象中如何成为优秀的城市抒情者与记录者，中国当代诗人还有更长的路要走。

---

① ［法］加斯东·巴什拉：《空间的诗学》，张逸婧译，上海译文出版社 2009 年版，第 113 页。
② 汪民安、陈永国、马海良主编：《城市文化读本》，北京大学出版社 2008 年版，第 90 页。

余 论

美国学者爱德华·W. 苏贾以洛杉矶城市的空间区域建设为样本，构建了一种后现代地理学，倡导运用新的空间理论来分析和阐述洛杉矶的空间性。"我的观察必定是而且碰巧是不完整的，也是模棱两可的，但我所希望的目标将始终是清楚的：充分领会一种特别运动不止的地理景观的特殊性和独特性，与此同时，力图在抽象的更高层次获取洞见，借助社会生活基本空间性在洛杉矶闪烁着的微光，探索后现代城市地理学的社会与空间、历史与地理、绝妙的表意特征与诱人的可概括特征之间的各种黏合性联系。"① "我们必须在乡村与城市资本主义历史中去观看，不仅要以一种批评的方式，还要以一种充分的方式，也即对在无数人的生活中被发现和重新发现的那些往往处于压力之下的经历进行肯定：那是有关坦率、联系、亲密和分享的经历，最终仅靠它们就能说明真正的畸变可能会是什么样子。"② 苏贾、威廉斯等学者对城市文化地理的全新视野，给我们继续探究中国的城市空间问题提供了一个新的参照。兰州的城市文化记忆与文学呈现之间关系的研究，皆在此理论背景下展开。如苏贾所说，要对像"交叉小径的

---

① [美]爱德华·W. 苏贾：《后现代地理学：重申批判社会理论中的空间》，王文斌译，商务印书馆2004年版，第333—334页。
② [英]雷蒙·威廉斯：《乡村与城市》，韩子满、刘戈、徐珊珊译，商务印书馆2013年版，第403页。

花园"一般的城市空间进行依次性的全面的话语阐释是不可能的。城市空间是说不尽的，城市空间的文学呈现也是说不尽的。本书的研究结论就是众多阐释可能性中的一种维度的阐释。

本书仅以城市文化表征理论与城市形象建构理论为基础，吸纳了审美学、社会学、文化学、历史学的研究方法，将话语文本分析与城市景观分析相结合，将文学文本的批评与历史、地理、文化文本的阅读相结合，将兰州形象的文学书写与城市空间形象的建构与演变相结合，并进行了较为详细的分析与论述。笔者从城市文化的角度梳理兰州作为川谷型城市的文化类型与文化特点，具体包括城市的形态文化、经济文化、社会文化以及精神文化，还从城市形象的角度探索兰州城市形象建构的多向度可能性，并从地理、历史、政治、经济、文化等向度进行观照并得出具有一定说服力的结论。

兰州城市文化的建构者、传播者、媒介与载体、传播方式与传播效果是多元的、多向度的。一本书根本无法穷尽兰州城市文化的全部奥秘，它最多只是通向兰州城市文化记忆的一扇窗口。本书围绕表现兰州城市文化的著名作家的经典文学作品，从文学审美表现的城市对象出发，梳理兰州城市的文化记忆与文学书写的发展历程，按不同的文学体裁，分别论述在古体诗词、现代小说、散文及诗歌中显现的兰州城市文化形象，包括邓千江、周光镐、张谅、王执礼、彭泽、张澍、左宗棠、林则徐等诗词家的古体诗词中的兰州城市文化形象，茅盾、陈敬容、张恨水、老舍、萧军等现代作家散文中的兰州城市形象，雷达、余秋雨、高平、叶舟、马步升、王新军、海飞、习习、赵清华、魏著鑫等散文作品中的兰州形象，巴金、陈忠实的"兰州想象"与王家达、向春、张存学、徐兆寿、弋舟、史生荣、李西岐、赵剑云、尔雅、马燕山等人小说中的兰州形象，高平、娜夜、马萧萧、高凯、阳飏、李老乡、牛庆国等现代诗歌中的兰州城市形象。不同体裁的作品在呈现兰州城市文化形象时有审美差异，作品多维度地呈现了兰州的历史文化、工业文化、黄河文化、民族文化、民众文化等各类城市文化景观，挖掘了兰州独有的城市文化性格与城市精神，展现了"兰州人"的形象谱系与精神特征，文学作品中的"兰州形象"因之成了建构兰州城市形象的重要环链。

限于篇幅与资料，有关话剧与曲艺中的兰州形象尚未做全面的梳理。"电影从镜框中溢出，流进了城市的空间，塑造了城市人的情感结构。城市形象中增添了电影影像赋予它的神秘与魅力。"[1] 电影《解放兰州》中的兰州成为解放大西北中"被革命"的城市，主要表现在彭德怀的带领下，中国人民解放军如何"解放"作为国民党军阀马步芳的兰州堡垒的；另一部电影《兰州1949》中，兰州成为有革命精神与革命火种的城市，影片主要表现的是兰州地下党的故事。纪录片《中山桥的言说》就以这座铁桥的历史为主要线索，以赴德国寻找铁桥资料为副线，交错表现、深度挖掘它的历史故事，全景式地展现了这座铁桥作为国家级文物和兰州市著名文化景点的历史与文化意义。对张明、杨晓文等人的话剧《兰州老街》《兰州人家》《兰州好家》，甘肃省话剧院的《天下第一桥》，张保和的快板《夸兰州》等"兰州方言版"艺术作品中的兰州城市形象未能详细分析。话剧《兰州老街》以兰州方言为基础，以兰州城隍庙为背景，叙述了从抗日战争胜利到新中国成立前夕兰州普通市民的生活，展现了当时兰州城的市井百态。沦落为刻葫芦的民间艺人和吸毒者的大学毕业生张素园、省府农业水利科长赵行一、古董铺老板贾哈哈、枣儿水小贩尕巧儿、算命先生杨大夫等人物形象栩栩如生。歌舞剧艺术、绘画艺术、影视艺术等文艺载体中的兰州形象与文学想象中的兰州形象共生共荣。在媒介多元化时期，兰州城市形象的建构与官方"市志"编撰、知名期刊品牌

---

[1] 路春艳：《中国电影中的城市想象与文化表达》，北京师范大学出版社2010年版，第9页。

建设、网络媒介利用等的关系等都是未来研究的方向之一。21世纪的兰州城市文化建设日新月异，呼唤着丰富多样而且有深度的文学艺术创作与审美阐释。

2016年，一部反映兰州历史人文的四集纪录片《金城兰州》先在凤凰视频首播，之后在中央电视台科教频道《探索发现》栏目和兰州电视台播出，受到观众的认同与欢迎。纪录片《金城兰州》共分为《渡口》《枢纽》《重镇》《明珠》4集。《渡口》通过汉代将军李息选址筑城的故事说明金城地理位置的重要；《枢纽》通过出土的古粟特人信札开篇，再现了兰州作为昔日丝路商贸枢纽的繁华景象；《重镇》通过叙述左宗棠在兰州兴办洋务与兰州黄河铁桥建设等，表现作为中国近代工业重镇的兰州的地位；《明珠》叙述新中国成立后到21世纪，全国支援建设兰州和迎来新的发展机遇的过程。讲好兰州城的故事需要讲好与兰州相关的人的故事，剧情纪录片《金城兰州》以不同时期的历史人物故事叙述与时代背景相结合的方式展现兰州的历史文化，叙述的主要故事为霍去病和李息征讨匈奴，李息寻址建金城边塞、粟特商队途经兰州的丝路贸易、左宗棠开创兰州制造局与修建黄河铁桥、胡荻兰等一批热血青年支援兰州的工业建设的可碑可铭、可歌可泣的故事。《金城兰州》有意回避常见的城市纪录片中以风景名胜宣传为主的思路，纪录片导演采用以"人"带"城"，以"城"养"人"的方式，以"渡口""枢纽""重镇""明珠"历时又层递的方式，脉络清晰且各有侧重，它将人物命运、城市建设、西部沧桑与国家发展紧密结合在一起，既叙述兰州本土历史人物和中国历史上重要人物对兰州发展的贡献，又叙述兰州在国家边疆治理、工业建设、经济发展以及"一带一路"建设中的重要战略作用。在历史的风云方面，既有涉及从汉唐民族冲突与整合及丝绸之路的经济贸易，还有近代洋务运动开办工厂、交通建设；既有新中国

· 313 ·

成立初期的工业建设的热潮,还有西部开发、"一带一路"建设。在人物传奇方面,汉代骠骑将军霍去病、汉王朝关内侯李息、大将军赵充国、清代军事家与政治家左宗棠、作为"共和国工业长子"的兰州炼油厂厂长胡苾兰等人物故事一一展开。纪录片展现了历史人物的兰州故事及兰州记忆,尤其展现了人物的情感脉息,霍去病征讨匈奴的英雄之情、李息寻找渡口的焦灼之情、左宗棠振兴国家工业的忠贞之情、胡苾兰奔赴祖国西部的献身热情、黄河船夫的乡恋之情等充盈在纪录片中,使这种城市文化记忆以一种温情的方式得以传播与承传。

纪录片《金城兰州》不仅历时性地展现了兰州作为重要军事要塞、商贸枢纽、工业重镇、发展明珠的建设与发展过程,还表现了兰州的城市文化符号与城市文化精神。纪录片中的兰州文化符号之一"兰州拉面"的展现颇有新颖之意。兰州拉面的制作元素中有汉人麦子、蒙古盐巴、青藏牛肉,既体现出兰州城市民族和谐聚居的特点,蕴含着华夏各民族饮食文化的互通交流,还潜藏着多元、交流、融合、分享的兰州城市文化精神。"渡口"篇在开始与结束时,羊皮筏子渡黄河与筏子客唱花儿的镜头都有明显的兰州城市文化符号特征,展现了兰州作为黄河古渡口的原始风貌。纪录片《金城兰州》让每一位观众对兰州城市文化产生了强烈的城市认同感、自信与自豪感。在影视艺术手法方面,《金城兰州》避开专家访谈与主持人解说的形式,大量采用演员表演的方式呈现历史,以搬演的方式和电影手法讲述兰州故事,增强了形象性、真实性与现场感。在拍摄手法上,采用了大量的航拍、延时、逐格等手法,对兰州城市历史进行了多方位的呈现。在取景中,将现代兰州城市景观与历史遗迹、历史文献等以蒙太奇的形式组合在一起,将黎明、清晨、正午、黄昏、深夜时的兰州城市景观有机组合在一起,现代感与历史感对比鲜明又相得益彰。在解说语言上,叙述者用朴实的文字讲述了兰州两千年的历史故事和传说,达到良好的收听效果。"《金城兰州》突破了将城市纪录片制作成为城市形象宣传片的局限，站在城市与人、城市与国家、城市与历史等多重视角展现兰州这座西部重镇，带给观众全新的感觉。作为一部历史人文纪录片，《金城兰州》在挖掘兰州城市人文精神方面做了积极的探索。"[1] 纪录片《金城兰州》以光影的形式撰写了一部兰州的城市传记，它已成为通过影像方式展现兰州城市文化记忆的经典之作，也为兰州城市文化的文学想象提供了艺术参照。

　　文学中的城市形象是现代城市形象建构的重要来源之一。兰州的城市文化不仅体现在其物质文化、精神文化等方面，还表征于文学作品之中，并成为读者感知和接受兰州形象的重要话语资源。中国古代文学、现当代文学中的"兰州形象"是城市文化的历史镜像与现实图景。兰州形象在诗词、小说、散文、剧本等不同体裁中的形象各有差异，兰州在不同主体的审美世界中呈现出多元丰富的审美形象与审美意蕴。邓明先生在《兰州市志·地方文献志·序》中说："地方文献可以反映一地的学术发展的轨迹，彰显一地的文化教育概况以及人才的兴衰情况。地方文献是文化的重要组成部分。"[2] 可以说，中外文学作品及相关地方文献中的城市书写为展现"美丽兰州"的形象提供了诸多艺术经验，有关兰州城市书写的文献在一定程度上讲就是兰州"地方文献"，它在建构兰州文化家园，塑造兰州人的文化精神等方面具有积极的意义。本书开拓性地梳理了文学作品中兰州城市形象的书写历史，并将兰州的城市文化与文学书写之间的关系进行了较为全面深入的探究，是城市空间形象与文学话语关系的个案式批评实验，具有原创性。

---

[1] 何莹莹：《〈金城兰州〉：纪录片挖掘"城市人文精神"的新典范》，《当代电视》2016 年第 9 期。

[2] 兰州市地方志编纂委员会、兰州市地方文献志编纂委员会编：《兰州市志·地方文献志·序》，兰州大学出版社 2011 年版，第 3 页。

本书在把握史书、方志等对城市文化记载的基础上，辨别文学与非文学的话语范型在建构城市形象时的差异，梳理文学话语对城市文化的审美范式及其重要价值。兰州城市文化形象建构的个性化审美差异是本书关注的重要对象。官方知识分子与民间知识分子、少数民族作家与汉族作家、农裔作家与城裔作家、本土作家与非本土作家、陇籍作家与非陇籍作家、校园作家与专业作家在兰州城市的"形塑"中有着较大的差异。在更开阔的视域中，笔者审视了城市形象建构中名家、名作与名城之间的审美接受效应，发现了兰州在文学作品中的"活跃度"及影响其"活跃度"的各种原因，分析了当下创作中兰州形象的"缺席"或"印象式"建构的创作主体原因，剖析了兰州城市文化在文学书写中被文学"遗忘"的多种因素，并试图去回答"谁为城市立传""为哪个城市立传""如何立传"等具有一定普遍意义的问题。

本书从历时的角度梳理文学话语中兰州城市形象的建构过程，从共时的角度审视文学话语中构成兰州城市形象的意象谱系，探寻意象谱系的生成机制及其文化意蕴。笔者从审美主体与审美对象的主体间性出发，阐述审美主体在表现兰州形象的个性特征与影响其表现的内外因素，阐明其城市表现中独特的文化心理机制与审美创造机理；从具体文本出发，分析小说、散文、诗歌等不同文体对兰州城市形象建构与思想内蕴中的差异。本书自觉地比较其他省会城市在文学形象建构中多元的审美经验，挖掘本土作家表现兰州城市文化的内驱力，探索兰州城市形象的文学表现的未来路径。

城市化已经成为中国当代社会发展的趋势之一。现代城市意识是在现代的生产力和生活方式作用影响下构成的现代城市生存中形成的城市市民的心理方式和精神内容的总和。现代人需要建立现代的城市意识。在此语境之下，城市文化记忆与文学表现的话语仍然具有较多可以拓展的研究空间，探寻城市空间和城市人之间的关系也是文学研究的必然选择。随着城市化进程的加快，更多的人卷入城市化的进程之中，现代人的生存经验越来越受到城市文化的锻造与塑形，人们对城市的兴趣也会越来越浓厚。

城市文学研究者罗伯特·阿尔特说："19世纪重大的历史性动态场所是城市——它既是变化的起因，也是它的结果。"[①] 作为一种生产生活方式，自19世纪以来，人类加快迈向城市化的脚步从未停息。融入城市并肯定城市作为人类栖居的场所之一，应当成为文学表现城市的情感态度与价值取向。"人们聚集到城市里来是为了居住。他们之所以聚居在城市里，是为了美好的生活。"[②] 在中国城市化的进程中，许多作家亲眼和亲身经历了中国城市化过程中诸多复杂变化。文学不能"伪美"地表现乡村，也不能"唯丑"地表现城市。宜居宜游是城市发展的理想，也应是文学"介入"城市文化建构时遵循的价值立场。"宜居城市有广义和狭义之分。广义的宜居城市是一个全方位的概念，强调城市在经济、社会、文化、环境等各个方面都能协调发展，人们在此工作、生活和居住都感到满意，并愿意继续长期居住下去。狭义的宜居城市指气候条件宜人、生态景观和谐，适宜人们居住的城市。宜居城市有宏观、中观、微观三个层面的含义。从宏观层面来看，宜居城市应该具备良好的城市大环境，包括自然生态环境、社会人文环境、人工建筑设施环境在内，是一个复杂的大系统；从中观层面来看，宜居城市应该具备规划设计合理、生活设施齐备、环境优美、和谐亲切的社区环境；从微观层面来看，宜居城市应该具备单体建筑内部良好的居室环境，包括居住面积适宜、房屋结构合理、卫生设施先进以及良好的通风、

---

① ［美］罗伯特·阿尔特：《想象的城市：都市体验与小说语言》，邵文实译，江苏凤凰教育出版社2013年版，第4页。

② ［美］刘易斯·芒福德：《城市文化》，宋俊龄、李翔宁、周鸣浩译，中国建筑工业出版社2009年版，第493页。

采光、隔音等功效。"① 生态城市已经成为众多城市规划与建设的目标。"生态城市美学反对自然无价值的观点，主张自然生态具有独立的审美价值，从人与自然共生共存的关系出发来探究美的本质，从自然生命循环系统和自组织形态着眼确认审美价值，坚持自然权力和可持续生存道德原则，以重建人与自然的亲和关系、亲缘关系。"② 综上所述，文学关注城市应当是未来文学创作的重要命题。

"生态型的城市不再把城市当作孤岛来观察，而是开始让它自己向更广大的生态联系敞开。"③ 城市空间是物质的、心理的，也是社会的。阅读城市就是阅读人类自身。在城市化过程中必然会出现一些社会问题，尤其是在城市生活中的"文明病"，成为人们诟病城市的重要借口。在生态文明建设时期，对城市生活的反思将会成为现代城市文学表现的重要内容，也会在较长一段时期内持续。"城市既是人类希望之所，又是人类沮丧之地，这样一个尴尬的事实不得不引起我们深深的反思。这当然不仅是城市的困境，同时也是人类自身的困境，是人类自身的欲望超过其固有界域，从而破坏人类与城市中原本和谐的关系所导致的困境。"④ 因此，城市的"问题"会伴随人类文学活动的始终。

从书写城市的世界文学经验而言，中国作家需要在书写城市文化体验时融通世界性的视野与知识。奥尔罕·帕慕克说："倘若我觉得和我的城市血肉相连，那是因为她让我获得比课堂上更深刻的学问与体会。"⑤ 城市化是一种全球性的趋势，其他国家的城市文化书写经验对中国作家、西部作

---

① 周小兵：《城市美学漫谈》，天津大学出版社2012年版，第198页。
② 周膺、吴晶：《生态城市美学》，浙江大学出版社2009年版，第4页。
③ [澳]阿德里安·富兰克林：《都市生活》，何文郁译，江苏凤凰教育出版社2013年版，第112页。
④ 陈李波：《城市美学四题》，中国电力出版社2009年版，第9页。
⑤ [土耳其]奥尔罕·帕慕克：《伊斯坦布尔：一座城市的文化记忆》，何佩桦译，上海人民出版社2007年版，第333页。

家书写城市文化有较多启示意义，这就要求"中国作家"运用"中国经验"、运用"中国表达"来建构具有"中国形象"特征的城市文化形象，以丰富全球城市形象的文学建构。在文学书写中，不仅应当有"巴黎形象""伦敦形象""伊斯坦布尔形象""北京形象""上海形象"等国际都市形象，还应当有"西安形象""拉萨形象""兰州形象""银川形象"等中国西北地区的丰富多彩的城市文化样态，从而形成全球城市形象的多样性生态景观，共同构成人类城市文化记忆环中的重要链条。

参考文献

［美］刘易斯·芒福德：《城市文化》，宋俊龄、李翔宁、周鸣浩译，中国建筑工业出版社2009年版。

［美］爱德华·克鲁帕特：《城市人：环境及其影响》，陆伟芳译，上海三联书店2013年版。

［美］玛莎·努斯鲍姆：《诗性正义：文学想象与公共生活》，丁晓东译，北京大学出版社2010年版。

［土耳其］奥尔罕·帕慕克：《伊斯坦布尔：一座城市的文化记忆》，何佩桦译，上海人民出版社2007年版。

［意］伊塔洛·卡尔维诺：《看不见的城市》，译林出版社2006年版。

［德］萨宾娜·薛尔：《没有记忆的城市》，杨梦茹译，江苏人民出版社2011年版。

［法］加斯东·巴什拉：《空间的诗学》，张逸婧译，上海译文出版社2009年版。

［英］迈克·克朗：《文化地理学》，杨淑华、宋慧敏译，南京大学出版社2003年版。

［英］凯·安德森、［美］莫娜·多莫什、［英］史蒂夫·派尔、［英］奈杰尔·思里夫特：《文化地理学手册》，李蕾蕾、张景秋译，商务印书馆2009年版。

[匈]阿格妮丝·赫勒：《日常生活》，衣俊卿译，黑龙江大学出版社2010年版。

[英]格利高里、厄里：《社会关系与空间结构》，谢礼圣、吕增奎等译，北京师范大学出版社2011年版。

[美]爱德华·W.苏贾：《后现代地理学：重申批判社会理论中的空间》，王文斌译，商务印书馆2004年版。

[美]爱德华·索杰：《第三空间——去往洛杉矶和其他真实和想象地方的旅程》，陆扬等译，上海教育出版社2005年版。

[澳]德彼拉·史蒂文森：《城市与城市文化》，李东航译，北京大学出版社2015年版。

[英]埃比尼泽·霍华德：《明日的田园城市》，金经元译，商务印书馆2012年版。

[美]罗伯特·阿尔特：《想象的城市：都市体验与小说语言》，邵文实译，江苏凤凰教育出版社2013年版。

[澳]阿德里安·富兰克林：《都市生活》，何文郁译，江苏凤凰教育出版社2013年版。

[美]马克·戈特迪纳：《城市空间的社会生产》，任晖译，江苏凤凰教育出版社2014年版。

[英]雷蒙·威廉斯：《乡村与城市》，韩子满、刘戈、徐珊珊译，商务印书馆2013年版。

[德]扬·阿斯曼：《文化记忆：早期高级文化中的文学、回忆和政治身份》，金寿福、黄晓晨译，北京大学出版社2015年版。

[德]扬·阿斯曼：《回忆空间：文化记忆的形式与变迁》，潘璐译，北京大学出版社2016年版。

[美]杰西·祖巴：《纽约文学地图》，薛玉凤、康天峰译，上海交通大学出版社2011年版。

［美］福斯特、马尔科维茨：《罗马文学地图》，郭尚兴、刘沛译，上海交通大学出版社2011年版。

［美］布位德利·伍德活斯、康斯坦斯·理查兹：《圣彼得堡文学地图》，李巧慧、王志坚译，上海交通大学出版社2011年版。

［美］戴利、汤米迪：《伦敦文学地图》，张玉红、杨朝军译，上海交通大学出版社2011年版。

冯亚琳、［德］阿斯特莉特·埃尔：《文化记忆理论读本》，余传玲等译，北京大学出版社2012年版。

罗筠筠：《梦幻之城——当代城市审美文化的批评性考察》，郑州大学出版社2003年版。

周小兵：《城市美学漫谈》，天津大学出版社2012年版。

张鸿雁、胡小武：《城市角落与记忆——社会更替视角》，东南大学出版社2008年版。

周膺、吴晶：《生态城市美学》，浙江大学出版社2009年版。

陈李波：《城市美学四题》，中国电力出版社2009年版。

《中国美学史》编写组编：《中国美学史》，高等教育出版社2015年版，

《万象》编辑部：《城市记忆》，辽宁教育出版社2011年版。

汪民安、陈永国、马海良主编：《城市文化读本》，北京大学出版社2008年版。

程梅：《欧洲城市文化与文学》，南开大学出版社2013年版。

冯亚琳：《德语文学中的文化记忆与民族价值观》，中国社会科学出版社2013年版。

朱蓉、吴尧：《城市·记忆·形态：心理学与社会学视维中的历史文化保护与发展》，东南大学出版社2013年版。

马武定：《城市美学》，中国建筑工业出版社2005年版。

陈宇飞：《城市文化概论》，文化艺术出版社2008年版。

陈宇飞：《文化城市图景：当代城市化进程中的文化问题研究》，文化艺术出版社 2012 年版。

李燕凌、陈冬林：《市政学导引与案例》，中国人民大学出版社 2006 年版。

周晓琳、刘玉平：《中国古代城市文学史》，人民出版社 2013 年版。

龙迪勇：《空间叙事研究》，生活·读书·新知三联书店 2014 年版。

姚朝文：《城市文化教程》，南京大学出版社 2014 年版。

任志远：《解读城市文化》，中国电力出版社 2015 年版。

焦雨虹：《消费文化与都市表达——当代都市小说研究》，学林出版社 2010 年版。

沈福熙：《城市文化论纲》，上海锦绣文章出版社 2012 年版。

杜素娟：《市民之路：文学中的中国城市伦理》，北京大学出版社 2014 年版。

蒋述卓、王斌、张康庄、黄莺：《城市的想象与呈现：城市文学的文化审视》，中国社会科学出版社 2003 年版。

杨中举：《奥尔罕·帕慕克小说研究》，山东人民出版社 2012 年版。

钱文昌主编：《中国城市大典·兰州卷》，华艺出版社 2009 年版。

景秀明：《江南城市：文化记忆与审美想象——中国现代散文中的江南城市意象》，中国社会科学出版社 2009 年版。

陈立旭：《都市文化与都市精神——中外城市文化比较》，东南大学出版社 2002 年版。

杨剑龙：《上海文化与上海文学》，上海人民出版社 2007 年版。

吴福辉：《都市漩流中的海派小说》，复旦大学出版社 2009 年版。

李今：《海派小说与现代都市文化》，安徽教育出版社 2000 年版。

张鸿声：《文学中的上海想象》，人民出版社 2011 年版。

张鸿声：《城市现代性的另一种表达——中国当代城市文学研究

（1949—1976）》，北京大学出版社2014年版。

纪晓岚：《论城市的本质》，中国社会科学出版社2002年版。

赵园：《北京：城与人》，北京大学出版社2002年版。

李今：《海派小说与现代都市文化》，安徽教育出版社2004年版。

张英进：《中国现代文学与电影中的城市：空间、时间与性别构形》，江苏人民出版2007年版。

吴治平：《空间理论与文学再现》，甘肃人民出版社2008年版。

高福民、花建：《文化城市：基本理念与评估指标体系研究》，商务印书馆2012年版。

谢纳：《空间生产与文化表征——空间转向视阈中的文学研究》，中国人民大学出版社2010年版。

孙江：《"空间生产"——从马克思到当代》，人民出版社2008年版。

李春敏：《马克思的社会空间理论研究》，上海人民出版社2012年版。

曾大兴：《文学地理学研究》，商务印书馆2012年版。

李书磊：《都市的迁徙——现代小说与城市文化》，时代文艺出版社1993年版。

BY工作室编：《巴黎文学地图》，华东师范大学出版社2007年版。

张爱玲：《张爱玲文集》（1—4卷），安徽文艺出版社1992年版。

方志远：《明代城市与市民文学》，中华书局2004年版。

葛永海：《古代小说与城市文化研究》，复旦大学出版社2005年版。

李欧梵：《上海摩登》，毛尖译，人民文学出版社2010年版。

路春艳：《中国电影中的城市想象与文化表达》，北京师范大学出版社2010年版。

荣跃蝗、黄昌勇：《城市叙事：记忆、想象和认同——世界城市文化上海论坛（2016）》，上海书店出版社2017年版。

许纪霖、罗岗等：《城市的记忆：上海文化的多元历史传统》，上海书店出版社 2011 年版。

邓伟龙：《中国古代诗学的空间问题研究》，中国社会科学出版社 2012 年版。

曾一果：《中国新时期小说的"城市想象"》，北京大学出版社 2014 年版。

王宏图：《新世纪小说大系：2001—2010》（都市卷），上海文艺出版社 2014 年版。

蓝棣之：《现代派诗选》，人民文学出版社 1986 年版。

施战军：《活文学之魅》，吉林出版集团有限责任公司 2009 年版。

洪治纲：《主体性的弥散》，吉林出版集团有限责任公司 2009 年版。

张津梁：《兰州历史文化丛书》（14 卷本），甘肃人民出版社 2007 年版。

邓明：《兰州史话》，甘肃文化出版社 2007 年版。

张文轩、莫超：《兰州方言词典》，中国社会科学出版社 2009 年版。

兰州市地方志编纂委员会、兰州市地方文献志编纂委员会编：《兰州市志·地方文献志》，兰州大学出版社 2011 年版。

兰州市人民政府编：《兰州赋》，甘肃人民美术出版社 2011 年版。

卢金洲选注：《兰州古今诗词选》，兰州大学出版社 1991 年版。

张永锤编：《兰州历代诗英华》，兰州新华出版社 2009 年版。

胡志毅编：《中华诗词文库·甘肃诗词卷》，中国文史出版社 2012 年版。

陈敬容：《陈敬容选集》，四川人民出版社 1983 年版。

余秋雨：《文化苦旅》，东方出版中心 1992 年版。

雷达：《雷达自选集：散文卷》，山东文艺出版社 2006 年版。

雷达：《皋兰夜语》，东方出版中心 2014 年版。

张承志：《大西北》，中国青年出版社 2007 年版。

王蓬：《从长安到罗马：汉唐丝绸之路全程探行纪实》，太白文艺出版社 2011 年版。

何岳：《老巷》，作家出版社 1999 年版。

浩岭：《中国当代作家经典文库·浩岭卷》，光明日报出版社 2002 年版。

马琦明：《兰州笔记——城市建设与发展》，甘肃人民美术出版社 2010 年版。

岳逢春：《借我春秋五十年：一座城市的文化记忆》，敦煌文艺出版社 2009 年版。

王君：《纵横兰州》，甘肃人民美术出版社 2011 年版。

刘立波：《血拼兰州》，长城出版社 2011 年版。

程兆生：《兰州谈古》，甘肃人民出版社 1992 年版。

程兆生：《兰州杂碎》，甘肃文化出版社 2007 年版。

马步升：《兰州的历史文化》，甘肃人民出版社 2007 年版。

习习：《浮现》，作家出版社 2005 年版。

习习：《讲述：她们》，敦煌文艺出版社 2008 年版。

习习：《表达》，新疆美术摄影出版社 2012 年版。

习习：《流徙》，甘肃文化出版社 2014 年版。

王琰：《兰州：大城无小事》，甘肃文化出版社 2014 年版。

陈敬容：《陈敬容诗文集》，复旦大学出版社 2008 年版。

李老乡：《老乡诗选》，青海人民出版社 1990 年版。

李老乡：《野诗全集》，敦煌文艺出版社 2003 年版。

马青山：《一朵云的春天》，新华出版社 2002 年版。

沙戈：《沙戈诗选》，甘肃文化出版社 2003 年版。

离离：《离离的诗》，甘肃文化出版社 2014 年版。

牛庆国：《字纸》，敦煌文艺出版社 2012 年版。

牛庆国：《我把你的名字写在诗里》，甘肃文化出版社 2015 年版。

娜夜：《娜夜诗选》，甘肃文化出版社 2003 年版。

娜夜：《娜夜的诗》，甘肃文化出版社 2014 年版。

高凯：《高凯的诗》，甘肃文化出版社 2014 年版。

古马：《古马的诗》，甘肃文化出版社 2014 年版。

马萧萧：《马萧萧的诗》，甘肃文化出版社 2014 年版。

向春：《向春的小说》，甘肃文化出版社 2014 年版。

马燕山：《一万朵莲花》，甘肃人民美术出版社 2011 年版。

高平：《情寄八荒》，甘肃人民美术出版社 2012 年版。

阳飏：《风起兮》，甘肃人民美术出版社 2006 年版。

阳飏、杨小青、孟杨：《戈壁与城市的对话——阳飏、杨小青、孟杨诗选》，上海三联书店 2013 年版。

王家达：《乔女》，敦煌文艺出版社 2008 年版。

王家达：《所谓作家》，敦煌文艺出版社 2012 年版。

张存学：《我不放过你》，甘肃人民出版社 2011 年版。

张存学：《白色庄窠》，甘肃文化出版社 2016 年版。

李西岐：《金城关》，敦煌文艺出版社 2010 年版。

弋舟：《刘晓东》，作家出版社 2014 年版。

弋舟：《弋舟的小说》，甘肃文化出版社 2014 年版。

弋舟：《跛足之年》，敦煌文艺出版社 2009 年版。

弋舟：《我们的底牌》，作家出版社 2011 年版。

弋舟：《战事》，百花洲文艺出版社 2012 年版。

弋舟：《蝌蚪》，作家出版社 2013 年版。

弋舟：《所有的故事》，太白文艺出版社 2014 年版。

弋舟：《从清晨到日暮》，当代中国出版社 2014 年版。

弋舟：《怀雨人》，安徽文艺出版社 2015 年版。

弋舟：《雪人为什么融化》，北京十月文艺出版社2017年版。

弋舟：《丙申故事集》，中信出版社2017年版。

弋舟：《金枝夫人》，中国言实出版社2017年版。

叶舟：《案底刺绣》，甘肃人民美术出版社2006年版。

叶舟：《叶舟的小说》，甘肃文化出版社2014年版。

马燕山：《兰州盛开的玩笑》，敦煌文艺出版社2011年版。

马燕山《天堂向东，兰州向西》，敦煌文艺出版社2005年版。

赵剑云：《阳光飘香》，海峡文艺出版社2002年版。

赵剑云：《太阳真幸福》，吉林出版集团有限责任公司2010年版。

赵剑云：《不会在意》，中国书籍出版社2014年版。

徐兆寿：《非常日记》，敦煌文艺出版社2002年版。

徐兆寿：《非常情爱》，中国青年出版社2004年版。

徐兆寿：《幻爱》，甘肃人民美术出版社2006年版。

徐兆寿：《生于1980》，春风文艺出版社2004年版。

徐兆寿：《荒原问道》，作家出版社2014年版。

史生荣：《所谓教授》，作家出版社2010年版。

史生荣：《大学潜规则》，人民文学出版社2010年版。

尔雅：《蝶乱》，敦煌文艺出版社2003年版。

尔雅：《非色》，敦煌文艺出版社2007年版。

尔雅：《同尘》，作家出版社2016年版。

雅兰：《红嫁衣》，甘肃文化出版社2002年版。

雅兰：《红磨坊》，敦煌文艺出版社2005年版。

雅兰：《红盖头》，太白文艺出版社2010年版。

剡卉：《我是你遗弃的天使》，甘肃人民美术出版社2006年版。

张瑜琳：《网事倾城》，太白文艺出版社2006年版。

王文思：《迷爱》，中国广播电视出版社2007年版。

薛林荣：《处事记》，新疆美术摄影出版社2013年版。

冯岩：《西部之恋》，甘肃文化出版社2008年版。

汪小平编：《美丽兰州》（散文卷），甘肃民族出版社2013年版。

汪小平编：《美丽兰州》（杂文卷），甘肃民族出版社2013年版。

汪小平编：《美丽兰州》（报告文学卷），甘肃民族出版社2013年版。

汪小平编：《美丽兰州》（诗歌卷），甘肃民族出版社2013年版。

后　　记

　　城市空间的文学表现是文学研究的重要内容之一，学界已出现了较多相关研究成果。本书选取表现兰州城市文化的文学作品，通过文本分析，探寻文学文本对兰州城市文化记忆的诗性表现，探寻美丽城市建设的文学路径与审美方式。

　　本书是笔者主持并完成的甘肃省社会科学规划项目"城市的文化记忆与文学书写——以兰州为例"（13YD079）的结项成果，结项报告获得了评审专家的充分肯定。评审专家认为，该研究课题以城市文化表征理论与城市形象建构理论为基础，运用社会学、文化学等研究方法，将文本分析与城市景观分析相结合，将城市文化研究与文学研究相结合，以其他城市文化记忆的文学表现为参照，从历时的角度研究了文学话语中兰州城市形象的建构过程，从共时的角度研究了兰州城市形象的意象谱系与文化意蕴，探索了兰州城市形象文学呈现的未来向度。该研究在历史长河和现实场景中挖掘和阐释城市文化底蕴、城市文明脉动、城市人生愿景，对本土城市作家的文化自信与"美丽兰州"总体形象的打造有现实意义。该研究是当代城市文学、城市文化研究的一个补充，具有较高的学术意义，也显现出笔者独到的学术思考。评审专家的肯定是此研究成果得以出版的重要驱动力。

　　程金城先生是我的博士生导师，无论学业、工作还是生活，程先生都

给了我莫大的帮助和支持。程门立雪，师恩永记。在本书即将出版之际，程先生欣然为之作序，在此深表谢忱。

本书获得兰州大学"双一流"建设资金人文社会科学类图书出版经费资助，对兰州大学社会科学处、兰州大学文学院领导的支持表示感谢，对中国社会科学出版社郭晓鸿编辑的辛勤付出表示诚挚的谢忱。

本书能够顺利完成，离不开家人的大力支持，让我有充足的时间投入该书的撰写之中。我的两位研究生张涛、王婷承担了文稿的校对工作，在此表示感谢。

从课题的立项到结项，从研究报告到学术专著，本书是我四年多的学术思考的最终成果，现在终于要付梓面世了，自然欣喜在怀。因理论水平、文献资料等方面的原因，拙作还存在一些疏漏与不足，敬祈各位专家和读者批评。

作　者

2018年1月5日于兰州大学